Los elegidos

AF879481

Novela

Nando López
Los elegidos

DESTINO

PEFC Certificado

Este libro procede de bosques gestionados de forma sostenible

PEFC

PEFC/14-38-00305 www.pefc.es

La lectura abre horizontes, iguala oportunidades y construye una sociedad mejor. La propiedad intelectual es clave en la creación de contenidos culturales porque sostiene el ecosistema de quienes escriben y de nuestras librerías.
Al comprar este libro estarás contribuyendo a mantener dicho ecosistema vivo y en crecimiento.
En **Grupo Planeta** agradecemos que nos ayudes a apoyar así la autonomía creativa de autoras y autores para que puedan seguir desempeñando su labor.
Dirígete a CEDRO (Centro Español de Derechos Reprográficos) si necesitas fotocopiar o escanear algún fragmento de esta obra. Puedes contactar con CEDRO a través de la web www.conlicencia.com o por teléfono en el 91 702 19 70 / 93 272 04 47.
Queda expresamente prohibida la utilización o reproducción de este libro o de cualquiera de sus partes con el propósito de entrenar o alimentar sistemas o tecnologías de inteligencia artificial.

© Nando López, 2023
c/o DOSPASSOS Agencia Literaria

© Editorial Planeta, S. A., 2023
Ediciones Destino, un sello editorial de Editorial Planeta, S. A.
Avda. Diagonal, 662-664, 08034 Barcelona (España)
www.edestino.es
www.planetadelibros.com

Adaptación de la cubierta: Booket / Área Editorial Grupo Planeta
Ilustración de la cubierta: © Ewing Galloway ClassicStock / Alamy / ACI
Primera edición en Colección Booket: abril de 2025

Depósito legal: B. 5.744-2025
ISBN: 978-84-233-6729-0
Impresión y encuadernación: Liberduplex
Impreso en España

Biografía

Nando López es novelista, dramaturgo y doctor *cum laude* en Filología Hispánica. En 2010 fue finalista del Premio Nadal con *La edad de la ira*, un *long seller* convertido en serie televisiva con el que inició una sólida trayectoria narrativa en la que figuran *Hasta nunca, Peter Pan*; *Presente imperfecto* o *El sonido de los cuerpos*. Galardonado con el Premio Arcoiris 2023 y el Triángulo Cultura 2022 por su compromiso social y literario y el Premio Gran Angular 2020 por *La versión de Eric*, es también un reconocido autor de libros juveniles *(El río de las primeras veces*, *Las durmientes)* y obras teatrales *(Cuando fuimos dos*, *Inventando a Lope)*. Además, ha abordado la creación audiovisual como guionista y productor ejecutivo de contenido en *Red Flags*, serie basada en una idea original suya.

@nandolopez_autor

A la memoria de todas las personas LGTBIQ+
que nos precedieron y abrieron camino
en la lucha que aún seguimos librando.

El artista, y particularmente el poeta, es siempre anarquista, sin que sepa escuchar otras voces que las que afluyen dentro de sí mismo, tres fuertes voces: la voz de la muerte, con todos sus presagios; la voz del amor y la voz del arte...

Federico García Lorca
(«Charla con Federico García Lorca»,
en *La Mañana*, 12 de agosto de 1933)

Acto I

La vida es sueño

I

—Hoy va a pasar algo en el tablao —le dijo Asun a su madre la misma noche en que conoció a Santos.

—No enredes con esas cosas, niña —la regañó la Reme, que temía las consecuencias de aquel don profético que le había dejado como herencia a su única hija.

—Que no enredo, madre —se justificó Asun—, que es la sangre, que avisa.

La Reme ladeó la cabeza en señal de desaprobación y regresó de nuevo a su costura, concentrada en la tarea pendiente que aún la aguardaba y con la que, entre estrecheces, había logrado sacar adelante aquella casa. No quería desmentirla, pues bien sabía lo que esos avisos, como ambas los llamaban, podían traer consigo, pero ni era buena idea airearlos como si tal cosa ni tampoco ponerlos en palabras, que cuanto más se los nombra, Asun, más verdad se vuelven.

A la Reme aquellas intuiciones le provocaban auténtico pavor, pues jamás habían servido como preludio de una buena noticia, sino que siempre habían sido la antesala de las dificultades que habían jalonado su vida. Asun, sin embargo, aún confiaba en que esos avisos pudieran ser el inicio de algo bueno o, cuando menos, moderadamente aceptable. Quizá porque, como decía su madre, a sus veintitrés aún tenía la esperanza menos gastada que ella.

Cuando la invadía uno de esos momentos, que se manifestaban en forma de malestar físico, Asun se sentaba a solas en un sillón y cerraba los ojos hasta que la desazón pasaba, tratando de intuir el significado. No eran episodios frecuentes, pero sí constantes, y se recordaba sintiendo aquel dolor agudo y punzante desde muy niña. Desde las mañanas en que corría con su madre hasta el refugio, mientras fuera sonaban las bombas y sirenas que formaban la memoria auditiva de su infancia, de aquella cría que apenas había cumplido nueve años el mismo día en que estallaba la guerra. En aquel refugio fue donde Asun oyó hablar por primera vez del don familiar, del que se valía la Reme para serenarla cada vez que rompía a llorar por culpa del estruendo que las rodeaba.

—No va a pasar nada —le susurraba—. Y sé que no va a pasar porque no me quema eso que siento aquí dentro cuando sí que pasa.

La quemazón a la que se refería la Reme jamás se produjo en aquellos momentos, en los que solo buscaba excusas para contagiar a su hija del mismo coraje que a ella la había mantenido en pie desde que su marido se había sumado a las filas republicanas. Los verdaderos avisos que atormentaron a la Reme fueron tres y llegaron más tarde. El primero, en octubre del 38, un par de días antes de que su Jesús fuera capturado y encerrado en la prisión de Torrijos; el segundo, en diciembre del 42, cuando lo sumaron a los trabajos forzados para la construcción de la cárcel de Carabanchel; y el tercero y último, en marzo del 46, la mañana en que no lo encontraron al otro lado de los muros de esa cárcel que le habían obligado a levantar para encerrarlo en ella.

Hasta ese día la Reme y su hija lo habían visitado cada semana, con la excusa de llevarle algo de comida o de ropa y, sobre todo, de aliento, que aunque eso no le sirviera para aliviar el hambre, como decía ella, al menos sí esperaba que le ayudara a mantenerse con vida el tiempo necesario hasta que lo pusieran en libertad. Las dos llegaban a las puertas de la prisión con la esperanza de que los disparos que se habían escuchado la noche anterior no hubieran tenido a su Jesús como objetivo. Asun no olvidaría nunca la angustia de esos despertares, ni el nerviosismo de su madre, ni la incertidumbre ante una visita que, si el nombre de su padre hubiera figurado entre los fusilados de la madrugada anterior, podría haberse encontrado sin destinatario. Como tampoco había olvidado la súplica que latía en la mirada de la Reme, ni la facilidad con que renunciaba a su orgullo cuando se hallaba frente a cualquiera que, fuera cual fuera su vínculo con los vencedores, suponía que podía ayudarla a sacar a su marido de la cárcel. Asun la había visto llorar, rogar, arrastrarse, había sido testigo de cómo perdía cualquier resquicio de orgullo con tal de conseguir una libertad que no llegaba y para la que blandía como último recurso su presencia infantil, la existencia de aquella niña que, mírenla, por favor, miren en qué situación estamos, tanto necesita a su padre.

Hasta ese 18 de marzo del 46 en que la Reme y Asun se levantaron con una angustia idéntica y las dos supieron, sin hablar, que esa mañana no encontrarían a nadie al otro lado de la prisión. Cuando llegaron a Carabanchel, inquietas por la contundencia de sus avisos, ni siquiera encontraron un cuerpo del que despedirse. La Reme tuvo que conformarse con la voz desabrida con la que le comunicaron la muerte de su marido entre los fusilados de la noche anterior y se tragó sus ganas de mirar a su Jesús por última vez para, entre el llanto y la rabia, golpear su pecho y culparlo de todo lo sucedido, de su mala suerte, de su maldito arrojo, de esas ideas que algún día acabarán contigo y con tu familia, como le había advertido, con esta niña que ahora no sé cómo voy a sacar adelante yo sola.

El día en el que la Reme y su hija empezaron a velar a un muerto sin cuerpo ni lugar en que rendirle homenaje, Asun aprendió dos cosas. La primera, que humillarse no servía más que para robarse la dignidad, y la segunda, que debía tomarse más en serio esos avisos, porque puede que no la ayudaran a impedir desgracias, pero sí a anticiparlas.

Por eso, la noche en que su cuerpo la alertó de que iba a suceder algo en el tablao, Asun se lo confesó a su madre. No esperaba consejos sobre lo que debía o no debía hacer, pero consideró que, ocurriese lo que ocurriese, advertir de la existencia de aquel aviso era la mejor forma de justificarse.

—Sea lo que sea, tú ten cuidado —le pidió la Reme antes de que su hija saliese rumbo al local donde llevaba cantando desde los diecisiete—. Que últimamente te veo mucho con la Carmen y esa, además de ser mayor que tú, es de las peligrosas. Tú me entiendes.

—A usted la quiere bien, madre —la defendió Asun, que no estaba dispuesta a alejarse de una de las pocas personas con quien sentía que no se ahogaba del modo en que lo hacía con el resto de la gente que la rodeaba.

—Lo sé, pero no basta. Y que nos quieran quienes nos pueden complicar la vida, menos. Ya tuvimos bastante mártir con tu difunto padre.

—Tendré cuidado, se lo aseguro —insistió su hija—, siempre lo tengo.

—Mucho se necesita en ese antro, que así no va a haber quien te case, hija. Y tú ya vas teniendo una edad.

—Aún soy joven.

—No tanto. —La Reme, que esperaba que su hija tuviera ya a sus veintitrés, como poco, un novio formal, ladeó la cabeza—. Y mira que te lo avisé, que era mejor que siguieras en la tintorería como la Sole y la Maite, que no se han ido de allí hasta que las han casado, porque a ver qué tiene de malo ser planchadora en vez de tanta insistencia con el baile y la copla.

—Ya lo hemos discutido, madre. Y da más pesetas ese baile y esa copla que todo lo que tuve que planchar allí.

A la Reme nunca le había resultado fácil disuadir a su hija, pues Asun siempre encontraba el modo de justificarse y, peor aún, de convencerla, que parece que tuviera esta niña un diablo respondón metido en el cuerpo, como le confesaba a su Jesús cuando hablaba con el retrato que había colocado, a modo de altar improvisado, en un rincón de su dormitorio, porque, ya que nos han robado el lugar, por lo menos no vamos a permitir que nos dejen mudos, que no estaría bien que no te contase lo que hace tu niña y los quebraderos de cabeza que me da con esa pasión suya del cante que, la verdad sea dicha, tampoco sé de dónde le ha venido.

Si hubiera sabido lo que ocurría en las habitaciones del piso superior del tablao, la Reme no le habría permitido poner un pie en ese antro. Pero, gracias al relato edulcorado de su hija, ignoraba lo que pasaba en esos cuartuchos que Augusto, el dueño del bar, había habilitado para los clientes que quisieran subir con alguna de las artistas. Asun, que actuaba allí bajo el sobrenombre de «la Dulce Eva», se ocupaba de disfrazar el relato de sus noches con una candidez que había perdido mucho antes de lo que su madre imaginaba y de la que, sepultada por la necesidad, no quedaba ni rastro.

Aquel 14 de enero de 1950, fuera cual fuera el significado de su aviso, Asun acudió al tablao con la mirada despierta de siempre. Con ese instinto de superviviente que la había ayudado a hacerse con aquel trabajo algo mejor pagado que el de planchadora y, por lo menos, no tan odioso como el de esa tintorería de la que salió en cuanto pudo. Aquí tenía que pelear para hacerse respetar entre los borrachos que pretendían empujarla noche tras noche a los catres del piso superior, pero hasta esa pelea le resultaba más soportable que los montones de ropa que, mientras aguantó en la tintorería, le robaban las ganas de vivir. Y esas ganas, aunque no fueran gran cosa, era lo mejor que Asun podía decir de sí misma y, si alguien le preguntaba, hasta ofrecer.

2

Como todos los sábados, Asun llegó al bar un poco antes de lo habitual. Era el día en que solía haber más clientes, así que prefería aprovechar el tiempo y sacar unas pesetas de más entre los asiduos que no tenían tantas ganas de oírla cantar como de acercarse a ella. Les sonreía, les hacía creer que podía pasar algo y, una vez que se guardaba alguna que otra moneda en sus bolsillos, se las apañaba para escabullirse con la excusa de que le tocaba salir a cantar. En el tiempo que llevaba trabajando allí, había aprendido a manejar con soltura a esos hombres que le doblaban y triplicaban la edad, dejándose manosear lo suficiente como para acabar la noche con cuatro o cinco duros de más con los que seguir ayudando a su madre.

—¿Hoy con qué empiezas? —le preguntó Augusto.

—Con lo de siempre —respondió ella sin entusiasmo mientras observaba el repertorio de rostros masculinos que la rodeaba.

—Lo de siempre no, niña —protestó—, que el público se nos aburre. Habrá que cambiar algo para dar sensación de novedad.

—La copla siempre es copla —repuso ella, que solo se sentía cómoda interpretando los mismos temas.

Ni su voz le permitía otros desafíos ni creía que semejante audiencia mereciera un mayor esfuerzo.

—Pero las hay más nuevas —insistió Augusto.

—Las nuevas no me las sé.

El dueño del bar resopló con rabia. Aquella cría, porque él era incapaz de ver una mujer en la niña que había llegado pidiéndole una oportunidad, lograba sacarlo de quicio con su testarudez.

—Pues cambia el orden de las que te sepas. Pero no me empieces con *La zarzamora* esta noche.

Asun se encogió de hombros y asintió levemente, dejando entrever que aquella propuesta le parecía una solemne estupidez a pesar de que estuviera dispuesta a obedecerla. Qué más daba comenzar por las desgracias de unas o por las de otras si, al final, todas las heroínas de sus canciones acababan corriendo la misma suerte negra.

De camino al cuartucho que había justo detrás del escenario y que servía de almacén y, al mismo tiempo, de camerino, se cruzó con un hombre al que no recordaba haber visto antes en aquel lugar. Notó que la miraba y ella, resuelta, le devolvió la mirada. Pero él, en ese mismo momento, apartó la suya y giró la cabeza, como si se avergonzase de que Asun se hubiera dado cuenta de que la estaba observando.

—Salgo dentro de cinco minutos —le anunció sonriéndole con descaro—. Y soy la mejor de todas las que se suben a este escenario.

Él esbozó una media sonrisa y ella se dio la vuelta y caminó a paso rápido hasta el angosto trastero en el que acabaría de maquillarse. Mientras se preparaba para su actuación, se preguntó si ese hombre, que parecía rondar los cuarenta y tenía rostro y presencia de caballero antiguo, podía ser el visitante que le había anunciado su aviso. Además de su barba cuidada y sus ojos profundos y claros, le había llamado la atención su altura, superior a la media y notablemente subrayada por su delgadez. Lástima no haber tenido tiempo de ver también sus manos: le bastaba con fijarse en las manos de un hombre para decidir si eran tan miserables como las que la obligaban a protegerse cada noche o si, por el contrario, eran manos en las que sí se podía confiar.

—Tu turno —la avisó Augusto aporreando la puerta—, y recuerda lo que te he dicho. Algo de novedad.

Asun salió sin responderle y, nada más subir al escenario, le hizo una señal al pianista para que comenzase por la que, hasta esa noche, había sido la última de las canciones de su repertorio. Solo en ese momento, cuando fingió apoyarse en el quicio de la mancebía para teatralizar, más que cantar, su versión de *Ojos verdes*, se fijó en que ese era también el color de los del hombre con el que se había cruzado justo antes y que ahora, en la primera fila, no apartaba la mirada de ella ni un solo segundo.

Dejaste el caballo y lumbre te di.
Y fueron dos verdes luceros de mayo
tus ojos pa mí.

Le hizo gracia el modo en que él se sonrojó cuando lo señaló mientras cantaba aquellos versos y se fijó en que, lejos de responder con los comentarios burdos y soeces con los que solían contestar a la Dulce Eva los demás clientes, se llevó la mano al corazón en un gesto que Asun no supo interpretar pero que le inspiró una ternura que desconocía y que no había sentido nunca en aquel local.

El aplauso, al final de la canción, fue especialmente ruidoso. Ella lo agradeció con entusiasmo y buscó a Augusto con la mirada. El tabernero la observaba complacido, seguro de llevar la razón en su sugerencia y feliz con la reacción de su clientela, que auguraba un consumo importante de alcohol mientras durase aquella euforia. Asun se volvió al pianista y le marcó la página de la siguiente copla, con la intención de dedicársela al desconocido que no había dejado de mirarla, pero cuando sonaron los primeros acordes de *Tatuaje* se dio cuenta de que ya no se encontraba entre el público, así que, mientras se acodaba en una barra inexistente fingiendo que su pianista era el marinero que llegaba en un barco de nombre extranjero, Asun tuvo la duda de si, por primera vez en su vida, sus avisos se habían equivocado.

3

Desde su primer encuentro, el desconocido de los ojos verdes no dejó de acudir al tablao ni una sola noche durante todo un mes. Asun, que empezó a esperar sus visitas con una mezcla de ganas y de curiosidad, decidió introducir algún que otro cambio en su repertorio, más por complacer a su nuevo espectador que por obedecer a Augusto. Incluso se atrevió a entonar los versos de *En tierra extraña*, aun sabiendo que eso suponía toda una provocación para el tabernero, que temía que aquella letra se interpretase justamente con el sentido con que la cantaba Asun.

Ella era consciente de que en sus actuaciones había más voluntad que talento, pero se crecía ante la presencia de aquel desconocido que la miraba con un interés diferente al de los tipos que asediaban a las cupletistas con el único ánimo de entrar con ellas en los cuartuchos del piso superior. Estaba tan acostumbrada a ser invisible, salvo en el momento en que bajaba del escenario y alguien intentaba llevársela a esos mismos catres, que le costó habituarse a la atención de aquel hombre que sí la escuchaba, siempre en un silencio respetuoso en medio de aquella jauría anónima. Pero, por mucho que se apresurase en bajar del escenario, jamás lo encontraba acodado en la barra, esperándola tal y como ella le sugería en los compases de las letras que, de alguna manera, le dedicaba. Hasta que, después de un mes de mirarse sin conocerse, él se atrevió a hacerlo.

—Si quiere que la invite a algo... —propuso con timidez.

—Pensaba que no me iba a hablar usted nunca —le sonrió ella.

—¿Debería hacerlo?

—Podría, sí..., si quisiera.

—¿Y qué tendría que decirle? —le preguntó exagerando una ingenuidad que no era tal.

—Su nombre, por ejemplo.

—Santos.

—También puede contarme por qué viene tanto por aquí...

—Porque actúa usted.

—Querrá decir que canto —reaccionó ella, que no sabía si agradecer o no su comentario.

—Eso también, pero lo mejor que tiene es su manera de interpretar el verso —antes de seguir hablando, Santos bajó intencionadamente la voz—, muy lorquiana.

Asun no entendió el alcance del cumplido, susurrado para que la mención a las voces prohibidas no despertara los recelos de los habituales al local, pero se lo agradeció igualmente. Intuyó que tras aquel adjetivo se ocultaba un halago que ella no era capaz de descifrar por culpa de todo el tiempo que le habían arrebatado. De esos años robados que la obligaron a cambiar la escuela por el trabajo, a pesar de que ella era muy lista, vaya si lo era, y hasta podría haber estudiado si en su casa se lo hubieran podido permitir, porque la niña vale, como decía su madre, pero con doce ya estaba cosiendo, y con trece —después de falsificar los papeles para que creyeran que tenía catorce— en la tintorería, y con diecisiete fue cuando le dijo a la Reme que ya estaba bien, que ella llevaba a casa el dinero que hiciera falta, pero que lo iba a hacer a su manera, y su camino no tenía nada que ver con más dedales, ni con más dobladillos, y su madre, que desde la condena de su marido había sabido que Asun acabaría rebelándose, no lo vio ni bien ni mal, porque el hambre no deja ver lo que no alimenta, así que, cuando su hija le habló del tablao y de las pesetas que le prometían por cada noche, solo le dijo que no le diera nunca un disgusto y las dos lo dejaron ahí, pues no había más que añadir ni necesidad de explicarlo.

—¿La puedo invitar a algo? —propuso él después de hacer un esfuerzo tan obvio que a Asun le provocó ternura.

—Pero mejor de tú, que yo no sé beber de usted.

A Santos le divirtió el desparpajo de las réplicas con las que aquella joven casi lograba reducir las dos décadas que los separaban. Ni el maquillaje ni la dudosa elección de un vestido que pretendía envejecerla lograban disimular el brillo juvenil de su mirada, unos ojos negros que lo examinaban todo con la misma atención con que él había empezado a observarla a ella. Se fijó en el modo en que se enredaba el dedo índice en la larga melena, en los pómulos marcados que dibujaban un rostro elegante nacido de la carestía y en el cuerpo que insinuaba una silueta andrógina a la que se notaba que había aprendido a sacar partido estudiando el modo de caminar y hasta de sentarse. Quizá fuese esa conciencia teatral de sí misma lo que lo sedujo, el talento que Asun desplegaba fuera y dentro del escenario, convirtiendo cualquier situación en su propio teatro. Así que, tal y como le confesaría tiempo después, era inevitable que acabase ocurriendo, porque nunca hasta entonces había encontrado a nadie que fuese capaz de encarnar coplas con la amargura de Lorca y de habitar la vida con la conciencia barroca de Calderón.

—Hasta hace un mes nunca te había visto por aquí.

—Eso es porque no te había escuchado cantar.

—Zalamero... —repuso ella con ironía.

—Y porque tampoco conocía este sitio.

—No te perdías gran cosa —se rio ella, apurando con ansiedad una copa de vino tan burdo como todo en aquel local.

—¿Y por qué trabajas aquí entonces, Eva? —Aunque se arrepintió de haber hecho una pregunta tan obvia, ya era demasiado tarde para retirarla.

—¿Y por qué no? —Elevó la cabeza orgullosa y lo miró a los ojos—. Hay sitios peores.

—No pretendía...

—Tranquilo, sé bien lo que es esto y lo que soy yo. Pero no me avergüenzo. Todos hacemos lo que tenemos que hacer, ¿o no? —Dejó la copa en la barra y, a la vez que esquivaba la mano con que uno de los espectadores cincuentones intentaba alcanzarla, se acercó a Santos un poco más—. Ah, y lo de Eva es solo cuando me subo a ese escenario. Mientras te canto *Tatuaje* o *María de la O* sí soy la Dulce Eva. Pero fuera ya no.

—Entonces —dijo él sin perder de vista al borracho que seguía merodeando en torno a ellos—, ¿cómo quieres que te llame?

—Como más te guste. —Asun se puso en pie bruscamente y, simulando no darse cuenta, empujó al cincuentón que acababa de pellizcarla y lo hizo caer al suelo.

El estrépito de la caída atrajo la mirada de unos cuantos curiosos, incendiando aún más la ira de aquel tipo, que se puso en pie y se abalanzó con rabia contra Asun.

—Pero ¿tú qué te has creído, zorra?

Ella retrocedió al ver su espacio invadido por ese individuo que la doblaba en corpulencia, a la vez que Santos se adelantaba y se situaba entre ambos.

—Es mejor que se calme antes de que tengamos un problema —lo amenazó sin perder un ápice de su tono sereno habitual.

—¿Y el problema me lo va a dar usted?

Asun se fijó en el modo en que Santos se erguía, tratando de compensar su delgadez con su estatura, como si así pudiese transformarse en un púgil mucho más peligroso de lo que en verdad era.

—Si es necesario, sí.

Los dos se mantuvieron la mirada durante unos segundos hasta que aquel tipo, tal vez sorprendido por la fiereza inesperada de su adversario, decidió alejarse y salir del local.

—No vales ni para puta —le susurró a Asun cuando pasó a su lado y ella se imaginó a sí misma estampándole un vaso en la cabeza y huyendo para no volver más. Pero, en vez de eso, apretó los puños y le pidió a Santos con la mirada que tampoco hiciese nada. Contaba con el dinero de ese trabajo para que ella y su madre pudieran seguir comiendo, y lo demás, fuese lo que fuese, no importaba.

—¿Nos vamos?

—Aún no. A veces se quedan ahí fuera esperando... —le respondió ella, que conocía bien las estrategias de aquellas bestias entre las que había aprendido a sobrevivir—. Me cambio y te aviso.

Ya fuera del local, Santos caminó con Asun hasta su casa. Ella le hablaba de las canciones que más le gustaba interpretar y él, que disfrutaba escuchándola, de lo que le sugerían esas letras en las que encontraba ecos de muchos de los poetas a los que veneraba.

—¿Y esa pasión de dónde te viene? —lo interrogó, cada vez con más ganas de saber algo sobre la vida de aquel hombre que apenas le había contado nada de sí mismo.

—De mi trabajo, supongo.

—¿Eres escritor? —dijo asustada.

—¿Y eso?

—¿El qué?

—Esa cara de pánico... —se rio—. ¿Tanto miedo te daría que yo escribiese?

—En este país sí.

Ninguno de los dos necesitó decir una sola palabra más, pero aquella respuesta bastó para que Santos confirmase que se encontraba en el lugar y con la persona adecuados.

—No escribo, no... Solo clasifico lo que escriben otros. —Asun lo miró con extrañeza, sin acabar de entender a qué se refería—. Soy bibliotecario, en el Ateneo.

—Siguen siendo libros —respondió ella, que no era capaz de alejar ese mundo de todos los peligros que su madre le había enseñado a ver en ellos y sobre los que también su amiga Carmen la había alertado tantas veces.

—Sí —sonrió él con una mueca triste—, siguen siendo libros.

—Es aquí.

Asun señaló el portal del edificio donde se hallaba el minúsculo piso en el que vivía junto a su madre. A la luz de la única farola que iluminaba su calle, miró con atención a Santos y descubrió en su rostro el gesto que, desde entonces, siempre asociaría con él. En sus profundos ojos verdes, bajo sus rasgos viriles y proporcionados de caballero decimonónico, podía leer una melancolía que parecía albergar esperanza y la cautivó aquella tristeza rebelde que se negaba a serlo.

—¿Volveremos a vernos? —se atrevió a preguntarle Santos justo antes de despedirse.

—Eso depende —replicó ella queriendo gritarle un sí que esperaba que él supiese interpretar.

—¿De qué? —Santos disfrutó sumándose a su juego. Hacía tiempo que, perdido en encuentros donde el sexo jamás tenía porvenir ni nombre, no recordaba haber sentido tanta curiosidad por conocer a alguien.

Ella se encogió de hombros.

—¿Mañana, por ejemplo?

—¿Tan pronto?

—Para qué esperar más...

—Ya sabes dónde canto —Asun titubeó un segundo, mordiéndose el labio inferior—, actúo.

—¿Y solo puedo verte allí?

—¿Quieres verme en otro sitio?

—No sé... A lo mejor.

Ella bajó la cabeza fingiendo sonrojarse y se agarró el cuerpo con las manos, tratando de disimular el frío que penetraba a través de un chaquetón demasiado raído como para protegerla de la crueldad del invierno madrileño.

—Mañana empezaré con *La Lirio*. —Y comenzó a tararear los primeros compases de la copla, moviéndose alrededor de la farola e intentando entrar en calor—. Deberías venir.

—«Se dice si es por un hombre, se dice que si es por dos...» —se atrevió a entonar Santos, a pesar de su pésimo oído musical, provocando la primera risa sincera en Asun.

—Si quieres, hablo con don Augusto y hacemos un dúo.

—No —se rio también él—, prefiero servirte de público. Y si me lo permites, acompañarte a casa de nuevo.

—No me parece mal.

—A mí tampoco.

Acostumbrada a esquivar las manos de los clientes del tablao, le resultó extraño que Santos no se acercase más a ella. Le habría resultado fácil aprovecharse de la disculpa de la inminente helada para ofrecerle su chaqueta y, mientras la colocaba sobre sus hombros, deslizar sus manos hasta llegar a sus pechos con la misma zafiedad con que lo habían hecho otros, asiéndolos como si les pertenecieran y pudieran jugar con sus pezones mientras le susurraban al oído, después de cerrar la puerta del cuartucho, todo lo que le iban a hacer a cambio del precio pactado.

Antes de que el sereno los interrumpiese, él le preguntó si le podía decir su verdadero nombre. Ella, fiel a sus avisos, hizo caso al que había sentido en el pecho, en forma de aguijonazo, hacía exactamente un mes.

—Asun.

—Muy bien, Asun. Pues dile a la Dulce Eva que mañana os buscaré de nuevo. A ti y a ella, a las dos.

Ella sintió un estremecimiento extraño ante aquella alusión a las diferentes mujeres que vivían en su interior y se despidió mientras se preguntaba si debía o no dejarse seducir por la voz de ese hombre en la que se confundían el juego y la nostalgia. Aún tardaría en acertar con la verdad oculta tras aquella singular combinación, pero ni siquiera ese hallazgo haría tambalearse los cimientos con los que comenzaron a construir su propio relato. A pesar de que, con el tiempo, acabara descubriendo que el origen de su historia era el resultado de un plan, una emergencia y una mentira.

4

El plan lo habían urdido entre Ginés y Carmen, aunque había sido la dueña de la mercería la que más había insistido en lo urgente que era asegurar la reputación de Santos antes de que los rumores hiciesen peligrar su buen nombre.

La emergencia la desató la Olvido, una de las clientas que acudía con mayor asiduidad a la mercería, no tanto por su necesidad de hilos y telas como porque sabía que aquel era un buen lugar para lanzar sus rumores y recoger, a cambio, otros tantos igualmente jugosos.

Y la mentira, muy a su pesar, fue cosa de Santos, que una vez que accedió a los planes dispuestos por Ginés y Carmen se sintió obligado a asegurarse una victoria que no creía posible sin su mayor aliado: el teatro.

«Tenemos que hablar.»

Carmen añadió a su nota un día y una hora justo debajo del triángulo invertido con el que aludían a la trastienda de su mercería. Después, dobló y redujo el papel hasta volverlo casi invisible y acudió a esconderlo, como hacían siempre que debían ponerse en contacto de manera urgente, entre las figurillas de latón de la tienda de Braulio. Cada uno de ellos estaba asociado a uno de los diminutos juguetes de sus vitrinas, de modo que solo tenía que desplazar en sentido contrario la figura que correspondiera a Santos —un tranvía—, a Ginés —un camión— o a ella misma —un aeroplano— para fijar la cita.

Al verla aparecer por allí, Braulio resopló con fastidio. Aunque se había ofrecido a ayudarlos con las comunicaciones, la creciente frecuencia con que empleaban su local hacía que a ratos se arrepintiera de su generosidad. Sabía que había accedido a convertir su tienda en una de las mensajerías del Partido por las razones adecuadas, pero temía por su propia seguridad cada vez que los veía entrar en ella.

El bibliotecario acudió puntual a su cita en la mercería, donde, además de Carmen, lo esperaba Ginés. Los dos sabían que Santos era uno de sus activos más valiosos, tanto por sus conexiones en el Ateneo, al que el régimen había despojado de su naturaleza liberal para convertirlo en un altavoz de la ideología franquista, como por sus vínculos en la Complutense, en la que se empezaba a intuir, todavía muy débil, el aire revolucionario surgido a raíz de la llegada de Laín Entralgo al rectorado. Santos, gracias a su participación como asesor e incluso director en algunas compañías de teatro universitario, había conseguido crear un grupo de estudiantes afines, sorteando con habilidad la férrea vigilancia del SEU, el sindicato creado por la Falange para introducir su propaganda en la universidad. Esos jóvenes que captaba y en quienes Carmen y Ginés solían delegar tareas de mensajería y espionaje constituían la que el bibliotecario había bautizado como su «tribu calderoniana», un grupo al que pertenecían tanto parte de los actores que conocía en los grupos teatrales con los que colaboraba como algunos de los universitarios de primer año que alquilaban, de curso en curso, una habitación en su piso de la calle Bordadores. Hijos de buenas familias, a veces eran valiosos por lo que dejaban averiguar sobre sus padres; otras, porque la rebelión connatural a sus dieciocho permitía atraerlos a su causa con relativa sencillez.

Cuantos más, mejor, le repetían siempre Ginés y Carmen, a quienes solo les preocupaba que «las costumbres» y la edad de Santos pudieran poner en peligro su tarea y los éxitos que, desde su trabajo anónimo, sentían que estaban conquistando. Ni somos ni tenemos que ser nunca nombres propios, Santos, intentó convencerlo la dueña de la mercería la primera vez que lo amonestó por los rumores que, a sus recién cumplidos cuarenta, había empezado a desatar su soltería. Aquella frase, sin embargo, solo sirvió para golpear al bibliotecario en la única herida que nada ni nadie lograrían sanar. Porque ser nombre, ser su propio nombre en medio de una Historia que se reservaba las mayúsculas siempre para los otros, era justo lo que más anhelaba.

Si no hubiera sido por sus conexiones y por la importancia de su «tribu», que les garantizaba un nutrido retén de posibles reclutas, hacía tiempo que Ginés le habría aconsejado a Carmen prescindir de él, asqueado por esa rareza suya que, se pusieran como se pusieran, no era ni medio normal. Pero la labor de Santos era una de las piezas fundamentales en su organización, y Ginés era consciente de que debían proteger esa red con la que se las ingeniaban para atender las directrices del PCE que, gracias a los contactos de Carmen, les llegaban desde Barcelona. Ella jamás les confesó la identidad de sus fuentes, por seguridad y porque hacerlo le exigía abrir un recuerdo que no quería compartir con nadie. Se limitaba a trasladarles las demandas del Partido procedentes del aparato en el exilio y casi siempre enfocadas a buscar aliados para divulgar los hechos que ocultaba la prensa oficial.

En cuanto a sus tareas habituales, consistían fundamentalmente en trasladar mensajes para evitar detenciones, falsificar documentos para permitir huidas y pasar información a las familias de quienes habían caído presos, además de facilitar datos con los que atentar contra algunos de sus verdugos. Con el tiempo, los tres habían aprendido a delimitar sus funciones con la misma precisión que sus espacios, de manera que era imposible disociar las responsabilidades de Carmen, Ginés y Santos de los entornos en que las desarrollaban.

Ginés, a través de su librería, les ofrecía, además del armamento intelectual, los chivatazos que les permitían adelantarse a la policía, procedentes del público que frecuentaba su tienda atraído por el doble sentido que sabía adivinar en su cartel:

SI NUESTRA SELECTA CLIENTELA ENCONTRASE ENTRE NUESTROS LIBROS ALGUNO CONTRARIO A LOS IDEALES DE NUESTRA CRUZADA, NO DUDE EN DECÍRNOSLO.

Por supuesto, su «selecta clientela», de la que Santos no había tardado en ser uno de sus miembros principales, buscaba y adquiría esos pecaminosos títulos con la misma avidez con que los buscaba entre los estantes.

Y Carmen, por su parte, les suministraba con su mercería un centro de operaciones de apariencia tan inocente como sus ensayadas maneras de beata y el vestuario con el que se había acostumbrado a mostrarse ante los demás. Hacía mucho que había dejado de preguntarse si la mujer que exhibía se parecía o no a la mujer que era, porque le importaba más lo que estaban logrando que lo que hubiera podido llegar a ser. La vida, sermoneaba a Santos, era la que era, así que de poco valía empeñarse en ensoñaciones mientras su única realidad continuase siendo aquella pesadilla.

Pero esa tarde Santos intuía que no lo habían citado para hablar de política, sobre todo cuando el mensaje le había llegado solo dos días después de que hubiera transgredido uno de los pocos límites que hasta entonces se había obligado a respetar, tratando de convencerse de que no se merecía una vida menos sórdida. Dos días después de que se hubiera decidido a subir a su piso de la calle Bordadores a un chico al que había conocido en uno de los urinarios donde solía cazar las presas con las que, cuando apretaba el instinto, saciaba su apetito.

—¿Dispones de tiempo? —lo tanteó Santos.

—Una hora —le respondió aquel joven al que, por supuesto, no preguntó su nombre y que no debía de tener más de veintidós o veintitrés años.

—Si alguna de mis vecinas nos viese y te pregunta, tú di que eres actor.

—¿Actor? —le preguntó perplejo.

—Tú hazme caso —le ordenó Santos— y mira a tu alrededor lo menos posible. Hasta que no lleguemos, ni me hables. Y una vez que abra el portal, entras y subes detrás de mí.

—¿Y si no quiero?

—Tú sabrás.

—Es arriesgado...

—Y esto es incómodo —replicó Santos señalando los urinarios.

—Ya —asintió el joven—, pero menos peligroso.

—Nadie te dice que yo no sea un infiltrado...

—Esto sí me lo dice —le respondió a la vez que le agarraba con fuerza la polla, completamente erecta.

Santos se encogió de hombros mientras se abrochaba de nuevo el pantalón, dejando claro que no le importaba que no lo acompañase, pero que tampoco estaba dispuesto a conformarse con lo que pudiera pasar en el estrecho cubículo donde ahora se hacinaban. Salió de allí sin decir una palabra más y enseguida se dio cuenta de que aquel chico también lo seguía. Caminaba tras él a una distancia lo bastante prudencial como para que nadie pudiera asociarlos.

Sabía que era una temeridad. O, peor aún, un error. Pero aquella tarde estaba tan harto de que la vida no pareciera serlo que decidió probar a que sí lo fuera. Le propuso subir a su casa y, cuando llegaron a su portal, se dio cuenta de que la Olvido los había visto entrar. Era cuestión de tiempo que Carmen lo llamase al orden. Que Ginés le echase en cara sus malas costumbres. Que sus mejores y, seguramente, únicos amigos le recriminasen que, a sus cuarenta, se hubiera comportado con la misma fiebre que un adolescente. Pero ellos no sabían. Ellos no podían imaginar cómo quemaba lo que no se vivía. O sí, a lo mejor sí que lo sabían y por eso esperaba que pudieran entenderlo. Que comprendiesen que, por una vez, quería saber cómo cambiaba el placer cuando tenía lugar en un espacio propio. Cuando no era necesario mirar a uno y otro lado para evitar que alguien, a menudo algún policía infiltrado, apareciese justo en el momento en que su mano agarraba con fuerza el sexo de otro hombre hasta que, tras un breve intercambio de movimientos que tenían más de espasmo que de caricia, conseguía vaciarlo.

—No vives mal —comentó el joven sorprendido ante las dimensiones de su piso.

—Tampoco creas que es todo para mí —se justificó Santos, como si necesitara excusarse por un lujo familiar que nunca había sentido propio—, alquilo habitaciones a estudiantes. Lo mismo te interesa alguna.

—Si estuviera estudiando, tal vez sí —se rio su acompañante—, pero acabé hace un año. Y ahora estoy empezando en lo mío. —Dudó por un segundo y el bibliotecario, a pesar de su curiosidad, evitó preguntarle. Hablar de sus trabajos constituía una forma de intimidad que podía entrañar un peligro, así que esperó a que fuera él quien decidiera si quería o no aclarárselo—. En el *ABC*.

—Vaya, entonces tendré que andarme con cuidado. Que nunca se sabe qué se puede esperar de un periodista.

—Tú tampoco parece que seas mucho más inofensivo —le replicó él señalando las estanterías llenas de libros que rodeaban el salón—. Demasiado leído.

Santos aprovechó la risa compartida para empujar a aquel joven, que se dejaba llevar con el mismo entusiasmo con que él lo movía, hasta su dormitorio.

—Creo que nunca lo he hecho en una cama... —le susurró al oído.

—Ni yo —admitió Santos—, y ya era hora.

Comenzó a desabotonarle la camisa a la vez que él se deshacía de sus pantalones, pero aquel joven, al que cada vez tenía más ganas de preguntarle el nombre, lo detuvo.

—¿Y esos estudiantes que tienes de inquilinos?

—Ahora no hay nadie. La habitación la alquilan por cursos. Pero no siempre hay gente. Puedes estar tranquilo.

En realidad, los dos sabían que ni podían ni tampoco debían estarlo. La calma era el preludio de la torpeza y, en definitiva, del error, así que si no querían que su encuentro acabase convirtiéndose en un problema debían asegurarse de que todo transcurriese en el mismo silencio con que se desnudaron y comenzaron a buscarse en una horizontalidad a la que no estaban acostumbrados.

Santos se esforzaba por abarcar su piel mientras que aquel joven intentaba responderle abrazando la suya, sin que ninguno de los dos supiese cómo dirigir aquella ceremonia en la que echaban de menos la incomodidad vertical de los lugares en los que habían estado antes con otros hombres. En esos lugares —ya fuera la última fila del cine Carretas o uno de los vagones de tren que, a ciertas horas, permitían una mamada rápida o una masturbación mutua igual de apresurada— no había que preocuparse de la sensualidad, ni de la escucha del cuerpo del otro, ni de la necesidad de alternar entre la ternura y la voracidad para que el deseo acabara transformándose en placer. Pero ahora, en esa cama que sí era suya o que, al menos, podía serlo durante unos minutos, la exigencia resultaba mucho mayor y ambos se sentían demasiado torpes para que el sexo fuera como habían querido imaginarlo.

No habían perdido el miedo, porque las paredes oyen, porque el vecindario sabe, porque la calle siempre está alerta, porque —como temía que le iba a decir Carmen en su reunión de urgencia— hay demasiados ojos atentos. Así que ni siquiera ese espacio propio se convirtió en un marco privado y esa conciencia de una intimidad imposible condenó su encuentro a la mediocridad. No encontraron la forma de vencer la extrañeza y Santos, que enseguida notó que esa incomodidad se había adueñado de su acompañante, renunció a penetrarlo y se conformó con el placer, casi voyeurístico, de ver aplicar sus labios sobre su polla, buscando un orgasmo que solo llegó cuando el bibliotecario apartó su cabeza y lo invitó a reclinarse a su lado, cruzando sus brazos y masturbándose hasta que la excitación, que lucharon por mantener despierta, les permitió correrse.

No era lo que esperaba, estuvo a punto de decirle el bibliotecario, pero asumió que aquella crueldad innecesaria solo serviría para herir a alguien que no lo merecía por una culpa que tampoco era suya. Aquel joven no era responsable de que todo lo ocurrido en su cama hubiera sido tan vulgar.

—Por cierto, me llamo...

Santos lo detuvo poniéndole el índice en la boca.

—Las cosas es mejor dejarlas como están. Y como son.

En el mismo momento en que aquel joven del que nunca llegó a saber el nombre bajó los escalones, atravesándolos con el sigilo necesario para que nadie abriese su puerta con la intención de descubrirlo, Santos supo que lo que estaba buscando tampoco se parecía a lo que acababa de despedir. No porque hubiera sido especialmente torpe. Ni por el pudor y la inexperiencia que les había impedido llegar tan lejos como él habría querido. La diferencia entre lo sucedido y lo que quería que sucediese tenía que ver con las expectativas. Con encontrar en su espejo la mirada de alguien que fuese capaz de entenderlo. Alguien en quien sí pudiera permanecer la esencia de lo que era para impedir que el tiempo le obligase a olvidarlo. Y eso no se parecía en nada a lo que había vivido ni a lo que, en los baños, vagones y filas de cine que le aguardasen, pudiera vivir.

Si la experiencia hubiera sido distinta, quizá Santos habría acudido a la cita con Carmen y Ginés de otro talante. Incluso se habría sentido capaz de defenderse y hasta de negarse a cumplir con todo lo que el librero y la dueña de la mercería habían acordado. Pero la sensación de estar atrapado en un vacío que lindaba, en el mejor de los casos, con la mediocridad hizo que llegara a su reunión dispuesto a asumir todos los reproches que sabía que le aguardaban, aunque ignorase que tras ellos se hallaban también el plan y la mentira que estaban a punto de cambiar su vida.

5

—Vosotros diréis —les espetó Santos en cuanto se encerraron los tres en el almacén.

—Nosotros no deberíamos tener nada que decirte —le respondió Carmen antes de que Ginés la secundara.

—Lo que tienes tú es que aprender a no dar que hablar —le recriminó el librero.

Santos respiró hondo. Sabía que ambos esperaban de él una disculpa y, a ser posible, también un esforzado propósito de enmienda, pero le parecía injusto tener que arrepentirse cuando lo único que había hecho era desprenderse por un momento de la máscara con la que había construido su vida. Se había atrevido a ponerse en pie un segundo en medio de ese espeso fango en el que llevaba tantos años luchando por no ahogarse, ese lodazal de mentiras y ausencias enraizado en una infancia marcial y alejada de sus padres —«tienes que hacerte un hombre de provecho»—, y encerrado en un internado —«esperamos grandes cosas de ti»— donde enseguida empezó a experimentar la vigilancia y el desprecio —«compórtate como un hombre como Dios manda»— por ser quien era.

Cada vez que tenía que afrontar advertencias como las de Ginés y de Carmen, se preguntaba con rabia si alguna vez cesarían los golpes de quienes lo repudiaban por ser quien era, tan continuos como los que les propinaban con la regla en aquel colegio regentado por sacerdotes que los vigilaban para evitar que se tocasen. Un claustro de curas que, con amenazas algunas veces y con promesas otras, los buscaban a oscuras, bajo el secreto que les confería el miedo infantil, y los obligaban a hacer cosas que, al principio, ellos ni siquiera entendían. Felaciones y caricias robadas que, cada vez que lo obligaban a rezar, Santos volvía a sentir con la misma repugnancia con la que podía palpar la verga primero flácida y después enhiesta de alguno de aquellos hombres ensotanados que, por la mañana, les hablaban del pecado y la culpa para luego ejercitarlos en el secreto de su lascivia durante las noches.

Más allá del rencor que le guardaba a su familia por los años de internado, no tenía grandes recuerdos de ellos, ni tampoco nostalgia de su presencia. Apenas había visto a sus padres en los años que pasó en aquel internado, y que ambos hubieran fallecido en un estúpido accidente de coche, camino de una de las tres visitas anuales que hacían a su hijo, tampoco le había provocado sentimiento de culpa. Hubo una época en que incluso intentó incorporar aquella fatalidad a su lista de demonios, pero, tras haber pasado toda su infancia confinado lejos del seno familiar, le resultaba imposible asumir como propios a aquellos dos extraños a quienes, solo de modo azaroso, podía incluir en su biografía.

Carmen, a quien había conocido gracias a Ginés, creía que su posicionamiento político tenía algo que ver con esas raíces y que, al igual que ella se explicaba su lucha por imitación de los ideales de su familia, la de Santos respondía al rechazo de los principios de la suya. Los padres siempre nos marcan, opinaba, pero como sabía que Santos odiaba que analizasen su identidad en virtud de su pasado, tampoco tenía demasiado sentido repetírselo. Además, qué importaba eso ahora cuando lo que urgían eran los hechos.

—¿Ya os han venido con el cuento?

—Ojalá fuera un cuento. Pero si no llega a ser por esta —sentenció Ginés, señalando a Carmen—, hoy lo mismo tendríamos peores noticias que la que te vamos a dar.

—Aún estamos a tiempo, Santos —intercedió Carmen—. Pero para eso tienes que impedir que se te vea. No te digo que no hagas o deshagas, solo que hagas y deshagas lo menos posible. Y en otros sitios.

—Lo siento. No quería causarnos más problemas.

—Los problemas aquí hace mucho que se causan solos. —Carmen lo pensaba firmemente. No compartía la aversión de Ginés por lo que él llamaba «las rarezas de Santos» y odiaba tener que responsabilizarlo de algo de lo que no era culpable cuando el enemigo estaba afuera—. Pero tu caso empieza a destacar demasiado. Y eso no nos conviene.

—No —subrayó Ginés—. No nos conviene nada.

—Ha sido la Olvido, ¿verdad? —dedujo Santos sin dificultad—. Cuántas Angustias hay en este Madrid.

—Y cuántas Adelas os empeñáis en olvidarlo... —le replicó la mercera sonriéndole con complicidad y haciendo suya la referencia lorquiana.

A veces, a Santos se le olvidaba que aquella mujer solo usaba su comercio como tapadera, para que nadie pudiese apreciar ni sus inquietudes ni el mundo de referencias prohibidas desde el que las había construido.

—Pero las Adelas nunca terminan bien —los interrumpió Ginés, ansioso por centrarse de una vez en el plan que los había reunido allí—. Por eso necesitamos que nos escuches, Santos.

No le gustó nada de lo que le explicaron: ni la persona elegida —demasiado joven—, ni el motivo —demasiado pragmático—, ni la estrategia —demasiado burda—. El plan propuesto por Carmen no solo exigía hacerse el encontradizo en uno de esos tugurios que Santos tanto odiaba, uno de esos locales que se presentaban como tablaos y que no eran más que burdeles encubiertos, sino que también implicaba la colaboración de un tercero con el que interpretar una escena que podía resultar ridícula e inverosímil.

—¿Tú no eres director? —le urgió Carmen, que no estaba dispuesta a aceptar una negativa—. Pues lo ensayas con el actor que elijas y luego lo representáis en el bar delante de la Asun. A esas horas y con la gente que frecuenta ese sitio, te digo yo que no va a notar la diferencia entre lo que es verdad y lo que no.

—Coges a alguno de los de tu teatro universitario —le aconsejó Ginés—, le dices que se avejente un poco y le pides el favor. Seguro que hay algún antiguo alumno de los que fueron parte de tu «tribu» que ahora nos vale.

—Los de ahora son muy jóvenes —prosiguió Carmen mientras Santos asimilaba lo que le estaban proponiendo—. Gala y Teresa no nos sirven por motivos evidentes. Y Luisito y Nacho son dos críos. Tiene que ser alguien de las promociones anteriores. Cualquiera que imponga y al que puedas hacer pasar por un cincuentón nos vale.

—¿Y si ella se da cuenta? Además, no tiene por qué interesarle ese héroe tan burdo que me estáis pidiendo que sea.

—Eso da igual. Lo importante es que ya he hablado de todo esto con la Reme y ella también está de acuerdo. —Santos se tensó por un segundo, pero Carmen corrió a aclarárselo—: No le he dicho nada de lo tuyo, claro, pero sí que estás solo y te viene bien una buena muchacha.

«Lo tuyo», Santos masticó las palabras con amargura, sin decirlas en voz alta.

—A ella la tranquiliza que su hija haga una buena boda, alguien con posibles que saque a la niña de ese cuchitril, pero me ha insistido en que, si queremos que esto funcione, es mejor que Asun no se entere de nada de lo que hemos hablado.

—Así que el plan es engañarla.

—No —le corrigió Carmen, que había meditado más de una respuesta para cualquier remilgo ético de Santos—, la solución es ofrecerle el héroe romántico que, según su madre, lleva años contándose en sus imaginaciones. Y luego, cuando llegue el momento, ya buscarás el modo de que tu realidad también encuentre su lugar en ellas.

—Me estáis pidiendo que sea parte de una estafa. Y que le arruine la vida a una joven a la que no conozco.

—No creo que la vida que pueda tener contigo sea peor que la que sufre ahora. Y lo vas a comprobar en cuanto te acerques al tablao. Ve las noches que hagan falta hasta que te convenzas. Y, cuando llegue ese momento, organizas el número del borracho.

—Lo malo es que mi número va sin público.

—Pues como todo nuestro teatro —lo retó Ginés, que sabía que era preciso horadar en sus cicatrices si querían convencerlo—. O sin público, o en el exilio, o con amenaza de que te acaben llevando a los sótanos de Sol si te atreves a representarlo.

—Mira, Santos, no vamos a andarnos con rodeos. —La dueña de la mercería odiaba desperdiciar un tiempo que, a falta de otros lujos, se había vuelto demasiado valioso—. Tú sabes lo que nos jugamos. Igual que sabes que, si caes tú, caen otros. Basta un mal paso para que los de la Secreta empiecen a atar nombres, y no hemos llegado hasta aquí para que la Olvido vaya largando por el barrio lo que ve y lo que deja de ver en tu casa.

—Tú dirás si contamos contigo.

—¿Que diga yo, Ginés? —replicó con sorna—. Juraría que ya lo habéis dicho todo vosotros.

—Porque esto no tiene más que una solución —concluyó Carmen—. Y la que te traemos, por poco que te guste, es la mejor.

A pesar de que el librero también asentía, algo en su interior le decía que aquella decisión traería problemas. No le convencía demasiado el plan de la mercera, con esa propuesta que a Santos le conseguía una novia, y a Asun, una alternativa para sacarla del tugurio donde la manoseaban. El matrimonio que preparaba Carmen no tenía nada que ver con el del propio Ginés, porque ni Santos era como él ni Asun se parecía en nada a Pilar, con quien el librero había aprendido a formar una familia tan modélica en sus formas como para ganarse, entre la clientela de la librería, a unos cuantos de las centurias falangistas. Sin Pilar y la tediosa convivencia que los unía, sin esa niebla asumida en la que ambos habían aprendido a ahogar sus ambiciones, Ginés jamás habría logrado ese espejismo de fidelidad a Dios y a la Patria, esa pureza de las mayúsculas que sostenían su vida y su negocio. Pero le costaba creer que, por los riesgos que vislumbraba en el carácter de Santos y de Asun, el plan de Carmen fuera una buena idea; algo le decía en su interior que el bibliotecario necesitaba alguien que le enfriase la fiebre, y Asun, por juventud y por carácter, podía aumentársela.

—Empieza por presentarte en el tablao y finge que te gusta cómo canta.

—A lo mejor no tengo que fingirlo, Carmen.

—Lo dudo. Esa niña siempre ha tenido más insolencia que talento. Pero te servirá. Ha vivido lo bastante como para que podáis entenderos. Aunque siendo más joven que tú, también será más manejable.

—Puede que sea al revés.

—¿Me vas a decir que no sabrás hacerte con ella, Santos?

—Lo único que digo es que quizá el que aún no ha vivido lo bastante soy yo.

6

Desde niña había buscado en su fantasía el modo de escapar de la miseria, así que Asun encontró pronto la forma de idealizar los paseos, a su salida del tablao, junto a ese hombre que cada día la seducía un poco más. No se ajustaba en exceso a las imágenes de los galanes que había labrado en su adolescencia, no tanto porque no fuera atractivo, que a ella sí se lo parecía, sino porque en su delgadez y en su porte de caballero clásico encontraba un aliento más del pasado que de su presente, pero todo lo que amenazaba con alejarlos se desvanecía en cuanto comenzaba a hablarle. Las palabras de Santos, siempre llenas de historias y personajes que ella ignoraba, eran capaces de encontrar el camino hacia esa imaginación que la había salvado desde que era una cría. Desde las mañanas en que se empezó a inventar una existencia que, con la ayuda de las coplas que escuchaba en boca de su madre y de sus vecinas, le permitía sobrellevar su realidad. La música la había salvado del mismo modo que el teatro había rescatado a Santos, revelándoles que necesitaban convertirse en personajes para no dejar de ser personas.

La capacidad para teatralizarse de Asun entre versos de Perelló o de León y Quiroga formaba parte de lo que sedujo a Santos, pero también infundió en la

Reme el temor de que su hija descubriese la verdad de cómo se había tejido su encuentro con el bibliotecario. Si era tan buena interpretándose a sí misma, tal vez descubriese la trampa de una mala actuación. El único modo de que triunfase aquel plan, le había insistido a Carmen, era enmascarar sus cálculos y asegurarse de que ese hombre iba pronto a su casa para que Asun se lo presentara, que no iba a entregar a su niña sin haber visto bien a quién se la daba. Pero Carmen no tuvo que azuzar a Santos para que fuera a visitar a la Reme, sino que fue su hija quien, al cabo de varias semanas de idas y venidas del tablao hasta su casa, se lo propuso al bibliotecario.

—¿Tú estás segura? —le preguntó mientras ella jugaba a acercarse a él tanto como si estuviera a punto de darle un beso.

—Yo no estoy segura de nada —se rio Asun—, pero de que me gusta caminar contigo creo que sí.

—¿Aunque te hable de historias que ni siquiera son mías? Porque lo mejor que te puedo contar es lo que ya han contado otros.

—Lo cuentas bien. —Asun le sonrió antes de mirar a su alrededor y, tras asegurarse de que no había nadie cerca, llevó la mano hasta sus mejillas, acariciándolo con un gesto entre el deseo y la ternura—. A mí me gusta que me lo cuentes. Y que me conviertas en esas mujeres en que me conviertes.

—Como Casandra —comentó él mientras, acodados en la pared junto al portal de la casa de Asun, dudaba si rodear o no su cintura—. Tus avisos son como los de Casandra. Y tu obstinación, como la de Antígona.

—Tendría que conocerlas —se burló ella a la vez que, percatándose de las dudas del bibliotecario, movía sus brazos y los disponía alrededor de su cuerpo—, pero no puedo saberlo hasta que tú me las describas.

—Antígona no se rendía nunca... Y Casandra, aunque no la creyeran, tampoco.

—Entonces puede que sí lo sea. —Dio un último vistazo a su alrededor para confirmar que el sereno tampoco andaba cerca—. Si quieres, solo tienes que decirme que lo sea.

Se acercó a él hasta que logró que sus labios alcanzaran los del bibliotecario, que respondió a aquel beso con la pasión aprendida de sus encuentros secretos y, al mismo tiempo, con la incomodidad de una primera vez. Porque, a su modo, ese beso que se prolongó tanto tiempo como Asun quiso mantenerlo también lo era. Santos temía sentir un rechazo inmediato que contaminase la complicidad que había empezado a unirlos, pero lo único que experimentó fue la confirmación de que, aunque aquel no era su camino, ella sí podía serlo. Solo tenían que encontrar el modo, pensó. La forma de que cada uno de los dos obtuviese lo que pudiera necesitar sin perder la magia que ocurría cuando se hablaban. O cuando ella le cantaba alguna de sus coplas y él le resumía, o incluso reinventaba, alguna de las obras que lo enamoraban. Aquel beso era la confirmación de que todo lo que tuviera que ver con la piel sería mediocre, pero al menos no se convertiría en la negación de sí mismo que esperaba percibir Santos y que habría hecho tambalearse el resto de su plan.

—¿Antígona te habría presentado a su familia?

—Digamos que su familia le dio muchos problemas... Aunque ella habría hecho lo que considerase justo.

—Esto no es cuestión de justicia, sino de urgencia. —Asun se detuvo un segundo, dudando si quería sincerarse tras un momento que había sido muy diferente a como lo había imaginado—. Siento que voy a terminar ahogándome entre borrachos como el del otro día si no hago algo que sí sirva. Algo como lo que sé que hacen Ginés y Carmen. Y como lo que también intuyo que haces tú con ellos.

Santos estuvo a punto de responderle, pero ella lo detuvo.

—Te he visto alguna vez entrando en el almacén de la mercería, así que no tienes que explicarme nada. Sé que te conocen y que los conoces. Y sé lo que hacen. A Carmen, aunque es amiga mía, no le he pedido participar porque no sé si me tiene en cuenta, pero si estoy contigo seguro que me verá de otra forma. Y eso sí que es lo que haría la Antígona esa de la que hablas, ¿o no, Santos?

—¿Por eso quieres presentarme a tu madre? ¿Para que lo de ser novios te permita sumarte a la red de Carmen?

—Es que esa red sí es de las que yo quiero aprender a tejer, Santos. No la que pretendían obligarme a coser en la tintorería. ¿No lo ves bien? Yo consigo una cosa y tú, bueno, tú consigues otra.

—¿Ah, sí? —No acababa de saber qué era exactamente lo que intuía o creía haber adivinado Asun, pero su ambigüedad no solo no lo inquietaba, sino que le resultaba reconfortante. La idea de que ambos pudieran ayudarse mutuamente hacía que su plan dejase de ser una estafa para transformarse en un pacto—. ¿Y qué es lo que consigo yo?

—Alguien que quiere escuchar tus historias. Y ser tu Casandra, o tu Antígona, o lo que haga falta.

—Me parece justo.

—Porque lo es.

Ella lo abrazó con fuerza y fue él esta vez quien inició un beso que dejó en Asun un rastro triste pero, a su modo, esperanzador. La promesa de un camino del que ninguno de los dos era capaz de imaginar el destino y que, sin embargo, ambos estaban decididos a recorrer.

7

A Santos le gustó la Reme desde el mismo momento en que Asun se la presentó. Y a la Reme, a pesar de que aquel hombre usaba demasiadas palabras que no comprendía, tampoco le pareció mal Santos.

—Quiero lo mejor para su hija —le prometió mientras ellas miraban con deseo la bandeja de pasteles que les había llevado, confiando en que esa pequeña ostentación sirviese para calmar las posibles dudas de la Reme sobre su solvencia.

—Carmen dice que es usted un hombre serio —comentó ella mientras azuzaba a su hija para que probara alguno de esos dulces que, hasta la fecha, no se habían asomado a aquella casa—. Y cabal. Que es lo que yo quiero para mi Asun.

—No se arrepentirá, puedo asegurárselo. Aunque nos separen unos años, nos unen muchas más semejanzas y planes de futuro.

—Poco me preocupan a mí esos años —aseguró la Reme, esbozando una sonrisa melancólica— y más los que vaya a pasar con ella. Aunque serán buenos si se disfrutan en una buena casa como la que me han contado que tiene.

—Veo que la han informado bien —sonrió Santos, a quien le hizo gracia la sinceridad con la que aquella mujer ponderaba las cualidades que la inclinaban a darle un sí que, quizá, le habría negado sin esas ventajas logísticas. Incluso llegó a preguntarse si la Reme, con esa mirada atenta con que lo escudriñaba todo, habría intuido parte de la verdad que el bibliotecario ocultaba bajo su estudiada máscara.

—Lo único que pido es que esto no sea eterno y que mi niña no deje de cantar hasta la boda. Que de noviazgos en esta casa no se come.

—¿Y si cuando me case quiero seguir cantando? —intervino Asun, hastiada de encarnar el papel de hija sumisa y novia ejemplar que se había propuesto interpretar aquella tarde.

«Pues seguirás haciéndolo», le respondió Santos con la mirada.

«¿Te has vuelto loca?», le contestó su madre con la suya.

Pero su pregunta no esperaba respuesta, solo era una excusa para tantear el tipo de matrimonio que le aguardaba.

La Reme se sentía inclinada hacia el sí desde su última conversación con Carmen. La mercera había tenido que convencerla de que el oficio de Santos no entrañaba grandes peligros, porque el hecho de que fuera bibliotecario le recordó todas las quemas de libros a las que había asistido en esas plazas donde la forzaban a elevar el brazo en señal de adhesión mientras prendían fuego a ese papel que, por otro lado, escaseaba.

De «las costumbres» de Santos, como las llamaba Carmen, la Reme no llegó a saber nada. Si la dueña de la mercería se lo hubiera insinuado, se habría cerrado en banda y hasta le habría retirado la palabra para no oír más locuras, porque aquello no tenía más remedio que serlo, que bastante mala era ya el hambre del estómago como para sumarle otra más también en la cintura, y ella sabía lo que se decía, aunque no la entendieran, o peor, no la quisieran entender, porque a ella todo eso le parecía que eran caprichos y vicios, y que, si la urgencia era otra, bien estaba dejarse de calenturas del diablo y aplicarse al matrimonio con fe cristiana y con más seriedad.

—No se arrepentirá, doña Reme —le prometió Santos—. Solo necesito que me dé usted su bendición y su permiso.

—Mi amiga Carmen dice que es usted un buen hombre.

—Lo es, madre, lo es —aseguró con vehemencia Asun, que estaba deseando salir de aquella formalidad con el sí que ansiaba.

—Mientras no haya sustos, bien me parece. Pero insisto en que todo tiene que acabar pronto en boda y sin dar que hablar, que no hace falta recordar en qué lugar vivimos. Y con llorar a un fantasma ya tengo bastante.

Asun le había advertido a Santos de que la Reme siempre llamaba así a su padre. La ausencia del cadáver lo había convertido en un alma en pena al que ella le hablaba prometiéndole una tumba que su hija dudaba que llegase a tener. Lo importante es que no sienta miedo al verte, le insistió al bibliotecario, mientras mi madre no vea en ti un peligro, todo irá bien.

—No soy yo de fantasmas, doña Reme —le dio su palabra Santos—. Con los vivos tenemos de sobra.

—Eso es lo malo. Que entre los vivos hay muchos que nos querrían en el bando de los muertos.

Santos pensó que aquel podría haber sido un buen momento para justificar el porqué de su lucha y hasta para explicar la necesidad que sentía Asun de incorporarse a ella, pero le resultaba egoísta buscar su tranquilidad rompiendo la de aquella mujer que seguía analizándolo antes de despedirlos.

—Cuídemela. Que esta inconsciente vale más de lo que ella misma se imagina.

—Lo sé —le dio la razón Santos dedicándole a Asun una mirada de sincera admiración—. Por eso quiero casarme con ella.

8

Santos esperó a que su noviazgo hubiera sumado un número suficiente de paseos antes de confirmar que su intuición era cierta y que, tal y como sospechaba desde que la había conocido, Asun sería una buena incorporación a su causa. Solo entonces le propuso a Carmen y a Ginés que la citaran en el almacén de la mercería.

—No son nunca tareas extraordinarias —le explicó Carmen mientras Asun los escuchaba fascinada, ansiosa por sumarse a esas acciones—, pero en eso reside su importancia.

—Lo extraordinario —apostilló Ginés, que quería asegurarse de que la joven entendía bien la relevancia de su papel— es lo que conseguimos con ellas. Y es importante que no olvides que, tras cada uno de los mensajes que te pidamos que pases o de los sobres que te encarguemos, hay vidas en juego.

—No os preocupéis por eso —les aseguró Asun—, tengo muchos motivos para hacerlo bien.

Santos la miró con orgullo, consciente de que el vínculo que había surgido entre ambos se había desviado pronto de la máscara amistosa para convertirse en una complicidad que era incapaz de definir, pero que le provocaba una adicción tan intensa como la de los encuentros con los desconocidos a quienes seguía buscando en las madrigueras habituales. Acostumbrado a sobrevivir entre las sombras, le resultaba extraña esa nueva realidad en la que podía inventar una vida compartida a plena luz, aunque estuviera exenta de las caricias y el sudor que buscaba en la otra.

—¿Hoy quién soy? —le preguntó ella, como cada tarde de viernes, una vez que se hubieron alejado de la mercería.

Aquel juego, que había comenzado de manera casual, se había convertido en uno de sus ritos privados. Una ceremonia que tenía lugar todos los viernes por la tarde y que se mantenía durante la semana siguiente, como si los personajes que citaba Santos formaran parte de un programa pedagógico con el que intentaba acercar a Asun hasta su mundo y, de paso, alejarse del aburrimiento al que parecían condenados hasta su noche de bodas. Un tedio que se prolongaría durante el año de noviazgo formal al que dio pie la aprobación de la Reme y que a ambos se les hizo eterno: a ella, porque no soportaba seguir encerrada en una casa donde apenas podía respirar, y a él, porque le resultaba cada vez más difícil ocultar quién era y a qué se dedicaba. Sus largos —y vigilados— paseos no alentaron un deseo imposible, pero sí cimentaron una relación que encontraría su fortaleza en la fascinación mutua y la autonomía individual, una suma que daba la razón a Ginés en los problemas que vendrían con ellos. Lejos de ser los novios convencionales y anodinos que había pretendido Carmen, se convirtieron en una pareja tan llena de pasión vital como de anomalías, de modo que todo lo que debería haber invalidado su unión a los ojos de la Iglesia e incluso de la propia Reme era precisamente lo que los acercaba, hasta el punto de que ambos sentían que su intimidad, en vez de ser una mentira, era la expresión más viva de su libertad. Los problemas vaticinados por Ginés nacieron justo ahí, no de la promiscuidad que achacaba a Santos, ni de la insatisfacción que predijo en Asun. El conflicto no surgió porque su mentira dejara de parecer real, sino porque su realidad más preciada había llegado a ser su engaño.

—¿No me lo vas a decir? ¿O es que ya te has quedado sin personajes para mí? —lo provocó ella, que cada semana disfrutaba más con su juego privado, en el que encontraba la sensualidad que no le ofrecía el cuerpo siempre cortés e inaccesible de Santos. Daba igual cuánto se esforzase por acercarse a él durante sus paseos, sus intentos jamás alteraban la conducta del bibliotecario, más allá de algún beso tímido tras asegurarse de que no había nadie cerca. A falta de momentos en que sus cuerpos hablasen o, al menos, comenzaran a hacerlo, Asun encontró un placer inesperado en los instantes en que conversaban desde su fantasía. La evasión a través de los títulos que Santos desplegaba ante ella se revelaba como una alternativa eficaz a la agonía de los días repetidos, de los límites constantes, de la ausencia de horizontes que, cuando él la invitaba a ser otra, se engrandecían. La pasión del bibliotecario por el teatro era el único momento en que Santos se olvidaba de la moderación que regía su conducta y dejaba ver en él la vehemencia que Asun deseaba para sí. Quizá ese fue el motivo por el que se incorporó tan pronto a su juego, porque supo que el único modo de que pudiera quererla de verdad siendo ella era demostrándole que podía ser muchas otras.

—Hoy vas a ser Julia —decidió él después de unos segundos de reflexión: cada personaje cambiaba las normas de su juego durante la semana siguiente, así que elegía las referencias con cuidado.

—¿Y cómo es Julia?

—Altiva... Y caprichosa. —Santos buscaba palabras para definirla con el afán de no ser injusto con ella. A fin de cuentas, la heroína de Strindberg siempre había sido una de las protagonistas con las que más se identificaba—. Pero no por maldad ni por egoísmo. Sino porque no la han dejado ser de otra manera.

—¿Por eso te gusta? —dedujo Asun, que nunca titubeaba al trazar el hilo que unía al personaje elegido por Santos con su propia vida.

—Y por eso creo que te va a gustar a ti.

—Si se rebela, sí.

—No sé si se rebela... —La duda del bibliotecario era real. Cada vez le resultaba más vacío ese verbo que no atendía al contexto ni a las circunstancias que dirimían lo posible y lo imposible—. Sé que no se conforma.

—Entonces sí que es como tú —Asun se corrigió enseguida—, bueno, y como yo.

—Esa es una de las razones por las que la he escogido.

—¿Y por qué más?

Santos enumeró, uno a uno, los rasgos más reseñables de aquel personaje que formaba parte de sus cinco «elegidos», cinco libros que había conseguido gracias a la ayuda de Ginés y entre los que figuraban una edición de Aguilar de *La señorita Julia*, su *Doña Rosita* de Losada, la *Antígona* anotada por Antonio Tovar, un volumen del 42 de *La vida es sueño* en la editorial Ebro y su *Salomé* de Wilde, publicada junto con la larga epístola *Clamavi ad te* por la editorial Apolo.

—Entonces, ¿muere? —se decepcionó Asun cuando Santos le resumió el desenlace de *La señorita Julia*—. ¿Esa es la única solución posible?

—No lo sé. —Santos no se había planteado antes la injusticia que encerraba aquella tragedia: la belleza de la construcción dramática lo llenaba de tal modo que le impedía verla con la mirada de desilusión que ahora encontraba en Asun—. Pero dudo que exista una rebelión por la que no haya que pagar un precio.

—Podría ser otro...

—En tus coplas es igual —se defendió él, que se había tomado como algo personal la reacción de Asun ante su relato—. La muerte acaba devorándolo todo.

—Ya —asintió ella—. Por eso tu Julia se agarraba con tanta fuerza a la vida. Me habría gustado escuchar por una vez que intentarlo merece la pena.

—Eso no va a decírnoslo nadie, Asun, pero tenemos que creérnoslo.

Le sorprendió sentir la mano del bibliotecario recorriendo suavemente su espalda. Con aquella caricia, que nacía más de la complicidad que del deseo, Santos no perseguía inaugurar un camino a través de su piel, sino ofrecerle la promesa del refugio que estaban construyendo juntos. Ese espacio que encontraría su emplazamiento urbano en el piso de la calle Bordadores donde se instalarían en cuanto se casasen y ella, tal y como ya habían acordado, dejara el tablao y pasase a ocuparse del cuidado y las atenciones que requiriesen sus inquilinos universitarios. «Son piezas importantes para nuestros objetivos —le había explicado Santos—, así que es necesario que se sientan bien si queremos seguir sonsacando a los que no sean afines y captando a los que sí.»

—Deberíamos adelantarlo —le propuso Asun antes de la acostumbrada despedida en el portal.

—¿El qué?

—Todo, Santos, todo. No tiene sentido seguir paseando como dos bobos cuando tú y yo sabemos lo que tenemos, lo que no tenemos y lo que vamos a tener.

Él, que no estaba seguro de a qué se refería Asun exactamente, se llevó la mano al bolsillo en un acto reflejo y agarró con fuerza el resto de la entrada de su última visita al cine Carretas, donde había retomado la búsqueda de cuerpos con los que sentir que el suyo seguía perteneciéndole. Pensó en el hombre con el que se correspondía esa entrada, al que apenas pudo verle la cara mientras le desabrochaba el pantalón y le agarraba con fuerza la mano para que empezara a masturbarlo mientras él ahogaba el placer tanto como era necesario para que nadie los descubriese. Quería creer que Asun no había aludido a nada de todo aquello, porque ni lo sabía ni se lo figuraba, pero en su mirada encontró una lucidez tan penetrante como la que imaginaba en Julia cuando releía la obra de Strindberg.

—¿Y tu madre va a estar de acuerdo?

—Mi madre quiere una boda pequeña, sin mucha gente y con menos ruido. Por lo que cuanto antes la hagamos, mejor. Así podré ayudarte más en todo. Con lo del piso y con lo de tu «tribu»...

—Shhh... —la hizo callar Santos, alarmado ante la alusión explícita a ese grupo que coordinaba con tanto esmero y del que le importaba que nadie sospechase de su verdadera naturaleza.

—Perdón —se disculpó ella, dándose cuenta de su imprudencia—, con tu grupo de teatro.

—¿Vas a dejar de ser cantante para ser actriz? —le sonrió él, a quien no le disgustaba la idea de sumarla a esa «tribu» en medio del incipiente clima revolucionario que se empezaba a vivir en la universidad.

—Si el papel es uno de los tuyos, sí.

Aquella noche, antes de que Asun convenciera a su

madre para adelantar la boda, ella y Santos se dieron un beso en el que, por primera vez desde que se habían conocido, ninguno de los dos apreció la tristeza que había impregnado todos los anteriores. A cambio de esa melancolía, ambos experimentaron una emoción sincera por lo que podía suceder si aunaban fuerzas para que la señorita Julia, por una vez, no tuviese que morir justo antes de que cayese el telón.

9

De su boda, Asun solo recordaría la voz solemne del sacerdote, la escasez de invitados —entre los que apenas había nadie a quien ella y Santos quisieran de verdad— y la mirada satisfecha de su madre, convencida de que su hija había elegido un buen partido en un tiempo donde el amor era una necesidad mucho más ínfima que el hambre.

Solo cuando llegaron al que iba a ser, desde esa noche, su nuevo piso, se pudo liberar de la opresión que la había acompañado durante todo el día. Ni le gustaba el vestido de boda de su madre, que la propia Reme le había arreglado con la ayuda de Carmen, ni se sentía cómoda bajo la mirada de aquella gente, que opinaba sobre su felicidad futura con tanta ligereza. ¿Cómo podía nadie saber lo que la aguardaba junto a ese hombre que la fascinaba del mismo modo en que, en ocasiones, se sentía tan lejos? ¿Cómo podían predecir una convivencia con alguien a quien había llegado a admirar con tanta intensidad como para que el amor no naciese de las tripas, como siempre pensó que debía ser, sino de esa conexión intelectual que él forzaba y a la que ella había aprendido a sujetarse?

—Podemos cambiarlo a tu gusto —le propuso él

nada más entrar en el piso—. Menos los libros, que tienen su orden.

—No sé por qué —se rio ella—, pero no me sorprende.

—Mañana te lo explico. —Ante la mirada de curiosidad de la que ya era su mujer, Santos decidió darle un detalle más—. Es complicado de resumir, pero se podría decir que son parte esencial de las captaciones.

—Ya —asintió ella—, de esas cosas que nadie debe saber que se hacen en esta casa.

—Exacto.

—¿Y qué otras cosas se hacen aquí? Porque habrá algo más que libros, ¿verdad?

Ni el tono conscientemente pícaro de Asun ni el gesto con el que comenzó a bajar la cremallera de su vestido dejaban lugar a dudas sobre el sentido de su pregunta. Santos, que había temido ese momento desde la noche en que se conocieron, apuntó en dirección al dormitorio y ella se dirigió hacia allí decidida a que esa primera vez sucediese lo antes posible. Intuía que era preciso atravesar ese instante, en el que no auguraba nada similar a la pasión que estallaba en sus coplas, para alcanzar otros más dignos. Y quería creer que el tiempo y la práctica conseguirían suplir lo que, de momento, no alcanzaba a ofrecer el deseo.

—¿Me ayudas?

Se giró ofreciéndole la espalda a su marido, esperando a que él abriese los corchetes de los que se había valido su madre para ajustar la talla. Santos lo desabotonó con delicadeza, buscando la energía para abordar el cuerpo de Asun con algo que recordase a la voracidad con que se acercaba a los cuerpos de ellos. Antes de que se diera la vuelta, justo cuando el vestido cayó al suelo y ella se encontraba atrapada entre sus encajes, comenzó a besarle el cuello y la espalda, bajando con decisión hacia sus caderas y abriendo los ojos solo lo justo para no perderse mientras su mente dibujaba un cuerpo muy diferente al que tenía ante sí.

Asun no esperaba estremecerse. Ni siquiera creía que fuera a sentir nada más que el cumplimiento de la obligación a la que ambos se sabían destinados. Y si no lo había hablado antes, como ella misma se repetía, era porque le daba miedo que Santos reaccionase mal y acabase dando al traste con un matrimonio que, en su caso, era una oportunidad de huida. Los dos se hacían bien casándose, así que era estúpido pretender que tanta conveniencia viniera acompañada de un sexo que ya buscaría en otros lugares o en otros hombres, siempre que pudiera seguir dando con la forma de sortear la vigilancia y la maledicencia de la pocilga moral en la que ambos vivían. Asun se había convencido con tanto empeño de que debería buscar en otros sitios lo que Santos no iba a poder darle que no supo reaccionar cuando él le hizo sentir algo que, aunque tenue, se asemejaba a lo que ella habría querido encontrar.

—Espera —le pidió, y sacó sus pies del vestido para acercarse hasta la cama, donde se tumbó ya desnuda a la espera de que él se quitase también la ropa.

Santos se acercó hasta ella y puso todas sus ganas en besarla, pero ni sus manos encontraban el cuerpo que deseaban ni sus labios experimentaban lo que habían vivido tantas veces en entornos clandestinos. Notaba su flacidez y, cuanto más se empeñaba en provocar la erección, más imposible le resultaba, así que pronto comenzó a restregarse sobre Asun de manera mecánica y torpe, convencido de que el conflicto que lo obsesionaba al fin se había hecho presente.

Ella temía que la excitación que sí había sentido cuando él había empezado a besarle el cuello se desvaneciese por completo, así que llevó las manos a su cabeza y lo acarició con ternura, deslizándolas después por su espalda hasta llegar a su cintura y detenerse allí a la vez que le susurraba algo al oído.

—Dime por qué soy Julia.

Su marido se irguió levemente y la miró a los ojos.

—Dime por qué soy Julia —le repitió.

—Porque te sueñas tan libre como ella.

Antes de que tuviera tiempo de seguir hablando, Asun puso con suavidad la mano sobre los labios de Santos y enlazó las piernas en las de él, apretando con tanta fuerza como si quisiera inmovilizarlo. Desconcertado, Santos no reaccionó cuando ella se sentó sobre su cintura y comenzó a acariciarle el sexo con firmeza hasta sostenerlo rígido en sus manos, masajeándolo con la misma tenacidad con que acometía todas sus acciones y dispuesta a emplear los minutos y hasta las horas que fueran necesarias para que su intento desembocase en una tímida explosión de placer, un desenlace con el que, pese a lo rudimentario y hasta exiguo de lo conseguido, pudiese agradecer su presencia al hombre que la había salvado de un presente que hacía mucho que se le había vuelto pasado.

Mientras Asun lo masturbaba, él le describía entre gemidos a la Julia que imaginaba y que, a la vez, se parecía a todos los hombres que ella nunca llegaría a ser y a los que él tampoco creía que pudiera parecerse. Asun lo escuchaba mientras buscaba el modo de que ambos disfrutasen de una excitación que no surgía del intercambio físico, sino de la coreografía que ella improvisaba al ritmo del relato verbal.

—Dime por qué soy Julia —le repetía, cada vez con más intensidad, cada vez más cerca de un placer que ella misma se provocaba a la vez que cuidaba de que Santos llegara también al suyo.

Y Santos, que no podía creer que ese tipo de sexo fuera posible, seguía enumerando adjetivos y citando frases de la obra a la vez que mordisqueaba el cuello y los pezones de Asun, encontrando en las palabras el modo de asomarse a su piel.

Les resultaba tan improbable lo que estaba ocurriéndoles que los dos se sorprendieron cuando llegaron al orgasmo. Primero él, arrastrado por su imaginación desbocada y el tacto hábil de Asun. Y solo unos segundos después ella, conducida por su propio deseo hacia un hombre al que había conseguido convertir en posible. La rebelión, en su caso, no había acabado en muerte como la de Julia, sino en un sustituto del deseo para el que ni ella ni Santos tenían nombre pero que les había permitido desvirgar una relación que, en adelante, se regiría siempre por la más absoluta libertad.

Santos creía que aquella noche acabaría abochornado o incluso arrepentido, pero lejos de esa vergüenza había atisbado junto a Asun una intimidad similar a la de las conversaciones en sus paseos, solo que convirtiendo la piel en un signo más de su particular código. Una piel que ambos necesitaban que otros cuerpos recorriesen con otra intensidad —ya habría tiempo para eso, se dijo el bibliotecario— pero que al menos se sabía abrazada desde una cercanía que los reconfortaba.

—Hay algo que tengo que contarte —le anunció Santos, que llevaba meses queriendo confesárselo.

—¿Algo sobre Julia o sobre nosotros? —bromeó ella, que se preguntaba cómo conciliaría en adelante la vida junto a Santos con las vidas que era evidente que no iba a disfrutar con él.

—Algo sobre la noche en la que nos conocimos... —El bibliotecario bajó la mirada con gesto culpable.

—¿Tengo que saberlo? —Asun temía que Santos verbalizase verdades que ya intuía y que esa misma noche acababa de confirmar.

—Es un teatro que hice y del que no me siento orgulloso —le respondió él, confiando en que Asun le permitiese proseguir con su relato.

—No eres tan buen actor, Santos. Ni tú ni ese borracho... Si eso es lo que me quieres contar, no tienes por qué. Mis intuiciones son tan firmes como mis avisos, ya lo sabes.

El bibliotecario se rio aliviado. Hacía tanto tiempo que no se reía que se sorprendió al escuchar el sonido de sus carcajadas. Limpias. Casi joviales. La inteligencia de aquella mujer le devolvía una juventud que cada día quedaba más lejos y que, desde las trincheras del teatro universitario y de los miembros de su «tribu», veía con envidia. Pero ahora, junto a Asun, retomar esa edad robada le parecía posible.

—Habría sido tonta si hubiese esperado algo distinto —se rio con él mientras lo abrazaba con la misma ternura con la que habría arropado a un niño—, ¿o crees que otro habría dado paseos tan tristes como los nuestros durante todos estos meses?

—¿Te parecían tristes? —Aquella valoración hirió levemente su orgullo.

—No quería decir eso, solo que a otro le habría faltado tiempo para pedirme que me dejara hacer. O hasta para hacerme aunque no me dejara.

—¿Y eso te habría gustado?

—No, lo que me gusta es hacer a mí.

—Ya —le sonrió Santos desde una tristeza que ni sabía ni quería explicarse—, de eso me he dado cuenta. Pero en adelante no necesito que hagas ningún esfuerzo... Lo nuestro tiene que ser distinto.

—Y lo es, porque no puede ser de otra forma. Pero tampoco lo he hecho porque lo necesites. Lo he hecho porque me apetecía. Igual que lo haremos todo siempre en esta casa —sentenció ella en aquella extraña noche de bodas—. Fuera de estas paredes, seremos como nos obligan a ser. Pero dentro no. Eso me lo tienes que jurar.

—Yo no juro como los personajes de tus coplas —se burló él—. Pero mi palabra sí la tienes.

No añadieron nada más y ambos asumieron con alivio su promesa de ser siempre libres, aunque ninguno lo tuviera fácil para que esa libertad, que tanto ansiaban, ocurriera.

10

Asun se acostumbró enseguida a convivir con los personajes de ficción que habitaban tanto la memoria de Santos como su piso de la calle Bordadores. Los mismos ejemplares de los que él se valía para tantear a los universitarios que se alojaban en el cuarto que, dotado de un par de escuetos escritorios y unas literas, alquilaban por cursos. Le bastaron un par de meses para aprender a moverse con soltura en el mundo de su marido, hasta hacerse imprescindible en la red que formaba con Ginés y Carmen, tanto por la rapidez y discreción con que despachaba sus embajadas como por el talento que desplegaba para cautivar las voluntades de sus inquilinos.

—Estos dos no tienen gran cosa que ocultar —la previno Santos sobre la pareja de estudiantes de Medicina que, procedentes de Jaén y de Soria, se alojarían allí durante el primer semestre del 52—, pero si dicen algo interesante, me lo cuentas.

—Conmigo parece que tienen confianza. Antes de la cena, el andaluz se suelta bastante en la cocina. Y al otro le gusta darme conversación cuando vuelve de la universidad.

—El andaluz te busca. Y el otro, también —bromeó Santos—, que es diferente. Pero si entre ronroneo y ronroneo sueltan algo de interés, apriétalos hasta que digan más. Sus familias no tienen cargos de responsabilidad, pero sí buenas conexiones con otras de mayor relevancia.

Tan deseosa de complacer a Santos como de satisfacer su propio instinto, Asun se aplicó a una vena pedagógica de la que nunca antes había sido consciente y que se permitió desplegar por primera vez ante la mirada inexperta de aquellos dos hombres de apenas dieciocho años frente a quienes volvió a encarnar a la Dulce Eva. En un ritual de seducción en que su seguridad contrastaba con la impericia de esos jóvenes, ella rememoró las noches en las que desnudaba coplas y almas con tanto acierto como enredó las voluntades de sus inquilinos. La primera vez que se encerró con el jiennense en su cuarto, aprovechando que su compañero había sido reclamado por un asunto familiar, Asun se preguntó si su marido opondría algún tipo de reservas frente a su estrategia, pero no tardó en decidir que a Santos le parecería tan bien su decisión como a ella esas salidas vespertinas por las que jamás le preguntaba y que, cuando se retrasaba demasiado, la hacían temblar de miedo. No le preocupaba lo que hiciera en ellas, sino la posibilidad de una detención que pusiera en peligro la vida que habían construido en ese piso donde su realidad se negaba a obedecer las reglas que regían el resto del mundo.

—Léemelo —le ordenó a su inquilino a la vez que le tendía uno de los «elegidos» de Santos.

—¿Cómo dices? —se sorprendió él, sin saber qué debía leer o por qué se suponía que debía hacerlo, intimidado por aquella mujer que, a pesar de tener solo veinticinco años, parecía que hubiera vivido muchos más.

—Que leas...

Él abrió aquel libro por sus primeras páginas y, con voz monótona, comenzó una lectura que Asun se vio obligada a interrumpir casi inmediatamente. No podía permitir que ese ritual erótico se volviese tan vulgar por culpa de la torpeza de su acompañante, así que le quitó el ejemplar de las manos, las llevó hasta su ropa y le invitó a que la desnudase mientras ella, transformada de nuevo en la Dulce Eva, susurraba esos *Ojos verdes* que a veces, cuando las madrugadas se hacían demasiado iguales las unas a las otras, extrañaba cantar en público.

Esa misma noche le habló a Santos de sus aficiones didácticas y él recibió la noticia con alivio, feliz de comprobar que su unión no impedía que ambos siguiesen buscando todo lo que nunca iban a poder darse.

—Pero no me ha contado nada que nos ayude... Su familia no se mete en política.

—Eso dicen todos. Lo mismo en una segunda vez...

—No sé si va a haber segunda vez, Santos.

—¿Por ti o por él? Porque lo que es por mí...

—Por mí —le sonrió ella con picardía—. El jiennense es de los que tienen todavía mucho que aprender.

—Y tú no has nacido para maestra.

—No —se incorporó Asun con gesto teatral—, yo he nacido para estrella.

—Eso lo sé desde que te conozco.

Santos le dio un beso en el que convivían a un mismo tiempo la admiración y la envidia, pues dudaba de si él también llegaría a actuar como Asun en el caso de que una de esas literas estuviese ocupada por alguien que, cuando no se supiese mirado, se atreviese a hojear alguno de sus ejemplares de Wilde o de Cernuda.

La selección de los libros que sus inquilinos tomaban prestados de su biblioteca personal era su primera manera de identificarlos y, sobre todo, de dirimir cuáles de ellos eran susceptibles de ser captados y cuáles, sin embargo, podrían constituir un peligro para su «tribu».

—A todo le pones literatura —se reía Asun, que encontraba divertida la obsesión de su marido por transformar la realidad en algo que no lo pareciese.

—Porque la vida lo es, Asun —se defendía él—. Y, aunque ellos no lo sepan, te aseguro que en mi «tribu» son todos Segismundos.

—¿Y a estos dos los vas a incorporar también?

—No —negó con rotundidad—, ni el soriano ni el jiennense nos serían útiles. Tampoco creo que sean peligrosos, pero no les hierve la sangre.

—¿Esa es la condición principal para ser de tu «tribu»?

—Esa es la que lo decide todo. Lo entenderás en cuanto los conozcas.

—Pensaba que preferías no mezclarlos con el resto de tu mundo.

—Es que tú te has vuelto algo más que eso. —Se arrepintió de sus palabras nada más decirlas: la exhibición emocional lo hacía sentir vulnerable.

—En ese caso me encantará sumarme a tu «tribu» cuando llegue el momento.

—Y va a llegar, Asun, en la Complutense hay vientos de cambio. Y el teatro universitario puede ser una vía.

—O puede que no haga que cambie nada, pero sea como mis coplas, que ayudan a que, aunque siga doliendo, se respire un poco mejor.

—Exacto —le dio la razón—, como el bálsamo de Fierabrás.

Ella lo miró con escepticismo, sin entender a qué se refería, pero dispuesta a hacer lo que fuera preciso en ese proyecto que él acababa de esbozar de manera imprecisa. A pesar de que se le escaparan las alusiones literarias con que Santos lo adornaba todo, conocía bien la esencia de ese grupo de estudiantes al que su marido había dotado de nombre teatral y cuya complicidad se ganaba gracias a su trabajo. El número y composición de la «tribu» variaba cada año, aunque su núcleo en ese curso del 52 lo constituían cuatro jóvenes tan diferentes en sus caracteres como cohesionados en su voluntad: Teresa, Gala, Luisito y Nacho, al que solían referirse como el Pelirrojo. Ellos dos, impulsivos y de origen humilde, resultaban valiosos a la hora de cabrear al SEU arengando a sus compañeros y difundiendo las proclamas que les hacía llegar el bibliotecario. Ellas, inteligentes y más discretas que vociferantes, destacaban por sus capacidades estratégicas y por sus conexiones familiares, como las que poseía Teresa gracias al predicamento del que gozaba su madre, doña Alicia, entre ciertos nombres de la Falange.

Coordinados por Santos, los miembros de su «tribu calderoniana» compaginaban las tareas que les llegaban a través de Carmen y Ginés con las que empezaban a nacer en los foros críticos de la Complutense, ante las que el librero y la dueña de la mercería se mostraban más recelosos. El equilibrio y la seguridad de todos ellos se hallaban en un clima muy precario, así que ambos le pidieron a Santos que extremase las precauciones a la hora de sumar nuevos aliados a su «tribu», y el bibliotecario acabó desarrollando sus propias estrategias para convencerse de que estaba acercándose a la persona adecuada.

A Asun, sin embargo, los nombres que para Santos eran parte de las pruebas a las que sometía a sus inquilinos le resultaban espejismos idénticos. Opinaba que la táctica bibliográfica de Santos resultaba muy poco fiable, pero lo cierto es que, hasta entonces, el bibliotecario no había errado en sus decisiones y siempre había discernido con acierto sobre la naturaleza de sus huéspedes, catalogándolos entre aliados, hostiles e indiferentes gracias a la ayuda de sus ejemplares lorquianos de Losada.

Solía ofrecer el mismo reclamo: la edición del 42 de *Poeta en Nueva York*, en la que se incluían, además, algunas de las conferencias del granadino. Que el tema de esas ponencias fuera tan inocente como la poesía de Góngora o el intento de definición del duende resultaba anecdótico frente a la curiosidad que el término *conferencias* despertaba en quienes creían haber descubierto un título prohibido. Sin embargo, el azar solo era el resultado de la habilidad con que Santos ubicaba el libro, de modo que nadie pudiera adivinar la intención oculta tras su supuesto descuido.

Desde que había empezado a alquilar aquella habitación, había dado con quienes se habían limitado a dejar el libro tal y como lo habían encontrado, sin tan siquiera abrir sus páginas (los indiferentes); con quienes lo habían hojeado con fruición y hasta se lo habían llevado a su cuarto buscando en esas conferencias unas ideas políticas y revolucionarias que no encontraron (los aliados); y con quienes lo tomaban con desprecio y lo dejaban bocabajo o incluso se encaraban con Santos exigiendo una explicación para la presencia de un libro censurado entre sus pertenencias (los hostiles).

Con los primeros, Santos optaba por la neutralidad: no tenía sentido forzar una captación que parecía poco probable y que le exigiría una paciencia de la que tampoco disponía. Con los segundos, buscaba pronto el modo de seguir avivando su curiosidad y, entre lecturas y conversaciones veladas —donde se hablaba de Alberti o de Hernández o de Cernuda—, los acercaba a su universo hasta que, de paseo en paseo a la biblioteca del Ateneo, los sumaba a su «tribu». Y con los terceros, había aprendido a excusar la presencia de aquella edición de Lorca aludiendo a su intención de denunciar a quien se lo había vendido.

—Y estos —se interesó Asun, aludiendo a sus actuales inquilinos—, ¿de cuáles son?

—De los indiferentes —contestó Santos sin vacilar—. Por eso no creo que merezca la pena que te esfuerces en sacarles nada. Si te divierten, sí, claro, pero cuando acabe el curso buscaremos a otros.

—Me parece bien.

Hasta que llegó junio y la despedida de sus dos huéspedes, Asun siguió compaginando el sexo con el jiennense con las veladas en las que el bibliotecario, a su regreso del Ateneo, la convertía en los personajes de sus cinco «elegidos». Ella disfrutaba de aquella extraña seducción verbal en la que él, en vez de conquistar su cuerpo, se internaba en sus sueños con su voz grave y acompasada, relatando peripecias y acariciándola hasta conseguir que se excitase sin rozarla. A veces incluso le costaba contenerse cuando él cerraba el libro, se quitaba las diminutas gafas que usaba para leer y ella notaba que volvía a invadirla la humedad que precedía a sus ganas, esa nueva forma de hambre que se había instalado en su vida y que la bisoñez del jiennense no bastaba para llenar. Y, cuando la humedad se desvanecía sin dejar rastro y el placer parecía tan lejano que amenazaba con volverse inexistente, Asun le pedía a Santos que siguiera hablándole de aquellas mujeres. De los libros cuyos nombres mezclaba y a cuyos autores jamás sería capaz de recordar. Nombres griegos, nórdicos, rusos. Nombres imposibles que ensanchaban cruelmente su realidad, porque la distancia entre lo que era y lo que podía ser se agigantaba tras verse reflejada en ese espejo que Santos ponía ante sí sin que ella, atrapada en ese frágil equilibrio entre lo conyugal y lo literario, pudiera atravesarlo.

11

La mañana del 6 de septiembre de 1953, Asun recibió el que llamaría, en adelante, «su primer gran aviso». Amaneció dolorida, con el cuerpo encogido como si durante la noche hubiesen golpeado su vientre y la hubieran obligado a ovillarse sobre sí misma. Santos se alarmó al verla reclinada en el ángulo del sofá donde solía aguardar hasta que la abandonaban aquellos accesos a los que ella atribuía cualidades proféticas.

—Esto es por esos dos —le dijo mientras corría al baño presa de unas náuseas que no formaban parte de sus síntomas habituales.

—¿Por los nuevos estudiantes?

Asintió mientras él intentaba transformar su augurio en broma.

—Llevo mal desde que vinieron a ver el piso con su padre. Bueno, con el padre de uno —se corrigió—, porque el otro ni siquiera es hijo suyo. Y te digo yo que ese tal Hernán no es trigo limpio, Santos. Que a mí no me gustó lo que vi ni, mucho menos, lo que no vi.

—¿Lo que no viste?

—Tenía que haber visto a alguien preocupado por cómo va a estar aquí su hijo —intentó explicarle ella, que odiaba los momentos en que su marido le exigía racionalizar lo que debía intuirse—. Pero solo vi a alguien buscando razones para dudar de mí... De mí y de quien se le pusiera por delante. Hernán es peligroso, Santos.

—Ya lo sé, pero nos viene bien tenerlos cerca. Estos no son dos donnadies como el jiennense y el soriano. Su padre tiene conexiones con la Secreta que nos interesan. Y no solo con ellos. Es uno de los hombres fuertes entre los caciques de la Falange, de los que llevan la voz cantante en las zonas rurales, así que de aquí sí que podemos sacar algo que merezca le pena.

—Es muy arriesgado, Santos.

—Por eso no haremos nada sin estar seguros.

—¿Con tus libros y tus trucos de siempre?

—Mis libros y mis trucos funcionan, Asun. Y si a mi experiencia le sumamos tu instinto, seguro que salimos bien parados.

—No quieres creerme...

—Te creo, mi Casandra, te creo —le sonrió—, por eso te aseguro que tendremos cuidado. Pero no podemos dejar pasar la ocasión de acercarnos a estos dos jovenzuelos. A su hijo...

—Alonso.

—Y al otro.

—Miguel.

—Qué rápido te has hecho con sus nombres —le sonrió con ironía—. ¿Eso quiere decir que ya tienes candidato para suplir el hueco del jiennense?

—Santos, por favor. —Asun se puso seria—. Esto no es cosa de tomar a broma.

—¿Y crees que no lo sé? Pero el riesgo no se mide por lo que nos jugamos, sino por lo que se puede conseguir. Sería un éxito sumar a cualquiera de ellos a la «tribu».

—¿Pretendes volverlos contra su padre? —A

Asun le resultaba cada vez más peligrosa la distancia entre el futuro que vaticinaba su aviso y los planes que albergaba su marido.

—Alguna vez habrá que intentarlo. Hace mucho que sabemos que para cambiar esto no basta con los que somos: necesitamos que los hijos de las bestias se rebelen contra sus dueños.

—Hay algo más en Hernán, hazme caso —le insistió Asun, que odiaba no poder argumentar con coherencia lo que sentía con tanta verdad.

Estaba sola la tarde en la que Hernán llegó acompañado de los dos estudiantes para ver el piso y aquel hombre, de quien se rumoreaba que había sido responsable de algunas de las purgas a las que ellos intentaban adelantarse, le había causado una pésima impresión. Alto y robusto, con cejas espesas, ojos rasgados y una mirada amarilla e inquisitiva, él también la había escudriñado en aquella visita como si tratase de descubrir los secretos que solo ella sabía que ocultaba. Su intención era alquilar aquella habitación para su primogénito, Alonso, y su ahijado, Miguel, un joven huérfano de padre e hijo de una de las mujeres que trabajaban en su finca. Asun los atendió lo mejor que pudo, pero se le quedó dentro un aire frío que no sabía explicar y que el día en que Miguel y Alonso llegaron dispuestos a instalarse en su piso la golpeó con fuerza.

—Por favor, ten cuidado —le rogó a Santos cuando, poco antes de la caída de la tarde, llamaron al timbre.

—Siempre lo tengo.

Ella chasqueó la lengua y buscó una manta con la que cubrirse mientras dejaba que él abriera la puerta y acomodase a sus nuevos huéspedes. Asun apenas los saludó desde lejos, escondida en el sillón desde el que los espiaba, analizándolos en busca de algún indicio que confirmase sus escrúpulos.

A pesar de que trató de observarlos con displicencia, no logró deshacerse con facilidad del efecto que le provocó la presencia rotunda y casi brusca de Miguel, el más corpulento de los dos. Esperaba confirmar los motivos para protegerse de ellos y, sin embargo, tras detenerse en los rasgos viriles de aquel estudiante, solo encontró razones para temer de sí misma y de su autocontrol. Y, si el instinto no la engañaba, Santos debía de haber pensado lo mismo de Alonso, que había heredado la altura de su padre y en quien Asun creyó reconocer ademanes similares a los que había aprendido a leer en su marido. Del mismo modo que ella seguía con su mirada los movimientos torpes de Miguel, Santos parecía particularmente interesado en el rostro de facciones clásicas de Alonso, al que su pelo rizado y negro, sus ojos menudos y su nariz prominente otorgaban un singular porte aristocrático.

—Cuántos libros hay en esta casa... —comentó Alonso mientras desembalaba los suyos.

—¿Sois muy lectores?

—Si lo que hay para leer es bueno... —respondió Miguel sin entusiasmo.

—¿Estos son todos? —Alonso lanzó su pregunta con un tono intencionadamente malicioso, esforzándose por dejar entrever en su ambigüedad los autores y títulos que no podían mencionarse y que extrañaba en una colección tan completa como aquella.

—De momento —le respondió Santos con vaguedad, dejando abierta una vía para la ampliación bibliográfica en caso de que su nuevo inquilino acabase mereciéndola.

—¿Y nuestro cuarto?

Su medio hermano —tal y como ellos mismos se llamaban— parecía mucho menos interesado en las posibilidades lectoras que ofrecía aquel piso mientras lo cruzaba cargando con su maleta y la de Alonso. Asun sintió que su aviso se agudizaba por culpa de la voz de ese estudiante en el que se adivinaba un físico tan poderoso como la espalda sobre la que llevaba el equipaje. Convencida de que el único antídoto contra aquel malestar era la acción, se puso en pie y les indicó dónde estaba su habitación y cuáles eran las normas y los horarios de la casa, aunque una vez en el umbral del cuarto se sintió incapaz de abandonar la escena y se mantuvo atenta durante el breve intervalo que Miguel necesitó para desembalar sus ropas y colocarlas con tosquedad en el armario. Su flequillo nervioso y sus movimientos atolondrados contradecían con su aire infantil las dimensiones de su cuerpo, y Asun notó que aquel contraste provocaba en ella una urgencia que no se parecía al deseo que estaba acostumbrada a satisfacer con sus predecesores. Quizá su aviso, se tranquilizó, no había tratado de decirle que aquellos dos hombres fuesen a arruinar sus días, sino que, si Santos y ella no encontraban el modo de controlarse, tal vez acabaran confundiendo sus noches.

12

El bibliotecario, que nunca renunciaba a una posible captación, dejó pasar unas semanas antes de recurrir a su cebo predilecto. Tal y como hacían siempre, Asun y él se dedicaron a observar a sus nuevos inquilinos durante las cenas, anotando mentalmente sus gestos y comentarios para, una vez encerrados en su dormitorio, poder valorarlos. Solo si ambos estaban de acuerdo se avanzaba hasta la siguiente fase, en la que se les ofrecería la posibilidad de sumarse a la «tribu calderoniana».

Su estrategia giraba en torno a tres pasos fundamentales: espiar su correspondencia —Asun demostró ser especialmente hábil en la apertura y el cierre de cartas ajenas—, disponer sus cebos literarios —responsabilidad de Santos— y, si los resultados de las dos pruebas anteriores eran satisfactorios, facilitar ciertas conversaciones comprometidas en las visitas al Ateneo que, siempre con alguna excusa académica, les proponía el bibliotecario.

En el caso de Miguel y Alonso, debido a la extrema cautela que aconsejaba su origen familiar, el periodo de observación fue algo más amplio de lo habitual. A pesar de que habían constatado la desafección que ambos mostraban hacia sus raíces, había algo en la brusquedad del primero y en la introversión del segundo que los hacía dudar de si debían o no confiar en ellos. Durante los momentos compartidos, sin embargo, cada vez eran más frecuentes las ocasiones en que cualquiera de los dos —en especial, Alonso— dejaba caer algún comentario con el que mostraba su malestar ante la decepcionante vida universitaria que habían encontrado en Madrid.

—Es todo de una mediocridad insultante —se atrevió a afirmar en una de las cenas que Asun preparaba con más imaginación que talento.

—Podría no serlo —lo provocó Santos.

—Ya —resopló el estudiante—. Si estuvieran quienes tendrían que estar, no lo sería.

—¿Y quiénes son esos? —preguntó Asun.

Alonso ladeó la cabeza contrariado.

—Quiénes van a ser...

El matrimonio permaneció en silencio. Estaban dispuestos a esperar el tiempo que fuera preciso hasta que les ofreciera una respuesta más concreta.

—Si no hubieran callado tantas voces... —Alonso se arrepintió inmediatamente de su comentario y bajó la cabeza, temiendo haber caído en una posible trampa de sus caseros.

—Demasiadas mordazas —apostilló el bibliotecario, tranquilizándolo y dejando bien clara su posición.

—Sí —se sumó Miguel, consciente de que su afirmación era también una declaración de intenciones—, demasiadas.

—Pues a ver si llenamos más los estómagos y cerramos las bocas, que de eso no va a venirnos nada bueno —los interrumpió Asun, quien se puso en pie, retiró los platos y aguardó en la cocina hasta que remitió el ardor que le había provocado la intervención de

Miguel, sumando al deseo que le despertaba su cuerpo el de la contundencia de su réplica.

—¿Qué has encontrado en sus cartas? —le preguntó Santos ya a solas en su dormitorio.

—Solo mentiras de Miguel a su madre, exagerando lo mucho que está estudiando —apuntó con sarcasmo, convencida de que nunca había visto un universitario con menos motivación que aquel— y larguísimos parlamentos de Alonso para contentar a Hernán con sus progresos en las clases de Derecho.

—Pues después de la conversación de esta noche...

—Lo de hoy puede haber sido una ventolera.

—O el aviso de que es el momento de pasar a la siguiente fase.

—¿Tanto urge?

—Me gustaría llevármelos a las jornadas que están preparando en la Complutense.

—¿No puedes ir con Luisito? ¿O con cualquier otro de la «tribu»?

—Luisito solo quiere guerra. Y tengo que demostrarle antes que esa guerra tiene que pasar por aquí —Santos se señaló primero la cabeza y, después, la entrepierna—, no solo por aquí. Pero para eso necesito que entre sangre nueva en el grupo.

—A lo mejor Luisito tiene razón y esas jornadas de poesía que estáis preparando tampoco sirven para nada.

—Si la poesía no puede cambiar el mundo, es que el mundo ya ha muerto.

—¿Y eso quién lo dice?

—Eso acabo de decirlo yo —le sonrió, y Asun, que admiraba su valor con la misma intensidad con que desconfiaba de sus métodos, se acercó para darle uno de los besos con los que inventaban un amor que no se parecía en nada al que habían imaginado y que, en momentos como aquel, era el único que necesitaban.

—Prueba con tu libro y ya veremos...

A Santos le hizo gracia la alusión de Asun a «su libro», como si el *Poeta en Nueva York* que empleaba en sus captaciones le perteneciese más que al propio Lorca.

Asun habría querido que fuese Miguel quien descubriese y secuestrase el ejemplar. Le habría gustado comprobar que, de sus dos estudiantes de Derecho, el del físico más rotundo y el único de ellos que la observaba con suficiente atención como para excitar sus fantasías era también el líder ideológico de los dos medio hermanos. Pero no fue así, y a ella cada vez le costaba más reprimir su obsesión por ese joven del que había llegado a memorizar el modo exacto en que se mordía el labio superior cuando titubeaba antes de afirmar algo o el ritmo agitado de su respiración después de las flexiones con que amanecía en su cuarto cada mañana. Sin embargo, cuando vio pasar a Miguel junto al volumen de Lorca estratégicamente colocado por Santos sin detenerse a mirarlo, sintió una punzada de decepción. ¿Que su padre, según les había contado, hubiera sido ejecutado por los mismos que habían asesinado al poeta no había removido nada dentro de él? Alonso, por el contrario, sí expresó un vivo interés ante esas páginas.

—¿Todos los futuros abogados tienen tanta curiosidad por la poesía? —lo provocó Santos.

—Que uno haga Derecho no significa que no aspire a más. Pero a mi padre le tranquiliza que siga ese camino y así me deja libre para buscar el mío —afirmó mientras hojeaba el contenido del libro.

—¿Y ese camino cuál es?

Alonso se encogió de hombros y buscó una respuesta en las páginas que tenía delante.

—«Yo denuncio a toda la gente / que ignora la otra mitad.»

—¿También poeta?

El estudiante esbozó un gesto que, por primera vez desde que se había instalado allí, se pareció mucho a una sonrisa.

—Pero con imágenes.

—Mi medio hermano se cree que van a venir a buscarlo de Hollywood —los interrumpió Miguel, que salía sudoroso de su cuarto después de uno de sus entrenamientos.

—Este sí que quiere ser abogado, porque en lo creativo va justito —bromeó Alonso.

—Yo soy más de pisar en firme. Alguien tiene que remangarse mientras otros jugáis a eso del arte.

Desde ese momento, las semanas en la calle Bordadores transcurrieron en medio de una calma extraña que se regía por la cautela del matrimonio y la inexperiencia de sus inquilinos, aunque bastaba con que Miguel aludiese al asesinato de su padre, o con que Alonso dejase escapar su rabia contra el suyo, para que Santos se convenciese de que podía confiar en ellos y Asun interpretase en esa seguridad la confirmación de su deseo. Si su marido elegía creer en Alonso era por el mismo motivo por el que ella había decidido acercarse a Miguel, y eso, por mucho que se negasen a aceptarlo, los volvía vulnerables. Así que, pese a que las ganas combatían fieramente con su sensatez, lograron mantenerse a una prudente distancia que la poesía, con su habitual impertinencia, se encargaría de disipar.

13

—¿Estás seguro de que no es demasiado pronto?

Asun seguía dudando de que fuera oportuno que Santos se llevase a Miguel y a Alonso a las jornadas poéticas que por fin se iban a celebrar en la Complutense.

—El larguirucho quizá sí que te pueda ser útil allí —le dio la razón entre susurros en su dormitorio—, pero el otro... Miguel está aún muy verde.

—Su hermano dice que es de fiar.

—Medio hermano —lo corrigió Asun, reticente a que Santos los incluyese en las actividades universitarias que habían empezado a surgir a pesar de la oposición del SEU y que, según su marido, eran otra consecuencia indirecta más de la doble firma que, en el 53, había ayudado a consolidar internacionalmente el régimen gracias al concordato con el Vaticano y a la cesión de suelo para sus bases a Estados Unidos. Para el bibliotecario, eso explicaba que incluso los hijos de los vencedores se rebelasen contra el tirano en busca de una salida que las nuevas alianzas volvían cada vez más remota.

—Llevarlos conmigo a la Complutense es el mejor modo de probarlos, Asun. Además, tampoco es nada peligroso. Solo se trata de una lectura poética.

—Eso dicen, sí —le replicó ella con ironía—. Pero los que organizan el congreso nunca dan puntada sin hilo, como dice Carmen. Y ya sabes el trecho que suele haber entre lo que se dice y lo que se hace.

—Carmen les tiene poca fe.

—Porque son hijos de quienes son... Como los dos zangolotinos estos. Cuesta creer que vayan a hacer algo contra su propia sangre. No se juegan lo que nosotros, Santos.

—O sí —dudó él, que, a pesar de entender las razones de Carmen y de Asun, también creía que haber nacido entre verdugos era un buen motivo para luchar por dejar de serlo—. Confía en mí, por favor. Hay algo que me dice que son las personas adecuadas. Y no va a haber una ocasión mejor. A fin de cuentas, no vamos a ser más que unos cuantos románticos desfasados recitando poesía. ¿Se te ocurre algo más inofensivo?

—Parece mentira que seas tú quien diga eso... Pero si me has repetido mil veces que la poesía nunca es inofensiva.

A pesar de su afán por restarle importancia, tuvo que acabar dándole la razón. Igual que siempre. Eran raras las conversaciones en las que aquella mujer a la que ganaba en años no lo aventajara en sensatez y, ya fuera por la precisión de sus supuestos avisos o por su sentido común, solía provocarle dudas que lo ayudaban a no confiarse. Tampoco en esta ocasión lo haría, le prometió. Porque, por mucho que le hubiera insistido en la insignificancia de esos «Encuentros entre la Poesía y la Universidad» —como se anunciaban en los contados carteles que se autorizaron a colgar para su difusión—, ambos sabían que tras su organización se hallaban los habituales del club Tiempo Nuevo, la incipiente célula de estudiantes que, bajo el liderazgo de nombres como los de López Pacheco, Sánchez Mazas o el escurridizo Múgica, se había propuesto plantar batalla al SEU y sumar los simpatizantes necesarios para inaugurar una etapa de cambio en una universidad aletargada y somnolienta. Una institución que había enmudecido y sobrevivía entre depuraciones y nombramientos mediocres con que se premiaba la fidelidad al dictador.

Asun no se equivocaba cuando afirmaba que aquellas jornadas buscaban lanzar consignas antes que declamar versos. Es más, Santos había propuesto aprovechar el cierto aperturismo que prometía Ruiz-Giménez, el nuevo ministro de Educación, y que el coloquio posterior a la lectura fuese un mecanismo para captar acólitos entre el público, de modo que pudiesen sumar nuevas incorporaciones a las filas del PCE. Le habría gustado confesárselo a Asun, incluso presumir de que, en esa ocasión, no iba a ser un simple figurante en los designios que otros preparaban, pero sabía que eso solo contribuiría a alarmarla más. Y no estaba dispuesto a acudir a esas jornadas sin sus nuevos inquilinos. Sin Miguel y, sobre todo —porque no podía sacárselo de la cabeza—, sin Alonso.

Frente a las acciones anteriores, en las que se había limitado a ejecutar las instrucciones de los líderes del movimiento estudiantil, que habían establecido en el Tiempo Nuevo y en el Gato Negro dos de sus cuarteles habituales, esta vez Santos se sabía protagonista. O, por lo menos, parte esencial de un plan cuya ejecución había contribuido a diseñar. Algo le decía que esas jornadas no solo podían ser un punto de inflexión en el marasmo cultural que asolaba el país, sino también el modo de empezar a conquistar su propio espacio. Para él. Para Asun. Y para su «tribu».

—Llévatelos si quieres, Santos —cedió Asun, a pesar de que sus avisos no le habían dado tregua en toda la semana—, pero dame tu palabra de que tendrás cuidado. Ni de los medio hermanos sabemos tanto ni los de la universidad son de fiar. Hazme caso, que esos se juegan poco: son de los que tienen un don delante, y a los del don, si los llevan a Sol, no les tocan un pelo, mientras que a nosotros... —Asun calló bruscamente. Aquella posibilidad la estremecía y ella nunca mencionaba lo que no quería que sucediese.

—Estaré bien.

—Mi aviso cuando estos dos llegaron fue real... Pero entonces no sabía de dónde había salido. Y ahora sí. Ahora por fin sé que tiene que ver con todo esto, Santos. Con lo que estáis haciendo.

—Casandra también tenía visiones —se defendió Santos, tratando de zanjar el tema y disipar un miedo que, en el fondo, no consideraba tan injustificado como fingía ante ella.

—Yo no tengo visiones. Es la piel, que me avisa. Es diferente.

—Me gusta que seas mi Casandra. —Y apostilló—: Mi Casandra de Eurípides.

—¿Por qué de...? —intentó repetir aquel nombre, pero le resultó imposible.

—¿Por qué de Eurípides? —Él acabó su frase con ese tono magistral que le nacía cuando hablaba de algo que le fascinaba—. Porque la suya es la más humana de todas.

—Deberías haber sido maestro en vez de bibliotecario, Santos.

—Si lo hubiera sido, hoy no estaría aquí. No se puede empuñar una tiza sin empuñar unas ideas. Y en este país ya no se tolera ni lo uno ni lo otro...

—¿Por eso acabaste siendo bibliotecario?

—Allí soy útil. Entre los libros y los salones del Ateneo no se me ve mucho. Y puedo mover hilos.

—Solo quiero que seas cauto.

—Y lo soy. Pero ahora se trata de sumar.

—¿No tienes bastante con los de tu «tribu»?

—Si el congreso sale adelante, no.

—¿Qué congreso? —Era la primera vez que Asun lo oía hablar de aquella iniciativa que aún estaba fraguándose.

—Las jornadas son solo una prueba... Pero la idea, si nadie se acobarda, es organizar después un congreso de escritores. Y ahí sí, ahí es donde entramos nosotros.

—¿Nosotros? —Asun lo miró sin entender nada.

—Si ese congreso acaba saliendo adelante será bueno que haya actividades que lo complementen —se levantó de la cama, buscó debajo el lugar exacto en el que escondía sus «elegidos» y los dejó caer sobre las sábanas—, como cualquiera de estas, por ejemplo. ¿Imaginas volver a un escenario para decir algo que merezca la pena en vez de para cantar ante una turba de borrachos?

—Tú fuiste uno de ellos —dijo molesta. No le dolía que él empequeñeciera un pasado que ella solo magnificaba por pura supervivencia, pero sí que recurriese a esos recuerdos para justificar sus propósitos.

—Y lo sigo siendo. —Se sentó a su lado y trató de hacerse perdonar con una caricia que Asun recibió sin inmutarse—. Sigo siendo un borracho que no soporta ni un día más esta vida de mierda en la que ni siquiera tenemos nombres, ni sabemos cómo caminar porque cuando lo hacemos lo único que nos preocupa es que no nos vean, que no sepan, que no adivinen lo que yo hago y tú callas, o lo que tú haces y yo consiento. Por eso me importa, Asun. Porque podemos escoger cualquiera de estas obras —Santos pasó su mano por la edición de *La vida es sueño* que yacía sobre su cama— y transformarla en lo que necesitamos que se oiga. Robar las voces de los clásicos para que, por una vez, suene la nuestra. Como cuando cantabas, pero esta vez sabiendo que lo haces para que sí te escuchen. O, mejor, para que al final se atrevan a elevar su voz contigo.

—No sé qué iba a pintar yo en eso. —A Asun se le hacía extraño imaginarse como una integrante más en uno de esos grupos de teatro universitario en los que su marido aportaba su vasto conocimiento en materia dramática a los montajes que, desde el estricto respeto a los preceptos clásicos, se representaban en un paraninfo consagrado a la arqueología más anodina y siempre bajo la mirada censora del rectorado—. A ti te ilusiona otra cosa, Santos...

Él habría querido darle la razón, porque la tenía y porque le parecía justo concedérsela, pero aún no había encontrado el modo de decírselo. A pesar de la evidencia de su acuerdo y de la frontera que este marcaba dentro de su convivencia, existían unos límites que ambos se habían obligado a respetar, así que no sabía cómo explicarle que, desde que Alonso había aparecido en su vida, cada vez se sentía más fascinado por las posibilidades que, encarnado en aquel joven, le ofrecía el mundo universitario. A los dos les resultaba más sencillo asumir sus escapadas nocturnas a Atocha o los escarceos entre Asun y su ya olvidado jiennense que hablar del modo en que sus nuevos inquilinos habían empezado a atraerlos. Y es que si ella había identificado el peligro en la mirada de Santos hacia Alonso era porque reconocía en sus gestos el hambre que a ella le despertaba Miguel.

El bibliotecario no perdía ocasión de estar cerca de ese estudiante que soñaba con ser director de cine y que, como Santos, también creía que a la universidad le correspondía liderar una revolución que parecía estar empezando. Hablando con Alonso, había llegado a creer que sería relativamente fácil convencer a quienes se sentaran en esos salones de actos de facultades y colegios mayores donde, de momento, solo se representaban versiones apolilladas del Siglo de Oro... ¿No se podría prender allí la mecha que iniciara el incendio? ¿No tenía sentido que fueran aquellos jóvenes quienes dieran un puñetazo en la mesa y reclamaran una libertad que ni siquiera habían llegado a conocer? No sabía si era justo confesárselo a su mujer, pero había vuelto a enamorarse del teatro a la vez que empezaba a obsesionarse con Alonso.

—Mira, Asun —el bibliotecario buscó en el interior de su ejemplar de Calderón un listado escrito a mano en el que, pese a su caligrafía microscópica, se podía leer el nombre de los estudiantes por los que sentía una mayor inclinación y con quienes estaría dispuesto a embarcarse en ese proyecto—, con los dos medio hermanos y los de mi «tribu» ya bastaría para formar un grupo. Solo habría que elegir una propuesta lo suficientemente clásica e inofensiva para confundirnos con los que ya existen.

—Un grupo es mucha gente. —Asun señaló con su índice uno de los nombres del listado de Santos—. Y más con imprudentes como ese.

—¿Ha pasado algo con Luisito?

—Ha pasado que entra dando gritos donde no debe.

—¿Y eso quién te lo ha contado? —No le costaba creer que Luis hubiera cometido semejante torpeza, pero le molestaba que le afeasen la conducta de quien, desde que se habían conocido en el Ateneo, se había convertido en uno de sus protegidos predilectos.

—Me lo ha dicho Ginés, que siempre tiene el oído atento cuando acude algún estudiante a buscar libros. Al parecer, tu Luisito fue pegando voces preguntando por la FUE por todo Derecho.

—Ginés exagera, como siempre... Además, este muchacho es de los que nos convienen. Rápido y listo. Y le gusta escribir, así que, si lo de la función siguiera adelante, podríamos pedirle que se encargase de hacernos la versión del texto para que los clásicos digan lo que nosotros queramos que digan.

—Pues que escriba más, pero que grite menos. A ver si va a hacer que se fijen en nosotros...

—Tengo cuidado, eso lo sabes —la miró prometiendo una certeza imposible—, lo sabes, ¿verdad?

—A lo mejor llevas razón... A lo mejor es verdad que soy como tu Casandra esa. ¿No me dijiste una vez que nunca la creían?

Sin más argumentos que sus ganas de sumarse a la marejada que se empezaba a respirar en el ambiente universitario, Santos se tumbó junto a ella, cogió sus manos y la besó con la misma complicidad insólita que los había unido desde el principio.

—A ella no... Pero yo a ti, sí.

14

El primer día de las jornadas poéticas amaneció convencido de que se hallaban al inicio de algo tan importante como intuía Asun, solo que en su imaginación el desenlace era revolucionario y victorioso, muy lejos de la inquietud que mostraba ella. Aunque fuera desde perspectivas muy distintas, ambos estaban convencidos de que ese 10 de febrero de 1954, el día elegido para el primero de los «Encuentros entre la Poesía y la Universidad», se iba a convertir en una fecha relevante.

Alonso y Miguel acompañaron a Santos con entusiasmo desigual. El primero sí parecía más interesado en lo que se pudiera hablar en esas jornadas, a fin de cuentas, insistió de camino a la universidad, el cine y la poesía compartían el mismo afán de traducir la vida en arte. Miguel, sin embargo, tenía más dudas sobre la utilidad de una reunión en la que no le importaba demasiado el tema.

—No seas tan pragmático, anda —lo regañó Alonso mientras ocupaban un lugar en mitad del Paraninfo.

—Ya me diréis si esta asamblea de pedantes va a servirnos de algo —se quejó Miguel a la vez que señalaba a su alrededor. El público, formado en su gran mayoría por estudiantes universitarios y escritores de diversas generaciones, se alejaba mucho en su apariencia del ejército de insurgentes que él imaginaba necesario para acabar con lo que los asfixiaba.

—Al menos, esta vez vamos a poder hablar —repuso Alonso, aludiendo a la innovación que incluían aquellas jornadas, en las que se anunciaba un coloquio después de la lectura de cada uno de los poetas convocados.

—Pero ¿tú te crees que van a dejarnos? —respondió Miguel con expresión sarcástica a la vez que señalaba uno de los carteles que habían diseñado para anunciar el evento—. Porque lo mismo esos llevan razón.

Alonso y Santos se giraron hacia el lugar al que él seguía apuntando con la mano izquierda y no pudieron reprimir una sonrisa irónica al ver cómo alguien había tachado la palabra *poesía* y había escrito en su lugar ENCUENTROS ENTRE LA POLICÍA Y LA UNIVERSIDAD.

—Lo mismo es profético... —se burló el bibliotecario, que se preguntó si aquella protesta en forma de burla no habría sido cosa de Luisito.

—No tiene gracia, Santos. Si vamos a hacer algo, debería merecer la pena —se quejó Miguel—. La poesía es puro adorno.

—Al revés. —Santos, que había reconocido entre los presentes a muchos de los habituales en las reuniones clandestinas a las que asistía en el club Tiempo Nuevo, el Gato Negro o las Cuevas del Sésamo, opinaba lo contrario—. La rebeldía aún es posible en los versos.

—Eso no son más que palabras bonitas —contestó displicente Miguel, que en momentos así no se explicaba que una mujer como Asun estuviera casada con un hombre que parecía prisionero de sus libros—. Aquí necesitamos más pistolas y menos rimas.

—Lo que necesitamos —le respondió casi susurrando y conminándole a que bajara también la voz— es escuchar de vez en cuando a quienes saben lo que tienen que decir, que a algunos la boca y la sangre se os calienta muy rápido.

Nada más terminar, el bibliotecario se percató de la sonrisa que acababa de esbozar otro hombre de una edad similar a la suya y que se hallaba a un par de asientos a la izquierda de Miguel. Los dos compartieron una mirada cómplice y el desconocido, animado por las palabras que había escuchado, se acercó a ellos.

—¿Ustedes son de los que escriben o de los que leen?

—Las dos cosas —respondió Alonso.

—Sí, este hace las dos, aunque ninguna bien —bromeó Miguel—. Pero así compensa por las que no hago yo.

—Trabajo con libros —se limitó a responder Santos, sin aclarar cuál era su papel ni si su oficio tenía que ver con su creación o con su recepción—, ¿y en su caso?

—Yo no. Bueno, o no con ese tipo de libros. Los de mi trabajo son más técnicos... Soy médico —se explicó—. Por cierto, me llamo Joaquín.

—Santos.

Quizá fueran imaginaciones suyas, pero el bibliotecario sintió que Joaquín lo observaba con intención, buscando en él una señal de si era posible encontrarlo en alguno de los espacios clandestinos a los que, sospechaba Santos, aquel médico también parecía habituado. Cualquiera de esos lugares en los que podían acabar masturbando a individuos anónimos que, además de carecer de identidad, a menudo también carecían de rostro o incluso de cuerpo completo. La mayoría no eran más que metonimias de sí mismos, fragmentos de vidas posibles con quienes intercambiaban sexo oral, penetración y semen en los urinarios o vagones previamente pactados. De los otros, los hombres de los que podían enamorarse por culpa de su sonrisa, o de su manera de moverse, o hasta de su voz, solo albergaban recuerdos platónicos. Escenas en las que se situaban como espectadores de su propio deseo y donde se esmeraban en memorizar cada detalle —el color de los ojos, la ondulación del cabello, la medida exacta de los hombros, la profundidad de la espalda, el grosor de los labios, la forma de las manos, la promesa de una generosa verga oculta bajo los pantalones— con el único propósito de acabar masturbándose en la soledad de su casa.

—Espero que esto no se retrase mucho —comentó Joaquín a la vez que miraba impaciente a su alrededor—, dentro de tres horas empiezo mi turno en el Clínico.

—A ver qué nos recitan —intervino Miguel con gesto de fastidio—, mientras no nos aburran con amoríos y romances ridículos...

—No hay amores ridículos, Miguel. Hay gente ridícula. Nada más. —Santos había encontrado en su réplica un modo cómodo y sencillo para descifrar la orientación política de Joaquín y, sin dudarlo, recurrió a su detector literario habitual—: «En la bandera de la libertad bordé el amor más grande de mi vida».

El médico sonrió con gesto triste, dejando claro que había ubicado la cita lorquiana y, adivinando las intenciones de Santos, le respondió con una de otro autor prohibido que en aquella jornada estaba más vivo que nunca.

—«Tristes hombres si no mueren de amores...»

Bastó con ese verso robado a Miguel Hernández para que el bibliotecario supiera que Joaquín había ido hasta allí con un objetivo muy similar al suyo. Seguramente, el médico también había visto en esa jornada la oportunidad de captar gente o, por lo menos, de dar con nuevos cómplices con quienes compartir lucha e ideales, a pesar de que desde el comité de la Juventud Universitaria, responsable de la organización del evento, se había puesto el máximo cuidado en evitar todas las alusiones explícitas al Partido. Incluso la grandilocuencia del nombre, «Encuentros entre la Poesía y la Universidad», parecía concebida para otorgar un camuflaje designativo a aquellas jornadas que, inspiradas por Múgica y en las que había sido esencial el apoyo de poetas como Ridruejo y Rosales, se habían diseñado para empezar a aumentar las filas de las trincheras insurgentes. Tal y como Santos había defendido más de una vez ante Carmen y Ginés, la fuerza de sus acciones futuras dependería de su número de simpatizantes, así que no le costó adivinar en Joaquín a otro oteador de posibles candidatos entre los estudiantes de Filosofía y Letras que ocupaban el Paraninfo.

—¿No nos habéis guardado sitio? —les reprochó Teresa en cuanto llegó acompañada de Nacho, Gala y Luisito.

—¿Creías que no íbamos a venir? —se rio Nacho, el Pelirrojo, mientras Santos improvisaba sin éxito alguna excusa que justificara por qué no se había ocupado de reservar plaza a los miembros de su «tribu». La única respuesta sincera es que estaba más preocupado de la cercanía de Alonso que de la llegada del resto, y eso formaba parte de las verdades que le estaba prohibido expresar.

—¿Ha pasado algo ya? —preguntó Luisito con su impaciencia habitual. Si había acudido era porque albergaba la esperanza de que el coloquio deviniese en trifulca y de que los golpes no tardaran en sustituir a las palabras.

—Ni ha pasado ni debería pasar —le respondió Santos endureciendo el tono y mirando a su alrededor para dejarles claro que no se confiaran. La presencia de infiltrados en eventos como aquel era una realidad que conocían demasiado bien para mostrarse sin las cautelas necesarias—. Por cierto, ¿has sido tú el del cartel?

—¿Qué cartel?

Santos no tuvo que preguntarle nada más: la mueca de ironía con que Luisito había formulado su pregunta retórica era respuesta suficiente.

Por fin, justo a la hora indicada, apareció en la sala Gerardo Diego, el primero de los poetas congregados para aquellos días y a quien debían de seguir recitales de Ridruejo, Hierro y Rosales. Acompañado de un aplauso cortés y, por momentos, incluso entusiasta, el poeta ocupó su lugar en el estrado y, tras una presentación protocolaria en la que se ponderaron sus méritos como insigne representante y antólogo del 27, Diego comenzó a recitar los poemas que había seleccionado.

A Santos, a pesar de la nitidez con la que recordaba el momento en que lo había deslumbrado con su *Manual de espumas*, le resultaba imposible concentrarse en su declamación mientras se debatía entre sus ganas de mirar a Alonso y su conciencia de estar siendo observado por Joaquín, ese médico con el que quizá hubiera coincidido en algunas de las oscuridades que ambos, estaba seguro, frecuentaban. Incluso se preguntó si no sería más sensato atender al deseo que había despertado en alguien de su edad en vez de obcecarse con un estudiante al que aventajaba tanto en años como en experiencia. Valoraba sus opciones mientras el poeta invitado seguía leyendo desde el estrado ajeno a la inquietud que comenzaba a percibirse en el auditorio y que se intensificó en cuanto comenzó el coloquio.

—¿Cómo es posible hoy la poesía social? —Abrió el debate uno de los estudiantes de las primeras filas, desatando un murmullo inmediato entre quienes lo rodeaban—. Porque está claro que la necesitamos.

—Van directos —comentó Luisito con orgullo—, por lo menos no se andan con mariconadas.

—¿Se puede hablar de poesía social cuando nos faltan tantos poetas? —apostilló otro universitario atropellando las explicaciones de Diego, que miraba a su auditorio con interés, sin expresar incomodidad ante sus intervenciones. Al revés, casi parecía satisfecho de que sus versos hubieran dado lugar a las reflexiones que, paulatinamente, iban subiendo de intensidad y hasta de volumen.

—Esto se está calentando —advirtió Miguel a la vez que buscaba con la mirada al resto de la «tribu». Aún no los habían presentado, pero en la manera en que Luisito, Teresa, Gala y el Pelirrojo se habían dirigido a Santos había intuido que compartían con él las ganas de hacer por encima de las ganas de escuchar.

El bibliotecario estaba a punto de chistar a su inquilino para que se callase cuando un estudiante se levantó al fondo de la sala y gritó con fuerza:

—¿Por qué se prohíbe la poesía de verdad?

Todos los asistentes se giraron a buscar con curiosidad a quien fuera que hubiese lanzado aquel interrogante, reivindicando a los poetas que no estaban allí.

—¿Por qué en esta universidad y en este país no se lee a Alberti, ni a Hernández, ni a Cernuda?

Santos, Miguel y Alonso también se habían girado para buscarlo, pero era imposible distinguirlo, oculto tras todos los estudiantes que, a su señal, se habían puesto en pie, dándole la razón con un murmullo que cada vez se hacía más fuerte y sólido ante la mirada sorprendida de parte del auditorio y la aquiescencia del resto. Su voz parecía nacer del líder de un coro invisible, un universitario que, protegido por la identidad de sus compañeros, se convertía en eco de sí mismo y surgía, en una sinfonía imposible, de todos los rincones de aquel salón de actos.

—¿Por qué permitimos que los callen de nuevo? ¿Cuántas veces vamos a tener que soportarlo? ¿Cuántas veces más van a matar a Lorca?

Aquella cascada de preguntas retóricas provocó los vítores y aplausos de la inmensa mayoría de los allí reunidos, y, tras el clamor general, estalló el tumulto esperable. Uno de los primeros en ponerse en pie a aplaudir la protesta contra la mordaza universitaria fue Santos y, nada más levantarse, Alonso y Miguel lo secundaron. El bibliotecario los miró con orgullo —Asun se alegraría al saber que no se habían equivocado— y se dio cuenta de que Joaquín también aplaudía junto a ellos.

—¡Santos! —La voz de Miguel lo alertó de la entrada de los grises, que acababan de irrumpir en el salón.

Todo el auditorio se puso en pie y comenzó a correr hacia la salida, intentando ponerse a salvo de golpes y detenciones.

—¡Vamos! —El bibliotecario tuvo que agarrar del brazo a Alonso, que se había quedado petrificado ante la repentina mutación de aquella asamblea en estampida—. Sigamos a esos.

Santos los empujaba a él y a Miguel en dirección a su «tribu», pues prefería sumarse a ellos por si la situación se complicaba aún más y era necesario recurrir a la violencia para defenderse.

—Esto ya es otra cosa —ironizó Luisito.

—No es momento —le regañó Gala mientras intentaban desplazarse a través de la marea humana que los rodeaba.

Salieron a empellones del salón de actos y no dejaron de correr esquivando los golpes de la policía hasta que se hubieron alejado lo bastante. A Santos le resultaba difícil seguir el ritmo de los demás, pero Miguel y Nacho, el Pelirrojo, se ocuparon de escoltarlo en todo momento, compensando con su corpulencia la lentitud del bibliotecario.

Solo cuando dejaron atrás a sus perseguidores y lograron resguardarse en los alrededores de San Bernardo, Santos se dio cuenta de que había perdido de vista a Joaquín, pero se encontraba demasiado exhausto como para preguntarse qué había sido del médico o lamentar no haber sabido más de él.

—Os han dado bien. —Teresa se acercó hasta Miguel y Nacho, que presentaban diversas heridas a causa de los golpes tras ofrecerse como escudos humanos para el bibliotecario.

—Nada que no se cure. Además, ya les daremos nosotros a ellos... Por cierto, soy Miguel.

—Ya lo sabía —le respondió ella a la vez que escudriñaba su rostro y su cuerpo sin excesivo disimulo—. Santos nos ha hablado de ti y de tu hermano.

—Medio hermano —matizó Miguel.

—Cómo te gusta restregarme que tuviste más suerte —replicó Alonso, intentando que su comentario no sonase tan ácido como en verdad lo sentía.

—Lo que sea —zanjó Teresa, dispuesta a asumir el papel de presentadora oficial de la «tribu»—. Y estos son Gala, Luisito y Nacho.

—Santos, ¿tú crees que Diamante y López Pacheco sabían que esto iba a terminar así? —le preguntó Luisito, ansioso por dotar de significado a lo que acababan de vivir.

—No lo sé —admitió Santos.

—¿Y Múgica?

El bibliotecario se encogió de hombros. Le habría gustado ofrecerle una respuesta más precisa, porque poseer ese dato habría significado que se hallaba dentro de la cúpula en la que se tomaban las decisiones, pero lo cierto es que ignoraba si los organizadores de aquel encuentro pretendían que se llegara tan lejos. O si, de alguna manera, habían avivado esas propuestas y hasta habían pactado las interrupciones de modo que el grito por Lorca desembocase en la estampida con la que había concluido.

—No ha estado mal para no haber pistolas —bromeó el Pelirrojo señalando unos moratones en su brazo derecho.

—¿Y esto es todo lo que podemos hacer? —replicó Miguel, aún ofuscado—. Porque digo yo que alguna vez habrá que devolver los golpes.

—Cuando se pueda —lo frenó Alonso—. De momento basta con ponerlos nerviosos. ¿O piensas que se esperaban lo de hoy? Y, si no, ya verás mañana lo que opina mi padre cuando le contemos la que se ha armado ahí dentro.

—Es mejor que no le digáis que hemos estado.

—A Santos le preocupaba que Asun tuviera razón en sus temores sobre Hernán.

—No creo que le sorprenda —apostilló Alonso con la misma mueca de desprecio con que siempre se refería a su padre.

—¿Os vemos la semana que viene en San Ginés? —Gala notó el desconcierto que les había provocado su pregunta a los dos medio hermanos y se giró hacia Santos—. ¿Aún no les has contado?

—Mañana.

—En ese caso —se despidió Teresa—, espero veros allí.

El grupo se dispersó deprisa y Santos les insistió a Alonso y a Miguel en que era mejor que no los sorprendiesen a los tres juntos esa noche.

—Es más sensato que volvamos por lugares distintos. Por si acaso.

Ninguno de los dos estaba muy convencido de que eso fuera a ayudar después de que los hubieran visto a los tres en el Paraninfo, pero el bibliotecario replicó que las apariencias importaban más que los hechos, así que se empeñó en que tomaran caminos diferentes para llegar al mismo piso en el que, insomne por culpa de sus avisos, los esperaba Asun.

15

De regreso a la calle Bordadores, Santos tuvo la tentación de desviarse en busca de una propuesta lo bastante alienante como para sacudirse su obsesión por Alonso. Pero, a medio camino de uno de sus picaderos habituales, acabó desechando la idea y asumiendo que una escena de sexo rápido y anónimo tampoco disiparía sus ganas.

—Empezábamos a preocuparnos. —Asun lo recibió seria, sentada en el salón.

—Ya te habrán contado —se justificó señalando a los dos medio hermanos—. Hemos tenido que tomar caminos diferentes para que no nos vieran volver juntos.

—Sí, me han contado, sí. Hace rato. —Y, sin esperar a que se acercara a darle un beso, se dirigió hacia su dormitorio.

Santos se sentó en su sillón, situado estratégicamente junto a la librería donde, en segunda y tercera fila, guardaba parte de sus ejemplares prohibidos. Miguel y Alonso lo miraron expectantes y él se limitó a ladear la cabeza restándole importancia.

—A veces se alarma demasiado.

—Natural —comentó Miguel mientras Alonso se ponía en pie y buscaba algo entre las estanterías de

Santos, aún preso de la excitación que les había provocado el desenlace de las jornadas.

—Deberíamos leer algo —propuso—, hacer el recital que no nos habrían permitido.

—Mejor me voy a la cama —se negó Miguel—, es tarde.

—Solo un par de poemas —intentó convencerlo su medio hermano.

—He tenido demasiada literatura por hoy y, digáis lo que digáis, con tanto verso no vamos a cambiar nada.

—Aguafiestas... —le recriminó Alonso mientras Santos buscaba uno de sus ejemplares de Losada entre los libros de la segunda fila.

—¿Esto te sirve?

El bibliotecario puso ante sus ojos un ejemplar del *Diván del Tamarit* que el estudiante acarició con la misma delicadeza con la que el bibliotecario se atrevió a poner sus manos, durante unos segundos, sobre las de él. Alonso esperó a que Santos las retirase antes de abrir el libro al azar por una de sus páginas y leyó los primeros versos que encontró en ella.

—«La noche no quiere venir / para que tú no vengas / ni yo pueda ir. / Pero yo iré, / aunque un sol de alacranes me coma la sien.»

Cerró de nuevo el libro y se lo tendió a Santos, buscando con su gesto la caricia que había interrumpido antes. El bibliotecario, animado por la fuerza con que habían sonado aquellos versos en la voz de Alonso, se aproximó con cautela hasta rozar sus labios en un beso en el que sus lenguas apenas entablaron diálogo. Alonso permaneció rígido, con las manos sujetando el libro y sin facilitar ni en la actitud ni en la postura que ese primer intento derivase en un encuentro sexual más prolongado.

Santos tomó de nuevo su ejemplar y se dispuso a colocarlo en su lugar habitual para enfriar los ánimos y el cuerpo, que protestaba rebelde frente al dominio de sí mismo que acababa de demostrar. Fue entonces, mientras revisaba los estantes y se aseguraba de que las ediciones clandestinas quedaran cubiertas por las permitidas, cuando notó cómo se posaban las manos de Alonso sobre sus hombros hasta abrazarlo por la espalda con una combinación de ternura y de pudor que lo desarmó por completo. No intentó girarse y se conformó con saberlo pegado a su cuerpo, respirando a su lado, tratando de decidirse a dar un paso que, aquella noche, Alonso no se sentía preparado para asumir. Quizá porque intentarlo suponía volver a las voces y los golpes de la infancia atormentada que Santos intuía en él, a los insultos de Hernán y de todos los que eran como Hernán. Quizá ese abrazo interminable, apretando su sexo endurecido contra el cuerpo del bibliotecario, le permitiese acallar el pasado del que necesitaba huir. Dispuesto a ayudarlo en esa fuga, el bibliotecario se mantuvo quieto como una estatua, aguantándose las ganas de volverse para hacer caer a Alonso sobre la mesa, o sobre el sofá, y despojarlo de la culpa que arrastraba para reemplazarla de una vez por el placer del que aspiraba a ser causa y guía. Pero no hizo nada. Solo aguardó a que él decidiese que había llegado el momento de soltarse, antes de que susurrase un «lo siento» que Santos no necesitaba, porque no creía que hubiera nada que sentir y, aunque le pesara, podía comprender demasiado bien su miedo y sus dudas. Además, era él quien se arrepentía ahora de haberse apresurado en vez de haber permitido que fuese Alonso quien marcase el ritmo.

—Si alguna vez...

El bibliotecario no llegó a concluir su frase, convencido de que no era necesario completar una invitación a la que el estudiante respondió sin entusiasmo, tan solo con un leve gesto de asentimiento. Sin añadir una sola palabra más, Alonso se encerró en su cuarto, preso de una vergüenza por la que prefería no preguntarse y que le hacía desear esconderse de sí mismo, renegando del hombre que estaba siendo porque no soportaba la imagen del niño que había sido.

—Ten cuidado —le advirtió Asun en cuanto vio entrar a Santos, algo cabizbajo, en su dormitorio—, que el larguirucho es otro de los tuyos.

—¿De los míos? —El bibliotecario intentó que su voz no dejara traslucir la desazón que le había producido su encuentro con Alonso, pero sospechaba que ella adivinaría sin esfuerzos cualquier emoción que pretendiera ocultarle.

—Sí, de los que se creen que la vida y el teatro son lo mismo.

—¿Y el otro qué? Porque a Miguel tú también lo miras distinto.

—Lo miro como miraba a los anteriores —se justificó ella.

—¿Como al jiennense?

—Por ejemplo.

Santos negó con la cabeza.

—Lo miras más. Y lo miras mejor. Pero no te lo digo para enfadarte, mujer, sino porque la cautela que me pides a mí también es bueno que te la solicite yo. A ninguno nos conviene que se sepa lo que no se tiene por qué saber.

El verdadero miedo de Asun no tenía que ver con la carne, pues comprendía que tanto su marido como ella misma buscaran sus mañas para sortear una vida llena de trabas, sino con lo que iba más allá y apuntaba a los sueños, a las esperanzas, a todo lo que no se les permitía tener y que, peor aún, era peligroso desear, porque a ella puede que a menudo le faltaran palabras, pero a su Santos a veces le faltaba el sentido común, y eso, como le repitió Carmen más de una vez, le podía costar caro.

—Hoy ha sido el inicio de algo grande, Asun —le aseguró, confiando en que cambiar de tema bastase para alejar tanto los fantasmas de su mujer como los suyos—. ¿Y sabes qué es lo que más me emociona? Que sea la misma poesía que nos censuran la que se les ha puesto en pie.

Ella estaba convencida de que Santos exageraba, pero la alegraba verlo tan entusiasmado, así que respondió con una caricia a la épica de su resumen, se giró despacio hacia su derecha y sonrió cuando sintió cómo su marido, ebrio de esperanza, se abrazaba a ella justo antes de apagar la luz.

MENSAJE DEL PARTIDO COMUNISTA DE ESPAÑA A LOS INTELECTUALES PATRIOTAS

¡Trabajadores de la Ciencia, de la Literatura y el Arte!

¡Maestros de la Cultura!

¡Estudiantes!

¡Intelectuales patriotas que deseáis una España independiente y soberana, donde puedan desarrollarse, sin trabas, todos los valores científicos, culturales y artísticos!

En estas horas de aflicción para la patria, cuando, en virtud de la alianza militar, económica y política concertada entre la camarilla franquista y el gobierno de los Estados Unidos, España ha sido reducida a la categoría de nación inferior, donde los imperialistas yanquis hacen la ley, el Partido Comunista de España se dirige a vosotros llamándoos a la acción para salvar a España, llamándoos a definir vuestra posición frente a la política patricida de Franco y de Falange, llamándoos a uniros al pueblo en la lucha por la democratización de nuestro país. [...]

Decenas de miles de maestros, profesores, artistas, escritores, poetas, médicos, ingenieros, inventores, abogados, arquitectos, estudiantes, de intelectuales en suma, fueron soterrados en los presidios franquistas. Asesinados unos, torturados y escarnecidos todos. Sobre ellos cayó la más arbitraria discriminación. Tildados de «desafectos» y tratados como enemigos, les fue negado el derecho a ocupar su cátedra, a detentar cargo alguno en los organismos o instituciones culturales, a ejercer su arte o su carrera.

¡Cuánto talento, cuánto ingenio y energía creadora, cuántas vidas preciosas para el progreso y la cultura segó y desgració miserablemente el franquismo! [...]

Del repertorio de los teatros desaparecieron las obras de

Lope y Calderón, de Vives y de tantos otros que siguieron la tradición del teatro clásico español. En su lugar pasose a representar toda suerte de banalidades y groserías escenificadas, muy a tono con el gusto «estético» y la moral de la camarilla imperante.

¿Significa todo ello que el régimen ha conseguido someter a nuestros intelectuales, doblegar su tradicional espíritu de libertad? ¿Significa un agotamiento realmente profundo de las capacidades de creación de nuestra intelectualidad? A estas preguntas hay que responder categóricamente: ¡NO! [...]

¡Que las fuerzas progresivas que actúan en el campo de la creación literaria y artística [...] sigan el camino de Miguel Hernández, que consagró su vida y su obra a la lucha invencible del pueblo por una vida mejor en una España española!

[...] Que los intelectuales comunistas que aún no lo hayan hecho salgan de su aislamiento y se fundan con las masas, con el movimiento intelectual patriótico y antifranquista. Que sientan latir el pulso de lo nuevo que surge y aflora en nuestra vida social.

Comité Central del Partido Comunista de España
Abril de 1954

16

Nada más recibir la copia del mensaje del PCE dirigido a los intelectuales, Santos convocó a su «tribu» en la chocolatería de San Bernardo, uno de sus puntos de encuentro habituales. Les entregó las copias con los extractos del documento que les había preparado y esperó a que acabasen su lectura antes de lanzarles su propuesta. Llevaba meditando sobre ella desde que se había enterado de lo pactado en la última reunión entre Múgica, Marcos y López Pacheco, que había tenido lugar el 1 de abril en la Ciudad Universitaria y en la que se había consolidado la idea de organizar un Congreso Universitario de Escritores Jóvenes, tal y como le habían confirmado sus contactos en el Ateneo. Que la fecha en la que había nacido oficialmente la idea de ese congreso fuese también la del inicio de la ignominia no dejaba de ser un dato más simbólico que significativo, pero hasta esa coincidencia animaba al bibliotecario, al igual que a sus organizadores, a creer que ese congreso no solo era la consecuencia lógica del éxito de las jornadas poéticas, sino también el inicio de la revolución cultural a la que los instaban desde el Partido. Los miembros de su «tribu», sin embargo, no parecían tan convencidos del contenido de aquel mensaje en el que se urgía a convertir a los creadores en «ingenieros de almas».

—¿Y qué hacemos con esto? —le espetó Miguel nada más acabar su lectura.

Tanto él como Alonso se habían integrado con facilidad en la «tribu», aunque sus diferentes inclinaciones también habían favorecido una ligera escisión dentro del grupo a la que Santos trataba de no dar demasiada importancia. De un lado, la impulsividad y la beligerancia física de Miguel, Gala y Nacho; del otro, la apuesta mucho más intelectual y organizada de Luisito, Teresa y Alonso. De algún modo, la llegada de los dos medio hermanos había evidenciado una distancia que ya existía y que, a menudo, dificultaba la toma de decisiones sobre lo que debía y lo que no debía hacerse.

—Lo que vamos a hacer es sumarnos —les anticipó Santos, decidido a que su «tribu» formara parte de ese futuro congreso que, según sus líderes, tendría lugar a finales del 55.

—Eso será si el SEU lo permite —objetó el Pelirrojo—. Porque no creo que Jordana esté a favor de nada de esto...

—Ese cabrón de Jordana no va a frenarnos, Nacho —le contradijo Santos—, por muy jefe del SEU que sea. Laín Entralgo, como rector, está por encima de él. Y no nos olvidemos de Ruiz-Giménez.

—Pero Laín y Ruiz-Giménez siguen siendo de los suyos —se lamentó Gala—. ¿O vamos a pretender que no lo sabemos?

—Que sean de los suyos no quiere decir que sean exactamente como ellos —matizó Luisito—. A estos se los torea mejor. Parecen más aperturistas.

—Parecen —repitió con intención Nacho—. Tú lo has dicho.

—De momento —prosiguió Santos— Múgica y los demás están preparando un manifiesto. Pero ya nos encargaremos de ayudar a difundirlo cuando toque. Ahora lo que tenemos que decidir es si queremos unirnos y hacer algo que importe.

—¿Algo como qué? —preguntó Alonso.

El bibliotecario acusó el interés sincero con que lo miraba y, por un segundo, se preguntó en qué medida la admiración intelectual era el soporte del vínculo que estaban construyendo, a pesar de que aún no hubieran avanzado ni un solo paso más desde la noche en que volvieron del recital de Gerardo Diego. Le habría gustado ser capaz de determinar cuál era el camino que debía recorrer para hacer ese nexo posible, pero temía que apresurar su acercamiento a Alonso acabase ahuyentándolo, y tampoco estaba seguro de que esperar a que él tomase la iniciativa fuese una resolución inteligente. ¿Y si jamás lo hacía? ¿Y si abandonaba su piso como cualquiera de los estudiantes anteriores, eligiendo la vida posible y reglada frente a la existencia turbulenta y oculta que suponía Santos? Sumarse al congreso no solo era un modo de contribuir a un momento que quería creer que sería histórico, sino también la garantía de que Alonso, si se involucraba en ello, seguiría formando parte de su cotidianidad durante el tiempo que durase aquel proceso.

—Suéltalo de una vez —se impacientó Nacho—. ¿Algo como qué, Santos?

—Algo como esto.

El bibliotecario cogió la copia del mensaje que Alonso tenía en sus manos, sacó un lápiz y subrayó el párrafo en el que se aludía a la ausencia de los clásicos en los escenarios españoles. Después, rodeó el nombre de Calderón y los miró a todos a la espera de su respuesta.

—No me jodas —resopló Miguel, que no podía

creer que esa fuera la gran propuesta para la que los habían reunido.

—Para eso ya está el TEU —comentó Gala, convencida de que no podían hacer nada que no hubieran intentado los miembros del Teatro Español Universitario.

—Pero ellos están muy vigilados por el SEU y por el rectorado —se justificó Santos—, nosotros ocuparíamos un lugar mucho más secundario. Y eso, a la vez que nos hace más invisibles, también nos vuelve más peligrosos.

—Así no vamos a ninguna parte —protestó Miguel—. ¿Qué repercusión va a tener?

—Si el teatro fuera tan inofensivo, no lo censurarían —argumentó Teresa, que, a pesar de sus escasas aptitudes artísticas, agradecía que aquella propuesta les proporcionara una actividad menos rutinaria que las habituales labores de mensajería de las que ella empezaba a cansarse y su madre, a quien no convencían las amistades universitarias de su hija, a recelar.

—¿De verdad creéis que eso va a cambiar algo?

—Algo se está moviendo —argumentó Santos—. Y ya habéis leído lo que nos dicen desde el Partido. Ellos también piensan que la ficción puede ser un modo de construir realidades.

—Eso que se lo digan a mi madre, a ver si la ficción le quita el hambre que lleva acumulada desde la guerra.

—Nacho, no simplifiques, anda —lo contradijo Luisito—. Sabes mejor que yo que son luchas compatibles.

—Además —Santos se esforzaba por sonar conciliador—, no deberías fiarte de quien te diga que la causa que defiendes no es urgente, porque eso supondrá que no te van a tener en cuenta nunca.

—Pero ¿cómo lo haríamos? —En la imaginación de Alonso, como en la de Santos, Teresa y Luisito, aquel proyecto comenzaba a cobrar sentido.

—Podríamos empezar los ensayos a la vuelta del verano.

—¿Y por qué no antes, Santos?

—Lo primero es solicitar un aula que nos sirva como local de ensayo y planificar bien lo que vamos a hacer. No tendremos los medios del TEU, pero sí al menos un lugar en el que podamos trabajar y que, de paso, sirva para otros fines. —Hasta los más reticentes al plan teatral vieron por fin en él una vía para seguir logrando sus objetivos—. Como la idea es que el congreso sea a finales del año que viene, tenemos tiempo de sobra de presentar algo.

—¿Por qué un clásico? —resopló Gala apuntando hacia el Calderón que había marcado Santos.

—Tiene que serlo.

—¿Nos vas a poner a recitar sonetos? —protestó Nacho.

—Luisito se encargará de que esos sonetos expresen lo que queramos decir. —El estudiante, más acostumbrado a redactar soflamas políticas que a escribir versos, lo miró sorprendido—. Anunciaremos un título que no puedan prohibir ni los del SEU ni el rectorado y después, cuando esperen que aparezcan las palabras que ya conocen, nos encargaremos de que las que suenen tengan nuestra voz. Y eso no sé si va a cambiar algo o no, pero si el congreso sale adelante, cuantas más acciones sumemos, más posibilidades de que la prensa se sienta obligada a nombrarnos. De momento, ni siquiera existimos. Y de lo que se trata es de existir.

—La dirección de la obra querrás que sea cosa

tuya, ¿no, Alonso? —dedujo Gala—. Como quieres ser director...

—De cine —matizó su medio hermano—. Que este de teatro no sabe nada.

—No creo que sea tan distinto —se defendió—, así que si nadie tiene inconveniente...

—Y aunque lo tengamos —se rio Miguel—. Cualquiera te quita a ti las ganas de mandar.

—Tú serías un buen Segismundo, ¿no crees? —lo retó Santos.

—¿Yo? —Miguel, que no se había imaginado subiéndose al escenario, reaccionó con extrañeza. Desde el inicio de la conversación suponía que su labor se circunscribiría únicamente a la difusión del evento—. Si no hay más remedio...

—De que nadie meta las narices en esto ya me encargo yo —prosiguió Santos—. En el rectorado, con decirles que vamos a hacer un clásico se quedarán tranquilos. Querrán ver el texto, pero nunca les enseñaremos la versión definitiva de lo que prepares, Luisito, sino el original íntegro. Que se atrevan a tachar allí si quieren. A ver si tienen huevos de quitarle una coma a Calderón. Por lo demás, no os preocupéis, que ya nos buscaremos alguna estrategia brechtiana para que todo sea posible en ese escenario.

—¿Alguna qué? —A Nacho le enfermaba que aquel hombre se saliera siempre por sus vericuetos retóricos en vez de apegarse a la realidad que ellos le demandaban.

—Algo que tenga que ver con el teatro dentro del teatro —Santos trató de explicarse sin poner demasiado empeño en que pudieran comprenderlo: ya se ocuparía de eso más adelante—, contaremos con la excusa del distanciamiento para que nuestro evento sirva al fin que tiene que servir.

—¿Alguien sabe de qué coño está hablando este hombre?

—Yo sí —lo defendió Alonso—, así que tú relájate, Nacho, que ya te enterarás de lo que tienes que hacer cuando toque.

—Y tú, Miguel, siempre puedes pedirle ayuda a Asun. —El joven no tuvo tiempo de reaccionar ante aquella mención de Santos que no sabía cómo debía interpretar—. Ella tiene experiencia actuando y, si a nadie le parece mal, seguro que se apunta.

—Si a Teresa y a mí —respondió Gala— eso nos evita tener que convertirnos en Rosaura, invita a tu mujer hoy mismo.

A pesar de las reticencias iniciales, el entusiasmo acabó calando en el grupo, incluso en quienes como Nacho o Miguel se habían mostrado más escépticos ante el proyecto. Aunque nunca lo admitiese, Santos también pretendía con ello robar parte del protagonismo a los organizadores oficiales del congreso. El simple hecho de haber escogido un evento teatral ya contenía la semilla de ese narcisismo no asumido pero, de alguna manera, enardecido por la llegada a su vida del futuro cineasta. Ahora que se sabía observado necesitaba justificar esa atención y sentir que, a pesar de todo, sí merecía que alguien lo contemplase del modo en que aspiraba a ser mirado por Alonso.

17

—Tengo una nueva misión para ti.

Asun lo miró intrigada. Normalmente, sus tareas le llegaban siempre a través de Carmen, que era quien distribuía sus papeles entre ella y Santos, así que le extrañó que esta vez fuera su marido quien asumiera esa función. Por un segundo, imaginó que estaba a punto de darle las coordenadas para entregar uno de los mensajes con los que colaboraban cuando urgía preparar la marcha de alguien descubierto por los de la Brigada Político-Social. Aunque nunca llegaban a tener contacto con la persona a la que ayudaban a exiliarse, Asun se sentía útil desempeñando aquella tarea, ya fuera preparando el traslado o poniendo a su disposición los documentos falsificados que precisaba para su nueva vida. Frente a la abstracción del proselitismo, que no la satisfacía más allá de la emoción del trabajo bien hecho, prefería la concreción de esos hombres y mujeres a quienes, cuando Carmen o Ginés se lo comunicaban, se afanaban por proteger. Sin embargo, la propuesta de Santos no tenía nada que ver con las que, hasta la fecha, habían sido sus tareas habituales. Al menos, eso es lo que dedujo Asun cuando vio cómo el bibliotecario colocaba sobre la cama su edición de *La vida es sueño*.

—¿Y esto?

Santos la abrió por la página 27 y leyó en voz alta:

—«Rosaura, vestida de hombre, aparece en lo alto de las peñas».

Ella lo miró fijamente sin acabar de comprender o, quizá, intentando no ilusionarse en exceso con lo que intuía que le estaba sugiriendo.

—Quiero que tú seas nuestra Rosaura.

—¿Vuestra Rosaura? —fingió sorprenderse ella, que había adivinado su propuesta tan pronto como Santos había terminado de leer la acotación—. Pero ¿dónde?

—En el escenario. En la Complutense.

No le preguntó por la obra porque, gracias a su marido, la conocía demasiado bien como para albergar dudas sobre lo que Rosaura representaba en la vida de Santos. Aquel era uno de sus cinco elegidos y, como los otros cuatro, coincidía con ellos en los dos rasgos esenciales de su biblioteca de imprescindibles: los cinco pertenecían al género teatral y los cinco tenían a una mujer como protagonista.

—¿Y los demás qué han dicho? ¿A todos les ha parecido bien que yo me sume?

Santos, con la misma sinceridad con que se habían hablado siempre, le respondió encogiéndose de hombros. No tenía ninguna intención de suavizar ante ella el recelo que había percibido en Luisito ni los comentarios un tanto desabridos de Nacho, los dos miembros de la «tribu» menos favorables a la presencia en ella de cualquier persona ajena al entorno universitario. Ambos justificaban su desconfianza amparándose en la cautela que exigían sus actividades, especialmente si querían proteger la integridad del futuro congreso, pero el bibliotecario atribuía su suspicacia a un elitismo intelectual del que tanto Luis como Nacho se enorgullecían.

—Alguno hay con dudas, ya te puedes imaginar. Unos meses en la Complutense y ya hay quien se cree el próximo Unamuno, pero eso se les pasa en cuanto te escuchen recitar. No va a haber mejor Rosaura que tú. Estoy convencido.

Asun tomó el libro por la página en que Santos lo había abierto y leyó en voz alta los primeros versos del que, según su marido, iba a ser su personaje:

—«Hipogrifo violento, / que corriste parejas con el viento, / ¿dónde rayo sin llama, / pájaro sin matiz, pez sin escama, / y bruto sin instinto / natural, al confuso laberinto / destas desnudas peñas / te desbocas, arrastras y despeñas?».

Permaneció unos segundos en silencio, intentando comprender aquella amalgama de palabras que no conocía, incapaz de traducir esos versos a un lenguaje que sí le fuera accesible. Santos, a su vez, la observaba con admiración, sorprendido de la expresividad con la que Asun había sido capaz de declamar aquel texto que, sin embargo, no entendía. Pero en su voz y en su cuerpo se obraba un prodigio cada vez que se le prometía un escenario. Era como si la emoción de actuar en público la hiciese brillar, del mismo modo que brillaba la Dulce Eva en aquel tugurio en el que se habían conocido y que, pese a su sordidez, tampoco había logrado apagar su luz.

—Vas a ser la mejor Rosaura de todas —le prometió.

—Pues tendrás que explicarme qué estoy diciendo —se rio ella, y, sin poder contenerse, se acercó hasta Santos y lo besó con una pasión que los dos sintieron extraña.

Ella se arrepintió de su arrebato, convencida de que aquellos impulsos físicos que siempre acababan resultando insatisfactorios ponían en peligro su equilibrio, y él se indignó consigo mismo por su incapacidad para devolver aquel beso con la misma pasión con la que respondía a la de cualquiera de los hombres anónimos con quienes había compartido instantes que ni siquiera era capaz de diferenciar. Le resultaba injusto que su deseo reaccionase con quienes no significaban nada y, sin embargo, se mostrara tan lánguido e inapetente ante alguien tan esencial como Asun. Tras haberse odiado desde siempre por ser así, tampoco le era fácil saber si debía seguir juzgándose por ello ni cómo ubicar en su vida ese amor que ella le ofrecía y ante el que él, aunque fuera de otra manera, también creía corresponderle.

—Interpretaré a tu Rosaura lo mejor que pueda —le prometió.

Asun dejó de nuevo el libro sobre la cama y se inventó una cita con Carmen que, en realidad, no existía. Necesitaba salir de allí cuanto antes para entender qué le sucedía y por qué todo lo que habían pactado y asumido como posible le resultaba, cada día, un poco más complejo. La propuesta teatral, que había despertado a la artista que habría soñado ser en otro contexto, tampoco la ayudaba a serenarse, porque le auguraba algún momento feliz —ya fuera en los ensayos o, cómo no, en el día del estreno— pero también supondría confirmar, a cada paso del proceso, la imposibilidad desde la que había construido su vida. Todas las veces en que se había convencido de que no veía dentro de sí nada de lo que le habría gustado ver.

Antes de salir del piso, mientras Santos comenzaba a tomar notas en su edición de *La vida es sueño*, Asun se fijó en la puerta entreabierta del cuarto de los dos medio hermanos. Ninguno de ellos se encontraba allí en ese momento y el único testimonio de su presencia era la ropa que ambos habían dejado medio tirada en sus respectivas camas. Enseguida distinguió la de Miguel, por los colores —siempre en tonos claros, en contraste con su piel morena— y por la talla —mucho más grande que la de su medio hermano en concordancia con su musculatura—. Entró y, sin tan siquiera pensarlo, cogió una de las camisas blancas que marcaban su generosa espalda y con las que acudía cada mañana a la facultad. Instintivamente se la llevó a la cara y permaneció unos segundos inmóvil, buscando en el tacto y el olor de aquella prenda algún rastro que la condujera a las inquietudes y sueños de Miguel. Dejó la camisa donde la había encontrado y se marchó tratando de no pensar demasiado en lo que había pasado aquella tarde ni en lo que deseaba que, dentro y fuera del escenario, llegara a ocurrir.

Acto II

La señorita Julia

PRIMER CONGRESO UNIVERSITARIO DE ESCRITORES JÓVENES

Organizado por el Departamento Nacional de Actividades Culturales del SEU, se va a celebrar un Congreso de Escritores Jóvenes con sede en Madrid.

Este congreso tiene por objeto discutir la situación actual de la literatura española, analizar las causas de esta situación actual, buscarle soluciones, unir a la generación de escritores que todavía está en formación, plantear problemas de tipo práctico y económico (posibilidad de una editorial universitaria, creación de una revista, institución de premios universitarios de poesía, novela, teatro, etc.).

Es decir: el escritor joven, al entrar en la literatura, tropieza o, mejor dicho, choca con una serie de muros y ruinas. Queremos estudiar la posibilidad de derribar esos muros que se oponen a su triunfo, la conveniencia de arrasar o reconstruir esas ruinas, que son de todos los tipos: ideológicas, económicas, editoriales...

Se dará una principal importancia a los problemas de tipo económico, atendiendo, asimismo, a los de tipo intelectual.

Para ello se atenderá a cuatro formas literarias: poesía, teatro, novela y literatura cinematográfica.

I

—«Este congreso tiene por objeto discutir la situación actual de la literatura española.»

Carmen interrumpió la lectura y levantó la mirada del papel que les había entregado Santos. Había intentado mostrar interés por ese manifiesto que el bibliotecario les mostraba orgulloso a ella y a Ginés, pero, cuanto más lo analizaba, más motivos encontraba para dudar tanto de la eficacia de aquella futura asamblea como de su urgencia.

—No sé si tenemos tiempo para esto, Santos. Ellos —dijo apuntando a los nombres de los miembros de la Secretaría que firmaban aquel documento con fecha de junio— puede que sí, pero nosotros no.

—Ni tiempo ni recursos —apostilló Ginés, que se encontraba incómodo hablando de un tema que le tocaba tan directamente—. Ya veis que a mí me afecta. Que si hay uno que quiere quitarles la mordaza a esos escritores que tengo que vender a escondidas, os doy palabra de que soy yo. Pero ahora tenemos demasiado con lo que tenemos. Y no podemos implicarnos en estos temas si queremos seguir siendo útiles para sacar a los nuestros de Madrid.

—Pero eso es solo temporal. —Santos, que se movía nervioso de un lado a otro en el almacén de la mercería donde les había permitido reunirse Carmen, se negaba a arrojar la toalla—. Salvamos a unos pocos, sí. ¿Y luego qué? Luego quedamos todos los demás. Aquí solo pueden salvarnos las ideas. Es lo único que puede hacer que ocurra algo antes de que tengamos que seguir llenando barcos rumbo a América y trenes con destino a Francia.

—«A todos los convocamos a este congreso, que dará fe de vida de una generación, la más fecunda, la más vigorosa, porque de la universidad nació y a la universidad retorna» —siguió leyendo Carmen en aquel documento que firmaban Jesús López Pacheco, Julián Marcos, Enrique Múgica, José Luis Ortiz-Cañavate y Claudio Rodríguez.

—¿Y bien?

—Veo buenas intenciones —le respondió ella, intentando no resultar demasiado brusca—, pero no acabo de entender por qué tenéis que arriesgaros Asun y tú con esa «función roja» de la que hablas.

—Calla, Carmen —la reprendió Santos con cariño—, que ese nombre no es de los que se deban repetir en voz alta. Pero sí, necesitamos hacerlo para cumplir con lo que se nos pide desde el propio Partido. ¿No lo entendéis? Además, parte de todo eso ya está en marcha. Los mismos que han lanzado ese manifiesto han propuesto empezar a publicar unos boletines. Y estoy seguro de que Alonso, Teresa y hasta puede que Luisito se van a animar a presentar unos artículos para el primero. Anónimos, claro —los tranquilizó al percibir el miedo en la mirada de Carmen y Ginés—, que a los del SEU no les podemos dar más munición de la que ya tienen.

A Asun, que asistía apática a aquella reunión, le había molestado que Miguel no quisiera enviar ningún texto para ese boletín. Era ridículo, y lo sabía, pero la enfadaba la idea de haberse obsesionado con el menos intelectual de los dos medio hermanos, a quien solo la ataba un morbo pegajoso e incómodo del que estaba deseando liberarse y que, a la vez, la inquietaba con la misma fuerza con que sacudía su instinto. Quizá la culpa fuera de Santos, que ocupaba tanto espacio con sus libros y sus obras teatrales que a ella solo le quedaba lugar para el cuerpo con el resto de los hombres que formaban parte de su mundo. Esa era, al menos, la explicación que mejor calmaba su enfado por saberse tan vulnerable ante aquel estudiante que no creía que pudiera aportarle nada de lo que de verdad importaba, si es que no se estaba equivocando en lo que era y lo que no era importante.

—No vamos a oponernos a que colaboréis, Santos —lo tranquilizó Carmen, buscando también la complicidad de Asun—, pero tienes que separar una cosa de la otra. Lo que hagas con los del Tiempo Nuevo no puede mezclarse con lo que hagas con nosotros. Si ese congreso sale bien, estupendo. Pero, si no, podría arrastrarnos a todos. Y eso es lo que no podemos permitirnos. Lo entiendes, ¿verdad?

—Y menos ahora... —Ginés odiaba tener que ser él quien aludiera a algo tan obvio, pero estaba claro que nadie más pensaba hacerlo y no podía dejarlo pasar por alto.

—¿Ahora? —Asun miró desafiante al librero, retándolo a que mencionara lo que se había limitado a sugerir, haciéndolo presente con el mismo desprecio que tanto ella como Santos estaban acostumbrados a ver en gran parte de la gente que los rodeaba. La misma gente que los respetaba por ser un matrimonio perfecto a sus ojos y que, sin embargo, los condenaría sin paliativos si supiesen las normas que regían su convivencia.

—Sí, ahora —repitió Ginés, negándose a verbalizar de manera expresa la ley a la que estaba haciendo referencia, ese artículo 6 que, promulgado el 15 de julio, incluía a Santos, y a todos los que eran como Santos, en la Ley de Vagos y Maleantes. Si no lo mencionó explícitamente no fue porque tuviera miedo a la reacción del bibliotecario, sino porque no imaginaba cuál podía ser la de Asun. Ni él ni Carmen eran capaces de adivinar en qué medida era real aquella pareja que ellos mismos habían ayudado a crear ni qué se escondían entre sí.

—Ya —respondió Santos, que no estaba dispuesto a hablar de aquella nueva humillación que, además de seguir condenándolo al ostracismo habitual, lo convertía en un delincuente.

Tampoco Asun añadió nada. Temía que si lo hacía se trasluciera su miedo, el nuevo temor que había nacido en ella al tomar conciencia de hasta qué punto era frágil el equilibrio en su casa de la calle Bordadores. La vida solo era posible dentro de sus paredes, pero fuera se hacía cada vez más peligrosa para ambos, porque si algo le sucedía a él, no podía ni imaginar cómo acabaría ella. Eso no era algo de lo que quisiera hablar, mucho menos con Ginés o con Carmen, que seguían creyendo que su matrimonio era el resultado de una conjura cuando, cada día que pasaba, era la consecuencia más firme de una decisión, la suya, la de la mujer que estaba harta de no ser nadie y había decidido ser todas las mujeres que pudiera inventar al lado del hombre que se las presentaba.

—Eso tampoco os va a afectar.

—¿Estás seguro? —le insistió Ginés.

—He dicho que no. Punto.

Santos zanjó el tema con brusquedad, pues temía que la conversación derivase pronto hacia lo que todos intuían que estaba pasando con Alonso. Aquella reunión, lejos de disipar sus ganas, las intensificó dotándolas de una urgencia que no había sentido hasta entonces. Era necesario que actuase antes de que Alonso fuera alcanzado por el miedo que esparciría esa nueva ley, desde la que se añadía una capa delictiva a su lista de estigmas.

En Asun, sin embargo, el encuentro con Carmen y Ginés desató una inseguridad que no quería confundir con celos. Pero, por mucho que le disgustara la idea, a lo mejor tenía que hablar de todo eso con su marido, a solas y cuando estuviesen en su piso, sin los dos jóvenes con los que seguían jugando sin que ninguno de los cuatro se decidiese a dar el paso que podría acabar cambiándolo todo. Sí, pensaba, a lo mejor era urgente que, en cuanto salieran de la mercería, le pusiera bien claras unas cuantas cosas, y no porque le pareciese mal lo que hubiese entre él y el directorzucho ese, sino porque era urgente que tomaran conciencia de lo que podía suceder si se les iba la cabeza, y lo mismo ya se les estaba yendo, que habría que ver si alguien no notaba algo y, peor aún, si se iba de la lengua, como los de la «tribu», que por mucho que hubieran acogido bien a Miguel y a Alonso no tenían por qué enterarse de las costumbres de su marido, fueran las que fueran.

Todo hubiese sido más sencillo si, nada más comenzar el verano, los dos medio hermanos se hubieran vuelto a su pueblo a la casa familiar, pero ambos encontraron en dos flamantes y mal pagados trabajos una excusa para no tener que hacerlo. Fue el propio Santos quien, a través de sus contactos en el Ateneo, logró colocarlos durante sus vacaciones como chicos de los recados en sendas oficinas. Ganaban poco y trabajaban mucho, pero aquello les permitía seguir en Madrid y, al final del día, continuar confabulando con la «tribu».

Que su marido les había buscado ese trabajo con el objetivo de tener cerca a Alonso era evidente para Asun. Y en esa voluntad de aferrarlo era donde encontraba el riesgo, porque dudaba de la capacidad de Santos para distanciarse de ese joven en caso de que la realidad lo exigiera. Una realidad que, por mucho que su marido pretendiese negarla, resultaba incuestionable y que ahora, además de incluir a Hernán y todo lo que rodeaba a ese hombre que Asun recordaba con inquietud, también incorporaba una ley que convertía a Santos en un delincuente. Y a Alonso, en otro.

—A la Teodora no se os ocurra irle con nada de esto —les advirtió Carmen antes de que se marcharan—. Lo que os tengáis que decir al hilo de la función esa y del congreso os lo decís a través del Braulio o de lo que sea que os hayáis inventado en la Complutense. Pero nada de usar los lugares que dedicamos a lo nuestro para vuestras historias.

—No pensaba hacerlo.

—Por si acaso...

A Carmen le dolía tener que mostrarse tan hosca con el bibliotecario, pero conocía bien su capacidad para emocionarse con los proyectos y la gente que lo ilusionaban, así que prefería ponerle todos los límites que le venían a la cabeza antes de encontrarse con alguna circunstancia que no pudiese controlar. Sobre todo ahora que cada vez le llegaban desde Francia más mensajes en torno a la necesidad de sumar alianzas y seguir ganando espacios hasta salir de la marginalidad a la que estaba condenado el Partido y que, hasta la fecha, los obligaba a ser invisibles. Ni Ginés ni ella creían en exceso en aquella supuesta «vía de la reconciliación» que, de momento, no era más que una corriente minoritaria en el PCE, pero tampoco quería poner obstáculos a posibles cambios que ayudasen a que sus acciones fuesen más allá de las labores de propaganda y auxilio logístico que les encomendaban.

—Lo que también intentamos decirte es que no nos gustaría que te hicieran perder el tiempo... Que no está claro que esos, siendo hijos de quienes son y con sus libros y sus poetas, sean tan serios como lo somos nosotros, Santos.

—Sois muy libres de pensar como queráis de mi gente, Carmen, pero os aseguro que entre los del congreso y los de mi «tribu» hay más cojones que en todo Madrid.

—Cojones puede —respondió ella con altivez, con la única intención de dejarle claro que no se iba a amilanar por su actitud ni por su léxico—, pero inteligencia y sentido común no sé si les sobran.

Santos prefirió no continuar con una discusión a la que no le auguraba un buen final.

—No haremos nada que ponga en peligro lo que podamos conseguir —se despidió—, si es que estamos consiguiendo algo.

Asun se agarró a su brazo y salieron con la misma tristeza con la que Santos había pronunciado aquella frase que a los dos les había sonado a trabalenguas, como si las palabras entre las que habían aprendido a esconderse no tuvieran un modo más sencillo de decirse.

—Estoy asustada, Santos —le confesó, y él le mintió con una sonrisa con la que pretendía tranquilizarla, consciente de que no tenía ningún sentido negar el peligro cuando, desde la promulgación del artículo 6, este resultaba tan evidente.

Cogidos del brazo, caminaron en silencio a través de unas calles en las que Asun, por primera vez desde que se habían casado, se sentía más observada que nunca, como si todo el mundo que pasaba a su lado pudiese adivinar la verdad que ocultaban sus máscaras y, en el peor de los casos, denunciarlos por ello.

2

Quizá todo habría sido diferente si Asun no se hubiera sentido tan presionada y, peor aún, vigilada por Carmen y Ginés. Si no pesara en ella la sensación de ser transparente, como si ambos pudieran saber de su frustración, o de sus carencias, o de la sed que le provocaban esos besos que, con Santos, desembocaban en noches de lectura y conversación en las que, lejos de convencerse de que su situación era inamovible, se permitía imaginar que acabaría siendo posible algo más porque ese hombre que no sabía tocar su cuerpo con sus manos sí era capaz de acariciarlo con sus palabras. Puede que todo hubiera ocurrido de otra manera si esa relación no se hubiese vuelto tan esencial, incluso tan autónoma, capaz de sustituir por sí sola a todos los que no la habitaban, excluyéndolos de una realidad que solo les pertenecía a Santos y a ella y que, por eso mismo, temía tanto perder. Quizá, en el fondo, esa fuera la auténtica razón por la que decidió acercarse a Miguel como lo hizo. Porque el miedo la obligaba a actuar de algún modo en que pudiera camuflarlo, disimular que cada vez que Santos salía de casa ella miraba con angustia el reloj del comedor, el mismo que había bajo el calendario de imágenes beatas con el que simulaban una vida que no era la suya, preocupada por si habría sido detenido en alguno de los lugares donde daba a otros hombres esos besos y caricias que a ella no podía ofrecerle. Aunque no necesitaba justificarse, Asun terminaría creyéndose su propia versión, según la cual su decisión del momento y la forma de aproximarse a Miguel nació de su voluntad de salvar a Santos, ofreciéndole una excusa lo suficientemente poderosa como para que sustituyera esos espacios anónimos y ajenos, en los que podía acabar encarcelado por culpa de la nueva ley, por encuentros mucho más íntimos con Alonso en la seguridad de su propio piso. Solo tenía que dejarle claro que esa transgresión de lo convencional era posible y su marido, en cuanto tuviese noticia de ello, reaccionaría. Pero Asun sabía que para que su estrategia triunfara era obligatorio que recurriese a lo único que Santos de verdad miraba con atención en aquella casa: sus libros.

En cuanto a Miguel, no aspiraba a reproducir la mecánica desapasionada de sus encuentros con el inquilino anterior, ese joven al que había olvidado incluso antes de acostarse con él. Si esta vez sucedía, debía ser mucho más especial que el sexo con el jiennense y, sobre todo, era esencial que no la alejara de la Asun que había inventado junto a Santos: la mujer que se atrevía a soñarse más relevante de lo que le habían hecho creer que era. Así que, antes de ceder a la impaciencia que le provocaba Miguel, debía encontrar el modo de dominarlo. No estaba dispuesta a que su superioridad física se acabara imponiendo ni a conformarse con meterse en su cama sin ser ella quien propusiera las reglas del juego.

Por eso, aun intuyendo el efecto que su decisión podría tener en Santos, recurrió a uno de sus «elegidos». Algo le decía que a su marido no le importaría lo que sucediera entre ella y su estudiante, pero no estaba segura de su reacción en el caso de que descubriese que había dotado de nuevo significado a uno de sus preciados cinco libros. La traición sexual, si es que eso podía significar algo en un matrimonio como el suyo, podía perdonársela; la literaria, tal vez no.

—¡Bésame el zapato! —le gritó a Miguel la tarde de julio en la que decidió volver físico lo que hasta entonces se había resignado a que fuese platónico.

«Quizá si ocurre, deje de preocuparme», se mintió. Y, con el propósito de sacárselo de la cabeza, entró en su cuarto aprovechando la ausencia de Santos y de Alonso, que habían acudido a reunirse con Luisito para empezar a trazar el calendario de trabajo de su función.

—¡Bésame el zapato! —le repitió mientras Miguel la miraba sin comprender nada.

Le preocupaba que ella se percatara de que sus palabras, como la silueta que se dibujaba bajo su vestido, se le habían enredado hasta trenzarle un estúpido nudo en el estómago, porque solo faltaba que aquella mujer que le impedía concentrarse en sus libros de Penal lo viese ahora también como si fuera un chiquillo, un crío que no había encontrado con quién desvirgarse en un pueblo lleno de miserias, velos y rosarios y en el que no había obtenido más que unos cuantos escarceos tímidos y escasamente carnales.

—¿Cómo? —se rio nervioso, tratando de convertir en burla su desconcierto.

Asun salió de la habitación sin dar explicaciones, dejando a Miguel en su litera, aún más confundido y al borde de la humillación, maldiciendo el momento en que había permitido que aquella mujer jugase con él, porque, maldita sea, eso era lo que estaba haciendo.

Permaneció inmóvil en su cuarto, sin saber si ella regresaría, intentando ocultar la erección y preguntándose si sería capaz de ofrecerle alguna réplica a la altura de las que Asun le proponía y para las que, estaba seguro, su medio hermano habría tenido más recursos.

A Alonso le resultaba tan sencillo destacar como a Miguel pasar desapercibido, a pesar de que su cuerpo fuera más atlético o de que en el pueblo todos coincidieran en que, de los dos, Miguel era buen mozo y mejor partido, mientras que Alonso no era más que una reproducción pálida y enclenque de Hernán a la que solo salvaba la delicadeza de un rostro que, según sus vecinas, parecía el del mismo Valentino. «Yo soy más Paco Rabal, más Brando», se repetía Miguel cuando se daba cuenta de que Alonso lo eclipsaba con ese don innato suyo para hacerlo invisible.

Asun regresó a su cuarto al cabo de un par de minutos con uno de los «elegidos» de Santos: una edición de Aguilar del 33 en la que se agrupaban varias piezas bajo el título de *Teatro escandinavo*. Alzó el libro en sus manos y, leyendo, gritó aún con más fuerza las palabras que él seguía sin entender.

—«¡Béseme ahora el zapato y la ceremonia quedará perfecta!»

Miguel se arrodilló y, titubeante, besó uno de sus zapatos accediendo sumiso, como haría en adelante cada vez que Asun volviera a irrumpir con alguna de sus extravagancias.

—«¿Por qué va de librea en una noche de fiesta? ¡Quítesela!»

Ante la indecisión de Miguel, que seguía de rodillas y sin saber cómo reaccionar, Asun lo invitó a levantarse y le desabotonó la camisa. Después, volvió a abrir su ejemplar y leyó, esta vez con más intención y una voz mucho menos estridente, las mismas frases.

—«¿Por qué va de librea en una noche de fiesta? Quítesela...»

Puede que Santos tuviera razón y el teatro no dependiera de las palabras que se escriben sino del modo en que se dicen, pero lo cierto es que el cambio de las exclamaciones por la sugerencia de aquellos puntos suspensivos surtió un efecto inmediato en el antagonista de aquella escena. Miguel se abrió enérgico la camisa y se aproximó a ella, acorralándola contra la cama a la espera de que diese un paso más. A pesar de su corpulencia y su aparente rudeza, no era un hombre impetuoso en el sexo, sino que su placer residía más en la capacidad de escuchar que en el deseo de exigir, y así, guiado por la mano y la voluntad de Asun, fue como transcurrió su primera vez. En una lucha entre sus ganas por desbocarse y su temor a imponerse sobre la mujer que manejaba su cuerpo y sus tiempos, apropiándose de su piel y empujándolo hasta tenerlo tan dentro como para que Miguel se desprendiese por fin de su cautela y la montase con la agresividad que ella también empleaba en él, desatando un combate de intereses y egoísmos que nacían de la celebración de la carencia.

—No ha sido como lo había imaginado —admitió ella, aún tumbada a su lado, acariciando con su mano el cuerpo que acababa de poseer.

—¿Ah, no? —preguntó Miguel tratando de endurecer su tono para disfrazar de insolencia su inseguridad—. ¿Esperabas otra cosa?

No le aclaró si sus expectativas habían sido defraudadas o si, por el contrario, se habían visto ampliamente superadas, así que él interpretó sus palabras como un reto y se prometió volver a intentarlo en cuanto surgiera la ocasión y ella, reviviendo las artes de la Dulce Eva, lo invitase a repetir ceremonia teatral, aunque confiaba en que la siguiente vez no fuera preciso emplear libro alguno y pudieran prescindir del prólogo.

Asun, pese a la evidente inexperiencia de Miguel, había encontrado en él un modo de adueñarse de un placer que ni se ajustaba a la intelectualización de sus noches con Santos ni se reducía a la mediocridad de los amantes previos. El recuerdo de cualquiera de los anteriores inquilinos palidecía ante el ímpetu de Miguel, en el que había descubierto un talento innato para descifrar lo que su cuerpo le demandaba. Y en esa capacidad para anticiparse a su deseo radicaba tanto la sorpresa que no le llegó a explicar como su voluntad de que lo que acababa de ocurrir entre ellos volviese a repetirse.

3

Sus «elegidos» siempre estaban en el mismo lugar —debajo de la cama— y en el mismo orden —por estricta clasificación cronológica—, de modo que descubrir su volumen de *Teatro escandinavo* ligeramente apartado del resto fue todo lo que necesitó Santos para deducir que Asun lo había tomado prestado sin pedírselo. Ese detalle, sumado a las miradas de complicidad que sorprendió entre Miguel y ella durante sus cenas, le hizo deducir que ese ejemplar había sido el instrumento con el que Asun había decidido acercarse al estudiante. Si hubiera creído tener algún derecho para hablarlo, quizá lo habría hecho, pero los dos conocían las reglas con las que se desarrollaba su partida, así que le enfurecía tener que admitir que, por culpa de ese libro, habían surgido en él unos celos que lo transformaban en un hombre mediocre y previsible, un hombre que, al lado de alguien tan excepcional como sabía que era Asun, no se podía permitir ser. Y mientras se debatía entre encarnar el hombre al que aspiraba y el que había descubierto que era, otro libro le permitió vencer por fin las dudas y recelos de Alonso.

Cada vez le resultaba más difícil dominar su impaciencia, pero se esforzaba por mantenerse firme a su palabra y esperar, tal y como se había prometido, a que su inquilino reaccionase al «si alguna vez...» con el que lo había invitado a tomar la iniciativa. Sin embargo, Santos intuía que eso solo sucedería si antes él mismo encontraba el modo de ofrecerle una nueva oportunidad, aprovechando alguno de los escasos momentos en los que los dos se quedaban solos en el piso, sin que la presencia de Asun o de Miguel pudiese interrumpirlos. El bibliotecario aguardó hasta una mañana de agosto en que las gestiones de ambos —con Asun yendo a la mercería para reunirse con Carmen y Miguel caminando hacia el Retiro para verse con Luisito y con Nacho— le hicieron creer que aquella era la ocasión idónea. No podía prever de cuánto tiempo dispondría antes de que regresaran de sus embajadas, así que cogió fuerzas y se presentó en el cuarto de Alonso sin más excusa que sus ganas de verlo.

—¿Ha pasado algo? —le preguntó el estudiante al sorprenderlo bajo el quicio de su puerta, observándolo en un silencio que no sabía si auguraba una mala noticia.

—¿Qué tendría que pasar? —le sonrió Santos, y se dejó caer en la cama mientras Alonso, sentado en su escritorio, cerraba el cuaderno en el que estaba trabajando antes de que su casero lo interrumpiese—. ¿Qué era eso?

—Para el boletín. Un artículo sobre Bardem y Berlanga... A ver si hay suerte y quieren publicarlo.

—Seguro que sí —lo alentó Santos, que no podía disimular sus ganas tanto de leer ese texto como de acercarse a su autor—, a los del congreso les gustan esas cosas. Hasta están pensando en organizar unas jornadas sobre cine. Igual que las de poesía, pero con proyecciones y, si se puede, algún estreno.

—¿Aquí en Madrid?

—Tal vez en Salamanca. De momento no es más que una idea. —Clavó la mirada en Alonso confiando en que descifrara el sentido real de lo que estaba a punto de preguntarle—. Si acaban organizándolas, ¿vendrías conmigo?

El cineasta, como lo llamaba Santos con un afecto que intentaba que no resultara paternalista, se dio cuenta enseguida de que ese sí o no era la respuesta a otra pregunta mucho más inmediata y que tenía que ver con la cama en la que seguía sentado Santos, a una distancia tan escasa como para que, esta vez sí, todo pudiera ocurrir tan deprisa como ocurrió. Alonso asintiendo, Santos sonriéndole y esperando sin siquiera moverse, Alonso poniéndose en pie y acercándose hasta su litera, Santos tumbándose en ella y esperando a que Alonso se acomodara sobre él, Alonso abriéndole la camisa, Santos desabrochándole el pantalón, Alonso tratando de quitarse los pantalones a la vez que lo besaba con tantas ganas como torpeza, Santos buscando el modo de controlar la voracidad de Alonso y evitar que la impaciencia acabase siendo solo violencia, Alonso agarrando las manos de Santos para exigirle que recorrieran los lugares donde nadie había llegado a estar antes, Santos cambiando las manos por la lengua y besando la piel que se le ofrecía con la convicción de haber descubierto un nuevo territorio en el que querría quedarse, Alonso mordiendo el cuello de Santos y marcando en él los espacios a los que desde ahora desearía regresar.

—¿Por qué has tardado tanto? —le preguntó Alonso.

Santos se limitó a reírse mientras seguía acariciándolo, negándose a que se les escapasen los minutos de los que aún disponían en esa mañana de agosto en la que se había propuesto adiestrar los brazos de Alonso para que aprendieran cómo recorrerlo, cómo descender por su pecho hasta alcanzar su vientre para, una vez allí, bajar hacia su miembro y sujetarlo con fuerza, con el ímpetu necesario para que pudiera llegar al orgasmo con solo mirarlo.

—¿Y esto? —le preguntó el bibliotecario al descubrir una cicatriz profunda que lo cruzaba en diagonal, casi a la altura de los hombros.

—Cosas de familia.

Alonso bajó la mirada avergonzado y Santos pudo leer en su tristeza la raíz de aquella herida por la que no volvería a preguntarle y sobre la que tampoco él deseaba hablarle. Le dolía demasiado explicar el origen de aquella cicatriz tantas veces mal curada que lo acompañaba como el testimonio de las ocasiones en que se arrepintió de no haber sabido ocultarse a tiempo, antes de que el cinturón de Hernán lo educase en la hombría que nunca vio en él. Camina recto, yérguete, mira al frente, pórtate como un hombre, no llores, no muevas tanto las manos, no gesticules, te he dicho que mires al frente, ensancha los hombros, los brazos bien pegados al cuerpo, no dobles más las piernas, ¡que mires al frente, joder! Mientras Santos deslizaba con suavidad su dedo índice sobre la cicatriz, tratando de sanar con ternura lo que había sido dañado con incomprensión, intuyó que aquella marca era la mayor garantía posible de la lealtad de Alonso a su causa, pues no solo le exhortaba a rebelarse como ciudadano, sino también como el hijo que no le habían permitido ser.

—Hemos perdido muchos meses —se quejó Alonso con voz infantil mientras se acurrucaba sobre el cuerpo de Santos.

—No podía arriesgarme otra vez —se justificó el bibliotecario, aludiendo al temor de que lo que creía haber descubierto en él no fuese más que el reflejo de su esperanza.

—Claro que podías... Además, te lo puse muy fácil.

—¿Y por qué no me dijiste nada?

—Te lo dije a tu manera, Santos —respondió con una sonrisa enigmática—. ¿O no interpretaste mi señal?

Aún desnudo, Alonso se puso en pie y, con un gesto, le pidió que lo siguiera. Se irguió y lo acompañó hasta la estantería en la que el bibliotecario guardaba, tras unos cuantos manuales de urbanidad y de buenas maneras, sus libros de Wilde. Alonso apartó los ejemplares de la primera fila y señaló el lomo bocabajo del *De profundis*, colocado en el sentido contrario al que siempre le gustaba apilarlos.

—Creí que sería fácil de interpretar...

Santos le sonrió y Alonso se acercó a él sin saber si buscaba un beso, un abrazo o arrastrarlo de nuevo hasta la cama de la que acababan de salir. Pero, finalmente, no hizo ninguna de esas tres cosas y se limitó a coger el libro de Wilde y a colocarlo bien de nuevo, como si ahora que ya había sucedido no tuviera sentido perpetuar esa pequeña transgresión dentro del orden que imperaba en la vida del bibliotecario. Él se lo agradeció aproximando la mano hasta su cabeza y enredando los dedos entre su cabello rizado y revoltoso, algo asustado ante la necesidad que aquel joven parecía haberle desatado y que aún no sabía cómo incluir en su vida.

—¿Me dejarás leer tu artículo para el boletín? —La pregunta suponía un cambio de tema tan brusco que Alonso lo miró desconcertado y, aunque sin violencia, se apartó un poco.

—¿Ahora vamos a hablar de eso?

—¿Y por qué no?

—No sé.

El estudiante se preguntaba si realmente era necesario explicárselo y, más aún, si lo que acababa de pasar estaba relacionado con ese boletín, con su posible artículo y con la intersección entre lo reivindicativo y lo creativo que también los unía. De ser así, todo resultaba aún más complejo e inestable, porque no podía garantizar que lo que había ocurrido siguiese sucediendo del mismo modo que tampoco era capaz de asegurar que estuviera listo para entregar al boletín un artículo que mereciese la pena. Había empezado a escribirlo, sí, pero ignoraba si contaría con la confianza suficiente en sí mismo como para atreverse a que viera la luz.

—Seguro que es bueno.

—No sé... —vaciló Alonso mientras le cogía prestado a Miguel algo de tabaco para liarse un cigarro—. De momento solo estoy anotando algunas ideas.

—Tómate tu tiempo. —Santos calló un segundo antes de confesarle que no había sido del todo sincero—. Desde aquella noche he tenido que contenerme más de una vez para no arrinconarte contra esta estantería.

—¿Debajo de esto? —sonrió con picardía Alonso, señalando el calendario de imágenes y frases beatas que Asun había colgado en el salón a modo de escenografía en previsión de posibles incursiones policiales.

—Por ejemplo —asintió Santos al mismo tiempo que se aproximaba a él, dispuesto a acorralarlo—, cada vez que te veía rebuscando entre mis libros me apetecía hacerlo.

—Pues hazlo.

Santos, excitado por su sugerencia, se abalanzó sobre él y acabó penetrando frente a su santuario bibliográfico a ese estudiante de Derecho que, en realidad, se había ocultado en esa casa y en esa carrera para protegerse de un padre al que detestaba y de un destino que rehuía. En aquel rincón del salón, justo en el lugar en que su estantería dibujaba un ángulo estrecho pero lo suficientemente acogedor como para que no se los pudiera ver desde la entrada, Santos y Alonso encontraron el modo de ocupar esa superficie y llevar a cabo el contorsionismo necesario para que sus brazos y piernas abarcaran los estantes justos mientras el bibliotecario le decía, sin decírselo, que todo estaba bien, que sus piernas alrededor de las suyas estaban bien, que su mano palpando y abriéndose paso en él también estaba bien, que su polla dura y asalvajada contra su cuerpo, mientras siguiesen apoyados sobre los libros adecuados, también estaba bien. Aquel fue solo el primero de todos los demás encuentros que volverían a ocurrir, muchos junto al calendario de frases piadosas que Asun escogía cada año con la única intención de demostrar que en aquella casa no pasaban cosas como las que, desde que Alonso y Miguel habían llegado a ella, empezaron a ser cada día más frecuentes. Cada vez que el futuro cineasta buscaba a Santos y lo invitaba a apretarlo contra la estantería o a colarse en su litera, calculando las caricias, los besos, prolongando el momento que precedía a la penetración y en que el dolor y el placer llegaban a ser tan intensos como la sensación de estar conquistando un territorio que les estaba prohibido, un paraíso cercado en el que cada gemido, cada mordisco, cada gota de sudor era un puñetazo contra leyes y prohibiciones, como si con sus dientes, además de marcar sus pieles, pudiesen derribar ese muro que volvía a erigirse entre ellos cuando llamaban a la puerta, cuando había que salir de esa litera o alejarse de esa estantería y subirse los pantalones a la vez que bajaban la erección pensando en todo lo que podía ocurrir si algún vecino sabía, si alguien contaba, si alguno de los buitres que esperan siempre en los límites del paraíso los denunciaba.

A partir de ese momento, su anterior juego de simetrías —la voracidad de Asun, la sed de Santos— se vio completado por la presencia de esos dos nombres que sustituyeron, por primera vez y de manera continuada, la promiscuidad antigua.

Aunque la cronología fuera evidente, Asun y Santos nunca se pondrían de acuerdo en quién había comenzado antes con quién, porque eso suponía admitir una cadena de recelos y despechos que consideraban indigna de la verdad que los unía. Poco importaba si Santos había sido el primero en ocupar su piel con la de Alonso o si era ella la que había comenzado a instruir a Miguel en el uso y disfrute de la suya. Lo esencial era no olvidar la importancia del secreto, mantener viva la ficción teatral fuera de las habitaciones de aquella casa en la que se cruzaban en una convivencia donde la intimidad surgía de su conciencia de ser múltiples y del compromiso de pertenecerse en una red donde Santos se reconoció en dos amores diferentes y simultáneos. La complicidad que lo unía a la mujer de la que había aprendido a caminar en pie de orgullo y la pasión junto al adolescente malherido encerrado en Alonso. Una duplicidad que también vivía Asun entre el hombre que la inspiraba con su teatro y el joven que la hacía vibrar con su cuerpo, a pesar de que los ocho años que la separaban de Miguel también marcaran una distancia de experiencias entre ambos. Cuanto ella había aprendido en ese tiempo, que había vivido de manera mucho más intensa, excedía con creces a lo que el estudiante alcanzaba a imaginar, así que tuvo que entregarse a fondo para quitarle el aire cerrado de pueblo que traía consigo. Con un erotismo consciente y pedagógico, Asun dejaba que Miguel mordiera sus pezones con ansiedad, que agarrara sus brazos con fuerza, que se adentrara en ella con el ímpetu virgen y la torpeza de sus diecinueve mientras ella lo educaba con la sabiduría de sus veintisiete. Jugaban con cartas marcadas, pero esto también formaba parte de la excitación de la partida en la que Asun no estaba dispuesta a prescindir de ninguno de sus participantes.

Necesitaba con la misma intensidad la presencia de Santos —con su verbo pulcro, con sus ojos atentos a la mujer que ella no se atrevía a mostrar ante nadie más, con su voz llenando una cama en la que los versos vibraban mucho más de lo que jamás lo hicieron sus muelles— y el calor de Miguel —con sus músculos fibrosos y su vientre duro, con ese sexo siempre dispuesto a dejar constancia de su juventud y los brazos preparados para abrazarla de tantas formas y durante tanto tiempo como ella le ordenase—: el juego habría quedado incompleto sin la presencia de cualquiera de ellos.

Y cuando Santos y Alonso regresaban a casa, a menudo hastiados de soledad y de frustración —por culpa de la nueva ley cada vez eran más frecuentes los episodios en los que sospechaban que los seguía alguno de los ganchos con que los grises cazaban a los «violetas» como ellos—, el bibliotecario se sentaba junto a Asun y dejaba que sus palabras se convirtieran en el bálsamo con que ungir sus heridas.

—Vendrán tiempos mejores —le prometía ella.

—¿De verdad lo crees?

—Léeme algo, anda...

Colocaba un libro cualquiera en sus manos y se transformaba, entre aspavientos pseudodramáticos y coreografías improvisadas, en la mujer que Santos decidiera elegir aquella noche. No siempre comprendía el sentido de los fragmentos escogidos, ni estaba segura de lo que querían decir la Salomé de Wilde o la Julia de Strindberg, pero memorizaba las frases que más le gustaban para aplicarlas posteriormente a sus escenas con Miguel, en una traslación de escenarios y personajes que contribuían a consolidar la atmósfera de irrealidad en la que los cuatro habitantes de aquel piso anhelaban perderse.

Nadie, ni siquiera Alonso, volvería a mirar al bibliotecario con la misma atención con que lo hacía Asun cuando él declamaba alguno de aquellos pasajes. Ni con esa curiosidad con la que ella parecía devorar una realidad siempre insuficiente y, los más de los días, demasiado gris como para satisfacer sus inquietudes. Por eso, creían, su alianza funcionaba, porque la necesidad de transmitir del bibliotecario era tan intensa como la necesidad de crecer de ella. Y los libros, especialmente esos cinco «elegidos» que Santos guardaba bajo su cama y en los que Asun encontró a todas las mujeres que se sabía capaz de ser, fueron el instrumento perfecto para sellar su pacto.

4

No tuvo que esforzarse para convencer a su «tribu» de que asistieran al homenaje a Antonio Machado que se celebraría el 4 de mayo en la Complutense y al que también los acompañaría Asun, que se había convertido en una más de ellos desde que habían comenzado los ensayos de su versión de *La vida es sueño*. El proceso, en el que llevaban meses trabajando, no estaba siendo especialmente fácil ni rápido, porque ni Luisito era tan diestro recreando el verso calderoniano, ni las exigencias estéticas y políticas de Santos parecían fáciles de satisfacer y tampoco estaba dispuesto a reducirlas con tal de que la obra saliera adelante. «Si lo hacemos, tenemos que representar algo que valga la pena», insistía el bibliotecario, contagiado del empuje creativo que se respiraba en la Facultad de Letras gracias a las conferencias sobre teatro español organizadas por el TEU y a las que había obligado a ir a su «tribu» para que tomasen nota de cuanto allí se decía. No bastaba con subirse al escenario a gritar unas cuantas consignas, porque eso, les repetía, sería empequeñecer el arte hasta amputarlo del mismo modo que lo estaba haciendo el ejército de censores franquistas a los que pretendían oponerse. Puede que fueran «ingenieros de alma», por mucho que le disgustara esa metáfora que transformaba en mecánica previsible el misterio inherente al hecho literario, pero si lo eran, su ingeniería tenía que servir para construir mundos en los que mereciese la pena vivir, no refugios precarios que apenas permanecerían en la memoria de su público durante las horas siguientes a la función.

La asistencia al homenaje a Machado formaba parte de ese plan de inmersión cultural con el que pretendía que su «tribu» diese lo mejor de sí para la «función roja» que se habían marcado como objetivo al hilo del congreso.

—¿Quiénes son? —preguntó Nacho, que no reconoció a ninguno de los dos poetas que, en ese momento, se hallaban en el estrado.

—El de la derecha es Claudio Rodríguez, uno de los que firmaban el manifiesto del congreso —les aclaró Santos—, y el que está a su lado, Carlos Bousoño.

Los dos ponentes comenzaron con su lectura de versos machadianos bajo la atenta mirada tanto de los universitarios asistentes como de los grises que velaban por la integridad espiritual del encuentro, en el que se sospechaba que pudiera haber tantos descarriados como en los recitales del curso anterior. La estela de las jornadas poéticas no dejaba de fortalecerse, así que desde la universidad y el ministerio se prestaba cada vez mayor atención a ese grupo de alborotadores que, con la coartada de la literatura, movilizaban a demasiados jóvenes.

Mientras sonaban los primeros poemas, la mayoría tomados de las *Soledades* machadianas, en las que la ignorancia y la miopía censoras tenían severas dificultades para encontrar razones por las que cancelar el evento, Santos fijó su mirada en Alonso y lo notó especialmente distraído, como si los versos que allí estaban sonando lo hubiesen conducido a algún recuerdo en el que se hubiera quedado atrapado.

—Hoy no estabas allí —le susurró con cariño al llegar a casa, mientras utilizaban, una vez más, la excusa de repasar el texto calderoniano para apurar unos momentos juntos.

—La culpa la ha tenido ese poema...

Santos lo miró atentamente y acercó la mano a una de sus rodillas. Le acarició con cariño y esperó a que Alonso le contara, si es que quería hacerlo, hasta qué lugar de su pasado lo habían conducido esos versos.

Alonso cerró los ojos, buscó con su mano la de Santos y, apretándola con fuerza, comenzó a recitar en voz muy baja, con apenas un hilo de voz:

—«Una tarde parda y fría / de invierno. Los colegiales / estudian. Monotonía / de lluvia tras los cristales. / Es la clase. En un cartel / se representa a Caín / fugitivo, y muerto Abel, / junto a una mancha carmín».

—«Y todo un coro infantil...» —intentó completar el poema Santos.

—Te has saltado una estrofa —lo detuvo Alonso. El bibliotecario notaba cómo las manos del joven, que seguía sosteniendo, empezaban a temblar.

—Quería comprobar si te lo sabías —bromeó Santos, que habría dado cualquier cosa por encontrar un modo más sencillo de alejar el miedo que habitaba en su cineasta.

—Demasiado bien... —suspiró Alonso con amargura—. Lo tenía copiado en el cuaderno, después de que doña Elena nos lo recitase. Yo tenía ocho años y ella era la primera maestra que veía algo en mí que no estaba mal, algo que merecía la pena. Tú sabes mirar, me decía, y elogiaba mis dibujos y mis redacciones de un modo diferente al que lo hacía con el resto, como si quisiera compensarme por algo. Pero a esa edad no sabía hablarle de lo que me pasaba, así que me limitaba a esmerarme en mis trabajos de clase para que ella pudiera estar orgullosa de mí del modo en que era evidente que nunca había llegado a estarlo mi padre. Cuando nos enseñó aquel poema, me esforcé por memorizarlo y copié los versos que recordaba en mi cuaderno. Hasta me atreví a ilustrarlos con unos pupitres vacíos entre los que solo había un niño que soñaba con estar en cualquier otro sitio que no fuera ese. Pero mi padre, que odiaba que estuviese en mi cuarto leyendo en vez de en la calle, como Miguel, jugando al balón con los demás chicos, me vio tan absorto en ese cuaderno que me lo quitó de un manotazo. Con tan mala suerte que cayó abierto justo en esa página, la del poema donde se leía el nombre de Machado debajo del texto y de mi dibujo. Tres días después, doña Elena ya no volvió a la escuela y nadie nos explicó tampoco el porqué de su ausencia, aunque los mayores aseguraban que la habían visto subir a un camión entre una pareja de guardias civiles. Su sustituto ni siquiera la mencionó y en cuanto tuvo ocasión, mientras hacíamos un listado infinito de cuentas, se acercó a mí y me pidió que arrancara esa página. De donde no logró arrancarlo fue de mi memoria.

Santos no reprimió la necesidad de abrazarlo y Alonso, a pesar de la incomodidad que le provocaba aquella muestra de afecto en un espacio donde Asun y Miguel podrían haberlos visto, se dejó rodear por ese hombre que parecía entenderlo y con quien había empezado a hablar de todo lo que no le había contado nunca a nadie.

—Celaya tiene razón. La poesía es un arma poderosa...

Alonso asintió y, mientras se dejaba acariciar, se animó a hablarle de cómo elegir Derecho no había sido más que una maniobra útil para salir del pueblo y distanciarse de Hernán, ese hombre al que apenas podía llamar padre y que no había dejado de juzgarlo desde que había empezado a conocerlo. Confiaba en que la lejanía le ayudase a olvidar la mirada condenatoria en la que expresaba la decepción y la repugnancia que sentía al observar a un hijo en el que no se reconocía y que palidecía ante la comparación de los atributos y las cualidades de Miguel. La suya podía haber sido otra historia bíblica, como la que aparecía en la lámina del poema machadiano, pero ni Alonso compartía la envidia de Caín, ni Miguel la perfección de Abel. A ambos, por causas diferentes, los unía el odio hacia el mismo hombre, al que habían logrado sobrevivir gracias a la alianza que había nacido entre sus juegos infantiles y que se había fortalecido con el tiempo. Por eso escogieron un destino idéntico, porque intuían que escapar de la casa familiar era solo el principio de los retos que les aguardaban y preferían afrontarlos desde ese vínculo fraternal que hacía sentir a Alonso protegido gracias a la fortaleza de Miguel y a Miguel resguardado gracias a la perspicacia de Alonso.

Ninguno de los dos aspiraba a hacer carrera en la abogacía, pero aquel era un buen punto de partida para las inclinaciones políticas de Miguel y una excusa válida para que Hernán no sospechara de las inquietudes artísticas de Alonso, cuya única meta era buscar el modo de hacerse un hueco en el mundo del cine. Documentales, largometrajes, cualquier cosa. Lo que fuera con tal de que el arte pudiera salvarlo, del mismo modo que las películas del cine de verano de su pueblo, al que acudía con Miguel y su madre, habían salvado al Alonso de los ocho, de los nueve, de los diez años de insultos que ni siquiera comprendía y de todos los golpes con la hebilla del cinturón que Hernán le grabó en la espalda. Por eso necesitaba el cine, para soñarse ese otro hombre que, lejos de su padre, del pueblo y del odio en el que había sido educado, ahora se rebelaba contra su origen cada vez que recorría el cuerpo de Santos, en una relación desigual y que, pese a sus obstáculos, cada día se le hacía más necesaria.

Santos sabía que su privilegio frente a Alonso era la experiencia, del mismo modo que el de Alonso eran todos los años que le quedaban por cumplir. Y para cuidar ese vínculo asimétrico intentaba moderar sus excesos didácticos así como evitar la sombra del reemplazo paternal que el bibliotecario avistaba en Alonso. Ni quería que fuera su discípulo, ni tampoco ambicionaba adoptarlo como el hijo que nunca se había planteado tener. Al contrario, a los dos les suscitaba una creciente aversión aquella intromisión entre incestuosa y escolar que les impedía avanzar del mismo modo en que, según todos los indicios, lo estaban haciendo Miguel y Asun.

Ni el matrimonio ni los medio hermanos hablaban de ello, pero los cuatro sabían que durante el curso del 55 sus lazos se habían estrechado en nuevas direcciones, componiendo un mosaico en el que la omisión ayudaba a no extraviarse gracias a que nada los obligaba a definirse. Asun, desde luego, no habría sabido. Y sospechaba que, por mucha palabrería que dominase su marido, Santos tampoco habría sido capaz. No se trataba de que les faltara el léxico para decirse, sino de que no existían los verbos para hacerlo.

El silencio sobre sus decisiones se convirtió pronto en el mejor modo de defender la audacia con que afrontaban aquella convivencia en la que, entre los múltiples nudos que la trenzaban, encontraban nuevas versiones de sí mismos. Eran conscientes de haberse convertido en vértices de una figura geométrica cuyas aristas se extendían y aproximaban de manera caprichosa —a veces, a causa del deseo inmediato; otras, por culpa de cuestiones tan prosaicas como la oportunidad y la logística—, y se esmeraban en asumir las identidades que nacían de las correspondencias inesperadas entre el mundo que los esperaba más allá del piso de la calle Bordadores y el que los cuatro habían forjado en su interior.

A veces no era fácil ubicarse en medio de los nombres que les pertenecían y los que inventaban, pero en otras ocasiones disfrutaban de esas identidades en las que encontraban su verdad. Nombres tan ciertos como el de Casandra, que Asun adquiría junto a Santos, o el de Julia, del que se apropiaba sobre el cuerpo sólido y generoso de Miguel. Hablarlo habría sido un modo de suspender la poesía que, pese a la prosa que los asfixiaba fuera de aquellas paredes, allí sí que era posible. En aquel piso donde empezaban a aprender que había muchas formas de ser dos —o hasta de ser cuatro— y donde las cicatrices que todos compartían les dolían de un modo distinto.

LLAMAMIENTO

El cine español vive aislado. Aislado no solo del mundo, sino de nuestra propia realidad. Cuando el cine de todos los países concentra su interés en los problemas que la realidad plantea cada día, sirviendo así a una esencial misión de testimonio, el cinema español continúa cultivando tópicos conocidos y que en nada responden a nuestra personalidad nacional. El cine español sigue siendo un cine de muñecas pintadas. El problema del cine español es que no tiene problemas, que no es ese testigo de nuestro tiempo, que nuestro tiempo exige a toda creación humana.

El cine sin ideas es un cine informe. Apelamos a la mejor tradición de nuestras artes y nuestras letras como solución a los males de nuestro cine. Tenemos un pasado plástico realista, tenemos un genuino espíritu nacional en nuestras formas de expresión literaria. De ahí debe arrancar nuestro cinema. [...]

Ninguna ocasión mejor que esta ofrecida por la Universidad de Salamanca, alma de la cultura española, para lanzar desde ella nuestra voz de alarma. Movidos por la urgencia de una situación cada vez más acentuada, queremos reunir en unas PRIMERAS CONVERSACIONES CINEMATOGRÁFICAS NACIONALES a profesionales y jóvenes universitarios, a escritores, periodistas y críticos, a fin de discutir y analizar los problemas del cine español, planteando con ellos unas conclusiones.

El cine español está muerto.

¡Viva el cine español!

Salamanca y febrero de 1955

Basilio Martín Patino	Marcelo Arroita-Jáuregui
Joaquín de Prada	José M.ª Pérez Lozano
Juan Antonio Bardem	Paulino Garagorri
Eduardo Ducay	Manuel Rabanal Taylor

5

—¿Miguel no va con vosotros a Salamanca?

Santos detuvo el movimiento de su lápiz y levantó la mirada de las páginas mecanografiadas por Luisito que estaba corrigiendo. Entendía, sin necesidad de mayores explicaciones, la verdadera inquietud que subyacía a la pregunta de Asun, pero no estaba preparado para responderla, así que se limitó a sonreírle y a negar levemente con la cabeza.

—¿Ni Luisito, ni Nacho...? —insistió ella, que tampoco sabía cómo abordar lo que la angustiaba.

—El único que tiene interés real en esto del cine es Alonso. Además —continuó a la vez que le mostraba las hojas que tenía en sus manos—, los de la «tribu» tienen mucho trabajo entre los preparativos de la obra y nuestras otras gestiones...

—¿Es la nueva escena? —le preguntó Asun con curiosidad, buscando el nombre de su personaje entre aquellos folios.

—Sí —le sonrió él, divertido por las ansias de protagonismo de su mujer—, y tu Rosaura es la que tiene más décimas.

—Me parece bien —bromeó Asun—, después de todo, soy la única que lo hace decentemente.

Santos se rio. Le hacía gracia el modo en que Asun

buscaba elogios que no creía que necesitara y que, sin embargo, agradecía. Así que le susurró que no solo lo hacía decentemente, sino que se estaba volviendo a enamorar de ella gracias a su talento en las tablas, y Asun, que nunca le había escuchado conjugar aquel verbo, sintió un escalofrío que se esforzó por disimular. Tenía la sensación de que su marido no reaccionaba bien cuando ella le ponía palabras a lo que los unía, así que había aprendido a guardarse para sí los momentos en que, más allá de lo que pasara junto a otros hombres, atesoraba algo parecido a una victoria.

—No son más que cuatro días —intentó calmarla él, reprimiendo el entusiasmo que le provocaba esa idea.

—¿Y por qué no va solo Alonso? A ti te necesitamos en los ensayos...

—Ya, pero también es útil que se nos vea allí. Lo de Salamanca es una manera de empezar a hacer ruido antes del Congreso de Escritores. Importa que salga bien. Y que se hable de nosotros. Es el único modo de que todo lo que estamos haciendo llegue a la prensa de fuera, porque de la de dentro no podemos esperar más que las mentiras de siempre.

—No entiendo por qué tienes que ir tú... Carmen y Ginés llevan razón en que a veces te arriesgas demasiado.

—No puedo faltar, Asun. De momento, ya han confirmado Saura, Berlanga, Bardem, Fernán Gómez... No ir sería lo mismo que dar un paso atrás. Y no quiero estar en la retaguardia. Tú me conoces. Yo necesito estar con quienes deciden y, sobre todo, con quienes organizan.

Asun conocía demasiado bien el afán de colaborar de su marido como para no comprender lo que intentaba explicarle. Sabía que cada día que pasaba le resultaba más insuficiente esa labor invisible en la que solo eran eslabones en una cadena de la que no regían ni los procedimientos ni los fines. Y hacía mucho que el bibliotecario no encontraba satisfacción en el tráfico de mensajes, ni en las extracciones secretas, ni siquiera en la vigilancia de los miembros más sanguinarios de la brigada. Eran tareas necesarias, sí, pero en las que apenas se veía dibujado. Todo lo relacionado con el congreso, sin embargo, le permitía convertirse en un hombre real. En el hombre que, durante toda su vida, le habían dicho que no era.

—Llévate también a Miguel. Siendo tres, daréis menos que hablar.

Santos la miró serio durante un segundo.

—Nadie va a dar que hablar a nadie. Además, es Miguel quien no quiere venirse. Está más interesado en sacarse la carrera que su hermano.

—Miguel no va a ser abogado —aseguró ella, que había empezado a conocer demasiado bien las carencias del estudiante como para dejarse persuadir por la grandilocuencia de sus aspiraciones.

—Pues él está decidido a intentarlo... Es el único de los dos que se lo toma en serio, porque Alonso solo sigue matriculándose para que su padre no lo obligue a volver al pueblo. Con tal de no ocuparse de sus tierras, cualquier cosa, pero lo de Miguel es diferente, él sí que se figura que haciendo carrera judicial puede ayudar a cambiar algo.

—Esos dos sueñan más que piensan. Igual que estos. —Asun apuntó con su mano izquierda a las páginas en las que Luisito había reescrito a su manera los versos de Calderón—. Pero nosotros soñamos con los ojos abiertos, Santos. Y eso es lo único que te estoy pidiendo.

Que los mantengas como los tienes ahora. Igual que los hemos tenido siempre. Porque ni Alonso ni Miguel miran como tú y como yo. Ellos miran creyéndose lo que quieren creer, que eso lo da la edad, y la inexperiencia, y que no han visto caer a tanta gente como nosotros hemos perdido ya. Por eso uno se piensa que va a ser Buñuel y el otro, Azaña. Porque la vida no les ha dado aún los golpes que tú y yo llevamos encima —Asun repetía sus pronombres como si fueran parte de un sortilegio—, tú y yo, Santos, tú y yo.

Él asintió y le agarró la mano con fuerza, intentando convencerla de que seguiría sus consejos.

—No va a suceder nada que no deba —le aseguró—. Puedes estar tranquila, mi Casandra.

Ella le sonrió, como hacía siempre que él la llamaba por ese nombre que la devolvía a los primeros días de su relación. Pero esta vez fue un gesto triste, porque lo que su Casandra no le había dicho era que su insistencia tenía que ver con el que había sido su «segundo gran aviso», una fiebre repentina y violenta que la había postrado en la cama durante toda la mañana y en la que las imágenes la empujaban hasta un escenario tan desnudo como los intérpretes que, de repente, subían a él. Cuatro actores sin personaje ni texto que se perseguían a través de un decorado inexistente, invisibles para quienes murmuraban en el patio de butacas hasta que uno de los más jóvenes —tal vez el más alto y delgado del elenco, tal vez el más corpulento y musculoso— posaba su mano sobre el cuerpo de la pareja que se miraba inmóvil a tan solo unos pasos y, en ese mismo instante, sus miembros se enredaban mientras los cuatro comenzaban a rotar en una pasarela que se volvía noria y acababa arrastrándolos hasta las puertas en las que se agolpaban quienes antes no eran capaces de verlos y ahora los perseguían.

Dudó si debía o no describirle aquellas escenas, pero su orgullo la hizo callar. No soportaba la idea de que Santos creyese que intentaba atemorizarlo por celos ni, mucho menos, por una inseguridad que no sentía: a ella no le preocupaba lo que hiciese o dejara de hacer con Alonso, a ella lo que le preocupaba es que su marido se olvidara de que había una nueva ley, y una policía ansiosa de venganzas, y un sinfín de ojos de esos que, como le había enseñado a ella su madre, estaban educados solo para denunciar, no para ver, porque no miraban más que donde no debían, justo en esos lugares donde estaba la gente que, como Santos, se olvidaba de quién era y vivía como si no tuviera que pagar por ello. Eso era lo que le estaba diciendo su aviso y eso era lo que le había intentado transmitir Asun, pero conocía bien su obcecación y sabía que esta vez no iba a ceder. Iría, sí o sí, a Salamanca, y ella solo esperaba que su don de Casandra se hubiese equivocado para que, a su regreso, todo siguiera siendo como era. Inestable, frágil, incluso peligroso, pero también posible.

6

La ovación tras proyectarse *Muerte de un ciclista* fue unánime. Santos y Alonso compartían la emoción del resto de los asistentes a aquel estreno en Salamanca que acababa de consagrar a Bardem como uno de los directores imprescindibles del panorama nacional.

—¡Viva el cine español! —se atrevió a gritar Alonso, aludiendo al lema con el que se cerraba el manifiesto de aquellas jornadas y que, gracias a lo que estaban viviendo, tenía más sentido que nunca.

Su voz llamó la atención de un chico que no debía de ser más de dos o tres años mayor que él y que, después de girarse a mirar, se quedó observándolo durante unos segundos. Alonso tampoco esquivó la mirada, al revés, aprovechó que Santos se había adelantado para estrechar la mano de Martín Patino, uno de los organizadores, para acercarse a él. Cuando el bibliotecario regresó en su busca, no se sorprendió al encontrarse a Alonso hablando con ese joven de ojos claros, cabello pajizo desordenado y piel pálida y pecosa que le resultó insensatamente atractivo.

«Ten cuidado, por favor», parecía decirle Asun desde su piso de Madrid, pero, por mucho que recordara sus advertencias, la idea de celebrar aquel estreno de un modo con el que ni él ni su cineasta contaban le resultaba demasiado apetecible como para reprimirse. Quizá habría sido diferente sin la euforia contagiosa de aquellos días. La que se había desatado tras los homenajes celebrados en torno a *Bienvenido, Mr. Marshall* y *Ladrón de bicicletas*. O la que había provocado Julio Diamante con el estreno de su corto *El proceso*, con el que Santos se cruzó justo antes de llegar hasta Alonso y a quien saludó efusivamente.

—No es más que un inicio —le había respondido Julio con una humildad que Santos no sabía si era sincera—, unas cuantas secuencias sobre la obra de Kafka en la que estamos trabajando en el TEU. Eso sí que va a ser algo grande, hazme caso.

—No pienso perdérmelo —le aseguró el bibliotecario con un punto de envidia, comparando los medios de los que, por pocos que fueran, disponía el TEU con los que él tenía para su «función roja».

—Me han dicho que tú también andas con algo... —le respondió Julio.

—Algo, sí —dijo Santos, dudando qué debía contarle. En ese contexto, entre los nombres más sobresalientes del cine español, se sentía estúpidamente ínfimo y temía que extenderse en exceso sobre su proyecto calderoniano resultase ridículo, incluso infantil—. Es un intento de aportar una mirada crítica desde los clásicos que pueda ir en la línea del congreso.

—No suena mal. Sobre todo ahora que han decidido que hasta los clásicos son peligrosos. Imagino que hablamos de un *Fuenteovejuna* o de *El alcalde de Zalamea*, ¿verdad?

—En realidad, no. —La inseguridad de Santos, que solo era capaz de controlar cuando se hallaba junto a Asun, se intensificaba por momentos: ¿y si ni siquiera había acertado eligiendo el título entre el vastí simo repertorio barroco?—. Hemos preferido *La vida es sueño*.

—Gran idea —lo aplaudió Julio—. No hay mejor obra en nuestro Siglo de Oro sobre la libertad y el despotismo, pero aquí son tan imbéciles que ni siquiera se han dado cuenta. Adelante con ello.

Se estrecharon las manos con admiración mutua y Santos sintió, por primera vez en mucho tiempo, que quizá su mirada no fuera tan insignificante como se había acostumbrado a creer. Motivado por las palabras de Diamante, cruzó la sala con decisión hasta llegar a donde estaba Alonso, que le presentó al estudiante que acababa de conocer.

—Santos, este es Fabián. De los tuyos: de Filosofía y Letras.

—A punto de acabar ya, eso sí —matizó.

—¿Último año? —le preguntó Santos a la vez que lo estudiaba con tanto morbo como curiosidad. En ese momento oyó aún con mayor fuerza la voz de Asun, pero resultaba insuficiente ante el lenguaje corporal de Alonso y de Fabián, que lo habían rodeado trazando un triángulo donde su conversación se llenaba de matices que importaban mucho más que sus palabras.

—Esto es justo lo que necesitamos —apuntó Alonso con impostada seguridad, tratando de lucirse ante su nuevo acompañante—, alejarnos de una vez del cine acartonado y rancio que nos permite la censura y buscar un camino nuevo que beba de De Sica y del neorrealismo.

A Santos le hizo gracia la acumulación de referencias en aquel enunciado que había nacido con voluntad de cortejo y, en vez de responder, esperó a que fuera Fabián quien continuase la conversación. Era evidente que existían diversas posibilidades en el modo en que acabaran aquella noche, pero el bibliotecario no quería arriesgarse antes de confirmar si la aritmética que practicaba el recién llegado era más partidaria del dos que de un hipotético tres.

—Que esta película sea así es una suerte, sí, pero no una sorpresa —señaló Fabián—. Bardem también es del consejo de la revista *Objetivo*. Como Martín Patino y Muñoz Suay, y ya sabéis el tipo de cine que defienden.

—Natural —repuso Alonso, dispuesto a seguir demostrando sus conocimientos sobre la materia—. Todos están conectados con la Juventud Universitaria.

—Pero ¿eso no somos nosotros? —bromeó Fabián, fingiendo no saber que había aludido al grupo de protesta liderado por Múgica.

—Somos, sí, en cierto modo —intervino Santos, reclamando la atención de ambos y atribuyéndose una juventud que, pese a sentir, ya no le pertenecía.

—Después de lo de hoy no creo que la Secreta tenga muchas dudas de lo que buscamos los que estamos aquí —comentó Fabián mientras le devolvía una mirada a Santos con la que confirmaba la posibilidad de una aritmética más compleja—, hasta ellos tienen la inteligencia justa como para deducirlo.

—No te creas —lo contradijo Santos—. Dudo que entiendan un solo fotograma de esta película.

—¿Lo habéis visto? —los interrumpió Alonso justo después de que alguien pasara a su lado apresuradamente—. ¿Ese no era Saura?

Tanto Fabián como Santos se giraron a mirarlo, pero ninguno de los dos fue capaz de verlo entre el público que llenaba el auditorio y que esperaba impaciente a que Bardem diese lectura al manifiesto con el que se iba a poner fin a las jornadas. El bibliotecario pensó con cierta melancolía que todos aquellos cineastas encarnaban, para Alonso y, seguramente, también para Fabián, a los creadores que ambos estaban a tiempo de ser, pero Santos solo veía en ellos a todos los hombres que pudo haber sido. No los contemplaba con envidia, sino con culpabilidad, preguntándose en qué momento se desvió del camino y desaprovechó las ocasiones que sí creía haber tenido para parecerse a Berlanga, o a Fernán Gómez, o a cualquiera de los allí reunidos, en vez de acabar siendo un guardián mudo rodeado de libros que no le pertenecían.

Bardem, entre vítores, tomó por fin la palabra y leyó un discurso que fue interrumpido en más de una ocasión por los golpes con que los asistentes taconeaban vigorosamente sobre el suelo para mostrar su aprobación. Muestras de conformidad y asentimiento que desembocaron en el aplauso atronador con el que celebraron sus últimas líneas:

—El cine español es políticamente ineficaz. Socialmente falso. Intelectualmente ínfimo. Estéticamente nulo. Industrialmente raquítico.

El público jaleó sus palabras y Santos soñó, por un segundo, un aplauso idéntico tras su función. Una ovación que le valiese por todas las que no había recibido nunca y que a Asun le hiciese olvidar las palmas desganadas del tablao donde la había conocido. Los dos se merecían que se les reconociese la dignidad desde la que llevaban tantos años luchando, y quizá en esa carencia era donde su edad se encontraba con la de Miguel y Alonso, porque los cuatro necesitaban llenar los vacíos que habían marcado sus vidas, con la diferencia de que el tiempo jugaba con reglas contrarias, prometiendo lo que podría pasar en el caso de los dos medio hermanos y subrayando con saña lo que no había sucedido ya en el caso del matrimonio.

A Asun también le gustaría estar aquí, pensó Santos, que desde que había llegado a Salamanca y se había instalado con Alonso en la pensión se debatía entre echarla de menos a ella y permitirse la posibilidad de soñar una vida imposible junto a él. Le resultaba difícil mantener la cabeza fría cuando se encontraba a solas, por primera y quizá por última vez, junto al hombre del que había decidido —si es que eso se decidía— enamorarse. El hombre al que había arrancado del odio hacia sí mismo para ofrecerle un lugar en el que observarse sin ese desprecio con el que había convivido desde la infancia.

—¿Y si nos vamos a celebrarlo? —sugirió Fabián, que no parecía dispuesto a despedirse de ellos tan pronto.

—Si quieres avisar a tus amigos... —Santos prefirió tantear el terreno: quería asegurarse de si venía con alguien más y, en ese caso, de quién se trataba. Aunque aquel joven parecía inofensivo, tampoco podía descartar que fuese uno de los cebos que, desde la aprobación del artículo 6, se decía que eran aún más habituales.

—He venido solo. Mis amigos prefieren no significarse.

—Ah —sonrió Alonso casi orgulloso: pensar en lo que opinaría su padre si lo supiera allí le provocaba una satisfacción tan íntima como difícil de expresar—, que esto nos significa.

—Neutrales no nos hace —le devolvió la sonrisa Fabián, que había comenzado a caminar en dirección a la salida, decidido a guiarlos hasta el primer bar en el que pudieran brindar por *Muerte de un ciclista*, por el cine español y, por qué no, también por haberse conocido.

—Tampoco queremos serlo, ¿no? —sentenció Santos, y por un segundo dudó de si su lugar entre los dos estudiantes se correspondía con seguir ejerciendo de vértice o si sería más adecuada una generosa retirada. Pero se convenció de que esta última alternativa era una imprudencia que no podía permitirse. No se trataba de lo que sintiera o dejara de sentir por Alonso, sino del riesgo que suponía dejarlo en manos de su inexperiencia en medio de una ciudad que no conocía y donde cualquier paso en falso podía acabar con él detenido y con la «tribu» en peligro. Una caída siempre trae más caídas, era el lema que más veces le habían repetido Ginés y Carmen y, por desgracia, también el más veraz. Así que, en vez de hacerse a un lado, Santos se ofreció a guiarlos hasta uno de los bares donde, estaba seguro, habrían acudido muchos de los asistentes e incluso de los organizadores del evento.

—¡Por un día histórico! —brindó Fabián, elevando demasiado su copa y llamando la atención del resto de los clientes.

—Baja el tono, muchacho —le regañó Santos, casi susurrando—, que no sabes cuántos de estos son nuestros y cuántos no.

—Además, tampoco es seguro que esto sea histórico —lo contradijo Alonso, que compartía su entusiasmo por lo vivido, pero no su optimismo—, ya se encargarán los de siempre de que no trascienda. O, peor, de que se olvide.

—¿Cómo se va a olvidar algo como esto? Lo que ha pasado esta semana en Salamanca ha sido fundamental para el cine español. Como lo que ocurrió con la poesía el año pasado.

—Pero si no se sabe, Fabián, es como si no hubiera ocurrido. Y si no se cuenta, tampoco hay muchas posibilidades de que se recuerde. Mientras Franco y los suyos sigan usurpando el poder, harán lo que tengan que hacer para que no quede memoria de todo esto.

—¿Intentas decir que no ha servido de nada? —Fabián sonaba molesto, como si los argumentos de Alonso lo hubiesen herido personalmente.

—Claro que sirve. Si no lo creyera, no pensaría en dedicarme a esto del cine. Pero para que sirva tiene que trascender... Necesitamos a la prensa. A la de fuera, claro. Porque en el *Arriba* lo máximo que dirán es que unos cuantos rojos han proyectado una basura blasfema o cualquier mierda parecida... —Alonso levantó la copa y, bajando mucho la voz y con la mirada fija en Fabián y en Santos, improvisó un nuevo brindis—: Por que todo esto importe.

Fabián le agradeció el gesto y el bibliotecario lo miró con orgullo. Cada día se sentía más afín a ese joven que no dejaba de buscar lecturas entre los libros escondidos por todos los muebles de su piso de la calle Bordadores. Ignoraba si era la consecuencia de su voracidad bibliófila, o la influencia de la «tribu», o, por qué no, de sus breves conversaciones después de acabar sudorosos y exhaustos en la litera, pero lo cierto es que en Alonso cada vez quedaban menos huellas del estudiante tímido y con apariencia casi pusilánime que atravesó la puerta de su piso por primera vez y, en su lugar, había aparecido un hombre valiente y que se expresaba con la misma seguridad con que lo hacía hoy ante Fabián.

—Tienes razón —admitió Alonso con un tono inequívocamente seductor—, tanto si esto se recuerda como si no, hemos tenido la suerte de vivir un hito.

Santos no pudo reprimir una carcajada ante la grandilocuencia de su expresión, y los dos jóvenes, conscientes de que su afán de trascendencia resultaba grotesco en aquel bar, se rieron con él. Hasta entonces, el bibliotecario nunca había encontrado a Alonso tan jovial ni tan despreocupado. De repente, se había desprendido de los años de más que arrastraba consigo y recuperaba su verdadera edad gracias al efecto sanador del vino en ese bar del que estuvieron a punto de echarlos a los tres, cuando el último de los brindis de Fabián —un estridente «*In vino veritas!*»— provocó la mirada de reprobación de los camareros.

—No les gustan los latines en este sitio —bromeó bajando de nuevo la voz.

—Lo que no les gustan son los violetas —respondió Santos con expresión severa.

El problema, pensaba, no había sido el grito del estudiante, sino el modo en que la euforia había liberado esa parte de ellos que nadie debía ver. Ese instante en que toda la contención ensayada como un disfraz necesario a lo largo de los años cedía paso a la verdadera identidad, la que no poseía un lugar en que manifestarse, porque en los urinarios no había tiempo para mostrarla ni en el resto de la ciudad lugares donde vivirla. La mirada de los camareros no tenía que ver con la algarabía que estaban organizando, sino con la manera en la que había sonado la voz de Fabián y hasta con la afectación con la que se había permitido alzar la copa. Y quizá por eso, porque el estudiante también era consciente de la raíz de aquel desprecio, decidió reafirmarse delante de sus dos acompañantes.

—Lo de hoy, por mucho que a estos les joda —afirmó asegurándose de que nadie más que Santos y Alonso podía oírlo—, ha sido historia del cine. Y lo que hace Alberto Closas, también.

—Los dos han llevado a cabo una interpretación soberbia —respondió Santos, incluyendo a Lucía Bosé, la protagonista femenina de la película—. No son papeles fáciles.

—¿Sabes que le das un aire? —le sonrió Fabián sin dejar de mirarlo.

—¿A la Bosé? —bromeó Santos, que sintió nacer en él un punto de vanidad casi adolescente.

—Al Closas —se giró buscando la confirmación de Alonso, que asistía divertido a la escena—, ¿no te parece?

—Claro que me parece. —Elevó la copa y retomó el brindis que aquella noche iban a acabar convirtiendo en lema—. *In vino veritas!*

Los tres se rieron antes de dar un último trago y decidir qué harían cuando salieran del bar. Al bibliotecario no se le había escapado la intención de las palabras de Fabián. Que hubiera elegido destacar a Alberto Closas sin siquiera mencionar a Lucía Bosé, la actriz que había obnubilado al público mayoritariamente masculino de la proyección, era uno de esos detalles que, como el libro bocabajo que le había dejado Alonso, sabía leer. Interpretarse entre signos tan aparentemente triviales como aquellos era el único modo de reconocerse y, en definitiva, de sobrevivir. Así que, gracias a su experiencia viviendo en los márgenes, supo que el comentario de Fabián tenía poco de crítica cinéfila y mucho de invitación erótica.

—Lo mismo podías pedirle un papel a Bardem en la siguiente —continuó hablando Fabián con el descaro que le proporcionaba el alcohol y dejando caer levemente su cuerpo cerca del de Santos con la excusa del vino, porque había bebido, decía, más de lo que acostumbraba, o porque habían bebido, pensaba el bibliotecario, más de lo que los tres acostumbraban, o porque la camaradería les permitía chocar manos y hombros sin que nadie tuviera que pedir permiso.

Santos decidió creerse las mentiras con que los dos jóvenes halagaban su ego, por mucho que le faltase el carisma inherente a los galanes de cine clásico para que ese magnetismo fuera cierto. Antes de proponer que caminasen juntos hasta la pensión, el bibliotecario observó con atención las reacciones de Alonso. Necesitaba asegurarse de que el juego que habían iniciado no sumaba un obstáculo imprevisto a un camino que acababa de empezar y en el que, a pesar de que su experiencia le reprendiese por ser tan ingenuo, se empeñaba en ver más horizontes de los que había intuido hasta entonces. Pero no encontró nada en él que le hiciera dudar, al revés, el futuro cineasta parecía expectante, como si estuviese deseando asistir al tercer y último acto de la película que se desarrollaba fuera de la pantalla.

Salieron del bar los tres juntos, presos de una ebriedad compartida aunque se manifestara de modos diferentes. La euforia, en Fabián; la excitación, en Alonso; el narcisismo consciente, en Santos, a pesar del combate entre su deseo y la voz de Asun, que sonaba cada vez con más fuerza en su cabeza. Quizá por eso decidió que sí debía ocurrir, porque Asun y sus avisos eran el recordatorio de la cautela, y del orden, y de la ley que los había convertido en delincuentes, mientras que la posibilidad de acabar con aquellos dos hombres en su habitación era la consumación de la rebelión, de la desobediencia, de la dignidad que habían pretendido robarles y que, por mucho que los humillaran, les pertenecía. Santos sentía que lo movía una fuerza idéntica a la del Segismundo de su función: el mismo impulso que había llevado a aquel príncipe a arrojar a un hombre a través del balcón para desafiar a la naturaleza era también el que lo empujaba a meter a dos hombres en una habitación demasiado estrecha para que cupieran los tres, pero en la que consiguieron colarse sin que nadie los viera, a riesgo de que la dueña de la pensión los denunciara por escándalo público. Tal vez fuera el vino lo que forzara los ecos calderonianos, pero sentía que ellos, del mismo modo que el antihéroe de su «función roja», solo podían derrotar al destino si llegaban a humillarlo, si lo retaban con la fiereza del Segismundo que encarnaba Miguel y a quien, mientras él estaba con Alonso en Salamanca, imaginaba desnudo y voraz junto a Asun. Ese equilibrio ajeno que se les exigía respetar era lo único que tenía sentido aquella noche, así que no dudó en citar a Alonso y a Fabián en su habitación con un intervalo suficiente como para que nadie sospechase, ansioso por acabar la noche en aquel cuarto en el que el olor a humedad se mezcló pronto con el del vino barato que los había despojado del pudor.

—*In vino veritas!* —volvió a gritar Alonso, como un niño incapaz de dejar de repetir una gracieta, mientras se dejaba caer sobre la cama y Fabián, entre risas, le pedía que bajase la voz.

—Vamos a despertar a todo el mundo —les advirtió Santos acercándose a los dos lo bastante como para que Alonso comenzara a acariciarlo mientras Fabián los observaba sin intervenir.

—¿No se trata de eso? —le respondió Alonso, y, al mismo tiempo que desabotonaba la camisa de Santos con la mano derecha, extendió la izquierda hacia Fabián—. De que despierten de una puta vez.

—Tranquilo, Eisenstein. —Santos agachó la cabeza y le mordió con suavidad el cuello mientras Alonso sentía cómo lo rodeaban con fuerza los brazos de Fabián, que comenzó a restregarse completamente erecto contra él.

—Esto es más de Buñuel —aventuró Fabián sin medir del todo sus palabras.

—¿Del cabrón que se atrevió a llamar maricón a Lorca? —reaccionó Santos furibundo, aludiendo al momento en que los dos se habían enfrentado en el patio de la residencia y en el que, aunque no fuera capaz de explicarse exactamente por qué, veía un reflejo de todas las humillaciones que había vivido hasta la fecha—. Ese no se atrevería a rodar algo como esto.

Ni Alonso ni Fabián estaban de acuerdo con despreciar a un genio como Buñuel por un episodio que desconocían, pero tampoco Santos tenía intención de explicárselo. Lo único que los tres querían era seguir desnudándose hasta que sus cuerpos se sumasen en una figura imposible y cambiante. A Santos, en medio de la excitación que le provocó aquel momento, se le venían a la cabeza toda clase de figuras mitológicas mientras observaba los cuerpos de Alonso y Fabián enredándose entre sí, anudándose al suyo, incorporándose en una coreografía torpe en la que cada error conducía a un nuevo intento. Tuvo que contenerse para prolongar la erección y aguantar el ritmo de aquellos dos hombres que se corrieron al poco de empezar y apenas tardaron unos segundos en recuperarse de nuevo para afrontar, con mayor entereza, un segundo asalto. Santos, sin embargo, temía que el momento en que llegase al orgasmo fuese un punto final más que un punto y seguido, así que reprimió el placer tanto como le fue posible, a pesar de que los instantes en que tenía la polla dentro de la boca de Alonso o atravesando la piel de Fabián le pusieran muy difícil su deseo de retrasar el desenlace. Estaba a punto de rendirse cuando Alonso buscó su lugar entre Fabián y Santos, cogió con firmeza el miembro del bibliotecario y lo guio hasta sí mismo, exigiendo que lo penetrara mientras besaba a Fabián y empezaba a masturbarlo. El bibliotecario obedeció y creyó entender en aquella nueva figura —la última de las criaturas mitológicas que interpretarían esa noche— el deseo de Alonso de expresar una pertenencia que no sabía cómo les afectaría en adelante. Era obvio que su gesto no nacía solo de su instinto sexual, sino que era más bien la consecuencia de su espíritu de cineasta, siempre a la busca del encuadre que significase y que, en este caso, bastase para expresar por sí solo lo que Santos intuía que debía interpretar. Puede que Alonso disfrutara siendo tres, incluso que Fabián le resultara atractivo, pero lo que de verdad pretendía era que siguieran intentando ser dos. O, si contaban a quienes los esperaban en su piso compartido, cuatro.

Santos se dejó llevar y consumaron un orgasmo a tres tiempos en el que la falta de sincronía no restó ni un ápice al placer, incluso a pesar de la exigencia de ahogar todos los gemidos y las voces que nadie debía escuchar. En aquella pensión de paredes tan delgadas como los desvencijados y exiguos muebles de sus habitaciones, importaba bajar la voz y, como resumió Fabián con aire melancólico, guardar silencio.

—Callamos demasiado —susurró mientras se levantaba de la cama y buscaba su ropa desperdigada por el suelo. Su tono se había vuelto más sombrío, como si estuviera poseído por una tristeza repentina que Santos atribuyó a la certeza del joven de seguir siendo uno frente a lo que sí parecía ser un dos—. Eso es lo que nos pasa, que nos conformamos con seguir respirando. Nos consolamos con que no nos metan un tiro en vez de exigir que dejen de darlos. O de empezar a ser nosotros quienes lo hagamos.

El bibliotecario encontró en la rabia de Fabián la confirmación de sus intuiciones. La excitación de la noche había dejado paso a la certeza de la soledad. A la clandestinidad a la que los devolvería la semana siguiente y donde no contaba con un refugio como el que Santos y Alonso habían inventado en Bordadores.

—Creo que debería irme —se despidió.

—A lo mejor nos vemos en la Complutense —le respondió Alonso, dejando claro que no le importaría que volviesen a coincidir.

—Lo dudo —negó Fabián con la cabeza—, solo me quedan los exámenes finales y después no creo que vuelva por allí. Salvo que me invitéis a vuestra función.

—Cuenta con ello —le sonrió Santos.

Fabián se pasó la mano por el pelo para adecentarlo un poco, giró con cuidado el pomo de la puerta y, justo antes de salir, se volvió hacia ellos y les lanzó un beso con toda la afectación de la que fue capaz, la misma que solo unas horas antes había estado a punto de hacer que los echaran del bar. Alonso y Santos le sonrieron con una mezcla de agradecimiento y tristeza. Agradecidos porque haber sido tres les había permitido soñarse libres. Y tristes porque ahora que la madrugada tocaba a su fin resultaba evidente que, acabado el sueño, lo único que perviviría a la mañana siguiente eran las cadenas que encerraban a sus respectivos Segismundos.

7

Cuando apareció en el aula donde ensayaban con un ejemplar del segundo boletín del congreso, Santos no podía imaginar que se iba a desencadenar una tormenta que haría peligrar la continuidad de su «función roja». Aquel día de finales de junio se hallaba demasiado eufórico como para intuir que las desavenencias existentes durante todo aquel curso dentro de la «tribu» empañarían lo que él consideraba un pequeño gran logro: la publicación de dos artículos —uno de Teresa, sobre la censura literaria, y otro de Alonso, sobre el cine de Berlanga— en ese mismo boletín. Ambos aparecían sin firma, al igual que el resto de los textos compilados, pero reconocer la voz de dos miembros de la «tribu» y pensar en la dimensión pública que cobraban sus palabras le provocaba una satisfacción a la que no estaba acostumbrado. Puede que a él no le hubiesen dado un pequeño despacho en San Bernardo, como el que sí le había sido concedido a Diamante tras ser nombrado director del TEU, pero lo que estaban haciendo importaba y comenzaban a dejar impreso su legado a través de artículos como aquellos. Al verlos entre las páginas del boletín, esperaba que el resto de la «tribu» lo celebrase con idéntico regocijo, ajeno a sus crecientes disensiones.

Desde su regreso de Salamanca, sin embargo, las diferencias ya existentes en la «tribu» se habían intensificado hasta escindirla en dos secciones y, aunque todos trabajaban con un fin común, en cada uno de sus ensayos era aún más acusada la distancia entre sus respectivos métodos. El grupo capitaneado por Alonso y al que se adscribían Santos y Luisito otorgaba tanta importancia al alcance político de su propuesta como a su resolución estética, mientras que el que formaban Miguel, Nacho y Gala, que siempre primaban la inmediatez y lo pragmático, partía del convencimiento de que, pasara lo que pasara en el congreso, lo esencial no serían las actividades que lo rodeaban, sino su presencia en la prensa extranjera y el ruido que se pudiera hacer desde dentro. Que los versos de Calderón sonaran más o menos dignos era, como repetía el Pelirrojo, una mariconada. Entre ambos grupos y situadas en terreno neutral, se hallaban Teresa y Asun. La segunda, porque no había dejado de considerarse una intrusa, y la primera, porque, aunque compartía más las ideas del grupo de Alonso, la sangre la llevaba junto al de Miguel, hacia quien Asun intuyó en ella un mayor interés que el meramente teatral.

—De esa te vas a aburrir pronto —bromeó con él la primera vez que creyó ver en los ojos del estudiante algo que se parecía mucho a las ganas con que también la miraba a ella.

—A lo mejor aburrirme es lo que necesito, Asun —le respondió con un sarcasmo que ella, sin embargo, supo interpretar como verdad.

No mentía Miguel cuando decía que le vendría bien algo de ese aburrimiento cotidiano que junto a ella no era posible. Porque Asun no se conformaba con el sexo mecánico que, sospechaba, bastaría para desvirgar y hasta para contentar a Teresa, sino que necesitaba que él la explorase con toda la voracidad con la que deseaba al único hombre que nunca llegaría a poseerla de esa manera. La labor de Miguel partía de un imposible y él, que aceptaba de buen grado sus juegos teatrales y hasta su histrionismo en los momentos previos antes de que el deseo los igualara y le permitiese dominarla, sabía que su lugar ante Asun nunca dejaría de ser el que ahora era, un puesto de subalterno que a duras penas podía cubrir la vida que ella aspiraba a vivir. Por eso lo de Teresa le resultaba atractivo, porque no implicaba ninguna de las dificultades que sí suponía lo que fuera que tenían él y Asun, si es que aquella hambre de la que daban cuenta cada vez que se quedaban solos era tener algo.

En los últimos ensayos, especialmente desde la presentación oficial del congreso, Asun y Teresa habían sido las encargadas de intervenir cada vez que surgía un nuevo desacuerdo. De ellas y de su capacidad de mediación entre aquel batallón de egos dependía que el ritmo de trabajo se ajustase a los nuevos plazos, tal y como los habían estipulado después de que se hubiese confirmado que el Congreso Universitario de Escritores Jóvenes sería a finales de ese mismo año o, en última instancia, a principios del 56. Así, al menos, lo habían notificado el 27 de mayo los integrantes de la mesa que, en el aula magna de la Facultad de Políticas, anunciaron de manera oficial y pública el evento. Bajo la presidencia y la mirada algo desconfiada del rector, Laín Entralgo, se habían reunido Jaime Ferrán, Enrique Chena, Luis Delgado Benavente, Enrique Múgica y Julio Diamante, cinco de los nombres más sobresalientes de la organización del congreso y entre quienes tanto Asun como Teresa echaron de menos la presencia de alguna mujer que, igual que ellas, también estuviera implicada en esa lucha. A Gala, sin embargo, no le parecía que aquello fuera tan relevante; a fin de cuentas, no iban a sentarlas allí a ellas, que eran unas donnadies y algunas —añadió marcando el pronombre con especial desprecio— no contaban como estudiantes porque ni siquiera estaban matriculadas.

—Hay cosas que no se aprenden en vuestros libros —le respondió Asun.

—No pretendía ofenderte.

—Yo creo que sí. Lo que pasa es que no lo has conseguido. Y si hay algo que no va a pasar mientras yo siga aquí es que me haga pequeña. Ni ante ti, Gala, ni ante nadie. Así que si mi parecer es que estoy harta de que nos escondan en las trincheras, lo digo. Si mi opinión es que no soporto que nos tengan solo en la retaguardia, lo suelto. Y si a ti no te importa ser una segundona, bien por ti. Pero deja que a las demás —añadió señalando también a Teresa, que afirmaba con la mirada— nos moleste que no se nos dé el lugar que nos corresponde.

Desde aquel 27 de mayo, la relación entre Gala y Asun se limitaba a la más estricta cordialidad, aunque las dos albergaran el secreto deseo de que la otra se cansara del proyecto, que se eternizaba entre la falta de medios y las interminables revisiones del texto de Luisito, y lo abandonase antes de que llegase la fecha del estreno.

—¿Y eso cuándo va a ser? —preguntó el Pelirrojo dejando caer uno de los boletines sobre el suelo.

—Va a ser en cuanto nos den una fecha, Nacho —Santos se apresuró a recogerlo—, no podemos fijar nada sin saber cuál es el marco exacto del congreso.

—Entonces va a ser cuando nos digan —subrayó

Gala con sarcasmo—, para que no se nos olvide lo de bailar al son de su música.

—Esa gente tiene capacidad de convocatoria —argumentó Luisito—, ¿o no lo comprobamos en las jornadas de poesía? Y eso es justo lo que necesitamos. Si queremos que esto llegue fuera de los muros de la universidad, necesitamos ser muchos. Y nosotros no podemos marcar el ritmo. Sería ridículo.

—A lo mejor lo que es ridículo es pretender que esto —Miguel alzó su libreto con desprecio— ayude a algo. El Partido se está equivocando. La cultura y la reconciliación no son el camino. Con estos hijos de puta no.

—Por mí puedes salir a pegar tiros cuando quieras —lo desafió Santos, que a veces dudaba de si la constante oposición de Miguel nacía de sus vínculos dentro de la «tribu» o de lo que sucedía en Bordadores—, pero al resto no hace falta que nos arrastres. Si prefieres acabar recibiendo hostias en Sol antes de que te metan en Carabanchel, allá tú. Pero a los que aspiramos a ser útiles dejadnos trabajar en paz.

—Pues a ver cómo cojones sacas adelante esto sin un Segismundo.

Miguel, sin pensárselo, rompió en dos las páginas que acababa de recibir y se marchó de allí dando un sonoro portazo. Asun respiró hondo y, justo cuando estaba a punto de salir tras él para intentar calmarlo, se percató de que Teresa hacía eso mismo. Ya no le quedaba duda de que algo había ocurrido —o iba a ocurrir— entre ellos, pero eso, lejos de molestarla, la serenó. Agradecía que su nexo con Miguel no fuera tan íntimo como el que sospechaba que existía entre Alonso y Santos, así a ella, cuando llegase el momento, no le costaría tanto desprenderse de ese presente como a su marido. Porque, por mucho que se empeñaran en engañarse, aquello cesaría pronto. Puede que no al siguiente curso, en el que —tras las vacaciones de verano, que esta vez Miguel y Alonso sí pasarían en el pueblo— ya les habían confirmado que volverían a alojarse en su piso. Incluso Hernán, a través de una carta formal y extraordinariamente escueta, les había comunicado eso mismo. Pero el plazo de su historia, por mucho que se extendiese, seguiría siendo efímero, así que, cuanto antes se preparasen para aceptar que su vida no iba a ser la que ahora estaba siendo, mucho mejor. Bastante duro era tener que asumir la falta de horizontes como para dejarse robar los pocos que podían inventarse.

—Entonces, ¿qué hacemos?

—No sé, Nacho. —Santos se encogió de hombros, desanimado.

Odiaba que las diferencias sobre los medios acabasen perjudicando el fin y sentía que, de modo estúpidamente microscópico, en el seno de la «tribu» se vivían las mismas desavenencias que dos décadas atrás habían contribuido a que todo hubiera acabado en las cloacas en que ahora se movían. La única forma de salir de ellas era unir fuerzas, pensaba, pero no resultaba sencillo coordinar los impulsos y todo quedaba siempre en el mismo estado que su función, interrumpido y precario, en un punto maldito entre el determinismo y el libre albedrío que, ironías del teatro, le recordaba mucho al dilema de la obra de Calderón.

—Pues yo sí sé qué podemos hacer —propuso enérgico Luisito—. Os he traído una idea nueva.

—¿Otra más? —ironizó Asun, tratando de calmar el ambiente y arrancar, de paso, una sonrisa en Alonso, que no dejaba de mirar en dirección a la puerta.

—Y es para ti. —El adaptador oficial de la «tribu» le acercó un par de folios mecanografiados por una de sus caras.

—¿Esto?

Mientras Asun leía aquellos versos en los que no encontraba rastro alguno de su Rosaura, Teresa entraba de nuevo en la sala y, solo unos pasos detrás de ella, también lo hacía Miguel. Ninguno de los dos dijo una palabra y él tampoco intentó disculparse, simplemente ocuparon sus sitios y siguieron como si la discusión anterior no hubiera sucedido.

—No lo entiendo —se quejó Asun, que no veía la relación entre lo que estaba leyendo y la obra que preparaban.

—No se trata de que lo entiendas, sino de que lo sientas. Y que le pongas música.

—¿Música? —Su sorpresa iba en aumento—. ¿Cómo voy a sentir algo que no comprendo?

—A Lorca no hace falta entenderlo para que te duela. —Luisito le arrebató las páginas bruscamente y comenzó a recitar su contenido—: «Niño, déjame que baile. / Cuando vengan los gitanos / te encontrarán sobre el yunque / con los ojillos cerrados. / Huye luna, luna, luna, / que ya siento sus caballos. / Niño, déjame, no pises / mi blancor almidonado».

—Pero ¿por qué quieres que cante esto? —Asun solo intentaba que le ofrecieran una razón sobre la que pudiera sostener su interpretación.

Puede que no a todos les importase el resultado artístico de aquel proceso, pero a ella sí, a ella le importaba subirse a un escenario y demostrarse todo lo que podía ser y, más aún, lo que podría haber sido si el destino le hubiese repartido otras cartas. Si ese hipogrifo violento que, por fin, había conseguido declamar sin que sonase extraño la hubiese empujado a otras peñas diferentes a las que atravesaba el cuerpo de Asun, o de Rosaura, o de la Casandra a quien Santos nunca creía y que, sin embargo, jamás erraba. No estaba oponiéndose a hacer lo que le pedían, solo exigiendo los motivos que lo justificaban.

—Porque lo vas a cantar como nadie, Asun —le respondió Luisito con admiración sincera: si alguien, además de Santos, se había percatado de su talento, era él—, porque a ti te duele también ese yunque, y ese niño muerto, y esa luna que huye porque ya no puede hacer otra cosa y que, aun así, se niega a abandonar la fragua. Igual que se niega tu Rosaura. Igual que se niega nuestro Segismundo. Igual que se negó a huir Lorca y que ahora nos negamos nosotros a pesar de que eso, como la muerte, no lleve a ningún lado.

Asun no estaba segura de si había entendido todo lo que Luisito había intentado transmitirle, pero le bastó la emoción de su voz y las lágrimas que se asomaban a sus ojos para saber que debía hacerlo. Ahora solo tenía que escoger la copla a la que le robaría los compases, pero esa pequeña dificultad podía ser, a su vez, un nuevo juego que practicar con Miguel. En los próximos días, en ese momento en que los dos se quedaban abrazados y sin palabras entre las sábanas de su litera, probaría con él las tonadillas con las que encarnar esa luna que, de algún modo, también era ella misma.

8

Carmen solo les dejaba mensajes en la tienda de Braulio cuando se trataba de algo urgente, así que Asun sabía que su encuentro versaría sobre un asunto importante antes de reunirse con ella. Lo que no imaginaba es que saldría de allí con una misión que le exigía, una vez más, volver a ese otro escenario en el que había empezado su camino y donde la vida no dejaba de colocarla.

—No disponemos de mucho tiempo —le advirtió—, pero tampoco debería ser complicado. Basta con que te presentes aquí —le puso en las manos una fotografía con una dirección escrita a lápiz en el reverso— y te fijes en el público durante las cinco noches que vas a estar. En cuanto lo veas, avisas al Rubio, el camarero más veterano de todos, y él ya se encargará del resto.

Asun dudó un segundo. Sabía que alguna vez debería enfrentarse a una situación como aquella, pero no era consciente de cómo reaccionaría cuando se le plantease la ocasión de ejecutarla.

—Que te pregunte qué harán con él es una tontería, ¿verdad, Carmen?

—Ese Guzmán es uno de los más sanguinarios de la Secreta, así que lo que le pase lo tiene bien merecido.

El plan, le explicó Carmen, era sencillo. Según los responsables de vigilar a Guzmán, este pasaría el resto del verano en Santander y, desde que se había instalado allí, era frecuente verlo en un local cerca del Sardinero en el que se obsequiaba a los clientes con vino malo y música popular.

—La Dulce Eva no desentonará —la animó Carmen—, y seguro que el dueño está encantado de renovar un poco su cartel de cupletistas.

—¿Él también sabe...?

—No, pero si supiera me dicen que estaría de nuestro lado.

—Eso no podemos jurarlo nunca.

—Tampoco tenemos por qué. Tú lo único que tienes que hacer es cantar los días que te hemos conseguido que te contraten y estar bien atenta cuando ese cabrón de Guzmán se pase por allí. Le haces un guiño al Rubio, y listo. Pero no se te ocurra volver antes de tiempo, que eso levantaría sospechas. Son cinco noches. Punto. Por supuesto, te vas y te vienes sola, que no nos interesa que nadie te asocie con tu vida en Madrid. Y algo me dice que te va a venir bien un cambio de aires.

Asun asintió a pesar de que no estuviera muy convencida de que ese viaje fuese a llenar el hueco que se le había quedado dentro desde que Miguel se había marchado con Alonso a pasar el verano a su pueblo, como si, ahora que Santos y ella volvían a ser dos, ese número se le hiciese imposible. Quizá porque su marido había retomado los paseos vespertinos que lo conducían a los lugares de los que, si alguna vez daban con él en una caza de violetas, no regresaría. O porque ella extrañaba el hombre con el que estaba aprendiendo a mitigar el miedo y la ansiedad. O, y eso era lo que más la asustaba de todo, porque cuando no había nadie más en ese piso le resultaba inútil mentirse sobre lo que de verdad sentía hacia Santos y hasta dónde estaría dispuesta a llegar por él. Ese amor sin esperanza era, ahora que no disponían de más acompañantes, demasiado desnudo como para que no doliese, mientras que en cuanto llegase septiembre y, con él, el regreso de Miguel y Alonso, su verdad volvería a fingirse más soportable disuelta en su cuarteto.

A Santos lo intranquilizó la imposibilidad de acompañar a Asun a la tarea que le había encomendado Carmen. Entendía que la hubieran escogido precisamente a ella, pero en ese momento podía resultar peligroso. Las miradas de la policía vigilaban con especial atención todo lo relativo al congreso, que había pasado a convertirse en uno de los quebraderos de cabeza del SEU, dividido entre seguir los dictámenes del rector, confiado en que aquello no sería más que un acto literario, y las sospechas policiales que vinculaban a sus organizadores con insignes exiliados del PCE. Por suerte, que su propuesta teatral fuera una acción satélite y, en cierto modo, no reglada, le confería una cierta seguridad, junto con el hecho de que Asun fuese el único miembro no universitario de su «tribu». Eso, se repetía Santos, debería garantizar que nadie siguiera sus pasos hasta Santander.

—No hagas más de lo que te han pedido —le rogó—. Si ese tal Guzmán no aparece, ni se te ocurra buscarlo. Y nada de acercarte a él. Tu labor acaba cuando avises al Rubio.

—Ya lo sé, rey Basilio —se rio ella, fingiendo una calma que no sentía y recurriendo, con la única intención de molestarlo, al personaje de la función de Calderón que Santos más odiaba.

—¿Me estás llamando tirano? —le respondió él impostando también serenidad y acercándose a ella hasta abrazarla con tanta fuerza como la primera vez que se atrevió a hacerlo a la salida del tablao—. No soportaría que te hicieran daño.

—No van a hacérmelo —le prometió, sobrecogida por ese abrazo que no esperaba y al que se aferró soñando con no romperlo nunca—. Tu Rosaura sabe cuidarse muy bien sola: «Cuando tan torpe la razón se halla / mejor habla, señor, quien mejor calla».

Santos sonrió ante la cita calderoniana, una de las pocas que habían sobrevivido íntegras a la versión cada vez más libre que pergeñaban entre el Luisito dramaturgo y el Alonso director.

—Y tú... —Asun no sabía cómo decírselo, pero no podía salir de Madrid sin arrancarle otra promesa semejante, incluso a pesar de que el mero hecho de sugerirlo impulsara a Santos a poner fin al abrazo que ella habría querido interminable.

—Tampoco daré que hablar —se anticipó—. Pero no seré yo quien esté en terreno desconocido. Y eso, aunque no lo parezca, es una ventaja. Confiar en que nadie sabe quién eres te puede hacer creer que estás a salvo cuando, en realidad, te rodean los gusanos de siempre. Y no hay nada que les atraiga tanto como la novedad. En cuanto pongas un pie allí habrá quien quiera sacarte origen y hasta parentesco, así que nada de relacionarte, ni de salir más de lo necesario de la pensión que te han buscado Carmen y Ginés.

—Tranquilo, no voy a hacer nada que ponga en peligro tu función —le aseguró ella a la vez que buscaba, sin demasiado éxito, un segundo abrazo.

—No me preocupa nuestra función...

Santos pensó en cómo acabar aquella frase, pero temía que verbalizar el peligro introdujese en sus vidas la mala suerte que, hasta ese momento, habían esquivado. Además, cada vez le resultaba más complejo expresar lo que sentía hacia ella y, a la vez, era más consciente de la intensidad con que se habían elegido sus destinos. Aludir a cualquiera de esas verdades que le golpeaban el pecho mientras ella lo miraba esperando a que acabase de hablar le exigía un desnudo emocional para el que no estaba preparado. Le sobraban, gracias a sus lecturas, las palabras con las que habría podido expresar hasta qué punto dependía de ella y de su intimidad, pero no sabía cómo podía hablar cuando aún necesitaba tiempo para aprender a asimilarlo.

—Ven —fue todo lo que le dijo.

Y ella, en vez de su verbo prolijo, recibió el segundo de los abrazos de aquella tarde, en la que decidió que esa calidez que desprendía el cuerpo de Santos era lo único que quería llevarse en su maleta.

9

La pensión se hallaba a solo un par de calles del local, tal y como le había indicado Carmen. Doña Pilar, su dueña, la reconoció enseguida como «la artista que les enviaban de Madrid» y la saludó con una obsequiosidad que a Asun le resultó ridícula. Los ademanes de aquella mujer, empeñada en averiguar «en qué película la había visto», eran tan grotescos como su maquillaje y su exuberante vestido de flores.

—Manolo solo contrata a las mejores, y muchas vienen de incógnito y hasta hacen para que no se sepa —le contaba mientras le pedía a uno de los zagales que la ayudaban que subiera la maleta de la señora a su habitación—, pero yo las reconozco a todas. Igual que te voy a reconocer a ti antes de que te vayas.

—No soy yo tan famosa —le respondió Asun ante aquella promesa que a ella le había sonado a amenaza—. Si me han contratado es porque dicen que interpreto bien, pero de momento el cine no se ha enterado.

—A veces cuesta, pero al final el talento siempre se impone. Y tú te das un aire a Juanita Reina en *La Lola se va a los puertos*. Así que lo mismo te veo pronto en una película y puedo presumir de haberte tenido aquí.

El interés de aquella mujer no solo le resultaba cansino, sino también peligroso. A Asun le preocupaban los esfuerzos que hacía la dueña de la pensión por retener cada uno de sus rasgos, con la estúpida esperanza de reconocerla si alguna vez alcanzaba la fama que ella sola, sin haberla oído cantar ni una nota, se encargaba de augurarle. Ese afán, lejos de ser inofensivo, se podía volver contra ella si alguien, una vez que el Rubio hubiera cumplido con su objetivo, llegaba a atar cabos y le pedía a doña Pilar que la identificase.

Pero eso, se repitió de camino al garito en el que debía cantar durante las siguientes cinco noches, no tenía que suceder. Al menos, no mientras el Rubio y ella se atuvieran a las reglas y no incurriesen en ningún error que pudiese delatar su vínculo. Lo esencial era no extremar ni la indiferencia ni la cordialidad, de modo que su actitud frente a él fuese idéntica a la que mantendría con el resto del personal. Por ese motivo, para situarse en una postura que no le exigiese demasiadas sutilezas, Asun optó por la altivez. Hizo suyos los elogios de doña Pilar y, como si fuese la musa de Orduña de Sáenz de Heredia, entró en aquel local con toda la altanería y la soberbia de la que fue capaz. «Hoy sí que tengo que ser Julia», se dijo rememorando su primera vez con Miguel, y hasta reprodujo algunas de las frases del personaje de Strindberg para asegurarse de que resultaba igual de antipática a todos los camareros, sin excepción, e incluso al dueño, con el que midió más sus palabras para evitar que, si sobrepasaba el límite de lo posible, acabase echándola antes de tiempo.

—Sales dentro de diez minutos —la avisó el Rubio en el improvisado camerino que había justo detrás del escenario.

Ella le dio las gracias sin hablar, tan solo entornando la mirada, y él le sonrió con una mueca cínica antes de dejarla sola de nuevo.

Esa noche, sin embargo, no ocurrió nada. Desempolvó los temas que cantaba antes de conocer a Santos y que ahora le parecían cargados de significados diferentes. Las coplas ya no le resultaban tan lejanas, sino que hablaban de pasiones y desencuentros que, a su manera, también la contaban a ella, aunque fuera a través de un laberinto de espejos en el que no acababa de saber qué parte se correspondía con su verdad y cuál con su fantasía. Intentaba concentrarse en el auditorio, revisando uno a uno sus rostros, para dar con Guzmán en caso de que hubiese ido hasta allí, pero por momentos le costaba no dejarse llevar por esas letras en las que otras mujeres contaban historias que de alguna forma también le pertenecían. A ella. A Santos. A Miguel. Y a Alonso. A ese cuatro que estaban aprendiendo a ser en la calle Bordadores.

Sus actuaciones se sucedieron sin novedades los tres primeros días. El Rubio y ella se miraban cada vez con más desánimo, temiendo que alguien le hubiese ido con el cuento a Guzmán y que este hubiera cambiado de hábitos para ponerse a salvo. No podían hablarlo, pero en ambos pesaba la duda de si no habrían esperado tanto como para que ahora fuera tarde.

—¿Hoy variará usted algo? —la interrumpió el dueño del garito justo antes de que subiera al escenario.

—¿Es una sugerencia o una orden? —le replicó con la displicencia que había adoptado desde su primera noche.

—Es una petición —le contestó desconcertado por las maneras de diva de aquella mujer que, según le había dicho la dueña de la pensión, era toda una estrella de cine—. Nos gustaría escuchar alguna de las que no ha cantado todavía.

—¿Por ejemplo?

—Pues... —titubeó. Asun aprovechó para ponerse en pie y ajustarse el vestido, marcando ostentosamente su escote antes de cubrirlo con el mantón que empleaba en sus actuaciones. Notó cómo él no apartaba en ningún momento la mirada de sus tetas y su dificultad para retomar el hilo—. No sé, *La Lirio*. O lo que usted quiera, pero que no suene el mismo repertorio, que los clientes se quejan.

No era la primera vez que escuchaba aquel argumento que la condujo de nuevo a unos años atrás, a otro local y al recuerdo de sus cuartuchos del piso superior.

—A los clientes solo les gustamos cuando se sufre. O cuando les damos lo que buscan, que no suele ser música.

—Si está insinuando algo... —se apresuró a corregirla el dueño, molesto por su comentario.

—No, no insinúo nada —rectificó ella, temiendo haber tensado en exceso su personaje—. Si hoy tengo que ser la Lirio, seré la Lirio. Que penas para serlo tenemos todas.

Se dice si es por un hombre,
se dice que si es por dos;
pero la verdad del cuento,
¡ay, Señor de los Tormentos!,
la saben la Lirio y Dios.

No era la primera vez que incluía las «duquitas negras» de la Lirio en su repertorio, pero sí la única en la que había encontrado un nuevo sentido a esos dos hombres que sugería una letra en la que, como en cualquiera de sus coplas, se decía más en lo que se callaba que en lo que se llegaba a contar. Sus dos hombres no la atormentaban por lo que sugería aquella canción, pero sí la angustiaban por el miedo que le hacía sentir el destino de uno de ellos —¿qué estaría haciendo Santos en ese Madrid en el que lo había dejado solo?— y por la sed que le provocaba el otro —¿en qué momento había perdido el control sobre lo que hacía o dejaba de hacer con Miguel?

Ya fuera porque esa noche su voz estuviera algo más afinada de lo habitual, por su notable mejora interpretativa tras tantos ensayos junto a la «tribu» o, sencillamente, por la vehemencia con la que se había retratado a sí misma en esas coplas, el aplauso del público fue muy superior a los que recordaba. Bajó del escenario y, justo cuando atravesaba los grupos mayoritariamente de hombres que componían la clientela del local, descubrió en uno de ellos a Guzmán. Era algo más alto de lo que había imaginado a partir de la foto que le había entregado Carmen, pero con los mismos ojos almendrados, la misma nariz chata, el mismo cabello corto y rizado, y el mismo gesto de alguien que se ha llegado a creer mucho más atractivo de lo que realmente es.

Asun buscó al Rubio sin perder de vista a su presa, con la mirada fija en él. Pero tuvo que desviar su atención en cuanto se dio cuenta de que Guzmán la había sorprendido observándolo. Aceleró el paso, logró —por fin— avisar a su enlace, que se acercaba en ese mismo momento a la barra, y se apresuró a encerrarse en su camerino antes de que la situación se complicara.

Una vez dentro, cerró la puerta y, a falta de pestillo, estuvo tentada de colocar una silla, pero temía que, si entraba alguien, aquel gesto resultase sospechoso. Antes de que tomase una decisión sobre si usaba o no la silla como contrapeso, la puerta se abrió y, tras ella, apareció el mismo hombre de ojos almendrados y cabello rizado que había ido a buscar y que ahora, sin mediar palabra, se plantaba en medio de su camerino.

—¿Se la puede felicitar?

Ella miró hacia la puerta, con la vana esperanza de que el Rubio o, en el peor de los casos, el dueño apareciera tras ella.

—Claro —le dedicó una sonrisa forzada a la vez que fingía cubrirse con su mantón, como si hubiera empezado a desvestirse—, pero mejor me felicita usted fuera con un buen vino.

Él soltó una carcajada estruendosa, con la que quería dejar claro que le había hecho gracia el desparpajo con el que acababa de autoinvitarse. Ella fingió un pudor que no sentía y le señaló la puerta, confiando en que se marchase cuanto antes.

—Podemos tomar esa copa después —respondió él a la vez que le daba a la puerta una patada lo suficientemente fuerte como para cerrarla de golpe.

—¿Y antes qué es lo que vamos a hacer? —Ella elevó la voz tanto como pudo, deseando que alguien fuera de aquel cuartucho pudiera oírla.

—No sé —Guzmán se acercó cerrándole el paso, aproximando su cuerpo hasta rozar el de Asun—, pero algo habrá que hacer para quitarles las penas a esas mujeres que interpretas.

—Ellas se saben curar solas —repuso mientras buscaba un modo de zafarse de aquel hombre que se inclinaba sobre ella.

—No es bueno que una mujer se cuide sola. —Guzmán extendió una de sus manos y aventuró una caricia en la mejilla de Asun, que aguantó impertérrita, temiendo que un movimiento brusco resultara aún peor—. Siempre conviene que haya un hombre cerca.

Sin añadir una sola palabra más, la agarró con fuerza y comenzó a besuquearle cuello y boca a la vez que alargaba las manos sobre su culo. Ella trataba de apartarlo, pero la corpulencia de Guzmán, que resultó ser mucho más fornido de lo que aparentaba bajo el anodino traje de la foto que le había enseñado Carmen, se lo impedía.

—¿Ahora te vas a hacer la difícil? —le gritó al oído mientras la apretaba aún con más violencia, inmovilizando sus brazos y empujándola contra la escueta mesa que le servía de tocador—. Toda la noche haciéndome ojitos y ahora juegas a que no quieres...

Asun intentó responder, pero él le metió el puño en la boca sin apenas dejarla respirar. Cuanto más trataba de zafarse, más la ahogaba él y con mayor fuerza la apretaba contra la mesa. Estaba a punto de desmayarse por culpa del dolor y de la asfixia cuando oyó cómo se abría la puerta. No le dio tiempo a reaccionar y solo vio cómo alguien —el Rubio— golpeaba en la cabeza a Guzmán con el mango de un cuchillo hasta dejarlo caer inconsciente sobre el suelo.

—Vamos, ayúdame —le ordenó.

A pesar de que todavía seguía conmocionada por lo ocurrido y aún luchaba por recuperar la respiración, Asun no titubeó y se lanzó a agarrar de los pies a aquel hombre al que el Rubio pretendía que sacaran del local por una puerta trasera a la que podían acceder, sin que los viera nadie, desde ese camerino.

—La próxima vez úsalas. —Señaló con la mirada las tijeras que había sobre la mesa en la que aquel animal había intentado violarla, y Asun asintió con una mezcla de rabia y de tristeza, porque le gustaría haber sido capaz de cogerlas y clavarlas en el cuello de ese cabrón.

Los dos arrastraron a Guzmán hasta un callejón lateral en el que había un coche esperándolo.

—Hay que meterlo ahí —le ordenó—. Deprisa.

Lo dejaron caer dentro del maletero y, mientras el Rubio la apremiaba para que volviesen al local, Asun vio arrancar y alejarse el vehículo.

—Estaba avisándolos... —le dijo el Rubio a modo de disculpa una vez que estuvieron de nuevo en su camerino—. Por eso no pude venir antes.

—Ya...

—Ahora vuelve a salir y búscate a alguien con quien sí quieras entrar aquí. Tu mejor coartada es algún hombre que no te dé demasiado asco.

—Eso sé hacerlo bien —le replicó ella con el orgullo que, ahora que había entendido su verdadero papel, comenzaba a reconstruir—. Lo que no sé hacer tan bien es de idiota. Y me habéis tratado como si lo fuera.

El Rubio bajó la mirada ligeramente avergonzado. Era evidente que, a pesar de que supiera que mentir formaba parte de las exigencias necesarias para que misiones como aquella acabaran bien, no le agradaba la idea de tener que hacerlo. Y menos con alguien que mostraba tanta sinceridad como la que desprendía Asun.

—Guzmán es un putero. Y sabíamos que la única manera de hacerlo bien era esta. En la calle siempre va con algún escolta. Sobre todo ahora, desde que se ha corrido la voz de que lo buscábamos... A ese cabrón había que pillarlo de otra manera.

—Con un cebo. —Asun se alegraba del éxito, pero la enfurecía no haber sido consciente de su verdadero papel en la trama. Era como si le hubieran entregado el guion de otro personaje y, en mitad de la función, la hubiesen sacado de una obra para incluirla en otra. Así, al menos, es como pensaba explicárselo a Santos a su regreso.

—Si te lo hubiéramos contado todo, no habría salido bien. Ese hijo de puta sabe oler las trampas. Teníamos que arriesgarnos.

—Y arriesgarme.

—Pero ha merecido la pena, ¿no crees?

Asun no respondió, se recompuso rápidamente frente al espejo, tomó de nuevo su mantón y salió del camerino en busca del hombre que debía ser su coartada esa noche. Tras dar un par de vueltas entre el público, optó por un par de estudiantes que parecían aún más inexpertos que aquel jiennense que le quedaba tan lejos en la memoria y que, sin embargo, le seguía sirviendo de medida para los tipos que ella consideraba inofensivos. Se dejó invitar por los dos y hasta sugirió la opción de que acabaran siendo tres, pero el alma santurrona de uno de ellos lo hizo desistir y acabó metiéndose en el camerino solo con el más joven, un chico moreno sobre el que volcó toda la ira acumulada. Él, que parecía demasiado inexperto como para comparar lo que estaba sucediendo con situaciones previas, acató obediente las directrices de Asun, que disfrutó mordiendo su cuerpo y exigiéndole que la alzara sobre la mesa, que la abrazase hasta casi dejarla sin respiración, que se inclinase de rodillas y pegase la cabeza a su cintura, internando la lengua en su sexo, permitiendo que fuera esta vez ella la que le sacudiera la cabeza y la estrechara entre sus piernas con toda la rabia que aún le quedaba dentro.

Cuando terminaron, lo echó de su camerino sin

miramientos, salió de nuevo a la barra en busca del Rubio y le pidió un cigarro que se fumó mirando desafiante a todos los hombres que, en ese momento, seguían en el local. Lo mejor de interpretar las coplas como ella es que sabía qué clase de mujer no sería jamás, y por qué nunca permitiría que sus penas y sus «duquitas negras», como las de la Lirio, naciesen de tipos como los que allí la rodeaban.

10

En cuanto regresaron del pueblo, Asun y Santos se dieron cuenta de que los dos medio hermanos habían vuelto distintos, casi tanto como también lo estaban ellos después de lo sucedido en Santander.

—Carmen insiste en que Ginés y ella no sabían nada —los defendía Asun.

—O sabían pero prefirieron callar —insistía el bibliotecario, que no podía perdonar que hubiesen puesto en peligro a su mujer sin avisarlos antes.

—No te enfades de más, que son de los pocos amigos de verdad que tenemos. Sin ellos y sin tu «tribu» estaríamos muy solos, Santos.

—Mejor estar solos que estar muertos.

—No seas trágico...

—En este país no se puede ser otra cosa.

Asun logró serenar sus ánimos gracias a su capacidad para relatar aquella noche con una épica que, en realidad, no había vivido. Pero sabía que Santos asumiría mejor los hechos si les restaba veracidad y los literaturizaba, convirtiéndose ante él en una nueva Salomé, o hasta en una Judith capaz de haber decapitado al gigante ese del que él mismo le había hablado y cuyo nombre nunca recordaba. Esas serían, decidió, las mujeres con las que recibiría a Miguel a su regreso.

Y guardó un ejemplar de la *Salomé* de Wilde y otro del Antiguo Testamento debajo del colchón del estudiante, a la espera de su reencuentro.

Pero ni Santos ni ella intuían que ese momento sería tan frío, con Miguel y Alonso más bien despegados y casi hoscos, como si hubiese algo que quisieran esconder y les diese miedo que ellos pudieran sacárselo. Tras pasar el verano en el pueblo, ni el Miguel ni el Alonso que habían regresado a Madrid eran los mismos que se habían marchado.

Asun fue la primera en notarlo, por culpa de la brusquedad con la que Miguel le había respondido a la invitación con que pretendía que celebrasen su llegada. Esperaba que se dejara conducir a su litera con la misma sumisión con que lo había hecho hasta entonces, siempre paciente ante sus demandas y dispuesto a culminarlas con toda la energía que, contenida en el primer tramo del lance, liberaba en sus minutos finales. Aquel contraste de ritmos e intensidades, que abarcaba desde la suavidad de los preliminares a la violencia descontrolada del clímax, era parte de lo que convertía su intimidad en algo tan excepcional, en tanto que ella sentía que no perdía ni un ápice de su autoridad y él no veía peligrar su hombría.

Pero en esta ocasión, a pesar de que Asun ya había escogido la escena con que pretendía sorprenderlo —y, de paso, hacerse un homenaje a sí misma tras su viaje a Santander—, Miguel no se mostró como el amante solícito y obediente que había sido hasta entonces. Le quitó el libro y, sin preocuparse del valor de la edición de *Salomé* que Asun sostenía entre sus manos, lo arrojó al suelo con la misma furia con la que la derribó a ella sobre la cama. Ni siquiera cerró la puerta, ni se cercioró de si había alguien más en el piso. No le importó nada que no fuera rasgarle la blusa, hacer saltar sus botones y bajarle la falda lo justo para situarse encima de ella y, persiguiendo algo que Asun no supo si era excitación o consuelo, penetrarla mientras ella buscaba el modo de recuperar el control que, hasta esa tarde, siempre había ejercido.

—Algo te pasa —lo tanteó mientras, tumbados sobre la cama, asimilaban aquel placer extraño y, quizá por lo inusual, también evidente. Una sensación que tal vez naciera de la ruptura del hábito, o del descubrimiento de que aún había entre ellos modos de desearse que no habían experimentado. El Miguel que había regresado se ofrecía como un rival más digno, alguien con quien a Asun ya no le valdría la ventaja de la experiencia, porque su discípulo se había aplicado tanto al aprendizaje propuesto que en las siguientes ocasiones se vería obligada a afinar aún más sus estrategias.

—Pasa que no tengo ganas de más libros —esquivó la pregunta a la vez que internaba la mano entre sus piernas dispuesto a buscar un segundo embate.

—Miguel, no... —dijo apartándolo.

—Como quieras. —Y, sin añadir nada más, se lio un cigarro mientras Asun seguía observándolo, tratando de encontrar en el hombre que tenía a su lado al estudiante del que se había despedido solo dos meses antes.

—¿No me lo vas a contar?

—Pero ¿qué quieres que te cuente?

—Lo que sea que os tiene así, Miguel.

—¿Nos?

—Alonso ha entrado hoy por esa puerta tan pálido que parecía un muerto. ¿O eso también me lo vas a negar?

—Está asustado. Ahora que ya no hay vuelta atrás,

le acojona lo que pueda pasar este curso entre lo del congreso y lo de nuestra función. Y qué quieres, Asun, es normal que le asuste lo que pueda ocurrir si la mala bestia de su padre se entera de lo que estamos haciendo.

—¿No es más que eso? —Mientras trataba de sonsacarlo, Asun imaginaba que Santos estaría haciendo lo mismo con Alonso en alguno de sus paseos hacia el Ateneo, donde el joven aprovechaba para escribir los artículos que, cada vez más emocionado ante la proximidad del congreso, publicaba en sus boletines.

—Es eso y es todo... Este verano hemos tenido que mentir tanto a su padre y a mi madre que lo que tiene Alonso son náuseas. Aunque no sé si por miedo o por el asco que nos hemos llegado a dar a nosotros mismos.

—Eso es porque pensáis que mentir es una renuncia. Pero no lo es, Miguel. —Asun se esforzó por que su voz sonara animosa, pero ni ella misma estaba segura de que lo que decía pudiera consolarlo—. Mentir es necesario: a ellos, para que no se nos vea, y a nosotros mismos, para que no nos dé vergüenza mirarnos. ¿Lo entiendes?

—A mí lo que me destroza es lo que nos tragamos. Lo que sabemos pero no puede decirse, Asun, porque a lo mejor Santos y mi medio hermano sí se engañan con sus versos y con sus películas, pero tú y yo somos de otra pasta, y los libros nos gustan lo justo, a ti porque sabes que me calientas con ellos y a mí, bueno, a mí porque no creo que se pueda ser un buen político si no se tiene algo de verbo, pero a nosotros dos no nos engañan, tú y yo sabemos que no importa lo que gritemos en un puto escenario, todo va a seguir igual, o si les da por jodernos, peor.

—A ti te pasa algo más, Miguel, y no me vengas

con discursos, que lo vuestro arranca de otro sitio. ¿Tiene que ver con tu padre?

—Hernán no es mi padre.

Asun no había visto nunca antes esa mirada en él. En sus ojos solo era capaz de leer ira y, seguramente, también rencor. Quizá ese odio aletargado en el tiempo fuese la explicación para la transformación que acababan de consumar en esa cama. La metamorfosis de joven complaciente a hombre exigente, del Miguel que ella tutelaba en el curso del 53 al Miguel que se atrevía a retarla en este nuevo curso del 55.

—Sé callar.

—De eso no tengo dudas, Asun —trató de sonreírle él, relajando levemente el gesto—. Lo que dudo es que yo sepa decir.

Ella asumió que no iba a contárselo, no por falta de confianza, ni por miedo a que su relato traspasara los límites de esa habitación que, mientras estaban a solas, les pertenecía tan solo a ellos dos, sino porque había algo que lo avergonzaba. Algo que le impedía explicarse en voz alta y que ella, que estaba decidida a ayudarlo, pensó que podía solucionarse si le ofrecía otro modo de desahogarse. Ya que el sexo al que habían despojado de literatura no había resultado suficiente, quizá esa literatura de la que habían prescindido sí lo fuera.

—Os necesitamos con la cabeza fría, Miguel.

—¿Y?

—Lo que sea que te está comiendo por dentro tienes que soltarlo antes de que te haga más mala sangre y nos arrastre a todos.

Él no respondió, aunque le agradeció que su advertencia también fuese un elogio de su fortaleza. Asun, que había reconocido sus arrebatos narcisistas desde el primer instante en que lo tuvo ante sí, se dio cuenta de que su estrategia había funcionado y se alegró de haber mencionado esa furia que, por mucho que Miguel no lo admitiese, ella sí que podría detener. Ella, a quien solo Santos otorgaba la valía que realmente se merecía, sería capaz de detener a cualquiera que se atreviese a ponerse en medio de una vida que ya había resultado demasiado fragmentada como para admitir más cesiones.

La subestimaban con demasiada frecuencia y sabía que hasta dentro de la «tribu calderoniana» la consideraban una pieza accesoria, el personaje secundario que ni siquiera estaría presente en la trama si no fuera por Santos, pero ignoraban que era Santos quien, hacía mucho tiempo, habría dejado de tener argumento si no fuera por ella. Era él quien se habría perdido en una de esas búsquedas infructuosas en la última sesión del cine Carretas, entre hombres que admitían unas pesetas a cambio de dejarse manosear por quienes, como él, se agarraban a sus cuerpos durante apenas unos minutos con la misma ansiedad con que intentaban aferrarse a su propia vida.

En esa supuesta debilidad que los demás encontraban en ella era donde residía su verdadera fuerza. Cuanto menos la conocieran, más poderosa se sentía, más capaz de llegar hasta el final de lo que se propusiera a pesar de que todo a su alrededor se empeñase en negárselo. Así que, fuera lo que fuera lo que les había pasado en el pueblo, Asun estaba decidida a que Miguel lo dejase atrás, porque ni él ni nadie iban a hacer peligrar el estreno teatral en que, sin tener que desempeñar las labores de espía que le habían exigido en Santander, volvería a subirse a un escenario. Ni tampoco nadie iba a arruinar, como podía hacerlo Miguel si no lo obligaba a sacarse lo que fuera que lo atormentaba, la relación que mantenía con dos hombres a quienes amaba con significados y fines muy distintos.

—No tienes por qué dármelo. —Asun le ofreció un lapicero y unas hojas en blanco que tomó del escritorio de Santos.

—¿Este es mi castigo? —reaccionó con sarcasmo—. ¿Una redacción? ¿O prefieres que copie mil veces lo mucho que me gusta acostarme contigo?

—¿Debería castigarte? —se rio ella.

—Tú dirás.

—Pues si te lo quieres tomar así, me parece bien. Como antes no me has dejado leer, qué menos que pedirme perdón poniéndote a escribir.

—Se me ocurren otros modos más sencillos de castigarme.

—Ya —respondió ella abandonando la cama en la que él pretendía acorralarla de nuevo—, pero valdrían menos. Y lo nuestro no se merece que lo abaratemos tan pronto.

—¿Lo nuestro?

Asun abandonó la habitación en silencio confiando en que Miguel tomase aquellas hojas para llenarlas con lo que fuera que les había sucedido en los días en el pueblo y, justo antes de retomar la revancha que acababa de quedar pendiente, le explicara por qué el hombre que había regresado este septiembre parecía haberse desprendido de los últimos vestigios del niño que había sido hasta entonces.

Acto III

Antígona

I

—¿Por qué tiene que ser aquí? —Carmen miraba con recelo la esquela que le había llevado Asun—. Podemos meternos en un lío.

—Solo son unas octavillas, mujer.

Era obvio que a la mercera no le había hecho ninguna gracia su petición, pues estaba convencida de que la copiadora que escondían en el sótano —y que, como repetía más de una vez, tanto les había costado conseguir— era solo para ocasiones imprescindibles.

—¿Me quieres explicar qué vamos a sacar con esto? —Carmen cogió sin mucho interés los papeles que le ofrecía su amiga, tratando de descifrar por qué eran tan importantes para ella.

Uno era una esquela sin cruz en la que solo se podía leer «Ortega. Filósofo liberal español», junto con un escueto texto en el que los organizadores del congreso mostraban sus condolencias. El otro, un cartel que convocaba a los estudiantes a un homenaje que tendría lugar en el patio posterior al caserón de San Bernardo:

Asiste al acto que la Juventud Universitaria
ofrece a su Maestro y Guía. Patio de
la Universidad Central, viernes, 21 de octubre,
a las once de la mañana.

Asun prefería no tener que sincerarse con Carmen, pero si se había tomado la molestia de colaborar en ese evento dedicado a un intelectual del que no había leído ni una sola línea era porque necesitaba encontrar un camino de regreso a Santos. Ya había notado una distancia incómoda a su vuelta de Salamanca, pero el episodio de Santander le había permitido ganarse de nuevo a sus ojos la admiración que sentía haber estado a punto de perder. Sin embargo, desde que Miguel y Alonso habían retornado del pueblo con esa niebla extraña que los hacía, además de más misteriosos, también más hombres, Santos se mostraba con ella demasiado abstraído y, cuando Alonso reclamaba toda su atención, hasta distante. Asun no pretendía recuperar su intimidad impidiendo la que el bibliotecario estaba construyendo con su cineasta, del mismo modo que tampoco iba a prescindir de las atenciones de Miguel. Lo único que quería era hacerse presente ante Santos más allá de esa Rosaura en que él la había convertido en la versión libérrima de *La vida es sueño* que debían estrenar como una de las actividades paralelas al Congreso de Escritores que, por fin, se celebraría en noviembre. Pero Asun conocía a Carmen demasiado bien como para saber que la decepcionaría si le explicaba que necesitaba usar su copiadora para acercarse a su marido y que si estaba allí era porque, en cuanto lo oyó hablar con entusiasmo de un «homenaje laico» a Ortega, ella solo le preguntó cómo podía ayudar a organizarlo.

—¿Querrías llevarle esto a Carmen? —Santos le mostró la esquela y el cartel del acto—. Necesitamos que lo vea el mayor número de gente posible. Y en el boletín del congreso ya no llegamos a tiempo. Irá la esquela, pero nada más.

—La esquela va sin cruz —observó Asun, que sabía hasta qué punto esa ausencia podía ser entendida como una ofensa por quienes vieran aquellos carteles.

—Por supuesto que va sin cruz. Hay que desmentir a esos cabrones, que ahora van diciendo que Ortega se ha convertido antes de morir. Y todo porque en plena agonía le han metido en su casa al meapilas del padre García. Son gentuza... Tenemos que devolver al maestro a quienes nos pertenece. ¿No has oído la que se ha montado en la calle Monte Esquinza?

Asun negó con la cabeza.

—En cuanto se ha sabido lo de su muerte, se han presentado miles de estudiantes en su casa. Así que imagínate cuántos irán si organizamos algo en serio.

—Trae. —Asun cogió aquellos papeles sin mayor entusiasmo que el que ahora le mostraba Carmen—. Pero si te ayudo con esto, vas a tener que explicarme mejor por qué es tan importante para ti.

—Porque no se lo pueden cargar todo. Y estamos permitiendo que lo hagan.

—Yo me ocupo —le aseguró, a pesar de que intuía la respuesta que se iba a encontrar en la mercería.

—Gracias. —Y la besó, por primera vez en meses, con ese modo que solo existía entre ellos y en el que convivían el deseo insatisfecho y la ternura necesaria, recordándoles que estar juntos era el mejor modo que habían encontrado de ser sin traicionarse. Incluso la acarició con una sensualidad forzada que Asun rechazó con toda la delicadeza de la que fue capaz.

—No es necesario. —Devolvió sus manos a su cuello—. Con que hoy no me llames Rosaura es suficiente.

—¿Ya no te gusta nuestro juego? —se preocupó él, que no había imaginado que ese *alter ego* la molestase.

—Cuando es nuestro, sí. Pero cuando solo tiene que ver con los ensayos, no tanto.

—No sé si te entiendo.

—Da igual. Con que dejes a Rosaura en tu función y no te la traigas más a casa es suficiente.

Con cada ensayo, Asun tenía la impresión de que Santos alejaba un poco más a la mujer con la que se había casado y la suplantaba con la que, con la ayuda de la dirección de Alonso y el texto de Luisito, le pedía interpretar. Su personaje le resultaba tan difuso e inverosímil como todo en aquella obra, en la que Polonia se había convertido en una metáfora de un país al que la única paz que había llegado era una guerra sorda e interminable, y estaba cansada de que Santos solo la viera a través de aquella Rosaura en la que ella no lograba encontrarse. Por eso decidió que participaría en el homenaje a Ortega, que para el bibliotecario era una protesta contra todas las voces cercenadas, contra el mutismo que habían traído el exilio y el asesinato, contra la muerte de la inteligencia con la que habían amenazado a Unamuno y que dos décadas después no solo pretendían consumar, sino también disfrazar de calma y de sosiego. Pero Asun no podía contarle a Carmen nada de todo aquello, porque su motivación real consistía en reivindicarse como las mujeres que era —la Casandra de los avisos, la Dulce Eva de las coplas, la Asun leal y cómplice que había llegado a auspiciar caminos desde los que poder amarlo— frente a las mujeres inexistentes en las que, en los últimos meses, se envaguecía.

—¿Esto ha salido también del Gato Negro? —Carmen juzgaba la esquela de Ortega con el mismo escepticismo con que contemplaba todo lo que surgía de la Juventud Universitaria.

—Supongo.

—Entonces ya sabrás que lo del congreso pende de un hilo...

—¿Por?

—A Serrano Montalvo, el nuevo jefe nacional del SEU, no le gusta nada. Ya ha dado aviso de que se empiece a investigar el asunto.

—¿Y eso qué tiene que ver, Carmen?

—Tiene que ver con que, si armáis ruido justo ahora, lo de noviembre peligra. Y no sé yo si habéis medido bien vuestras prioridades.

—Yo no decido... —Asun tomó aire antes de responderle con toda la sinceridad con que necesitaba desahogarse—, ni tú tampoco. Hacemos lo que nos dicen que hay que hacer. Y si Santos afirma que esto importa, pues yo lo creo.

—Si lo entiendo, pero...

Asun no quería recurrir a la única carta que le quedaba disponible, pero tampoco estaba dispuesta a desperdiciar su ocasión de hacer algo de lo que Santos pudiera enorgullecerse. La apenaba tener que desprenderse tan pronto de esa ligera ventaja, pero no había ya otro argumento que pudiera esgrimir ante Carmen.

—Me lo debes. —La miró durante unos segundos que a las dos se les hicieron eternos—. Después de lo de Santander, me lo debes.

Carmen se giró, entró un momento en la trastienda y salió con un ejemplar del *Arriba*. Lo abrió por la página 26 y se lo puso delante.

—Está todo bien —afirmó a la vez que guiaba su dedo índice hasta un titular en el que se informaba de la detención de un «sucio rojo» acusado de haber asesinado a «Guzmán Herrera García, valiente miembro de la brigada».

—¿Todo? —Asun tembló al ver la fotografía borrosa de aquel hombre al que, según la noticia, no tardarían en condenar a muerte y, por un segundo, se imaginó a sí misma amarrada al garrote vil. Podía haber sucedido, se repetía, podía haber terminado exactamente del mismo modo que iba a terminar ese individuo que no se parecía al Rubio y que dudaba que tuviera relación con lo que había ocurrido—. ¿Esto también ha sido cosa vuestra?

—Hemos tenido que ofrecerles a alguien... Era eso o dar alas a su investigación.

—¿Alguien?

—Eso a nosotras no nos incumbe. Hemos cumplido, ¿no? Pues que cada cual aguante su vela.

Carmen le quitó el periódico de las manos, lo dobló y lo escondió debajo del mostrador, con la intención de destruirlo y tirarlo antes de salir.

—Aun así —insistió Asun— me lo debes.

—Si es cosa de los de siempre —negó Carmen con la cabeza—, que se encarguen ellos.

—Es importante. Esto, lo del congreso, la función... Todo cuenta.

—¿El teatrillo ese vuestro también? —le espetó con ironía.

—Pues claro. Eso no solo lo hacemos para que se nos vea, sino para que se cuente que lo hemos hecho. En la «tribu» ya han empezado a tantear a la prensa.

—¿Quién?

—Teresa —respondió Asun bajando conscientemente la voz.

—¿Teresa o su madre?

—Doña Alicia nos apoya también.

—¿Ves? Eso es parte del problema. Que os estáis

enredando con gente que gasta dones y doñas. —Asun no podía dejar de escuchar en las palabras de Carmen el eco de las advertencias que ella misma le había hecho a Santos—. Y esos no van a jugarse lo que tienen para proteger a quienes no tenemos nada.

—Nacho y Luisito también están buscando algún periodista que quiera ayudarnos —insistió, confiando en que aludir a acciones concretas bastase para ganarse su confianza—. No estamos preparando la obra solo para un día, sino para que se cuente en los papeles al siguiente.

—Al día siguiente contarán lo que nos cuentan siempre, Asun, no seas ingenua, que me hierve la sangre cuando te oigo hablar como si fueras boba, y sé que es Santos quien pone esas palabras en tu boca. ¿O te crees que si lográis estrenar van a daros una portada y un aplauso?

—Con que nos den unas líneas me conformo. Y, cuanto más nos critiquen, mejor. Lo importante no es que nos cuenten dentro, sino fuera.

—¿Y si eso os compromete?

—En la función todos vamos con máscaras. —En realidad, pensó Asun, ni siquiera se las podía llamar así.

Por motivos de seguridad, según Santos, y de creatividad escénica, según Alonso, todos aparecerían en escena con unos artilugios de cartón que les cubrían el rostro y que habían sido diseñados por Nacho. Encerraban un simbolismo que nadie logró entender, lo que acabó enfadando al Pelirrojo casi tanto como ese mote con el que se referían a él sus compañeros de la «tribu». A Asun, esos artefactos le resultaban incómodos y, peor aún, feos, pero Santos celebró con tanto entusiasmo la aportación de Nacho, al que sabía que era preciso elogiar para evitar su desafección, que ella prefirió no quejarse.

—Ni se nos ve la cara ni habrá nombres en el programa, Carmen. A estas alturas, está claro que hay más de uno que ha oído hablar de la «tribu calderoniana», pero no se nos conoce y tampoco hay modo de probar que estemos haciendo algo ilegal.

—Aun así, Asun... Lo de esa obrita vuestra es un riesgo demasiado grande para tan poco fin.

—Contar no es poco, Carmen.

—Contar son solo palabras.

—Puede. Pero si no nos contamos, no existimos.

Carmen se quedó en silencio un momento y Asun se dio cuenta de que la estaba analizando. Algo le decía que su amiga preferiría ser justa a cauta y, pese a que temía que hacer esas copias pudiese comprometerla, no se quedaría con la conciencia tranquila si no pagaba a Asun el riesgo de su viaje a Santander. No se enorgullecía de haber recurrido al chantaje para lograr su propósito, pero obtener las copias que le había pedido Santos le provocaba una euforia muy superior al pudor que le provocaba suplicarle a Carmen.

—Está bien —accedió—. Solo esta vez, que no quiero que mi mercería acabe igual que la tienda del Braulio.

—¿Ha pasado algo? —Asun estaba convencida de que ni ella ni ninguno de los miembros de la «tribu» habían cometido, hasta la fecha, un solo error. Al contrario, todos se habían mostrado muy escrupulosos con el código acordado.

—No, pero los de vuestra obrita son poco discretos. Entre las que tienen la vida resuelta, como la cursi de Teresa, o los que se creen que basta con dar cuatro voces para solucionarlo todo, como Luisito, prefiero que ninguno se acerque mucho por aquí, ¿estamos?

—Estamos —asintió Asun a la vez que ponía la esquela de Ortega sobre el mostrador.

Carmen suspiró mientras le hacía un gesto para que la acompañara al sótano.

—Como si paseando a filósofos muertos fuéramos a cambiar algo...

Había que extremar las precauciones, ese era su lema, especialmente desde que se mostraba esperanzada ante el inminente viraje del Partido, del que cada vez se hablaba con más fuerza y que apenas tardaría unos meses en materializarse. Frente a reticencias como la de Ginés, que consideraba aquellos propósitos una indefendible muestra de debilidad, Carmen creía que las nuevas directrices del PCE, que incidían en la necesidad de intervenir de manera directa en la vida pública, les permitirían un crecimiento más que reseñable. Temía que cualquier paso en falso pudiera poner en peligro esa «vía de la reconciliación» en la que, a pesar de ciertas dudas, ella sí creía: todo con tal de empezar a ganar espacios y abandonar la oscuridad y el doble juego que marcaban sus días, pues, como se explicaba en los documentos internos que ya circulaban en el Partido, «fuera no hay más camino que el de la violencia; violencia para defender lo actual que se derrumba; violencia para responder a la brutalidad de los que, sabiéndose condenados, recurren a ella para mantener su dominación».

Antes de salir de la mercería con sus copias, Asun le dio a Carmen un sincero y largo abrazo de agradecimiento, y ella se sorprendió ante su efusividad.

—Anda, quita —la alejó, intentando disimular la emoción—, que lo único que nos va a traer esto son problemas.

Guardó las copias bajo su ropa, le dedicó una sonrisa cómplice a Carmen y quiso creer que la dueña de la mercería, a pesar de sus esfuerzos por parecer distante, también le había regalado otra. Estaba convencida de que todo aquello, a pesar de que pareciese minúsculo si alguien alguna vez se animaba a contarlo, sí importaba. Por primera vez en mucho tiempo creía que lo que estaban haciendo tenía un significado.

—¿Algo más? —le preguntó Carmen con la mirada fija en el reloj que presidía el lateral derecho de la mercería—. Porque podrían empezar a sospechar si no abro a la hora de siempre.

Asun negó con la cabeza y ya se disponía a marcharse cuando Carmen la detuvo.

—Espera. —Buscó algo en el cajón de las bobinas, como llamaba al rincón en el que escondía los documentos más recientes, y deslizó ante ella la copia de una diligencia que, por su estilo y contenido, debía de ser de la Secreta—. No queríamos asustaros, pero no me dejas otra opción. Lee esto y luego me dices si tenemos o no que ser precavidas.

—¿De dónde ha salido?

—De Ginés. Si no fuera por él y por lo que se averigua en su librería, andaríamos siempre dos pasos por detrás.

El documento estaba incompleto y era evidente que quien lo hubiera conseguido para el librero solo había podido copiar la primera parte. Bajo el asunto de «Actividades universitarias en Madrid» se alertaba de la existencia de grupos «de franca orientación liberal» asociados con figuras como la de Enrique Múgica, a quien se calificaba de «dirigente máximo», y con revistas como *Objetivo*, «publicación cinematográfica que regenta Juan Antonio Bardem, director de cine, Ricardo Muñoz Suay, con antecedentes de haber tenido actuación clandestina a favor de la FUE, y un tal Arroita».

Asun reconoció enseguida todos aquellos nombres: eran los mismos de los que Santos y Alonso no habían dejado de hablar con desmedido entusiasmo tras su estancia en Salamanca. Había asistido tantas veces al discurso sobre los méritos de esos directores a los que Alonso y su marido veneraban que esbozó una mueca de desprecio ante la ignorancia de quien hubiera redactado aquella nota policial, en la que se afirmaba que Bardem había dirigido «*Bienvenido, Mr. Marshall*, sátira contra Estados Unidos».

—Dáselo a Santos de mi parte.

—¿Crees que va a detenerse por algo así?

—Creo que le hará meditar sobre lo que está haciendo. Y si no se ha vuelto imbécil por culpa de tanto teatro, caerá en la cuenta de que todos los que fueron a Salamanca deben de estar fichados a estas alturas. Así que no os extrañéis si os llaman a la puerta un día de estos.

—No seas ceniza, Carmen.

—Lo que soy es sensata, que desde que ese par de estudiantes entró en vuestra casa ni tú ni él parecéis los mismos. Que si Calderón, que si el cine... Y ahora lo de Ortega, que eso a ti, Asun, ni te va ni te viene... A ver si tanto libro os está sorbiendo el seso y vais a acabar viendo gigantes donde hay molinos.

—Creía que hacemos lo que hacemos para eso, Carmen —le respondió justo antes de cruzar la puerta—. Para matar gigantes.

2

Santos ya tenía noticia, a través de Ginés, de la nota que le llevaba Asun. Su amigo le había avisado del peligro que corrían, pues las jornadas de Salamanca habían puesto a la policía sobre la pista de las conexiones entre la organización del congreso y el PCE, algo que ya sospechaba Jordana, el anterior jefe nacional del SEU, pero que constituía una obsesión todavía mayor en Serrano Montalvo, su sucesor.

—Que vayamos o no a San Bernardo no va a cambiar nada, mujer —opinó Santos—. Estoy seguro de que vamos a ser demasiados en el homenaje a Ortega como para que se molesten en identificarnos. Además, si ya nos tienen en su lista, ¿qué más da lo que hagamos hoy?

—¿Tan importante es para ti?

Santos asintió convencido, a pesar de que Asun no necesitaba que lo hiciera. Recordaba bien cómo había sido el día de la muerte del filósofo, el 18 de octubre, en el que se conoció la pérdida de alguien que para ella no era más que un desconocido y al que los tres hombres con los que compartía piso habían velado como si se tratase de un familiar. Eso es porque tienen el estómago lleno, le habría dicho su madre, pues la Reme despreciaba todo lo que no fuera atender la prosa de lo cotidiano, quizá porque se había dejado la salud y el alma cuidando a esa hija que pagaba con su mala suerte la tozudez que le había costado la vida a su padre.

Le gustase o no, Asun era consciente de que había heredado de su madre el pragmatismo con el que juzgaba los acontecimientos desde un ángulo que, hasta entonces, siempre había sido el contrapunto perfecto para los excesos idealistas de Santos. Ahora, sin embargo, la presencia de Miguel y de Alonso alteraba el rumbo de las conversaciones en las comidas, en las cenas, en los espacios comunes donde eran cuatro y en los entornos íntimos donde disfrutaban siendo dos, oscilando de manera imprevisible entre la poesía del bibliotecario y la prosa de su mujer. Un desequilibrio que con la muerte de Ortega se hizo aún más evidente.

De aquel día recordaba la llegada de Alonso y de su medio hermano, cabizbajos, después de que se hubieran suspendido gran parte de las clases en la universidad. Luego, su salida intempestiva de casa, sin avisar. Más tarde, la llegada de Santos desde el Ateneo. Todo apresurado, sin más explicaciones. Como los fotogramas de una de esas antiguas películas mudas que le gustaban. Y, por fin, la sensación de que la tristeza con que se había iniciado aquel 18 de octubre se había acabado transformando en rabia, porque aquellos jóvenes, a quienes el nombre de Ortega les evocaba una España anterior que cada vez se les antojaba más irrecuperable, querían homenajearlo mientras que las autoridades no estaban dispuestas a permitir que el entierro escapara a sus garras. Sin embargo, gracias a los carteles y las esquelas reproducidos en copiadoras clandestinas como la de Carmen, «los poetas institucionistas y comunistas» de los que hablaba el informe policial lograron convocar a los estudiantes en el caserón de San Bernardo con el fin de ofrecer al maestro la despedida que se merecía.

—No va a pasar nada, Asun —le insistió Santos—. Se pongan como se pongan Carmen y Ginés, tenemos que acudir. Bastantes muertos nos han robado ya.

—De eso no me puedes dar lecciones —le respondió ella, que, a falta de lápida, había tenido que aprender a honrar a su padre en los escasos lugares que llegaron a compartir en vida.

—No lo hago, Asun. Solo me gustaría que... —el bibliotecario estaba a punto de decir «que lo entendieses», pero se dio cuenta de su error antes de cometerlo y, desde ese amor oblicuo que los unía, escogió otro verbo—, solo me gustaría que me acompañases.

Estaba preparada para continuar discutiendo, pero su arsenal de argumentos carecía de sentido ante aquella petición que la rescataba de la dimensión instrumental en la que se sentía enclaustrada por culpa de Rosaura. Esta vez Santos no acudía a ella para que lo ayudase, sino para que lo acompañara, y Asun interpretó en su propuesta una alusión a cuanto habían sabido ofrecerse desde el principio. El espacio común que habían desdibujado y reconstruido tantas veces volvía a mostrar sus lindes originales, ofreciendo un itinerario posible en el que, sin renunciar a las nuevas fronteras, cabía la opción de reconocer las anteriores. Porque al homenaje a Ortega irían los cuatro, por supuesto, Asun sabía bien que irían los cuatro, pero eso no le suponía ningún problema siempre que ella también fuera expresada con la certeza con la que la había nombrado Santos.

—Va a ser un día histórico, Asun. Estoy seguro. Y quiero vivirlo contigo.

Ella se quedó en silencio un momento, aferrada a ese «contigo» donde había vuelto a hacerse presente, y pronunció un sí que habría querido ser un gracias. «Por verme. Por tratar de entenderme. Por animarme a ser.» Pero todo eso le sonaba demasiado difícil para un momento en el que lo que no fuera un sí podría alejarlos de nuevo, así que le sonrió y salió a vestirse para ese funeral laico al que, además de ellos cuatro, también irían el resto de los miembros de la «tribu».

Cuando por fin llegaron al patio de la universidad, apenas se sorprendieron ante la cantidad de estudiantes y admiradores del filósofo que habían logrado atraer los convocantes del homenaje.

—Os lo había dicho. —En la mirada de emoción de Santos se podía palpar la esperanza que le había despertado aquel acto. Era la primera vez que se atrevían a salir a la calle, fuera de los límites de la universidad y sin la coartada de las aulas a las que, hasta entonces, se había circunscrito su acción. Esta vez estaban dispuestos a llegar mucho más lejos, hasta que sus voces se oyesen por toda la ciudad.

—Debe de haber más de mil personas —apuntó Miguel, que compartía el entusiasmo del bibliotecario, pues veía en cada uno de esos jóvenes a un posible miliciano con el que contar si había que pasar a la acción.

—O dos mil —se sumó Alonso, contagiado también de ese extraño ánimo que a los cuatro les parecía impropio para un funeral y, sin embargo, totalmente coherente con el evento que los había reunido.

—Seamos los que seamos —medió Santos, dedicando una mirada de orgullo a Asun—, lo único relevante es que hemos conseguido que la convocatoria sea un éxito. Y si hoy hemos logrado esto, imaginad la que se puede organizar en noviembre.

Miguel y Alonso estaban a punto de darle la razón cuando los interrumpió el resto de la «tribu». Nacho llegaba del brazo con Gala, confirmando las sospechas de Asun sobre los intereses amorosos del Pelirrojo, que siempre acababa junto a ella en todos los ensayos. Luisito corrió a colocarse entre Alonso y Santos mientras Teresa hacía lo propio al lado de Miguel, lo que tampoco sorprendió a Asun, cada vez más convencida de que su estudiante había decidido continuar su aprendizaje sexual junto a la niña bien del grupo. Odiaba tener que admitir que ese posible vínculo la distanciaba de Teresa y le desataba una necesidad estúpida de atar más a Miguel, pero lo cierto es que verlos tan próximos, mientras los organizadores del acto ocupaban sus posiciones, le molestaba.

Provistos de una corona de laurel, la comitiva que los había reunido dio comienzo a la ceremonia, que se abrió con un breve discurso de Diamante.

—¿Sabéis ya lo del recital? —les preguntó Luisito, que no estaba demasiado interesado en aquel sermón un tanto protocolario del que lo único que les interesó fue la exhortación a iniciar una marcha hasta la tumba del filósofo.

—¿Qué recital? —se interesó Alonso.

—Dentro de dos semanas —los informó Luisito, feliz de poder aportar algo desconocido para el resto—. Será en la Facultad de Filosofía y Letras. Con poemas de Nicolás Guillén y de Miguel Hernández.

—¿Estás seguro? —se extrañó Santos, que temía que estuviesen sobrestimando sus fuerzas con respecto al SEU.

—Dicen que sí. Y para el 10 de noviembre hay anunciado otro más. Este con poemas de Alberti y de Neruda.

El bibliotecario no sabía qué responder a eso, porque del mismo modo que se alegraba de que se escucharan esos versos también lo inquietaba que, si no daban los pasos con el sigilo adecuado, su revolución pudiese morir aplastada antes de iniciarse. No habían hecho más que prender las primeras llamas y tenía la sensación de que, si corrían demasiado, a sus enemigos les sería muy fácil apagar el fuego.

—¿Ese no es Torres López? —los interrumpió Teresa, extrañada de descubrir entre el gentío al decano de la Facultad de Derecho.

—Sí es, sí —le dio la razón Santos—. Y eso es bueno. Quiere decir que contamos con el beneplácito del rectorado. Ahora, lo que hagamos con él es cosa nuestra.

—Pues lo que vamos a hacer, por lo que dicen, es movernos —los avisó Nacho, que era el único que seguía prestando atención a las palabras de Diamante.

El discurso fue interrumpido por los aplausos que comenzaron a desatarse entre el numeroso auditorio, que exigía tomar parte activa en el homenaje y acabar de una vez con lo que no consideraban más que el prólogo.

—¡Al cementerio! —se atrevió a gritar Miguel, sorprendiendo al resto de los miembros de la «tribu».

—¡Al cementerio! —lo secundó Asun sin dudarlo, lanzándole una mirada con la que también pretendía recordarle por qué a ella no podía compararla ni con Teresa ni con nadie.

Enseguida, aquel grito se extendió no solo entre los miembros de la «tribu», sino entre todos los asistentes, hasta convertirse en un clamor. Sin esperar que nadie diese más instrucciones, los estudiantes congregados comenzaron a salir rumbo a la Sacramental de San Isidro, dispuestos a atravesar Madrid hasta llegar a la mismísima tumba de Ortega. El entusiasmo colectivo impidió que el decano pudiera manifestar su oposición ante aquel mar de jóvenes que, contradiciendo sus indicaciones, acababan de iniciar una manifestación encubierta.

—¿Y con esto qué hacemos?

Asun se giró y vio a un par de estudiantes portando sin demasiada convicción la corona de laurel que habían llevado hasta allí los organizadores del homenaje. Estaban intentando que López Pacheco les respondiera algo cuando ella, imbuida de su necesidad de reivindicarse libre ante Miguel y heroica ante Santos, se adelantó hacia ellos y, mirando a Teresa y a Gala, cogió la corona:

—La llevamos nosotras —se ofreció al tiempo que sus compañeras la rodeaban.

—¿Os habéis vuelto locas? —las increpó uno de los dos universitarios que la sostenía.

—Al revés —le respondió Asun con desparpajo—. A nosotras no se atreverán a tocarnos un pelo. Aquí sois machistas hasta para eso.

Quienes estaban a su alrededor se rieron y aliviaron así por un segundo la tensión del momento. Las demás estudiantes se acercaron a ellas hasta que formaron un improvisado escudo humano que avanzaba en la vanguardia de la marcha, seguidas del resto al grito unánime de «¡Al cementerio, al cementerio!». A Santos le preocupaba que Asun, Teresa y Gala ocupasen un lugar tan visible, pero no había tiempo para pensar en nada que no fuera actuar y seguir caminando. Estarían mucho más seguros mientras siguiesen dentro de la marcha, ya que tanto lo insólito de su naturaleza —que no dejaba de ser un cortejo fúnebre— como lo numeroso del gentío habían favorecido que los grises no hubieran sabido cómo reaccionar. Sin embargo, si se apartaban, era más que probable que sí cayese sobre ellos la violencia de la que, en medio de ese mar de estudiantes, se hallaban a salvo.

—¿Vas a leer algo? —le preguntó Alonso al bibliotecario.

Santos estuvo tentado de responderle que sí, pero negó con la cabeza, pues sabía que mentirle sería aún más humillante que admitir la realidad. No iba a leer porque no le habían invitado a hacerlo. Lo lógico es que tomaran la palabra Tamames, Abellán, Ruiz Ramón o López Pacheco, los organizadores del evento, pero no él. Había colaborado apoyando y difundiendo el acto, pero estaba una vez más dentro del músculo y, en cierto modo, del corazón del operativo, no del cerebro que lo había diseñado y que, en cuanto llegaron a la tumba, leyó algunos fragmentos extraídos de *La rebelión de las masas* y *El tema de nuestro tiempo*, poniendo de relieve el país que podían haber sido en oposición al país que eran.

—¿Y si salimos a leer los demás? —propuso Miguel, al que le resultaba imposible permanecer más tiempo inmóvil, sobre todo después de la adrenalina que había acumulado durante el trayecto. Aún le duraba la excitación de haberse sentido dueño, mientras duró aquel caminar, de una ciudad en la que hasta entonces jamás se había creído tan libre.

—Mejor que lean los que saben —lo disuadió Nacho.

—¿Eso qué quiere decir, Pelirrojo? ¿Que yo no sé?

—Venga —intercedió Luisito—, dejaos ahora de mierdas, que esto es más grande que nosotros, ¿o es que no lo veis?

Diamante tomó de nuevo la palabra y, frente a la muchedumbre que lo rodeaba, comenzó a pronunciar con voz solemne el manifiesto final del entierro.

—«Este homenaje póstumo a Ortega y Gasset, catedrático de la Facultad de Filosofía y Letras, es el homenaje de los que pudimos haber sido discípulos suyos, de los que no lo somos y estamos sufriendo el vacío que él dejó al abandonar, por causas conocidas, su cátedra de Metafísica. Es el homenaje de la juventud universitaria, de los universitarios sin universidad que somos, de los que hemos tenido que aprender muchas cosas fuera de las aulas, en libros que no son los de texto, en idiomas que no son el español.»

Santos miró a Asun buscando su reacción, pero se dio cuenta de que no estaba prestando excesiva atención a lo que se decía. Desde que habían comenzado la marcha hasta el cementerio, solo pensaba en que las palabras que acompañasen sus acciones serían poco más que un adorno de ese caminar por el centro de Madrid, donde, embebida del entusiasmo general, había rozado algo que se parecía a la esperanza. Por eso le costaba concentrarse en aquella lectura e incluso contener una risa casi infantil al recordar los gritos del decano, que exigía a los estudiantes que se mantuviesen en silencio cada vez que, mientras bajaban de Preciados a Sol y desde Sol a San Isidro, alguien rompía la solemnidad del silencio procesional con un aplauso.

—«Somos discípulos sin maestro. Entre Ortega y Gasset y nosotros hay un espacio vacío o mal ocupado. Notamos cada día que falta algo, que nos falta alguien. Nadie nos dice qué es estudiar, cómo debemos estudiar, para qué estudiamos. Nadie nos dice para qué vale la universidad. Y estamos seguros ya de que vale para muy poco, y de que es necesario cambiarla mucho.

»Nuestro mejor homenaje debe ser el silencio. Un silencio de discípulos que se preparan a oír la voz del maestro. Nos va a dar la clase. Es la última, pero nosotros podemos hacer que sea también la primera. Silencio.»

Y, por primera vez en un día donde todo había sido emoción y ruido, se hizo un profundo silencio. Asun y Santos se cogieron de la mano y, de modo casi imperceptible, también permitieron que el brazo que les quedaba libre insinuase una caricia hacia Miguel y Alonso. Ellos supieron acercarse de forma que esa ligazón no pudiese verse desde fuera pero sí sentirse desde dentro. Allí, junto a su «tribu», rodeados de estudiantes tan furiosos contra la dictadura como ellos y ante la tumba de un intelectual que se llevaba consigo el último vestigio de un tiempo agotado, confirmaron su naturaleza cuádruple. Eran cuatro, se sabían cuatro y regresarían aquella noche al piso de la calle Bordadores dispuestos a seguir siendo cuatro.

—¿Cómo no has salido a leer nada, Segismundo? —bromeó Luisito con Miguel mientras emprendían lentamente el regreso.

—¿Y por qué no has salido tú, Calderón?

Los dos se rieron a la vez antes de que Teresa, a quien le preocupaba el alcance de lo que acababa de suceder, insistiera en que era mejor que abandonasen el cementerio cuanto antes.

—Tú tranquila —replicó Miguel—, que si hay problemas siempre podemos llamar a tu madre.

—Mi madre no te saca a ti de los sótanos de Sol ni aunque yo se lo pida de rodillas —le respondió con una arrogancia que Asun creyó más erótica que sincera.

—Pero si yo se lo pido a doña Alicia —insistió él—, lo mismo sí.

—Si tú se lo pides —los interrumpió Gala—, ni los buenos días. Aquí cada cual tiene que aprender a cuidarse.

—Así se habla —la aplaudió Nacho.

—A lo mejor podríamos incluir algo de Ortega en la función —le propuso Alonso a Luisito—, todavía estamos a tiempo. Con un par de citas de lo que hoy se ha leído bastaría.

—Mientras no se lo hagáis decir a Astolfo... —protestó Nacho, que había tenido que sumar a sus tareas escenográficas la obligación de encarnar ese papel.

—Lo dirá quien lo tenga que decir, Pelirrojo.

—Ni a Estrella. —Gala se sumó a su veto: los dos estaban hartos de memorizar las inacabables versiones con las que los torturaba el dramaturgo—. Que todavía no sé por qué tengo tanto texto cuando mi personaje aporta tan poco.

—Lo discutimos en el ensayo de la semana que viene —intercedió Santos—. Además, hay que poner ya fecha para los generales y para el estreno. Si queremos que nuestra función sea parte del congreso, tenemos que acordarlo lo antes posible.

—Noviembre es ya... —Asun se sumó a la urgencia—. No quedan más que diez días.

—Imagino que el congreso será a finales de mes —aventuró Luisito.

—Si nos saliera igual que esto... —La mirada de Miguel brillaba con una esperanza que Asun no había descubierto antes en él.

—Esto va a animar a unos y a alarmar a otros —opinó Santos—, así que mejor no entusiasmarse.

—Eso —apostilló Nacho, rodeando con el brazo la cintura de Gala.

Una vez que entraron en su piso de la calle Bordadores, después de haberse despedido de los demás miembros de la «tribu» y ya a salvo de miradas de vecinos, conocidos y simplemente curiosos, Asun no reprimió el impulso de tomar la mano de Santos a la vez que cogía la de Miguel y, ante la mirada de Alonso, ofrecía un beso a su marido para, después de acercar el rostro del bibliotecario hasta el de Alonso, abrazarse a Miguel. Santos hizo ademán de zafarse del lazo con que su aspirante a director sostenía su cuerpo, pero pronto tuvo que capitular y admitir que sus labios siguieran sucediéndose en su piel mientras los de Miguel hacían lo propio en la de Asun. Ella, mientras se dejaba hacer por la sed ya entrenada de su amante, lo miraba a él al mismo tiempo que su marido, cada vez más excitado por la creciente destreza de Alonso, la observaba a ella.

La noche se prolongó tantas horas como fueron capaces de seguir buscándose en aquella duplicidad en que el placer nacía de la piel que recorrían del mismo modo que del reflejo en el que se miraban, transformando así lo que apenas había sido secreto en su nuevo y único sacramento. Sin más juicios ni explicaciones, los cuatro apostataron a la vez de cualquier religión que no fuese la que acababan de fundar: un rito que no admitía normas ni obligaciones y que, cuando los días se complicasen, sería un refugio mudo al que acudir para poder amarse en la complejidad que sus emociones requerían, sin que ninguno de ellos tuviera que describir por qué aquella geometría de miradas y caricias era la única en la que encontraban las mejores versiones de sí mismos.

3

Santos llegó a las Cuevas del Sésamo antes de que apareciera Ginés, que lo había convocado en uno de los pocos lugares donde podían permitirse combinar charla y vino sin sentirse observados, por lo menos mientras conspirasen en un tono lo suficientemente festivo como para que todo quedase oculto bajo las tertulias que solían celebrarse allí. El librero presumía de ser amigo de Tomás Cruz, el dueño, un antiguo piloto de las fuerzas republicanas que, en cuanto descubrió que el suelo del pequeño local que poseía su mujer en la calle Príncipe estaba hueco, se inspiró en las *caves* de Saint-Germain para crear un espacio similar.

Tanto Ginés como Santos disfrutaban refugiándose en ese entorno entre literario y filosófico en el que, si había suerte, podían coincidir con Benet, o con Fraile, o con Buero Vallejo. En las Cuevas, que también organizaba sus propios premios literarios, se sentían más cerca de toda esa gente que admiraban porque peleaba por aprovechar los escasos huecos que les dejaba la censura para que los libros no muriesen ni se contaminasen de la miseria moral dominante.

Mientras esperaba al librero, Santos observaba con envidia los grupos que bullían en el local, anhelando formar parte de alguno. En especial, el que se encontraba a tan solo un par de mesas de distancia y entre quienes, en compañía de Sánchez Ferlosio, había reconocido a Alfonso Sastre. Pensó en felicitar al primero por esa rareza poética que había sido su *Alfanhuí*, uno de los pocos libros narrativos que se había animado a leer con Asun, y en invitar a Sastre a su modesto estreno en la Complutense. Si había alguien que podía entender el alcance de su proyecto, era ese hombre responsable del Manifiesto del Teatro de Agitación Social que había vivido su primer gran éxito —y, con él, su primer gran escándalo— gracias a las representaciones de *Escuadra hacia la muerte* realizadas por el Teatro Popular Universitario. Pero, justo cuando estaba a punto de acercarse a Sastre, después de haber acumulado el valor que le exigía hacer algo así, apareció Ginés.

—Tú siempre tan puntual —lo saludó el librero antes de pedir unos vinos con los que acompañar su conversación—. Siento el retraso, pero había un par de grises cerca de la tienda y no quería venir hasta estar seguro de que no andaban tras de mí.

Santos le sonrió quitándole importancia y elevó su vaso para chocarlo contra el de Ginés, a la espera de que le aclarase a qué se debía la urgencia de verse. No le había sorprendido que lo convocara; al revés, sospechó que querría verlo en el mismo momento en que se corrió la voz de que el congreso ya no podría ser en noviembre y había que aplazarlo a principios del año siguiente. La idea, según le había llegado al mismo Santos, era celebrarlo entre enero y febrero del 56, aunque ni a través de las indagaciones de la «tribu» ni de sus contactos en el Ateneo había logrado averiguar cuál era la causa exacta de ese nuevo retraso.

—Ya sabes que lo vuestro se pospone —comenzó Ginés.

—Supongo que lo de Ortega les ha tocado mucho las narices.

Aquella manifestación improvisada le había dado a Serrano Montalvo la excusa que necesitaba el SEU para alentar la prohibición del congreso, pero Santos intuía que si Ginés lo había citado era porque había descubierto algo más.

—Ha habido cinco detenciones, ¿eso lo sabes también? —Santos negó con la cabeza, más triste que sorprendido—. De los que se reunían en la chocolatería de San Bernardo.

—No te preocupes. Les diré a los míos que no vayan durante un tiempo.

—No es solo eso. —El librero hizo un gesto pidiendo más vino.

Santos se impacientó mientras volvían a servirles la bebida, intentando fingir que todo estaba bien pese a que hacía mucho que no lo estaba. El aplazamiento del congreso podía convertirse en el golpe de gracia de su proyecto, de esa «función roja» que cada vez le resultaba más descolorida, enquistada en algún paraje indefinido entre el drama escolar y el sermón catequizador. Solo la astucia escénica de Asun, capaz de dotar a su Rosaura de matices de los que carecía en el texto que perpetraba Luisito y que dirigía, con limitaciones, Alonso, lograba elevar aquella experiencia de la categoría del desastre al de una incómoda mediocridad. Por un segundo, incluso se imaginó interrumpiendo la conversación que tenía lugar en la mesa donde se hallaba Sastre para pedirle consejo sobre cómo reconducir su proyecto y sumar la calidad artística a su voluntad reivindicativa, tal y como lo había hecho el escritor en *La mordaza*, una obra que constituía para Santos la brújula del nuevo teatro. Pero Ginés, una vez más, rompió bruscamente su conato de abstracción y lo devolvió a la realidad.

—Las detenciones no han sido una casualidad, Santos. Ni tampoco lo que ha pasado esta semana con el recital de la Facultad de Letras.

—¿Lo de los poemas de Neruda y Alberti? Era evidente que no iba a salir. Después del de Hernández y Guillén, le habrá faltado tiempo a algún profesor de la Falange para denunciarlo —Ginés asintió, dándole la razón a su hipótesis—, pero eso tampoco es una novedad.

—No —el librero cogió aire y Santos intuyó que estaba a punto de escuchar algo que podía llegar a ofenderlo—, la novedad es que hay más de un infiltrado en el congreso pasando información al SEU. El último, un tal Perales. Así que si han empezado a detener gente es porque saben dónde buscar. No solo porque tengan a Múgica en su lista negra.

Santos apuró su vino y, ahora sí, pidió otro. Necesitaba beber antes de responderle a Ginés sobre una sospecha que lo hería. Si el librero lo había convocado era porque quería alertarlo de la posibilidad de que uno de los infiltrados estuviese dentro de su «tribu», pero eso suponía una doble ofensa. Por un lado, hacia esos jóvenes en los que creía; por otro, hacia sí mismo, poniendo en duda su liderazgo, como si fuera un novato en una guerra que llevaban años librando.

—En mi «tribu» no hay escoria —aseveró con contundencia.

—No he dicho que la haya —rectificó Ginés, tratando de que su discurso no sonara como una acusación—, pero ni Carmen ni yo queremos veros a ti y a Asun en Sol.

Santos permaneció en silencio, consciente de la gravedad de los hechos y queriendo aferrarse a la lealtad de los suyos mientras Ginés le insistía en que hablara con Asun, a ver qué opinaba ella cuando se enterase de lo de Perales.

—No estamos en contra de tu «tribu» —le insistió—, pero seríamos unos irresponsables si no te dijésemos que deberías extremar las precauciones y hasta plantearte si tu función vale tanto la pena. Que ya ha habido cinco detenidos, joder.

—Por eso tenemos que hacer algo... Por los que ya ha habido. Y por los que tú y yo sabemos que va a seguir habiendo mientras ese animal siga gobernando.

—Entre rejas te será más difícil. Y tú no dejas de darles excusas para que te encierren.

Santos fingió no entender lo que quería decirle.

—¿Excusas?

—¿En serio tengo que explicártelo?

Habría admitido mejor los consejos de Ginés si no supiese que el último motivo de aquella reunión no eran los infiltrados en el congreso, sino Alonso. De alguna manera, esa relación que creían oculta dentro de los límites de su piso de la calle Bordadores había empezado a ser más visible de lo necesario para quienes lo rodeaban, y ahora que ya eran —por gracia de Dios y la ley— parte de los vagos y maleantes del país, ambos desataban en Ginés tanta preocupación como asco, aunque no lo verbalizara.

Quizá si esa repugnancia con la que juzgaban su vida solo se circunscribiese a quienes se hallaban fuera de su espacio personal, a Santos le sería algo más fácil sobrellevarla. Pero se le hacía insoportable recordar que muchos de quienes lo rodeaban, incluido Ginés, compartían la certeza de que en él había algo *contra natura* que debía permanecer oculto si quería ser digno de ocupar un lugar en sus trincheras. Algo sórdido que lo volvía indigno y vergonzante, como si su respeto pudiera cuestionarse por esa identidad que Ginés no aceptaba y que había intentado acallar poniendo en su camino a Asun.

—De momento van cinco, Santos... Pero vete a saber a cuántos habrá delatado cada uno de esos niñatos a los que han cogido, que seguro que son de los que se mean encima en cuanto les dan la primera hostia.

—Eso no lo sabes.

—¿Y tú sí?

—Conozco a los míos.

—Más te vale. Es necesario que sepamos en todo momento con quién nos la estamos jugando. Y tus dos inquilinos... Mira, Santos, cuanto más sé de su padre, menos tranquilo estoy. El Hernán ese es un cacique de los gordos. Y me han soplado que está tratando de meter mano también en Madrid. Incluso puede que le ofrezcan algo en un ministerio. Está bien conectado y no creo que le haga gracia enterarse de a qué se dedican aquí esos dos...

—No van a vendernos, Ginés. En todo caso, sería al revés: no imaginas las ganas que tienen de perderlo de vista.

—¿Y si las cosas se ponen feas? Porque si lo del congreso sigue adelante, ya te digo yo que van a ponerse muy feas. Entonces lo mismo se nos arrugan y corren a sacar las camisas azules que seguro que se han traído en su maleta.

—No tienes ni puta idea de lo que estás diciendo. —Eran muy escasas las ocasiones en que el bibliotecario perdía los papeles, así que Ginés tomó aquella salida de tono como un aviso para suavizar sus palabras—.

Miguel y Alonso no están aquí para estudiar Derecho. Ni para seguir los pasos de su padre. Esos dos, como tú dices, están aquí porque salir del pueblo era el único modo de no acabar cometiendo una locura, o contra Hernán o contra sí mismos. Así que no te preocupes por lo que hagan o dejen de hacer, porque tienes mi palabra de que no van a traicionarnos.

—No me malinterpretes, Santos. Valoramos mucho lo que hacéis Asun y tú. Las últimas extracciones no habrían sido posibles sin vosotros, ya lo sabes. Lo que intento decirte es que esa gente del Gato Negro no arriesga tanto.

—Claro que lo hacen.

—Santos, por favor, que entre los de la Juventud Universitaria hay mucho apellido ilustre.

—Mi familia también era de las suyas. Qué quieres que les reproche a los demás cuando no hay nada en mi pasado de lo que sentirme orgulloso.

—Tu familia está muerta, joder. —El empeño del librero por no perder los estribos se vio truncado después de que Santos lo tratara como si fuera idiota, aludiendo a unas raíces que no lo definían y de las que siempre había renegado—. Pero Alicia Nieto, la madre de Teresa, no lo está. Y el hijo de puta del falangista de Hernán Salazar, tampoco. Esos son los apellidos que me preocupan.

Santos desvió la mirada y vio cómo la mesa que compartían Sastre y Ferlosio se ponía en pie ante la llegada de Tomás Cruz. El dueño de las Cuevas saludó con efusividad a los allí congregados y, alzando la mano, pidió a sus camareros que sirvieran otra ronda que todos agradecieron con un brindis en su honor. Cruz dijo algo al oído de Sastre y este, con un movimiento casi imperceptible, dejó caer en sus manos unas cuartillas que Santos miró con envidia, preguntándose si serían el esbozo de un texto nuevo.

—Nosotros no somos nadie —llamó su atención Ginés, cansado de que su acompañante se mostrase más interesado en las conversaciones ajenas que en la propia—. Pero algunos de ellos sí son alguien.

En aquel local donde se reunía la gente que sí había encontrado la forma de que su voz importase, Santos solo podía pensar en todos los caminos que no había llegado a transitar, en los futuros no resueltos, en la mediocridad de un presente en el que la promesa de una revolución era la única forma de no morir sepultado por la vulgaridad de una vida de la que solo sus dos aes, como él había empezado a llamar a Asun y a Alonso, lograban redimirlo.

—Por eso importa tanto lo que estamos haciendo. Porque no somos nadie, y si no queremos que nos trague la historia tenemos que actuar ahora, Ginés, con los que tienen un nombre y sí lo son.

—No te estoy diciendo que no actúes, solo que no te confíes.

—Llevo demasiado tiempo jugándome el cuello como para que me vengas a dar lecciones —estalló el bibliotecario, incapaz de controlar las palabras que venían a él sin que tuviera que esforzarse buscándolas—. ¿Te crees que no sé cómo es la familia de Alonso? Pues claro que lo sé, pero eso es lo que más debería interesaros. Si podemos captar a quienes están dentro es que podemos captar a todos los demás. Y para que esto se rompa, Ginés, no vale con los que siguen fuera. Ni con los que estamos aquí escondidos. Para que esto se rompa hay que escarbar la tierra hasta que salgan de ella todos los muertos sobre los que nos han clavado su yugo y sus flechas. Pero eso no lo vamos a hacer tú y yo solos. Eso solo vamos a poder hacerlo cuando la sangre nos hierva como el día del entierro de Ortega, cuando la voz de unos sirva para alentar la furia de los demás. De los que estamos fuera y de los que están tan dentro que hasta ahora ni siquiera se daban cuenta. Como Teresa, que cada día está más harta de que la enmudezcan. O como Miguel y Alonso, que darían cualquier cosa por que ese bestia que dice ser su padre no los encuentre. O como Luisito, que escribe cada palabra con la rabia del hambre que le ha costado la salud a su familia. Eso es lo que necesitamos, Ginés, savia nueva. Y eso, no me mires así, es lo que a ti y a Carmen os da miedo, porque se os ha vuelto el alma vieja y creéis que nadie es más digno de la revolución de lo que lo sois vosotros, de lo que os pensáis que lo somos nosotros.

—Siempre los defiendes.

—No tendría que hacerlo si no los atacaseis.

—No sé muy bien qué te estará ocurriendo, pero espero que te quede claro que necesitamos al Santos de siempre. Al mismo que lleva un control riguroso de todo aquel que se acerca al Ateneo, y no al que se pasa el día soñando.

Harto de la desconfianza del librero, Santos se puso en pie y, subido a la silla, decidió defender a voz en grito su derecho a soñar ante la sorpresa y el murmullo general:

—«¿Que quizá soñando estoy, / aunque despierto me veo? / No sueño, pues toco y creo / lo que he sido y lo que soy. / Tirano de mi albedrío, / si viejo y caduco estás / muriéndote, ¿qué me das? / ¿Dasme más de lo que es mío?».

Los demás clientes, una vez superado el estupor de aquella actuación espontánea, respondieron con un aplauso que, pese a empezar con cierta timidez, acabó desembocando en una sonora ovación a la que, para orgullo de Santos, se unió Sastre.

—No tienes arreglo, Quijote —le sonrió Ginés con tristeza a la vez que le extendía la mano en señal de reconciliación.

—Eso me queda grande —le respondió Santos estrechándole la mano con un afecto más sincero del que le habría gustado sentir en ese momento. Ojalá la amistad que lo unía a Ginés no fuese tan profunda, porque entonces no le dolería tanto saber que había una parte de él que no aceptaba, que ni siquiera era capaz de concebir y de la que, ante todo, no quería hablar. Pero esa mano tendida, incluso ese sobrenombre cervantino con el que el librero lo llamaba cuando quería halagarlo, hacían que todas sus diferencias pareciesen más salvables o, al menos, que prevaleciese lo que los unía por encima de lo que los distanciaba.

—Dice el dueño que esto se merece una ronda —los invitó un camarero señalando en dirección a Tomás.

Los dos agradecieron el gesto y Santos, gracias a aquella distinción improvisada, se sintió algo más próximo a la mesa ocupada por Sastre y a la que bautizó para sí como el rincón parnasiano. La mesa a la que no le estaba permitido sentarse porque, como tantos otros espacios que le habían sido negados, no le pertenecía. Así que recibió el aplauso en las Cuevas convencido de que había llegado a perfeccionar tanto la negación de sí mismo como para que nadie de los presentes supiese que estaban vitoreando a un violeta. Uno de esos medio hombres, como había sugerido Ginés, a los que los perros de Franco encarcelaban y gran parte de sus compañeros de lucha despreciaban con idéntica repugnancia. Esa náusea generalizada, esa aversión transversal era la que hacía que cada vez se revolviese más contra las cadenas que lo anclaban al suelo y de las que, por culpa de Alonso y de Asun, soñaba —sí, claro que soñaba— con escapar.

NOTA INFORMATIVA

Se tienen noticias de que el Congreso Universitario de Escritores Jóvenes, aunque no ha celebrado sus sesiones como tenía proyectado en el pasado noviembre, ha fijado para su celebración como fecha, provisional aún, la del 5 de enero del 56. Los organizadores, ante las dificultades que han surgido, más bien de orden político, han decidido camuflar su exclusivismo y filiación real, ampliando las invitaciones de ponencias a elementos claramente afectos al régimen de diversos matices, incluso seuístas; no obstante, en sus principales ponencias proyectadas, se sigue teniendo la intención de lanzar a la calle consignas típicamente liberales y democráticas.

Madrid, 6 de diciembre de 1955

4

El último ensayo del año comenzó torcido por culpa del cartel que Alonso había diseñado para anunciar la función en el siguiente boletín del congreso. Luisito ni siquiera creía que, tras el tercero, publicado en octubre, fueran a lanzar ninguno más, y tanto Nacho como Gala consideraban que la imagen era inapropiada, además de innecesaria.

—¿Queréis que estrenemos o no? —los azuzó el Pelirrojo, convencido de que ese cartel bastaría para que les prohibiesen actuar—. Porque en cuanto vean esa mierda nos corren de la universidad a hostias.

—Es simbólico —se defendió Alonso, dispuesto a explicar un boceto que, en realidad, tenía poco de conceptual y mucho de provocación: si había dibujado en él a dos hombres abrazándose desnudos era, sencillamente, porque necesitaba hacerlo, porque estaba harto de no encontrarse en ninguna parte que no fueran los libros prohibidos que Santos le permitía tomar de su biblioteca. Y él quería verse, él quería imaginarse, él quería que esos dos hombres fueran la imagen de su cartel—. Son Segismundo y Rosaura, ¿no lo veis?

—¿Nos estás diciendo que ese —Nacho apuntó a una de las dos siluetas masculinas— se parece a esta?

A Asun le molestó el modo en que el Pelirrojo había aludido a ella, mencionándola sin siquiera nombrarla.

—Cuando voy vestida de hombre al principio de la obra, quizá sí —respondió clavando la mirada en el estudiante.

—A mí el cartel me gusta —intervino Luisito—, pero es arriesgado. Ahora que el congreso pende de un hilo, no sé si deberíamos presentarnos con algo así. ¿Y si nos cancelan la función? A Diamante ya le han tirado la suya.

—¿Su versión de *El proceso*? —se sorprendió Santos—. Pero si estaba muy avanzada...

—Pues si ya andan cortando cabezas, lo mismo está bien que no saquemos demasiado las nuestras —opinó Teresa tras coger el cartel de las manos de Luisito para analizarlo con mayor detalle.

—¿Ahora nos vamos a acojonar? —se revolvió Alonso, que estaba particularmente orgulloso de su trabajo—. Porque, si es así, mejor mandamos esto a la mierda de una vez.

Santos entendía su frustración, pero también creía que el resto de los miembros de la «tribu» llevaban razón en sus dudas. Es más, empezaba a rumorearse que el Congreso de Escritores podría cancelarse definitivamente y cambiarse por un Congreso de Estudiantes, debido a la presión creciente del SEU y hasta del rectorado. En un contexto así, era demasiado arriesgado exponerse con un cartel como aquel, que, más allá del contenido de la obra, ya era ilegal según el artículo 6.

—Creo que esta vez tienen razón. —A Santos le dolió la decepción con que lo miró Alonso, pero prefería ponerlo a salvo antes que permitir que lo encarcelasen por un simple dibujo. Estaba dispuesto a pasar por cobarde ante él con tal de que recapacitase y se diese cuenta de que ese, por mucho que lo desearan, no era el mejor camino—. En la puesta en escena podemos jugar con esa ambigüedad de la Rosaura convertida en hombre, incluso atrevernos a sugerir algo más concreto, pero no es sensato provocarlos antes de empezar. No llegaríamos a ninguna parte.

—Ya. —Alonso le quitó su cartel a Teresa y, tras doblarlo con rabia, lo guardó en uno de sus bolsillos—. Tampoco estamos llegando ahora.

Hicieron un pase rápido de todas las escenas montadas mientras Nacho, siguiendo las indicaciones de Santos, se alternaba con Teresa para, cuando no estaban en escena, sacar algunas fotografías del ensayo. A pesar de que la continuidad de los boletines era cuestionable, contaba con poder enviarlas a la revista *Objetivo*, que también se había interesado por la salud del teatro o, en el peor de los casos, preparar una separata que copiarían con la ayuda de Carmen, siempre que lograran convencerla de ello. Lo esencial era disponer de material gráfico para atestiguar su proceso y, con él, su contenido, de modo que pudiesen adjuntarlo a la documentación que se haría llegar a la prensa extranjera cuando se celebrase el congreso.

—Venga, poneos ahí y nos hacemos una de grupo —les pidió Teresa en cuanto acabaron la función, apuntándolos con su cámara—. Pero ahora sin las máscaras, que esta foto es solo para nosotros.

—Y sonreíd, coño —los increpó Nacho—, que esto parece más un funeral que un grupo de teatro.

—Es que esto no es solo un grupo de teatro —replicó Alonso con rabia—. Se supone que es algo más.

—Esto es lo que es —reaccionó Gala—, y tú a ver si te calmas un poquito, que al final nos vas a buscar problemas.

Alonso agachó la cabeza, avergonzado de haber perdido los estribos, y le dio la razón, asumiendo que, fueran cuales fueran sus diferencias, era más importante el fin que los unía.

—¿Posamos como los personajes o como nosotros? —preguntó Miguel, que había sido uno de los primeros en encontrarle un lado positivo a hacerse aquellas fotos, una actividad que lo alejaba de la gravedad en la que a veces sentía que se le estaba ahogando su juventud.

Si seguía en aquella locura del teatro, en la que lo único que había comprobado era su incapacidad para recitar una décima sin que pareciera que estaba leyendo el prospecto de un medicamento, era por los momentos en que, en mitad de un ensayo, alguien infringía la solemnidad que parecía regir su trabajo con algún comentario que acababa arrancándoles unas risas en las que, ya fueran Segismundos, Rosauras o Basilios, sí respiraban desde su edad real y desde el tiempo que merecían vivir. Así que en cuanto Teresa los apuntó con la sofisticada cámara de su madre, porque solo su familia podía permitirse según qué lujos, Miguel se prestó al juego y hasta aprovechó para remangarse y abrirse la camisa, buscando provocar a sus compañeras con la musculatura y la sonrisa pícara que, gracias a todos los momentos en que había podido verse en Asun, había aprendido a destacar.

—Venga, Teresiña, hazme una foto a mí solo. A lo Brando.

Ella le sonrió y, visiblemente nerviosa, disparó sin llegar a mirar del todo al hombre que posaba ante ella. Asun contempló la escena sin añadir nada y, aunque nunca llegaría a mencionárselo, fue la primera vez que supo que su historia con Miguel tenía escrito un final del mismo modo que, gracias a su querida Julia, llevaba anotado un principio.

—Y ahora otra todos juntos, ¿no? —propuso Luisito, tratando de que Alonso se dejase contagiar por el ánimo festivo del resto. Eran los dos que se habían tomado la obra más en serio, así que el esforzado libretista podía entender los recelos y hasta la decepción del director novel, pero por eso mismo le parecía importante convencerlo de que el rechazo de su cartel no era una rendición, sino una autocensura necesaria para que su estreno fuera posible.

—Venga —asintió Alonso mientras Luisito deslizaba el brazo derecho sobre su hombro.

—Si esto va a ser histórico —afirmó Nacho—, tendremos que posar los protagonistas.

Asun les dio la razón y corrió a organizar el grupo para aquella foto a la que seguirían otras tantas con diferentes encuadres y componentes, como la que, ya casi en el último momento, se hicieron ellos cuatro. En la imagen resultante, tanto Asun como sus tres acompañantes aparecían levemente apoyados sobre uno de los laterales del estrado que les servía de escenario: Miguel, a su izquierda; Santos, a su derecha; y, cerrando el cuarteto, Alonso. Los cuatro con las manos en los bolsillos, como si hubieran tenido que obligarse para no dejarlas libres e impedir que mostraran, de manera inconsciente, los cuerpos a los que pertenecían. A Asun le resultaba difícilmente creíble que los demás miembros de la «tribu» no fueran conscientes de hasta qué punto y en qué formas se habían enredado, dejando un rastro que creían imperceptible y que, sin embargo, se fraguaba de descuidos que revelaban una vida al margen de la vida, tan oculta y, a la vez, tan tangible como ese nudo que sus manos escondían en la imagen.

Con los años, cada vez que volviese a mirar esa fotografía, Asun llegaría a dudar de si aquella sonrisa con que miraban a cámara era fingida o real. Si se trataba de una de esas muecas ensayadas con que aparecían en los retratos familiares o si respondía a la extraña alegría que, tras un ensayo tan mal avenido, acabó invadiendo al grupo gracias a la cámara de Teresa. Considerar esa satisfacción auténtica no solo le supondría un alivio durante muchos años, sino que también le permitiría explicar lo que sucedió aquella noche a su regreso a la calle Bordadores.

—Por una vez no van a ser solo los de siempre —se felicitó Santos al entrar en casa, orgulloso de la cohesión que, a pesar de sus desavenencias, había observado en la «tribu»—. ¿No has visto cómo estaban hoy? Y eso que a Alonso le ha dolido lo de su cartel, pero hay algo en lo que estamos haciendo que es más fuerte que su propio ego.

—Y ya es decir —se burló ella, a quien el narcisismo del inexperto cineasta le causaba una mezcla de agotamiento y ternura—. Porque, desde que lo alientas, mira que se quiere bien tu Alonso...

—Pero anhela más lo que estamos haciendo. Igual que el resto. Esta tarde lo he visto claro, Asun: cuando llegue el momento, estarán listos. Y puede que lo nuestro no parezca tan importante como lo que están organizando los demás, pero te aseguro que va a serlo. Cuando se hable del Congreso del 56, porque ya te digo que se hablará, se nos mencionará. La «tribu calderoniana» será parte de ello.

Santos estaba eufórico ante la idea de un posible estreno y Asun no quiso desanimarlo ni con sus avisos —que les negaban ese lugar en la historia— ni pidiéndole que fuera más realista.

—Por una vez vamos a ser también nosotros —insistió con orgullo mientras buscaba una página en el último boletín del congreso—. Mira.

Asun cogió la gacetilla que le ofrecía su marido y leyó las frases que él le señalaba con el índice:

—«Es estremecedor que, en un país con la tradición teatral del nuestro, se haya llegado a un punto donde no se sabe si es posible hablar de teatro. El teatro es el índice más claro donde se revela el estado cultural de un pueblo».

—¿Lo ves? —La sonrisa de Santos no dejaba lugar a dudas sobre su entusiasmo—. Eso es justo lo que estamos haciendo.

Asun adivinaba en su alegría también el rencor que habitaba su proyecto. Toda la rabia que, aunque no la expresara en voz alta, guardaba para aquellos con los que compartía días y espacios y a los que, sin embargo, no había llegado nunca a pertenecer. Los de la Juventud Universitaria lo miraban como a un extraño, alguien que solo formaba parte de aquel entorno porque se empeñaba en figurar en él, pero al que no le habían dado una invitación real ni, hiciera lo que hiciera y lograse lo que lograse, pensaban dársela. Así lo sentiría solo unas semanas después, el día del homenaje a Ferlosio, en una cena a la que el bibliotecario se había autoinvitado mucho antes de que nadie se lo confirmara y con el único razonamiento de que su admiración por el flamante ganador del Nadal hacía justo que se encontrase allí. Pero de cuanto sucedió esa noche —del momento en que Sánchez Mazas propuso el Tiempo Nuevo como lugar de reunión para organizar los últimos preparativos del congreso, de las alianzas que se tejieron entre plato y plato y hasta de los comentarios más o menos maliciosos que se hicieron sobre el panorama cultural coetáneo— Santos solo se enteraría posteriormente, a través de lo que los comensales dejaron que se contase en el Ateneo para sumar adeptos.

—Va a salir bien —intentó convencerse Asun, a pesar de que sus avisos advirtieran de lo contrario.

Repitió en voz alta esa frase tantas veces como necesitó para llegar a creérselo, porque sabía lo importante que aquello se había vuelto para Santos y quería que mantuviese esa sonrisa con la que habían regresado a casa. Que no desapareciese la mirada con que creyó que la observaba de modo diferente. Quizá porque le agradecía su «va a salir bien», o porque se había dado cuenta de lo que, más allá de su papel de Rosaura, había significado su apoyo en el proyecto. A fin de cuentas, era ella la que se había ganado el respaldo de Carmen, acatando sus instrucciones, dejando bien clara su fortaleza y hasta llevando a cabo una operación en Santander que obligaba a Ginés y a la dueña de la mercería a atender sus demandas con mayor esmero.

La excitación de estar creando algo entre los dos. El agradecimiento por haber contribuido a que fuera posible. La fidelidad de tantos años que seguía haciendo de sus momentos juntos la única esencia rescatable de sus vidas. Cuando Asun recordase aquella noche, no sabría decir qué vio de todo aquello en la mirada de Santos como para atreverse a transgredir unas fronteras que, hasta entonces, siempre habían respetado. Ni por qué decidió aprovechar la única ocasión en años de disfrutar de un sexo que no fuera sublimado y adolescente con ese hombre al que amaba a pesar de que él insistiera en que no podía desearla. Pero esa madrugada el profesor había sentido tanto orgullo de su antigua alumna que el sexo, moroso y pausado, sí fue posible, aunque ni Alonso ni Miguel estuvieran presentes.

—A veces creo que Alonso te tiene celos —le confesó Santos, y Asun, que había aprendido a disfrutar de las pequeñas victorias, atesoró aquella confidencia que estaba dispuesta a alimentar con nuevos argumentos.

—Miguel también a ti.

Los dos se rieron y él se dejó hacer mientras ella se subía sobre su cuerpo y, con una mezcla de lascivia y ternura, lo montaba. Delicada a ratos, voraz en ocasiones. Manejaba el ritmo con soltura, consciente de la dificultad de su acrobacia. No recordaba haber gemido. Ni siquiera estaba segura de haber sentido auténtico placer, pero sí sabía que aquel momento era uno de los más íntimos que había vivido, aunque intuyese que Santos cerraba los ojos para pensar en Alonso y ella fingiese no darse cuenta de que tocaba su cuerpo buscando formas de hombre en sus rincones de mujer.

Santos deshizo con suavidad el abrazo en que seguían anudados y, antes de girarse con la intención de conciliar el sueño, solo esbozó un escueto gracias. No dijo nada más. Tal vez porque era inevitable que la euforia con que se había iniciado la tarde acabase siendo devorada, una vez más, por la incertidumbre.

CONGRESO PROHIBIDO

El Congreso de Escritores Universitarios Jóvenes que iba a celebrarse en el mes de noviembre en Madrid fue prohibido a última hora por el gobierno. Los organizadores, como los congresistas, eran gente entre los diecisiete y los veinticinco años, lo que quiere decir que durante la guerra civil no habían nacido o eran muy pequeños. Como dice nuestro comunicante en Madrid: «Mal síntoma si no se fían ya ni de la juventud que han formado cuidadosamente con tanto celo y mimo».

Revista *Ibérica*
Nueva York, año 3, n.º 12
(15 de diciembre de 1955)

5

—«Hoy, sin embargo, tengo que preveniros de un peligro: con la facilidad de los medios de comunicación, el poder de las ondas, el cine y la televisión, se han dilatado las ventanas de nuestra fortaleza.»

—¿Lo oís? —Santos reaccionó ante el mensaje de Nochevieja con el que el dictador despedía 1955 con una satisfacción que los demás no acababan de comprender—. ¿Lo estáis oyendo?

—«El libertinaje de las ondas y de la letra impresa vuela por los espacios, y los aires de fuera penetran por nuestras ventanas, viciando la pureza de nuestro ambiente.»

—La misma mierda de siempre, sí —replicó Alonso, y se puso en pie con la excusa de buscar algo de beber en la cocina.

—La misma no —le llevó la contraria Santos—. ¿De verdad no os dais cuenta?

—«El veneno del materialismo y de la insatisfacción quiere asomarse a los umbrales de nuestros hogares, precisamente cuando los peligros que al mundo acechan son mayores que nunca.»

—Pues habla claro, coño —le espetó Alonso desde el pasillo, dominado por la rabia que se había propagado en el seno de la «tribu» tras la cancelación definitiva del congreso.

Lo último que había averiguado Santos a través de sus contactos del Ateneo era que se había celebrado una reunión clandestina entre Pradera, Tamames y Múgica, con el fin de transformar la convocatoria literaria en un Congreso Nacional de Estudiantes que pudiese coincidir en fechas y en intenciones con el que les acababan de prohibir. Su idea era valerse de la infraestructura ya creada, de modo que la premura de las fechas impidiese una nueva anulación y, de esta manera, no amordazasen su iniciativa.

El estreno de la «función roja» dependía de que ese nuevo congreso fuera posible, lo que había recrudecido la tensión entre los miembros de la «tribu», aunque, en el caso del futuro cineasta, Asun y Santos intuían que se sumaban otros tres factores. El primero, el rechazo de ese cartel que Alonso se había tomado como algo personal y que había convertido en una ofensa con un significado que no tenía nada que ver con el teatro y sí con su propia identidad. El segundo, el creciente control de Hernán, que no dejaba de presionarlo exigiéndole que le informara, a través de cartas semanales, de unos progresos académicos que, con su escaso interés por la carrera de Derecho, a duras penas eran reales. Y el tercero, lo que fuera que a él y a su medio hermano les hubiera pasado en su visita al pueblo, en ese viaje estival que había impregnado sus caracteres con una amargura de la que Asun y Santos seguían sin conocer el origen.

—Ese hijo de puta no lo sabe, pero está hablando de nosotros —insistió Santos—. ¿No habéis visto cómo se refiere al cine?

—¿Y nosotros desde cuándo hacemos cine? —La voz de Alonso estaba llena de decepción—. Decimos que vamos a hacerlo, pero, al final, nada.

—Hacemos teatro, que, de momento, es lo único que podemos —le respondió Asun, alineándose con la beligerancia de su marido.

—Y ya haremos cine también —se permitió soñar el bibliotecario, con el único deseo de infundir ánimos en Alonso—. Pero, sobre todo, haremos ruido. ¿O pensáis que lo que está diciendo no tiene que ver con el congreso?

—¿Qué congreso? —estalló Alonso—. ¡No hay ningún congreso, joder!

—Habrá otro. Y por eso están tan nerviosos. Porque han podido cancelar uno, pero no el siguiente. Eso es lo que les jode: saben que corren nuevos aires en la universidad y que no van a poder pararlos.

—«Los males no vendrán, como en las viejas contiendas, de fuera adentro, sino todo lo contrario: primero se alcanzará la subversión interior y la acción militar constituirá el epílogo. De aquí que hayamos de vivir en actitud de vigilancia y de alerta.»

—Poesía y más poesía. —Alonso, puesto en pie, daba vueltas alrededor del salón como un animal enjaulado. Miguel, que nunca lo había visto así, llegó a temer que intentase agarrar la radio y acabase estrellándola contra el suelo—. Eso es todo lo que tenemos, Santos. Una obra que no sabemos si vamos a representar. Un texto mediocre y mal cosido entre estrofas de Calderón y versos de poetas a los que ni siquiera tenemos los huevos de nombrar encima de ese escenario. Ni a los que mataron, ni a los que se tuvieron que exiliar. Ni a los que están aquí y siguen en silencio porque, como nosotros, tampoco se atreven a abrir la puta boca.

—No se trata de que nos falte coraje. —Santos hizo acopio de toda su paciencia para tratar de serenarlo y reconducirlo: si había un motivo para creer en su «función roja» era todo lo que sus dos aes significaban en ella, así que no iba a permitir que renunciase—. Es cuestión de tener cabeza. Y vale más salir ahí con ese texto mediocre, como tú dices, que sabotearnos e impedir que ocurra.

—Con tu cartel se habría armado una buena —trató de interceder Miguel, que estaba convencido de que ese veto era lo que más le dolía.

—¡Que no es solo eso, coño! —Y, sin poder contenerse, Alonso apartó a su medio hermano de un manotazo ante el que Miguel se contuvo para no reaccionar con un golpe con el que lo habría tumbado sin dificultad.

—¿Y qué es, Alonso? —Asun confiaba en que surgiera, por fin, el demonio que lo atormentaba desde el verano. Sin embargo, él retomó el discurso y se limitó a poner en duda las palabras de Santos.

—Entonces, ¿tenemos que conformarnos? Aunque no signifique nada, ¿vale más lo posible que lo necesario?

—Pero es que sí significa. Y sí es necesario.

—¿Para quién, Santos? —replicó con desprecio—. ¿Para ti?

El bibliotecario procuró que no se trasluciera hasta qué punto aquella pregunta había herido su amor propio y evitó cualquier respuesta que pudiese desnudar el complejo de segundón sobre el que había construido su vida.

—Que nos subamos ahí para escupirles su miseria envuelta en Calderón no es solo ceñirnos a lo posible, es buscar el modo de que se escuche nuestra voz sin darles motivos para acallarla.

—¿Y si eso no sirve de nada? ¿Qué vamos a conseguir si solo nos escuchan quienes ya están convencidos de lo que intentamos decirles?

—Nos escucharán también los que aún siguen sin mancharse. Esos son nuestro verdadero público. Pero para llegar a ellos hay que guardar un equilibrio entre lo que queremos que entiendan y lo que necesitamos negar. Así, cuando nos interroguen, y si el congreso remonta y sale como esperamos os aseguro que a unos cuantos nos interrogarán, podremos defender que lo nuestro no era una acción subversiva y aprovecharnos de que carecen de la sutileza necesaria para entender los huecos, las grietas desde las que vamos a dejar que se filtren nuestras ideas.

—Necesitamos mucho más que unas jodidas grietas.

—Necesitamos empezar por algún sitio, ¡hostias! —saltó Miguel, ansioso por zanjar la discusión de una vez.

—Pero ¿a qué vienen ahora tantas dudas? —Asun también estaba a punto de perder la paciencia.

—Alonso, ¿hay algo que deberíamos saber? —Santos, que temía que un enfrentamiento más violento pudiera afectar al vínculo que los unía, era el único que mantenía la calma.

—¿Habéis hablado con Teresa? Porque, desde la cancelación, su madre ya la ha avisado de que se ande con ojo de con quién se junta. Le ha dicho que hay rumores de que esos del grupo de teatro no son trigo limpio.

—Que sospechen no es una novedad —trató de quitarle hierro Miguel.

—Pero que sean tan directos sí. Doña Alicia —Alonso pronunció el nombre con un marcado tono despectivo— está muy bien relacionada. Y lo mismo su hija...

—¿Ahora también vas a sospechar de Teresa?

Asun sabía de dónde nacía toda aquella desconfianza, pero no iba a permitir que se enturbiase la reputación de ninguno de los miembros de la «tribu». Y menos aún de las mujeres que formaban parte y que, como ella, llevaban más peso del que los hombres que las rodeaban eran capaces de admitir. Porque puede que Teresa, Gala o la propia Asun no se mostrasen tan combativas en sus discursos como Luisito, o que no pareciesen sacar adelante tanto trabajo físico como se vanagloriaba de realizar Nacho, pero sin ellas y sin su capacidad para llegar a acuerdos con los que mantenerlos unidos, el proyecto se habría cancelado meses antes.

—Desconfío hasta de mí mismo, joder. ¿No lo veis? ¿No veis que nos la estamos jugando para nada? ¿No os dais cuenta de que hemos fracasado antes de empezar?

Incapaz de acompasar la respiración, que se había desbocado del mismo modo en que sentía que lo habían hecho su pulso y su imaginación, Alonso corrió hasta la ventana y la abrió de par en par.

De la calle llegaba el frío casi gélido y el sonido festivo de una ciudad que, por ser 31 de diciembre, se permitía despertarse momentáneamente del letargo en que llevaba sumida demasiado tiempo. Alonso se desabrochó deprisa los primeros botones de la camisa y sacó medio cuerpo fuera a la vez que extendía los brazos y se agarraba con ellos al marco interior de la ventana. Si hubiese podido, habría gritado, pero sabía que debía permanecer en silencio, así que abrió la boca para no decir nada, tratando de llenar sus pulmones del aire que le faltaba, desoyendo las palabras de Santos, de Miguel, de Asun, deseando que se callasen de una vez mientras él, que ni siquiera sabía lo que le estaba sucediendo, recuperaba la noción de la realidad.

—Dejadlo —les pidió Miguel a Santos y a Asun con una expresión que pretendía ser tranquilizadora—, lo conozco bien y sé que no va a hacer ninguna tontería, ¿verdad, Alonso?

Él no respondió. Se mantuvo firme en la misma postura durante un tiempo que le resultó imposible de calcular. Quizá fueran unos segundos, quizá unos minutos, tal vez unas horas. En su interior solo sentía el deseo de permanecer así mientras buscaba, sin éxito, la voluntad para girarse y alejarse de aquella ventana de una vez. Porque hacerlo suponía tener que explicarse. Razonar por qué había sentido esa angustia paralizante y que, hasta entonces, siempre había sido capaz de controlar. La misma que había experimentado la primera vez que notó cómo se le endurecía el miembro al contemplar a otro chico de su edad y temió las consecuencias si su padre se llegaba a enterar. Solo que entonces, como se dijo que aquello pasaría, pudo controlarse.

En aquella otra ocasión solo tenía doce o trece años y estaba decidido a ser el hijo que Hernán se merecía. El hijo que no lo avergonzaría por ser un enfermo, ni un degenerado, ni uno de esos violetas de los que Hernán decía que había que quemarlos a todos, porque lo de mandarlos a picar piedra estaba bien, pero no era suficiente, a la gente así hay que romperle el alma esa negra que tienen para que no hagan daño a nadie, que, si no, a ver cómo iban a estar tranquilas las personas de bien con tanta maricona suelta. En su último viaje a la casa familiar, sin embargo, esas mentiras con las que antes se consolaba ya no habían resultado suficientes cuando su padre, que había desarrollado un talento notable para expresarle su desprecio sin tan siquiera mirarlo a la cara, volvía una y otra vez a vomitarle su discurso contra esa escoria con la que la ley aún era demasiado blanda.

Desde su regreso, Alonso llevaba todo un trimestre queriendo culpar a Santos por no haber podido fingir ante su padre con la misma frialdad que antes de conocer al bibliotecario. Por no ser capaz de pretender que no lo herían esas frases con las que Hernán, antes con el cinturón y ahora solo de palabra, lo golpeaba. Era Santos quien le había arruinado la vida, porque ahora ya no tenía camino de regreso hacia ese hombre que sabía que no iba a ser jamás. Era Santos quien lo había inducido a creer que vivir de otra manera era posible, a albergar esperanzas, a rebelarse contra lo que mandaba la Iglesia y la moral para ser dos con él, o tres con Fabián, o para atreverse a ser cuatro en un piso donde los afectos se bifurcaban y multiplicaban en un milagro profano que le habría granjeado la execración paterna. Y lo peor era que rebelarse, por inevitable que pareciera, aún no resultaba posible, porque, si lo fuera, no le habrían censurado su cartel, ni habrían cancelado el congreso, ni el año habría terminado negándole todo lo que había creído que tenía derecho a alcanzar. Si realmente fuera verdad lo que Santos le había hecho soñar, habrían aceptado su ilustración, y el congreso seguiría en pie, y el estreno habría tenido lugar antes de Navidades, y él no habría sufrido que lo devolvieran a la misma oscuridad de la que no había manera de escapar, entre las sombras donde se escondía para que no lo viesen y que su padre provocaba sobre él cada vez que lo insultaba para recordarle que no se le ocurriera nunca, bajo ningún concepto, ser como era. Nada de lo que había imaginado parecía ahora real; al menos, no hasta que Miguel y él pudieran ponerse a salvo, lejos del alcance de aquel hombre que no dudaría en denunciarlo con tal de demostrar que llevaba razón en los riesgos de quienes contradicen las leyes de Dios y la naturaleza.

Pero lo peor no era el desasosiego con que se metía en la cama después de inventar para Hernán una vida universitaria llena de méritos académicos y posibles novias con las que apenas encubría una verdad que juzgaba cada vez más evidente. Ni el temor a que todo se descubriese y su padre lo obligase a abandonar Madrid. Lo que más le dolía era que esa verdad que ocultaba dirigía sus expectativas hacia lo irreal y le recordaba, con la sádica precisión de lo imposible, todo lo que no iba a suceder.

Alonso permaneció inmóvil en la ventana hasta que Santos, con delicadeza, se acercó a él. Puso la mano en su hombro con suavidad, acariciándolo lentamente para hacerle saber que estaba allí, que lo entendía, que a él también le rompía el alma no usar su cartel porque sabía que tras ese acto de autocensura había todo un código de desprecio, de oscuridad y, maldita sea, de negación. ¿Cómo no le iba a destrozar haber comprobado que tampoco la siguiente generación lograría los espacios que le habían robado a la suya? Y su dolor, que no expresó con palabras, se lo transmitió en una caricia lenta, pausada, con la que Santos quería recordarle que no iba a soltarle la mano porque había algo demasiado valioso en él como para permitir que la prohibición o el miedo lo invalidasen.

En cuanto Alonso se alejó, por fin, de la ventana, Asun le llevó solícita un vaso de agua que él apuró en pequeños tragos. Los cuatro volvieron a sus asientos y brindaron sin entusiasmo por un 1956 del que aquella noche no sabían qué esperar. Solo intuían que en adelante, por mucho que se empeñasen en negarse a sí mismos, ya no les sería factible recuperar a las personas que habían sido antes de conocerse. Frente al destino impuesto, el único que admitía Hernán para sus hijos o el que aconsejaban Ginés y Carmen para Santos y Asun, se alzaba otro, múltiple y compartido, que no guardaba relación con el itinerario que les habían mostrado como aceptable. Esa certeza, enraizada en la espinosa dependencia, motivó que su sueño de aquella noche fuera más turbulento que sexual y, por si acaso, los cuatro dejaron puertas y ventanas abiertas, confiando en que el frío de ese 31 de diciembre los ayudase a limpiar las dudas que, agazapadas sobre sus esperanzas, se amontonaban en sus habitaciones.

6

Tras las Navidades, el curso se reanudó en medio de una tensa calma que todos sospechaban que se quebraría pronto.

—En cuanto se haga público el manifiesto oficial, fijamos la fecha del estreno —propuso Santos a su «tribu» nada más retomar los ensayos, confiando en que su determinación bastase para evitar las deserciones en el grupo.

—Pero ¿se va a hacer público? —le preguntó Nacho con desidia, convencido de que habían llegado a una vía muerta—. ¿O lo van a mandar todo a la mierda otra vez?

—Lo van a hacer público.

—¿Y eso cómo lo sabes? —se interesó el Pelirrojo.

—Porque lo sé.

Santos tenía noticia de que Tamames y Pradera habían aprovechado un permiso de mili con el que Múgica había venido a Madrid desde San Sebastián para reunirse con él en la Mezquita, donde habían acordado sacar adelante el nuevo Congreso Nacional de Estudiantes a pesar de que aquello fuera un desafío directo al SEU. Sin embargo, admitir que conocía parte de los detalles de esa reunión ponía también en peligro a quienes le servían de enlace con el trío de la

Mezquita, así que se limitó a asegurar que estaba en lo cierto, reservándose otro dato con el que también contaba pero que prefería guardarse para Miguel y Alonso.

—Hay algo que deberíais saber —les habló a ellos y a Asun una vez que llegaron a casa.

—Suéltalo, Santos —se impacientó Miguel.

—Este domingo 29 hay reunión del congreso en el club Tiempo Nuevo. Nos deja el lugar Sánchez Mazas para que podamos leer la primera versión del manifiesto.

—¿Nos? —se sorprendió Asun, que no esperaba que los incluyeran en una reunión como aquella, a la que habrían convocado a la élite del movimiento.

—Bueno, no sé si *nos*... —matizó Santos—, van a estar todos y me gustaría ir. Tenemos mucho que aportar sobre lo que se vaya a decir, ¿no os parece?

—Pues mejor vais vosotros... —renunció Asun, que temía que su presencia, como la de cualquiera de las chicas de la «tribu», pudiera resultar demasiado llamativa en medio de un mundo de hombres que hablaban de una igualdad que no practicaban—. Pero si vas, no se lo digas ni a Ginés ni a Carmen. No quiero que se me quejen luego a mí por no saber aconsejarte.

—Estamos demasiado dentro como para no ir, Asun —se justificó él—. Y si tú quieres acompañarme, sabes que a mí me parece bien.

—A ti sí, pero a esos no lo sé... Tranquilo, que yo me quedo aquí. Por si acaso me necesitáis en la retaguardia.

Él se acercó a ella y la acarició con una delicadeza que, aquella noche, tenía mucho de admiración. No solo porque apreciase el valor que demostraba ante cada nuevo reto, sino por su capacidad para dar prioridad a sus fines antes que a sí misma, algo que al propio Santos no le resultaba tan sencillo. Él sí quería estar allí, en esa reunión del domingo 29 de enero a la que acudió acompañado de Miguel y de Alonso y en la que se discutió el contenido del manifiesto.

Cuando llegaron al local, ya estaban —entre otros— Ridruejo, López Pacheco, Pradera, el propio Sánchez Mazas y, por supuesto, el trío de la Mezquita. En total no debían de ser más de veinte o treinta personas, así que el bibliotecario les pidió a los dos medio hermanos que no llamasen la atención. Si encontraban algo que decir, lo harían, pero, si no, era mejor atender a lo que aquella gente tuviera previsto proponer.

La lectura del texto por Múgica, en la que los presentes echaron en falta una mayor expresividad, desembocó en un debate sobre algunas de las cuestiones que se mencionaban en aquel borrador.

—Hay que suprimir la mención al SEU —se permitió aconsejar Santos, traicionando el consejo sobre la importancia de ser discretos que acababa de darles a Alonso y a Miguel.

—Estoy de acuerdo —coincidió Ridruejo. Santos, emocionado al recibir su apoyo, le cedió la palabra al poeta—. Que el manifiesto exija libertad de expresión es muy necesario, pero atacar directamente al SEU es aspirar a un imposible. O lo quitamos o no habrá congreso.

—¿Hasta cuándo vamos a seguir agachando la cabeza? —Miguel se ganó repentinamente la atención de todos los que llenaban aquella sala y con quienes, hasta entonces, no había hablado jamás—. Si el SEU es culpable de que la universidad no sea libre habrá que decirlo a las claras de una vez.

—Pero eso ya lo sabemos sin necesidad de ponerlo

por escrito —volvió a interceder Ridruejo, que había decidido ejercer en la reunión el papel de árbitro—. Y no podemos arriesgarnos tanto. Ya nos han matado un congreso, ¿queréis que nos arruinen también el siguiente?

—Habrá que hacer una versión definitiva —se atrevió a intervenir Alonso, que no quería ser menos que su medio hermano a ojos de Santos.

—Lo más lógico es elegir una comisión para que se encargue —propuso Ridruejo—. Necesitamos ese documento cuanto antes.

Todos accedieron y, como era de esperar, los elegidos acabaron siendo Múgica, Sánchez Mazas, López Pacheco, Pradera y Tamames. Los cinco decidieron que se reunirían esa misma noche, pues urgía cerrar el texto. Santos intentó, sin éxito, formar parte de esa comisión, sobre la que recaía la responsabilidad de redactar un manifiesto lo bastante neutro como para que pudiera sortear la censura y lo bastante incendiario como para remover los ánimos de los universitarios y llegar, además, a la prensa nacional y extranjera. Aunque el bibliotecario se ofreció para acompañarlos hasta la Cruz Blanca, ninguno de los presentes vio necesaria su colaboración, así que regresó a casa junto a Alonso y Miguel con una sensación agridulce, emocionado con la confirmación de que todo estaba a punto de suceder y algo triste al saber que no había podido contribuir a ello. Por otro lado, la premura con que planeaban hacer público el manifiesto condicionaba las fechas tanto del ensayo general como del estreno de su función, así que, en cuanto amaneció, le pidió a Alonso que informara a la «tribu» de que el general sería el 7 de febrero y la función, el 10.

Aquel fue un lunes de actividad frenética, tanto para la «tribu», que tuvo que acelerar los preparativos para el estreno, como para los organizadores del congreso, que gracias a la mujer de Sánchez Mazas lograron distribuir doscientos ejemplares de su manifiesto a través de una casa de copias de la plaza de Vázquez de Mella. La noticia de que se leería oficialmente el martes 31 en el club Tiempo Nuevo corrió como la pólvora entre los implicados y más de cien personas se dieron cita, desbordando el espacio disponible en los salones y ocupando parte de las escaleras. En medio de esos escalones se encontraba Santos junto con Asun, Miguel y Alonso, pues sabía que aquella no sería una reunión tan minoritaria como la anterior y no estaba dispuesto a que ninguna de sus dos aes se quedase fuera.

A pesar del barullo inicial, todos los asistentes guardaron silencio en cuanto tomó la palabra López Pacheco y, con voz templada y dicción exquisita, dio comienzo a la lectura de la versión definitiva del manifiesto.

—«En la conciencia de la inmensa mayoría de los estudiantes españoles está la imposibilidad de mantener por más tiempo la actual situación de humillante inercia —empezaba aquel discurso ante el que los presentes asentían en cada frase—. Cuando los libros de texto son deficientes y costosos, cuando los precios de matrículas y seguros suben continuamente, el estudiante se ve falto de medios suficientes de asistencia universitaria y todas las cargas recaen sobre los agobiados presupuestos de las familias, que no ven compensación a tales sacrificios. Así España, para su mal, permanece en vivo contraste clasista.»

La alusión a las dificultades económicas y a la imposibilidad de acceder a la universidad hizo que Asun aplaudiera tímidamente, al igual que parte del auditorio. No esperaba sentirse comprendida por aquellos hombres de quienes se sabía tan distante en formación y en origen, y, sin embargo, esa imposibilidad de la que hablaban le recordaba demasiado las palabras de su madre cada vez que repetía la cantinela de que la niña vale, porque la niña, si yo le hubiese podido pagar unos estudios, habría sido lo que hubiera querido.

—«La situación material y vocacional del universitario español es de indigencia, su perspectiva intelectual es mediocre, ¡cuántos catedráticos y maestros eminentes apartados por motivos ideológicos y personalistas!, y su porvenir profesional totalmente incierto» —continuaba el texto, que, leído enérgicamente por López Pacheco, a Santos le resultaba mucho más convincente que solo dos días antes en la voz de Múgica.

—¿Qué pasa ahora? —Alonso señaló con la mirada a un tipo que corría hacia el orador haciendo grandes aspavientos.

—No sé. —Santos intentó adivinar qué sucedía mientras Pacheco leía los últimos puntos de su discurso, ajeno a lo que fuera que le decía aquel individuo en el que, por fin, el bibliotecario identificó a Gaspar Gómez de la Serna, el director del centro donde se hallaba el Tiempo Nuevo.

Pacheco, sin embargo, no acusó la presencia del director y continuó con la lista de peticiones con las que concluía su manifiesto. A Santos, todas le parecían lo bastante sensatas como para propiciar cambios reales en la vida universitaria y, a medio plazo, en una estructura social a cuyo inmovilismo contribuía aquel denso silencio estudiantil. Permitir, como se exigía en el manifiesto, que en el Congreso Nacional participasen «todos los estudiantes de Centros Superiores de Enseñanza de España, por medio de sus representantes, designados por libre elección» y que, para ello, se celebrasen elecciones «entre el 1 y el 15 de marzo de 1956» suponía un revulsivo contra la tiranía del SEU y, sobre todo, una bocanada de aire democrático que podía contagiarse a otras esferas, especialmente cuando también en la universidad barcelonesa se estaban viviendo episodios de protesta cada vez más evidentes.

—¡Fuera! —gritó el director del centro, desesperado ante la desobediencia de los allí reunidos—. ¡Fuera todo el mundo!

—Pero, don Gaspar... —trataron de serenarlo quienes se hallaban más cerca de él.

—Acabo de avisar a la policía, así que ustedes verán. Y esto —añadió mostrando una copia del manifiesto— mañana mismo estará en el Ministerio de Educación.

La mención a la policía hizo que todos los reunidos salieran de allí en tropel y corrieran hasta encontrar un nuevo local en el que acabar la lectura y repartir las copias del manifiesto.

—Pero ¿dónde vamos? —Asun corría agarrada de la mano de Santos, seguidos de Alonso y Miguel.

—Donde nos lleven —le respondió su marido, que, a pesar del peligro que suponía la denuncia de don Gaspar, no podía dejar de sonreír, como si aquella noche se sintiera más vivo que nunca.

—¡A la Ballena Alegre! —les gritó Alonso, que acababa de oírselo decir a uno de los estudiantes que habían pasado junto a ellos.

A Santos no le sorprendió que acabaran allí, en la misma cervecería de los sótanos del café Lyon donde, se contaba, Lorca se había visto alguna vez con Primo de Rivera. Él estaba convencido de que aquella anécdota tenía muy poco de verosímil y mucho de inquina, y que, tanto si esos encuentros hubieran sido reales como si no, solo se aludía a ellos para ensuciar un nombre que les quedaba demasiado grande a las bestias que lo pisoteaban después de haberlo asesinado. Alonso y Miguel, que coincidían con él, ayudaron al final del acto a distribuir los ejemplares del manifiesto, del que también se propuso enviar copias a *Le Monde* y *L'Express*.

—No olvidéis que es esencial que recojamos muchas firmas —los animó Mazas antes de que se disgregaran—. Y mañana hay que leer esto en todas las facultades y en los colegios mayores. Que nuestras palabras se extiendan por la universidad.

—Habrá que parar las clases —le dijo Miguel a Alonso con decisión—. No veo otro modo.

—Estoy contigo.

Asun los miró con una mezcla de miedo y de orgullo, pero no quiso intervenir en una conversación que no le incumbía. Ninguno de los dos era ya el estudiante provinciano que había conocido cuando se presentaron en su piso, sino que ambos se habían transformado en dos hombres muy diferentes de cuya evolución también se sentía cómplice.

A la mañana siguiente, tal y como había predicho Miguel, interrumpieron las clases en la Complutense para que se pudiera leer el manifiesto y, cuando Santos se presentó en la reunión convocada en la Casa de Fieras para poner en común los pliegos con las firmas, se alegró de comprobar que, en menos de veinticuatro horas, ya eran más de tres mil. La revuelta, definitivamente, estaba en marcha, y ahora a él solo le quedaba asegurarse de que su «función roja» ocupaba el lugar que se merecía en ella.

7

La repercusión del manifiesto y las firmas de adhesión superaron con creces las expectativas de los convocantes, desatando el nerviosismo de sus opositores y dejando el estreno de la «función roja» en tierra de nadie, entre la posibilidad de volverse diminuta al lado de lo que pudiera pasar en el congreso o la de resultar tan visible que la «tribu» fuera la primera en ser represaliada. En cualquiera de los dos casos, Santos no consideraba honesto continuar sin consultarles, así que los convocó el 4 de febrero a una reunión previa al ensayo general del 7: debían saber a qué se estaban arriesgando y las posibilidades que había de que su representación teatral quedara subsumida bajo el vendaval que estaba levantando el congreso.

—Esto es grande —celebró Luisito al enterarse de que el manifiesto se había publicado en *Le Monde*—. Ahora sí que se nos va a empezar a oír fuera.

Gala y Nacho se encogieron de hombros, con la misma actitud con que solían cuestionar todo lo que los demás vivían con un entusiasmo que les resultaba un tanto infantil, mientras que Teresa sí que compartía la satisfacción con el aprendiz de dramaturgo.

—Pero ¿esto cómo nos deja? —se revolvió Miguel, que temía que el reverso de la noticia fuese negativo y a quien le resultaba insoportable la idea de haber trabajado tanto para nada—. Porque después de esos artículos no creo que los del SEU se crucen de brazos.

—Ahí tiene razón —comentó Teresa, rebajando su entusiasmo inicial—, según mi madre ya han empezado a buscar responsables.

—Coño con doña Alicia —intentó bromear Luisito, determinado a no permitir que nada arruinase su ensayo—, qué bien conectada está la señora.

—Llevan interrogando gente desde ayer —prosiguió Teresa sin darse por aludida.

—La consigna, por si alguien os pregunta, es que el congreso no es más que «un acto orteguiano». Y nada de mencionar al PCE —les advirtió Santos, que había recibido esas instrucciones directamente de Ginés.

—¿Un «acto orteguiano»? —A Asun le resultaba irónico encontrarse una y otra vez con ese filósofo al que habían enterrado hacía solo unos meses—. Como si yo supiera lo que es eso.

—Pues finges que lo sabes —respondió Teresa sin suavizar el tono ni la expresión.

—Están tensando mucho las cuerdas —explicó Santos— porque sospechan que entre los universitarios tiene que haber miembros del Partido, así que lo mejor es hablar lo menos posible.

—Los del Opus seguro que han visto el cielo abierto —intervino Alonso.

—Nunca mejor dicho —añadió con sarcasmo Luisito, a la vez que juntaba las palmas de sus manos en actitud de rezo.

—¿Por? —preguntó Nacho.

—¿De verdad hay que explicártelo todo, Pelirrojo? —se burló Gala.

—Llevan denunciando la «podredumbre y enfermedad moral» de la universidad desde lo de las jornadas poéticas —respondió Alonso—, así que con esto van a tratar de meterse aún más en las aulas y encaramarse a la tiza, no vaya a ser que se les escape la ocasión.

—No son idiotas —resopló Luisito—. Esos del Opus saben que quienes controlan las aulas controlan también el futuro.

—Entonces, ¿qué hacemos? —les preguntó Santos, convencido de que su decisión debía ser fruto de un consenso. No soportaba la idea de acabar convertido en otro tirano como el que, dentro y fuera de su función, aspiraban a derribar.

—¿Cómo que qué hacemos? Pues seguir adelante —afirmó Miguel sin un atisbo de duda.

—¿Para qué? —se opuso Gala—. ¿Para darles una excusa y que nos detengan a todos? Lo mejor es esperar a que se celebre el congreso. Y luego ya veremos...

—La idea siempre fue hacerlo a la vez —la contradijo Miguel.

—A lo mejor calculamos mal —intervino Nacho, haciendo causa común con Gala—. Nunca contamos con tanta repercusión y ahora está todo demasiado revuelto.

Santos no intentó argumentar a favor ni en contra, se limitaba a escuchar sus aportaciones mientras se culpaba por no haber sido capaz de prever esa visibilidad a la que habían aludido Gala y Nacho. Lo atormentaba pensar que quizá el auténtico conflicto no fuera la imposibilidad de sacar adelante el proyecto, sino si él era la persona adecuada para hacerlo.

—Yo tampoco quiero esperar. —Alonso se sumó al discurso de su medio hermano, tratando de arrastrar a Santos—. Si nos detienen, que nos detengan. ¿Qué creen que nos van a sacar?

—Además —Miguel se giró hacia Teresa y le guiñó un ojo con un gesto en el que Asun volvió a confirmar que aquellos dos tenían algo que el estudiante no le había contado—, si nos pasara cualquier cosa, contamos con tu madre, ¿no?

Teresa no respondió. No pretendía eximirse de responsabilidad, pero tampoco podía dar por segura una ayuda que no sabía si podría obtener. Las veleidades políticas de doña Alicia, como ella llamaba irónicamente a las contradicciones que caracterizaban a su madre, tal vez la llevaran a socorrerlos en caso de que fuese preciso, pero dudaba que ese auxilio fuera más allá del que pudiera necesitar su hija. Sospechaba que, llegado el momento, no arriesgaría ni su reputación ni su buen nombre por nadie que no fuera su Teresiña, esa cría a la que había matriculado años atrás en el Colegio Estudio con la intención de que no creciese siendo la mujer timorata que la moral imperante las obligaba a ser.

—Podemos mantener el ensayo general —propuso Luisito—, nos reunimos aquí el día 7 y vemos si las aguas se han calmado o si debemos cancelar. Pero quizá sea precipitado decidirlo ahora. Mejor recabar datos de lo que está pasando y tomar una decisión en firme el próximo día, ¿no os parece?

—Pues sí que tienes tú ganas de estrenar —bromeó el Pelirrojo.

—Ganas no sé si tengo, Nacho, pero nos merecemos intentarlo. Y si lo paramos ahora, esto se muere. Ahí lleva razón Alonso.

—¿Y los demás? —A pesar de que contaba con el apoyo de la mayoría, Santos no estaba dispuesto a seguir si la decisión no era unánime, así que miró a Gala y a Nacho a la espera de que ambos se pronunciaran. Ellos dos se cruzaron la mirada y, tras un segundo en silencio, asintieron.

—Irá bien —les dijo Alonso, que agradecía que hubieran cedido—. Además, ahora que esos cabrones saben que la prensa internacional nos está mirando, no creo que se atrevan a mucho.

O sí, pensó Santos, que no estaba nada convencido de que las bestias tuviesen miedo a que se delatase su falta de humanidad. Pero prefirió no alborotar el clima de la reunión con nuevas dudas y se limitó a despedirse de su «tribu» pidiéndoles que fueran extremadamente discretos en los siguientes días.

—Una caída...

Asun y Teresa completaron su frase a coro:

—... siempre trae más caídas.

Ya en casa, Miguel buscó a Asun en la cocina para compartir las dudas que, para no dar alas a los temores de Gala y de Nacho, había preferido callarse en la reunión. Ella le contestó que Santos los necesitaba y que si su marido decía que iba a ir bien es que todo iba a ir bien. Miguel, que buscaba una seguridad que nadie podía ofrecerle, quiso preguntar algo más, pero Asun torció el gesto, demasiado cansada como para seguir apuntalando una ficción en la que aquella tarde había dejado de creer y por la que, sin embargo, no podía permitirse dejar de luchar.

El estudiante fingió haberse quedado convencido y ella, a cambio, se dejó acorralar bajo el calendario beato del comedor mientras Santos y Alonso también se sinceraban en el cuarto del segundo sobre sus miedos acerca de lo que pudiera suceder esas semanas. Asun podía oírlos hablar desde el salón mientras murmuraba algo al oído de Miguel y él se desabrochaba con la agilidad que había llegado a adquirir gracias a ella, dispuesto a penetrarla con la indecisión de quien cree que no hace lo correcto y la ansiedad de quien no puede evitar hacerlo. Subida sobre sus piernas, como si deseara enredarse en ellas y trepar por su cuerpo robusto y fibroso, dejó que fuera él quien empujase una y otra vez, sin apenas moverse, mordiéndole el lóbulo de la oreja, buscando su lengua e invitándolo a quedarse tan dentro como lo haría en adelante el recuerdo de ese encuentro que, si sus avisos de aquella semana no le habían mentido, había intuido que sería el último.

8

—¡A mí la Falange!

En cuanto oyeron los gritos, interrumpieron el ensayo general. La 20.ª Centuria de la Guardia de Franco acababa de entrar en la Facultad de Derecho justo en el momento en que Asun se disponía a declamar el último monólogo que le había preparado Luisito.

—¡Todos fuera! —les ordenó Santos.

El vocerío que llegaba desde los pasillos dejaba claro que los de la Centuria estaban recorriendo la universidad con la misma violencia con la que habían irrumpido allí, de modo que la prioridad era ponerse a salvo y, sobre todo, evitar que los cogiesen juntos. La dispersión era el mejor modo de asegurar la supervivencia tanto de sí mismos como de su lucha. Todos cogieron sus cosas y comenzaron a correr a través de la facultad, sumergiéndose en el tumulto que se había formado y esquivando las porras —de cable de acero y forradas en goma— con las que los centurias golpeaban a los estudiantes que encontraban a su paso.

—Esto es por lo de ayer —mascullaba Santos mientras agarraba con fuerza la mano de Asun a la vez que intentaba no perder de vista a Alonso y a Miguel. No solo porque le preocupara sinceramente que estuvieran bien, sino porque no podían arriesgarse a que les pasara nada si querían evitar problemas con Hernán.

Asun no sabía que, con «lo de ayer», su marido se estaba refiriendo al fracaso de la cámara sindical que había convocado el SEU, un desastre auspiciado por la crispación general y que desnudaba y hasta ridiculizaba la debilidad del sindicato frente a la pujanza del sector crítico. Santos estaba convencido de que con aquel ataque de la Centuria buscaban sacar músculo y, de paso, cercenar las iniciativas revolucionarias que, de manera cada vez menos soterrada, seguían brotando al amparo del congreso. Pero a Asun, mientras corrían por los pasillos de la facultad, poco le importaba cuál fuera la causa última de aquella batalla campal que se había desatado a su alrededor y de la que solo esperaba que salieran ilesos.

—¡Dispersaos! —gritó Luisito, convencido de que era necesario que se alejasen lo antes posible. Mientras siguieran componiendo un grupo tan numeroso y compacto era demasiado sencillo darles alcance.

Los miembros de la «tribu» se dividieron en tres grupos y corrieron en busca de la salida más cercana. Gala siguió a Nacho a través del ala este, mientras que Teresa y Luisito probaban suerte en la oeste. Asun, Santos, Miguel y Alonso permanecieron unidos, bloqueados entre la marea de estudiantes que pugnaban por salir y los centurias que seguían golpeándolos con la intención de desalojar la facultad.

—¡A la escalera! —dispuso Santos, intentando buscar el modo más rápido de abandonar el edificio—. ¡Rápido!

En cuanto llegaron a ella vieron que, a sus pies, comenzaba a avanzar un grupo de falangistas cargados con sus porras. Santos, sin pensárselo dos veces, pidió ayuda a Alonso y, entre los dos, arrancaron una de las flechas de madera del emblema de la Falange que presidía las escaleras de la facultad. El bibliotecario, henchido de una emoción que no sabía si catalogar de rabia o de orgullo, alzó la flecha y golpeó con ella a los centurias que trataban de alcanzarlos, abriéndose paso a través de la escasa distancia que los separaba ya de la salida. Por fin, algo doloridos, lograron alcanzar el umbral y salieron de allí corriendo, sin detenerse ni un solo momento hasta que se hallaron lo suficientemente lejos como para sentirse a salvo.

—Mañana os quedáis aquí —les pidió Asun ya en el piso, después de revisar las heridas y magulladuras que, a modo de recordatorio, los cuatro llevaban dispersas en brazos, piernas y espalda.

—De eso nada —se negó Miguel—, mañana hay que dar la cara otra vez. Y si nos la parten, les rompemos la suya.

—¿Tú piensas igual? —Asun pretendía acorralar a Santos, obligándolo a sacar su lado más protector. Pero él, ebrio del rejuvenecimiento que le había desatado la frenética actividad de aquel martes, asintió.

—Pienso que no podemos dejarlos solos.

—¿A quiénes no podéis dejar solos? —Asun no quería hablarles de sus avisos, ni de la fiebre en que había ardido durante toda la noche, pero necesitaba que reflexionasen y evitasen el peligro que, tras lo sucedido ese 7 de febrero, creía inminente.

—A todos nosotros —le respondió Santos—. Hoy, en esa facultad donde han intentado humillarnos, estábamos todos. Así que no sé quiénes irán mañana a plantar cara en la Complutense, ni me importa, pero lo que sí os puedo jurar es que yo voy a volver y a hacer lo que sea necesario para que ese congreso ocurra, y nuestra obra, también.

—No va a pasar ninguna de las dos cosas. —Asun no quería sonar tan dura, pero no le parecía sensata su tozudez.

—Si nos rendimos, no —replicó Alonso apoyando al bibliotecario—. Ya os contamos lo que nos dijeron en Salamanca: es nuestra obligación.

—Nuestra obligación es seguir vivos —lo corrigió Asun—. Y mañana esos animales no van a ir solo con porras. Mañana esos vuelven con ganas de devolvérnosla más fuerte todavía.

—Pues tendremos que estar para defendernos.

Le costaba reconocer en su marido, ese hombre al que siempre había creído más cercano a las acciones intelectuales que a las físicas, al revolucionario que no estaba dispuesto a renunciar a la batalla que quizá se libraría al día siguiente. Al miedo que le provocaba lo que pudiera ocurrirle se le sumaba la admiración por esa pasión con la que defendía sus ideales y que, por mucho que hoy la enfadase, formaba parte de lo que más le gustaba de él.

—De todos modos, mañana no creo que vayan a Derecho. Ya han organizado bastante destrozo allí por un tiempo.

—¿Y dónde los esperamos, Santos? —Miguel, que no podía ocultar su satisfacción al haber sustituido versos calderonianos por carreras y golpes reales, estaba ansioso por enfrentarse de nuevo a los centurias. Y más aún ahora que ya no contarían con el efecto sorpresa que les había dado ventaja en esta ocasión.

—Supongo que querrán dar una lección en la otra facultad donde se está... —Santos suspiró antes de rectificar— donde se estaba gestando el congreso.

—¿En Económicas? —aventuró Alonso.

—Es posible.

—Ni siquiera estudiáis allí —se opuso Asun.

—Seguro que mañana va más gente de la que hay matriculada... Y apuesto a que el resto de la «tribu» ha pensado lo mismo.

Como comprobarían al día siguiente, Santos no se equivocaba en su deducción. Todos los miembros de su «tribu» se hallaban entre la marea de estudiantes que llenaba el caserón de San Bernardo cuando, justo a las diez, las fuerzas de la Falange asaltaron el edificio.

—Ahí están esos cabrones.

A la señal de Santos, los miembros de su «tribu» corrieron a ocultarse mientras los camisas azules sacaban al patio a parte de los estudiantes.

—¡A cantar! —les gritaron—. ¡A cantar el *Cara al sol*, coño!

Miguel, mientras veían la escena desde una de las ventanas interiores, estuvo a punto de asomarse para insultarlos, pero Luisito se anticipó y, con brusquedad, le puso las manos sobre los hombros obligándolo a bajar de nuevo.

—¿Estás loco o qué?

—¿Nos vamos a quedar mirando?

—¿No ves que tienen armas? —le recriminó Teresa.

—Pero nosotros somos más.

—Pues por eso —zanjó la discusión Luisito—, tenemos que esperar al momento en que esa ventaja nos beneficie.

Los estudiantes congregados en el patio comenzaron a cantar a punta de pistola mientras los oficiales desfilaban a su alrededor. Santos se fijó en cómo dos de los falangistas se acercaban a uno de los universitarios que apretaba exageradamente los labios para dejar claro que ni estaba cantando ni tenía la más mínima intención de hacerlo. Ellos le gritaron algo y él alzó la cabeza, mirándolos con una expresión de orgullo que a Santos se le quedó grabada. Por gente así, pensó, tenían que estar allí. Por gente como ese chico al que uno de los policías quebró las rodillas con la culata de su fusil y, ya tendido en el suelo, fue golpeado otra vez por aquel tipo que no dudó en ensañarse con él.

—Es Castañeda —lo reconoció Gala, que había compartido aulas con muchos de esos jóvenes—. Y no lo van a doblar ni a palos. A Pep no lo hacen cantar ni a hostias.

En ese momento, desde las ventanas comenzaron a caer sillas y mesas sobre el patio del caserón. El estrépito permitió que los estudiantes acorralados pudieran dispersarse y llevarse consigo a Castañeda antes de que acabaran matándolo.

—Ahora sí —le sonrió Santos a Miguel mientras todos buscaban en el mobiliario del edificio algo que emplear como arma.

Desguazaron un par de mesas y, tras convertir sus patas en estacas, bajaron hasta el patio, donde la contienda era cada vez más encarnizada. Santos, mucho menos ágil que los jóvenes que lo rodeaban, sentía más miedo por lo que pudiera ocurrirle a Alonso que por lo que pudiera pasarle a él mismo. Por ahora, los guardias se conformaban con sus habituales palos, pero temía que en cualquier momento comenzaran a disparar «al aire», provocando una cifra de víctimas aún mayor. Sin embargo, la dureza con la que el bando universitario se defendió de aquel asalto obligó a los centurias a disolverse, dejándoles claro que los habían subestimado y que, para frenar lo que todos sentían como el inicio de una revolución, iban a necesitar más refuerzos.

Hasta que los falangistas se retiraron, ni Santos ni su grupo bajaron la guardia. Solo cuando comenzaron a replegarse, el bibliotecario hizo indicaciones a los suyos para que acelerasen la marcha.

—¡Mañana en Derecho! —gritaban con rabia los que se habían ocupado de proteger a Castañeda.

Aquel mensaje se convirtió en una consigna que pasó pronto de unos a otros, convocándolos en la facultad al día siguiente, a pesar de que el 9 de febrero no fuera lectivo.

—¡Mañana en Derecho! —repetían también los miembros de la «tribu», que, a diferencia del día anterior, esta vez avanzaban unidos, formando un grupo lo más compacto posible a fin de servirse de escudos los unos a los otros.

Salieron de allí llenos de moratones e incluso, en el caso de Luisito y de Nacho, con un par de brechas que probarían a curar en sus casas para no acudir a un médico que pudiera delatarlos. Que habían estado implicados en aquellos acontecimientos solo era evidente estando allí, pero fuera del marco de la Complutense podían confiar en seguir pasando desapercibidos mientras nadie los asociase con lo que acababa de ocurrir en el caserón. A fin de cuentas, su proyecto teatral no se había estrenado y tampoco había constancia de su colaboración con la causa del congreso más allá de esas reuniones de las que solo podían hablar los participantes y de los artículos anónimos que Alonso y el propio Santos habían enviado a los tres boletines publicados.

—Ahora nos toca mantener la calma —los aleccionó Santos antes de despedirse—. Pase lo que pase mañana, tenemos que estar muy serenos.

—Y con la boca cerrada —añadió Luisito, que temía que alguien pudiese hablar de más si comenzaban las detenciones. No dudaba de la lealtad de su «tribu», pero sí de que sobreestimasen su fortaleza ante un posible interrogatorio de los de la Secreta, que no vacilarían en usar la violencia.

Asun se alarmó al verlos llegar tan magullados y curó las heridas de los tres lo mejor que pudo mientras atendía a su relato entre la inquietud y la envidia. Preocupada por lo que pudiera suceder en adelante, pero también celosa de no haber podido ocupar la trinchera que aquel día debería haberle pertenecido.

—Ven mañana —la animó Santos—. No es día de clases, así que a nadie le parecerá raro que no solo haya universitarios.

A ella le provocó una emoción extraña la idea de acudir de nuevo a la misma facultad en la que habían estado ensayando durante meses para una obra que ya no iban a representar. O tal vez era justo eso lo que estaban haciendo; quizá, se atrevió a pensar mientras ella y Santos se desnudaban y se metían en la cama, la función estaba teniendo lugar justo ahora, solo que su Rosaura no tenía que pelear en la Polonia ficticia que había inventado Calderón y que falseaba la versión de Luisito, sino en un espacio tan real y, en principio, tan prosaico como esa Complutense que había pasado de significar todo lo que la vida le había negado —educación, oportunidades, horizontes— a convertirse en todo lo que ella había logrado robarle —presente, lucha, posibilidad—. La idea de ser una más junto a Santos, Miguel y Alonso la consolaba de la impresión de derrota que la atormentaba desde su último ensayo.

Santos le agradeció su sí abrazándola desde ese espacio en el que ella siempre se quedaba más lejos de lo que habría querido.

—Esto se puede complicar mucho, Asun. Y si se complica demasiado...

—Calla —le susurró ella, que temía que se cumpliera lo que Santos estuviera a punto de decirle.

—Es importante.

Separó sus brazos con suavidad, saltó de la cama y se inclinó para sacar de debajo del colchón sus «elegidos» y ponerlos sobre el colchón, entre Asun y él.

—Si alguna vez me pasa algo, quiero que estos libros sean tuyos... Que no se pierdan.

—¿Puedes cerrar la boca de una vez? —Asun se incorporó, tratando de pasar con cierta dificultad por encima de los ejemplares, y se acercó para darle un beso sereno y lento con el que pretendía evitar aquella conversación.

—Ay, mi Casandra —le sonrió—. Cuánto te divierte inventar el futuro y qué poco te gusta hablar de él.

—Porque no invento, Santos: yo aviso, que es diferente. Además, cuando tú hablas del futuro, solo me hablas de muerte.

—Tenemos que estar preparados para lo que pueda pasar.

Buscó entre sus cinco elegidos su ejemplar de *Antígona*, una edición íntegramente en griego del 42. Abrió el libro y le mostró, oculto entre sus páginas, un sobre blanco, sin nada escrito en él, que contenía algo de dinero y unos cuantos impresos y fotografías.

—Aquí está todo lo que necesitarías, Asun. Solo tendrías que hablar con Ginés y Carmen para que te ayudasen a organizarlo.

—¿Por qué estás tan negativo de repente?

—Después de lo de hoy esto no va a parar... Ni nosotros, ni ellos. Y si a mí me ocurriera algo...

—Santos. —Le puso su índice en los labios con la esperanza de callarlo, pero él, con suavidad, lo apartó.

—Si me ocurriera algo, huye.

9

Santos tenía razón: la Facultad de Derecho se había llenado desde primera hora de la mañana de estudiantes que, pese a que fuera día festivo, se habían concentrado para protestar contra el asalto del día anterior. A pesar de que Asun no se encontraba demasiado bien, porque sus avisos —como le había confesado a su marido— no dejaban de machacar su estómago, no había dudado en acompañarlo hasta allí junto con Miguel y Alonso, aunque esta vez decidieron que era mejor no sumarse al resto de los miembros de la «tribu».

—Ahora no nos conviene que nos asocien —razonó Santos cuando Nacho, nada más llegar, trató de situarse junto a ellos.

El Pelirrojo asintió, se giró y le hizo una señal a Gala, Luisito y Teresa, que lo seguían a muy poca distancia y, obedeciendo su indicación, se confundieron con la masa que llenaba el hall de la universidad.

—Están ya fuera —avisó uno de los estudiantes que custodiaban las ventanas laterales.

—Qué puntuales. —Miguel intentaba que el sarcasmo ayudase a disipar el miedo, pero era inútil fingir que no temían que la escalada de violencia alcanzase un nuevo hito ese mismo día.

—No creo que esta vez vuelvan a entrar.

—¿Y eso por qué, Santos? —le preguntó Miguel, ansioso por devolverles los golpes recibidos.

—No les interesa otra jarana como la de ayer... Que habrá palos no lo dudo, pero no sabría deciros ni cuándo ni cómo.

Asun se distanció un momento del grupo para acercarse hasta una de las ventanas y comprobó que la facultad estaba rodeada por un ejército de falangistas que formaban un cerco alrededor de las calles aledañas, ocupando todos los accesos que rodeaban la Universidad Central en San Bernardo, Amaniel, Reyes y Noviciado.

—No sé cómo vamos a salir de aquí —dijo Santos, que estaba justo detrás de Asun y le puso una de las manos en la cintura, en uno de los gestos que para él nunca tenían nada de sexual y que a ella le recordaban todo lo que era imposible.

—Yo sí... —afirmó Asun con gesto misterioso y una sonrisa pícara que a Santos le devolvió el recuerdo de la Dulce Eva.

—¿Ah, sí?

Le hacía gracia la candidez que podía llegar a mostrar su marido cada vez que ella lo sorprendía. Cuando se conocieron, pensó que la diferencia de edad sería algo que jugaría en su contra y, sin embargo, pronto se dio cuenta de que su don para salirse de lo convencional era la baza que le garantizaba el poder en su relación. Había aprendido a descolocarlo, a plantearle respuestas inesperadas para sus preguntas y, sobre todo, a sacarlo de esa cotidianidad gris a la que, antes de que sus caminos se juntaran, parecía condenado.

—Claro que sí, Santos... De aquí vamos a salir cantando.

Él la miró sin acabar de comprender, pero en su

expresión había una absoluta confianza en lo que fuera que hubiese decidido hacer. Asun buscó rápidamente una canción en la que el resto de los estudiantes allí presentes pudiera seguirla con facilidad y, sin mediar palabra, comenzó a tararearla. Podía haber probado con una copla, porque eso la habría hecho sentir aún más libre, cómo no iba a hacerle bien dar voz delante de aquellos bestias de los centurias a las mujeres que habían sido devoradas por tipos como ellos, a todas las Rosauras que vivían en su interior y a las que, ahora que no podría darles vida en un escenario, sí podría dársela en las calles. Pero dudaba que aquella mayoría de hombres supiera alguna de esas letras o que, incluso sabiéndolas, se atreviesen a cantarla con ella. Santos sí lo haría, claro, pero él era distinto, Santos era su Santos, el único hombre que había sabido amarla de un modo que, aunque no fuera suficiente, se le había vuelto imprescindible. Y quizá Miguel, sí, quizá también Miguel se arrancaría a cantar con tal de complacerla, pero no bastaría con esas dos voces ni, siendo optimista, con los coros de Alonso o de parte de la «tribu», que la habían escuchado cantar esas mismas coplas en algún ensayo. Era necesario recurrir a otra letra que el resto conociera y que les permitiera salir enarbolando una bandera invisible: si la poesía era la culpable de que hubieran acabado allí, también debería ser la que los sacara. Se saltó los primeros versos y tarareó con fuerza el estribillo:

—«Triste y sola, sola se queda Fonseca...».

Santos le sonrió admirado por su ocurrencia y los universitarios se fueron incorporando paulatinamente a aquella canción de la tuna, hasta que todos alzaron sus voces en un coro único con el que, con la cabeza alta, paso firme y toda la serenidad que cabía en un momento tan espinoso como ese, cruzaron las puertas de la universidad y atravesaron el cordón falangista que los rodeaba.

Triste y sola, sola se queda Fonseca,
triste y llorosa queda la universidad.
Y los libros... Y los libros empeñados
en el Monte... en el Monte de Piedad.

Los centurias no supieron cómo reaccionar ante aquel canto unánime que acompañaba la marcha de los estudiantes y del que se sirvieron para hacer acopio de un valor que, frente a las pistolas, los fusiles y las porras de quienes los rodeaban, podía haber resultado insuficiente. Muchos de los universitarios, por si acaso, salieron de la facultad sosteniendo los restos de la batalla campal de San Bernardo, a pesar de que sabían que en caso de que debiesen recurrir a aquellas estacas tan rudimentarias sería porque habría estallado una violencia que difícilmente podrían controlar. Lo mejor, de momento, era seguir caminando, y así lo hicieron hasta que sus pasos devinieron en una manifestación improvisada que, por primera vez, constituía un desafío contra la dictadura en pleno centro de Madrid.

—Está ocurriendo. —Santos no podía dejar de celebrar que al fin hubiesen dado resultado tantos esfuerzos, tantas conspiraciones, tantos momentos de los que esperaba que alguna vez se llegase a hablar, a pesar de que la historia no suela atender a los instantes minúsculos que la transforman, sino a los hitos que no son más que su inevitable consecuencia—. Está ocurriendo.

Alonso, que se hallaba justo a su derecha, le apretó con fuerza la mano y él notó cómo lo recorría un estremecimiento que se asemejaba mucho a las veces en que, abrazándose en su litera, habían logrado pertenecerse. Aquella mano agarrando la suya en plena calle, refugiados bajo la anonimia que les proporcionaba una multitud en la que sería imposible distinguir su gesto, era la máxima forma de intimidad que había alcanzado junto a Alonso y, llevado de la necesidad de expresar todo lo que lo unía a sus dos aes, extendió su mano libre hasta Asun para sostener también la suya, a la vez que ella cerraba su particular cadena humana cogiendo la mano de Miguel. Él fue el primero de los cuatro en soltarse, convencido de que más le valía tener libres los puños para cuando hubiera que usarlos, pero por un momento, mientras subían por San Bernardo, antes de llegar al cruce con Alberto Aguilera, los cuatro consumaron su conciencia de ser un todo único en un Madrid que no estaba habituado a semejantes expresiones de libertad.

Desde que habían dado fin a la canción con la que habían salido de la facultad, nadie había dicho una sola palabra. Todos los estudiantes avanzaban en silencio, sin gritos ni consignas, como un ejército de muertos que caminaba en bloque hasta que, una vez en Alberto Aguilera, llegaron a la altura del cruce con Guzmán el Bueno y desde allí vieron acercarse a un amplio grupo de falangistas que marchaba hacia ellos.

—¿Estos de dónde salen?

—Ni idea. —Alonso, como Miguel, también se preguntaba a qué respondía esa otra marcha de camisas azules que desfilaban con aire fúnebre y el brazo en alto.

—Mierda. —Santos cayó en la cuenta—. Era hoy... Joder, cómo no nos hemos acordado de que era hoy.

Aquel día, como cada 9 de febrero desde hacía ya unos años, se conmemoraba el aniversario del asesinato de Matías Montero, un estudiante falangista muerto en 1934 y al que la Falange había convertido en protomártir. De todos modos, Santos debía admitir que, aunque lo hubieran recordado, nada habría evitado que hicieran exactamente lo que hicieron.

—Vámonos. —Asun, que prefería ser práctica antes que estúpidamente heroica, los animó a que se salieran de aquel mar de estudiantes lo más pronto posible—. Esto se va a convertir en una ratonera.

—A mí estos hijos de puta no me echan de aquí —se negó Miguel, dispuesto a encararlos.

Santos estaba a punto de darle la razón a su mujer cuando lo interrumpió el estallido de las voces con que los falangistas y los universitarios que iban en vanguardia se abalanzaron entre sí. Los segundos atacaban con los restos de lo que habían improvisado en San Bernardo, pero ni siquiera su furia lograba compensar la precariedad de su armamento. Los camisas azules no dudaron en aplicar con severidad sus porras y, cuando vieron que la marea universitaria amenazaba con no ceder con la facilidad con que esperaban, empezaron a disparar al aire con la intención de disuadirlos.

—¡Hay que salir de aquí! —Santos, siguiendo el criterio de Asun, empujó a su mujer y a los dos medio hermanos a un lado de la calle, en busca de una salida que los alejara del cruce entre Alberto Aguilera y Guzmán el Bueno y que les permitiera llegar a un lugar seguro.

Mientras corrían oyeron más disparos y, tras uno de ellos, un grito colectivo de «¡Asesinos!» que no supieron de qué bando nacía pero que temieron que procediera del suyo, ya que solo los falangistas iban provistos de armas de fuego.

—¡Por aquí es imposible! —Santos apenas podía hacerse entender en medio del tumulto, así que les indicó con grandes aspavientos que no había modo de llegar a la calle Bordadores sin exponerse a recibir otro disparo o, en el mejor de los casos, a ser detenidos por los grises que habían empezado a acordonar la zona.

—¡Seguidme! —Asun comenzó a correr en dirección al único lugar donde podrían guarecerse durante unas horas, hasta que cesara aquella batalla de la que no se atrevían a prever las consecuencias.

Atravesaron las calles sin mirar hacia atrás, a pesar de que Santos habría dado cualquier cosa por asegurarse de que su «tribu» estaba a salvo. Mientras corría, solo podía pensar en que ojalá ni Nacho, ni Teresa, ni Gala, ni Luisito hubieran sido alcanzados por los disparos que habían desatado la ira colectiva.

—Pasad. —Carmen les abrió la puerta trasera de la mercería y los condujo deprisa hacia el almacén, haciéndoles gestos para que permanecieran en completo silencio, pues en ese momento había varias clientas en la tienda que comentaban alarmadas lo que estaba pasando solo unas calles más allá.

Asun y Santos intentaron darle las gracias con la mirada, pero ella estaba tan preocupada por que no los descubrieran que no se percató de aquella sutileza y corrió a ocupar de nuevo su puesto en el mostrador, mientras los cuatro fugitivos buscaban el modo de colocarse en un espacio demasiado angosto y donde no sabían cuántas horas tendrían que permanecer ocultos.

Fue Ginés el que, a última hora de la noche, les abrió de nuevo la puerta trasera desde el exterior de la mercería. Por supuesto, no le preguntaron por Carmen, pues era obvio que había tenido que cerrar la tienda y salir de allí fingiendo normalidad en un día donde nada, absolutamente nada, era normal.

—Vosotros dos —les ordenó mirando directamente a Alonso y a Miguel—, encerraos en el piso un par de días. Y a ti, Santos, ni se te ocurra faltar mañana a tu trabajo en el Ateneo, y no olvides actuar como si no hubiera pasado nada. Aunque a estas alturas dudo que alguno de vuestros nombres no haya salido ya...

Los cuatro, entumecidos tras las horas que habían estado encerrados en el almacén, sabían lo que eso implicaba.

—¿Cuántos han caído? —preguntó Santos.

—Siete. De momento, solo los instigadores. O eso es lo que dicen en la radio.

—¿A saber?

—Sánchez Mazas, Ridruejo, Tamames, Ruiz Gallardón, Múgica, Pradera y Elorriaga. Pero no te preocupes, que en la nota de la DGS que me han pasado mis confidentes van todos citados con su «don», así que no creo que les pase nada.

—Bueno —lo corrigió Santos—, de momento los han detenido.

—Los han llevado a Carabanchel, a la séptima galería, pero ya te digo yo que no corren peligro. Los que lo corremos somos los que no tenemos ningún «don» delante, así que hazme caso y que estos dos no pisen la calle hasta que la cosa se calme un poco.

—Sabemos cuidarnos —replicó Alonso con orgullo, ofendido por la condescendencia con que los trataba Ginés.

—Por si acaso —sentenció el librero—. Tened en cuenta que esta vez no se van a conformar con poco.

Han disparado a uno de los suyos y ya van diciendo que esta noche puede que lo pague alguno de los nuestros.

En las palabras de Ginés obtuvieron la confirmación de que, en efecto, se había producido una baja en uno de los dos bandos, solo que en el contrario al que esperaban.

—¿Uno de los suyos? —Alonso no daba crédito—. Pero si los únicos que llevaban armas eran ellos.

—Pues es de los suyos.

Los datos concretos —como el nombre, Miguel Álvarez, la edad, diecinueve años, o su centuria, la Sotomayor de las Falanges Juveniles— no los conocerían hasta el día siguiente, pero a Ginés ya le habían informado y, más aún, prevenido de que había un herido grave entre los camisas azules y de que habían amenazado con que, si el joven moría, estallaría una «noche de los cuchillos largos» como venganza.

—Tiene que haber sido un accidente —insistió Alonso, que se negaba a asumir un asesinato que no era suyo: sus manos no estaban manchadas de la sangre de ese chico y, por primera vez, se dio cuenta de que, llegado el caso, no sabía si habría querido que lo estuvieran—. Le han disparado los suyos, joder.

—De momento, sigue en el hospital. Pero si muere puede que todo se ponga todavía peor.

—Tendremos cuidado —le aseguró Santos a Ginés antes de despedirse.

El librero asintió y se encaminó en dirección a su casa, con la misma agilidad con que los cuatro emprendieron el rumbo hacia la calle Bordadores en medio de un Madrid que aquella noche respiraba distinto.

10

Durante la madrugada del 9 de febrero, encerrados y a la espera de noticias, los cuatro se quedaron sin palabras. No porque no tuvieran nada que decirse, sino porque era tan evidente que todo estaba a punto de cambiar que prefirieron refugiarse en el silencio para evitar que sus conversaciones presagiaran una despedida. Solo Santos habló para advertirlos de lo que, en el fondo, ya sabían: la discreción era lo único que podía salvarlos.

—Ahora lo esencial es cuidar mucho lo que vayamos a decir y no salirnos de lo que nos han recomendado: «un acto orteguiano», ¿recordáis? —Los tres asintieron—. De momento, han comenzado con los cabecillas, pero pronto irán descendiendo hasta llegar a cualquiera que haya participado. Y a nosotros cuatro, igual que al resto de la «tribu», lo del grupo de teatro nos pone en un lugar extraño. O no se han enterado de que existimos, o basta que alguien lo mencione para que pasemos por Sol. Pero, ocurra lo que ocurra, que nadie pierda los nervios, porque después de ese disparo no van a parar hasta que encuentren a los culpables que necesitan.

Miguel se encerró con Alonso en su cuarto mientras Santos y Asun lo hacían en su dormitorio. Era esencial que, si alguien se presentaba en el piso, nada permitiese adivinar las singulares normas que regían su convivencia, de modo que recuperaron sus viejas máscaras y fingieron ser quienes no eran durante unas horas que se presagiaban interminables.

—Si ese chico muere... —se lamentó Santos antes de que Asun apagara la luz.

Ella se acomodó junto a su cuerpo, buscando en el calor de su piel la certeza de un presente que se había vuelto aún más huidizo. Acurrucada a su lado, únicamente deseaba que ese tiempo imperfecto, en el que tan solo cabía su ahora, se extendiese indefinidamente, impidiendo que el amanecer interrumpiese ese tenso sigilo que, pese a la zozobra que los embargaba, seguía ofreciéndole la oportunidad de saberse viva. De creer que, si se agazapaban de nuevo en las madrigueras de las que se habían atrevido a escaparse, todo lo ocurrido caería en el olvido sin que ninguno de los cuatro se viese afectado. Sabía que era imposible que no hubiese consecuencias, pero se concedió la libertad de mentirse durante cada minuto que durase aquella noche. Si su ahora terminaba quebrándose, necesitaría contar con recuerdos suficientemente tangibles a los que aferrarse.

Santos buscó en el abrazo firme de Asun su perdón por haberse dejado arrastrar a una lucha que ya no sabía si le pertenecía. Si no hubiese sido tan ambicioso, se culpaba, si no hubiese querido ser parte de ese congreso con su maldita obra teatral, si no se le hubiera metido esa obsesión en su viaje a Salamanca y se hubiera conformado con la mediocridad en la que había logrado sobrevivir hasta entonces, ahora no temerían que los grises derribasen la puerta para meterlos en los furgones donde, estaba seguro, irían cayendo uno a uno todos los participantes en unos hechos de los que la policía fecharía el inicio en enero del 56 aunque él supiese que se habían gestado mucho antes.

Necesitaba que Asun lo disculpase por haberse creído un hombre que no era, olvidando que su verdadera lucha era la que ambos compartían allí, en ese piso, la que tenía que ver con ofrecer captaciones posibles y apoyo logístico cuando Ginés o Carmen solicitaban su ayuda, la que constaba de acciones que no entrañaban descuidos ni eran diseñadas por otros que, como los líderes del congreso con sus dones y su alcurnia, tal vez ni siquiera persiguieran sus mismos objetivos.

En el abrazo de Santos había un «lo siento» que no llegó a decir y que Asun tampoco le habría admitido, porque formar parte de esa revolución, junto con el falso azar de haberlo conocido a él, era lo mejor que le había pasado nunca. Gracias a los ensayos del curso anterior y a lo sucedido en esos dos primeros meses del año, había podido acercarse a Santos de un modo en el que no lo había logrado antes, igual que había podido ser de verdad con Miguel o sacar su yo más artístico y, a la vez, luchador junto a esa «tribu» de jóvenes entre quienes recordó la edad que había olvidado, la juventud a la que había renunciado desde que su madre la informó de que tendría que buscar modos para ayudar a llevar algo de pan a su casa. ¿Cómo no iba a perdonar a Santos por haberle permitido asomarse a la que podría haber sido su vida si, en vez de dejarse la voz y el cuerpo en esos tugurios donde había perdido la esperanza y la virginidad, hubiese tenido ocasión de ocupar alguna de esas aulas que aquel febrero habían intentado ponerse en pie?

Ni necesitaba sus disculpas ni tenía nada que reprocharle. No quería culparlo por haberse permitido unos meses en los que desprenderse de ese realismo grabado a fuego que les repetía todo lo que no les pertenecía. Tampoco hablaron ni se dieron más instrucciones: ella ya conocía dónde estaba el ejemplar de *Antígona* en el que Santos había guardado el sobre con los documentos y el dinero, así que no era preciso decir más. Solo cabía guardar silencio y confiar en que ese joven de diecinueve años no muriese para evitar el baño de sangre con el que habían amenazado los falangistas. Tampoco necesitaban una excusa para llevarlo a cabo, pero que el herido sobreviviera tal vez atemperase sus ánimos y aplacase el clima incendiario que los editoriales del *Arriba* o *El Español* se encargarían de azuzar al día siguiente: «Han vuelto a matar a Matías Montero», escribirían en el primero; «Esta Babel parisiense quiere corromper y subvertir la juventud», denunciarían en el segundo. Las sanciones comenzarían a sucederse raudas y contundentes contra los firmantes del manifiesto de un congreso que, sin llegar a celebrarse, provocaría, el 12 de febrero, el cese del decano de Derecho y, el 16 de febrero, el de Ruiz-Giménez, el mismísimo ministro de Educación.

Pero en la noche del 9 de febrero, ni Asun ni Santos contaban aún con esas futuras victorias que, cuando llegasen a sus oídos, apenas servirían para paliar la nueva soledad en la que los encontrarían esas noticias. Durante las horas que siguieron al disparo y que precedieron a la época más oscura de sus vidas, solo podían aferrarse a sí mismos y asumir todos y cada uno de los pasos que los habían llevado hasta allí.

Cuando amaneció, tras haber dormido tan solo un par de horas en medio de un inquieto duermevela, Santos trató de expresar en voz alta ese «lo siento» que le quemaba dentro, pero Asun se le adelantó:

—Volvería a ser tu Rosaura sin dudarlo.

Santos, agradecido, la besó antes de susurrarle unos versos de un poema que ella interpretó como una declaración de lealtad que no necesitaba y que, con el tiempo, no dejaría de buscar entre antologías donde confiaba encontrar esas palabras que, por muchos libros que llegaron a sus manos, nunca fue capaz de reconocer. Quizá porque, aunque él no se lo confesara, aquella noche fue la primera vez que no recitó un poema ajeno, sino que, inspirado por ese amor sin convenciones que los unía, se atrevió a improvisar, para la primera de sus dos aes, unos versos propios.

Acto IV

Doña Rosita la soltera

I

Aún no eran ni siquiera las siete cuando golpearon la puerta. Los cuatro corrieron a vestirse deprisa, conscientes de que contaban con el tiempo justo hasta que entrasen para sacarlos de allí. Ninguno dio muestras de pánico; a fin de cuentas, no estaba sucediendo nada que no hubieran imaginado y, durante el insomnio que los había acompañado toda la noche, habían llegado a hacerse a la idea de que podía llegar a ocurrir. Incluso, si lo analizaban con un optimismo que posiblemente fuera innecesario, eso significaba que su tarea teatral no había pasado tan desapercibida ni era tan insignificante. Pero, cuando los grises derribaron la puerta y se lanzaron sobre ellos, ninguno pensó en los méritos de lo que hubieran podido lograr, sino en todo lo que, si no mantenían la cabeza fría, ahora podían perder.

—A esos dos dejádmelos a mí —ordenó el que parecía ser el oficial de mayor rango a sus compañeros, señalando a Miguel y Alonso—. Y vosotros —apuntó a Santos y a Asun—, andando.

Ninguno de los cuatro opuso resistencia. Para qué, pensaba Asun, si era obvio que se los iban a llevar de todas formas y lo más sensato era reservar las fuerzas para los interrogatorios que les aguardaban. Al menos, a ella y a Santos, que fueron a quienes sacaron a empellones de su piso mientras el que debía de ser el teniente o el sargento, qué sabía ella, se quedaba custodiando a los dos medio hermanos. Eso es que su padre les habrá dicho algo, pensaba mientras la metían a golpes en un coche y, en un vehículo diferente, hacían lo mismo con Santos. Por mucho que Asun, durante el trayecto a Sol, les preguntó a dónde se habían llevado a su marido, no logró que nadie le respondiera y tampoco consiguió verlo allí, aunque quizá ni siquiera teniéndolo a su lado habría podido distinguirlo por culpa de las bofetadas que no dejaron de propinarle en cuanto la sentaron en uno de los cuartuchos habilitados para interrogatorios en la Dirección General de Seguridad en Sol.

—¿Quiénes cojones son?

Asun miró con estupor la fotografía que le mostraba uno de los oficiales. Por suerte, no era de las más nítidas de cuantas habían hecho aquella tarde, pero se sintió muy vulnerable al comprobar cómo una de las fotos que se habían sacado en sus ensayos con la cámara de Teresa había llegado a manos de la policía. De repente, cualquier duda sobre si conocían o no la existencia de la «tribu» había quedado disipada y lo único que ignoraba era hasta qué punto sabían de sus acciones ajenas a las puramente dramáticas. Su obligación, como tantas veces le habían repetido Santos y Carmen, era evitar más caídas, así que negó reconocer a ninguna de las personas que aparecían en aquella imagen que restregaron contra su cara.

—¿Te vas a hacer la valiente? ¿Es eso?

Conforme avanzaba el interrogatorio, a Asun la tranquilizaba comprobar que no contaban con más información que aquella fotografía y unos pasajes del texto de su función groseramente subrayados, donde lo que les había escandalizado ni siquiera se correspondía con los fragmentos más combativos de la obra.

—Que hables, joder.

Creyó responder a su bofetada con una sonrisa irónica, pero lo cierto es que le faltaban las fuerzas necesarias para que su rostro esbozara ese gesto sarcástico que no llegó a expresar. El oficial, al que era evidente que empezaba a cansar su contumaz silencio, dejó la fotografía y el texto a un lado, y trató de implicarla directamente en los sucesos del 9 de febrero.

—Sabemos que estuvisteis allí —la amenazó a la vez que la asustaba haciendo continuos ademanes de puñetazos que contenía justo antes de que cayeran contra su cuerpo—. Tu marido y tú sois parte de la chusma que estaba en Alberto Aguilera cuando dispararon a Miguel Álvarez, ¿o también me vas a negar eso, zorra?

—Nosotros no disparamos a nadie —se atrevió a decir, y ahí sí que se volvió real uno de los puñetazos que hasta entonces solo quedaban dibujados en el aire.

—Vosotros sois unos hijos de puta. Y ahora mismo me vas a decir si sabes quién le pegó el tiro a nuestro compañero. Porque a las ratas lo de asesinar por la espalda se os da muy bien.

—No sé qué quieren que les diga. Yo ni siquiera estaba allí.

A pesar de los golpes y de sus recurrentes preguntas sobre el disparo al joven falangista, no consiguieron que Asun admitiera nada y, al final, solo pudieron determinar que el alcance de su implicación en los eventos de febrero no había ido más allá de la que en los informes policiales figuraba como la «función roja», en la que se aseguraba que su labor se había limitado a prestar su ayuda como actriz veterana. Sí pudieron confirmar, sin embargo, gracias a los testimonios de otros interrogados de los que no le especificaron su identidad, la presencia de Asun en el entierro de Ortega, aunque el hecho de que fuera imposible dirimir si aquella había sido una manifestación espontánea o premeditada impidió que sumasen nuevas pruebas en su contra.

Ella oscilaba entre la negación y el silencio, a pesar de que la implicación probada de Santos, junto con el hallazgo de la foto y del texto sacado de sus ensayos, que no sabía cómo habían podido llegar a manos de la brigada, hizo que sus torturadores se sintieran legitimados para extremar sus métodos, confiando en que Asun se acabaría quebrando.

—Si no hablas por ti, quizá querrás hablar por él —la chantajearon. Uno de los oficiales puso una ficha con una fotografía de Santos encima de sus rodillas y le agachó la cabeza con violencia, obligándola a mirarla—. Si nos cuentas qué coño pasó el 9 y qué otras cosas hacíais en vuestros ensayos, a lo mejor no tenemos que tocarle tanto la cara a tu marido.

—Suponemos que debe de ser jodido estar casada con un degenerado —se dirigió a ella otro de sus torturadores, que apenas había hablado hasta entonces—, porque nos hemos enterado de que tu marido no solo es un rojo y un asesino, sino también un enfermo, un maricón y un indecente.

La idea de que pudieran hacerle daño a Santos le resultaba de una crueldad insoportable: su verdad, la que habían intentado ocultar con tanto celo, había quedado expuesta, lo que situaba a su marido en una situación muy peligrosa. Por eso, a pesar de sus ganas de llorar de miedo y de rabia, el mejor modo de demostrarle a Santos cuánto le importaba era seguir callada para que, cuando se reencontrasen, pudiese contarle que no habían logrado hacerla hablar y él, en ese momento, a pesar de que tendría el cuerpo tan magullado como el de ella, la abrazaría con cuidado, casi sin tocarse por culpa del dolor, pero sabiéndose más cerca que nunca, orgulloso de su fortaleza.

Para proteger su silencio, Asun contaba con dos armas secretas que los de la Político-Social desconocían: la primera era la confianza en sus avisos, que le impidió creer al oficial cuando le dijo que matarían a Santos al cabo de unas horas si ella no hablaba. No los creyó porque su cuerpo no le había dicho que eso fuera a ocurrir, así que podía seguir soportando sus golpes sabiendo que él también sobreviviría a los que le propinaran.

Y la segunda, la fortaleza más radical de cuantas constituían su carácter, era su desconfianza. El escepticismo que lindaba con la misantropía y que había nacido en su interior el día en que, de mano de su madre, aprendió que arrodillarse para pedir clemencia era un acto inútil. El fantasma de esa infancia arrebatada le impedía rendirse con la misma contundencia con que agudizaba sus sentidos. También era ella, esa niña que se avergonzaba de haber sido exhibida por su madre para implorar el perdón que jamás concedieron a su padre, quien la ayudó a cerrar la boca y a apretar los puños cuando la violencia comenzó a ser más intensa.

—¿Tan poco quieres a tu marido? —El oficial que lideraba el interrogatorio se encendió un cigarrillo mientras se quedaba a solo un palmo de ella—. Porque entendemos que ese maricón no te deje satisfecha, pero qué menos que agradecerle que te dé de comer. Aunque solo sea por eso, podrías hablar para salvarlo.

Ella giró la cara de nuevo y él, sin dudarlo, apagó el cigarrillo que acababa de encenderse en el pecho izquierdo de Asun.

—¿Te vuelve ya la memoria o no?

Asun negó con la cabeza y ellos encendieron hasta cinco cigarros más que fueron aplastando contra distintos lugares de su cuerpo. Si años atrás su madre hubiera obtenido piedad a cambio de su vejación pública, tal vez habría sido diferente. Quizá entonces ella también habría confesado, o hasta se habría desmoronado y les habría hablado de su fascinación por Santos, de la llegada a sus vidas de Miguel y de Alonso, de cómo se contagiaron todos del virus del teatro y, finalmente, de cómo la muerte de un filósofo al que no conocía acabaría convirtiéndose en el inicio de su implicación en cuanto iba a suceder en los siguientes meses. Pero la memoria exacta de la muerte de su padre la mantuvo en silencio hasta que, tras una noche eterna, la soltaron de nuevo y, gracias a la ayuda de Ginés, que la esperaba en los alrededores de Sol, logró llegar a casa.

—No creas que esto se acaba aquí —la amenazaron los de la brigada antes de dejarla marchar—. Nos veremos de nuevo y lo mismo ahí tienes más que decirnos, que a las rojas siempre os acaba volviendo la memoria.

Le sobraba coraje para responderle, pero Asun prefirió marcharse sin hablar, convencida de que el verdadero acto de valentía consistía en morderse los labios para salir con vida de allí y reencontrarse con Santos en cuanto llegase al piso de la calle Bordadores, que, desde esa noche, había dejado de ser un lugar seguro.

DILIGENCIA

Para hacer constar que, desde hace bastante tiempo, era seguida y venía preocupando a esta Primera Brigada Regional la evolución política llevada a cabo por un grupo de universitarios, principalmente, de las facultades de Derecho y de Filosofía y Letras.

Exponentes y circunstancias previas de esta actividad son la publicación de la esquela laica del filósofo Ortega y Gasset en *El Socialista* casi al mismo tiempo de ser difundida en Madrid y los preparativos del Congreso Universitario de Escritores Jóvenes, al que siguen charlas y disertaciones en las mencionadas facultades en las que se habla sobre la obra de poetas y escritores comunistas.

Lo anteriormente expuesto motiva que nuestras gestiones de información y vigilancia se centren, durante los meses comprendidos entre enero y febrero de 1956, tanto sobre los organizadores de dicho congreso como sobre quienes participan en acciones subversivas aledañas, pues pronto se tiene conocimiento de la creación de propuestas que, amparadas en subterfugios teatrales, pretenden servir de vehículo de difusión de los autores proscritos ya citados.

Confirmación de todo ello es la creación de un grupo de teatro universitario inspirado por las Conversaciones de Salamanca. La investigación iniciada acerca de esta asociación teatral nos permite conocer que se reúnen una vez por semana en la Complutense bajo la dirección de Santos Molina Torres. Se descubre que dicho grupo prepara un montaje de *La vida es sueño* que no se ajusta al texto original, sino que ha sido adaptado por un estudiante que firma con el pseudónimo de Ramiro García y al que sus compañeros conocen como Luis o Luisito.

De la nómina de dicho grupo son miembros habituales Miguel Egido, Alonso Salazar, Ignacio Cornejo, Teresa Olivar, Gala Ruiz y Asunción Martín, sin que aún se haya podido demostrar quiénes de los mencionados fueron conscientes de que la acción teatral planteada era una excusa para propagar lemas de escritores antiespañoles.

Dicha iniciativa teatral surge, de acuerdo con los testimonios recopilados gracias a algunos de los colaboradores más jóvenes de nuestra brigada, en el marco de las tesis y acciones formuladas alrededor del fallido congreso. Asimismo, existen sospechas de la identidad *contra natura* del líder de la iniciativa, lo que convierte su proyecto en un hecho doblemente peligroso: por su intencionalidad política y por constituir un foco de depravación en un entorno como el de nuestra gloriosa juventud universitaria.

Hoy, tras haberse confirmado la detención de los siete instigadores de los acontecimientos más notables, a saber, Sánchez Mazas, Ridruejo, Tamames, Ruiz Gallardón, Múgica, Pradera Cortázar y Elorriaga Fernández, esta brigada se dispone, con todo el personal a sus órdenes, a proceder a la detención de los elementos secundarios y, pese a ello, igualmente nocivos para la salud nacional.

De todo lo cual, en la fecha indicada bajo la firma y como secretario certifico.

2

Había bastado un disparo para cambiarlo todo, a pesar de que Asun siguiera convencida de que aquella bala de origen desconocido, que había acelerado las detenciones y por la que no habían dejado de preguntarle durante las casi dieciséis horas que duró su interrogatorio, no había salido de los suyos.

Ginés la llevó en su coche hasta el piso, en el que, con la ayuda de Braulio, se había encargado de restaurar la puerta. Asun sintió un escalofrío nada más cruzar el umbral y comprobar que no había nadie dentro.

—¿Y Santos? —Le resultaba doloroso moverse, pero sus ansias por verlo la obligaban a deambular de un lado a otro aunque allí no hubiera nadie más que Ginés y ella—. ¿Dónde está Santos?

Él le pidió que se calmara y la ayudó a sentarse en un sillón mientras buscaba las palabras para contarle lo poco que sabía.

—Llevaban tiempo vigilándoos —le explicó, extendiéndole una copia de la diligencia policial en la que se mencionaba, uno a uno, a los miembros más relevantes de la «tribu»—. Esto lo ha dejado hoy mismo Luisito en la tienda del Braulio, justo antes de que se lo llevaran los de la Secreta. A los demás, de momento, no les han hecho nada. O porque la madre de Teresa ha llamado a quien tenía que llamar o porque a Luisito y a vosotros dos no os tenían fichados únicamente por vuestra actividad teatral. Lo mismo a ti te han dejado caer algo.

Asun negó con la cabeza. No había sacado ninguna información útil de la tortura a la que la habían sometido, y el único dato que le habían dado tenía que ver con la forma de sentir de Santos, no con su actividad política, así que prefirió no comentarlo ante el librero. Ella solo quería que le devolviesen a su marido y, una vez que estuviesen juntos, ya decidirían los dos qué convenía hacer en adelante. Sin embargo, su silencio no pudo impedir que Ginés señalara con una mueca de desprecio las líneas del informe policial en las que se aludía a la «identidad *contra natura*» de Santos, esa verdad que consideraba tan aborrecible como infamante y que prefería no mencionar en voz alta. Asun, exhausta tras una noche de la que llegó a dudar si saldría con vida, no dijo nada. Lo único que quería saber era qué había pasado en su piso y por qué ninguno de sus habitantes estaba esperándola.

—Miguel y Alonso se han esfumado —la informó Ginés sin esmerarse en disimular su desconfianza—. Creía que se los había llevado la Secreta, pero se marcharon dejándolos aquí. No sé mucho más, porque cuando Carmen vino a buscarlos con la excusa de preguntar por ti ya no estaban, así que enseguida miramos en los registros de detenidos que se han ido filtrando, pero sus nombres no aparecen... Y lo peor es que el de Santos tampoco.

Asun podía explicarse la ausencia —incluso la huida— de los dos medio hermanos como consecuencia del pánico. A fin de cuentas, aquella era la primera ocasión en que Miguel y Alonso se daban de bruces con una realidad que, hasta entonces, solo habían conocido en una dimensión teórica, una vertiente abstracta que resultaba mucho más cómoda de asimilar que la opresión concreta de la que ella guardaba como recordatorio las quemaduras en sus pechos y brazos. Sin embargo, que no hubiese registro ni rastro oficial de Santos la desconcertó por completo. Estaba convencida de que, como tampoco habrían conseguido sacarle una sola palabra sobre su «tribu», regresaría a la vez o incluso antes que ella, protegido por esos orígenes familiares que solo exhibía cuando debía escudarse en público y de los que renegaba siempre en privado. La imagen de ese reencuentro había sido uno de sus mayores estímulos para no derrumbarse durante todo el tiempo que duró su detención.

—¿No sabéis dónde está? —Quizá el agotamiento le había impedido escuchar bien lo que Ginés intentaba decirle, pero el librero, con un gesto de desolación sincera, negó con la cabeza.

—Le perdimos la pista en el mismo momento en que os detuvieron. —A Asun ya le había extrañado entonces que no los subiesen a los dos a un mismo coche—. Aún es pronto, pero lo cierto es que no hay ni un documento que atestigüe dónde se encuentra.

—Tienen que haberlo llevado a otro sitio. —Se llevó instintivamente los brazos al pecho, cubriéndose como si con ello pudiera aliviar el escozor que aún le provocaban las quemaduras—. ¿Y si lo han metido en Carabanchel?

—Esa era nuestra teoría... Pero Carmen ya lo ha comprobado y nuestros confidentes le han dicho que no. Salvo que lo hayan encerrado con otro nombre, no hay ningún Santos Molina entre los presos que han ingresado allí en los últimos días.

—En algún sitio tiene que estar, Ginés... —Aquello debía de ser una pesadilla—. Si me han soltado a mí, ¿por qué a él no? ¿Qué creen que sabe? ¿Qué más se piensan que le pueden sacar?

—Vamos a encontrarlo —trató de serenarla Ginés, a pesar de que la escasa convicción con que formuló su promesa solo logró intranquilizarla aún más—. Y en lo que respecta a los otros dos...

—De esos no tienes que preocuparte —lo cortó Asun con brusquedad, pues no necesitaba sospechas ajenas para alimentar las dudas propias. Bastante difícil le iba a ser ubicarse en ese piso de cuatro siendo solo una y encontrar el modo de entender y reparar las ausencias con las que no había esperado lidiar.

—Solo digo que seas cauta... A Carmen y a mí nos preocupa lo que pueda pasarte.

—Gracias, Ginés, aunque no sé si puede pasarme mucho más.

Mientras el librero se despedía asegurándole que no iban a parar hasta dar con el paradero de Santos, ella pensaba en que ese sería su único objetivo en adelante. No necesitaba que nadie le ofreciese realizar lo que se había propuesto, del mismo modo que tampoco era preciso que le insistieran en el cuidado que debía mostrar. Las heridas aún por cicatrizar que atravesaban su cuerpo eran un recordatorio lo suficientemente poderoso de la cautela que le exigía su situación.

Aunque el dolor le dificultaba concentrarse, leyó con toda la atención de la que fue capaz la copia de la diligencia policial que le había dejado Ginés, buscando en ella alguna pista de lo que habían hecho con su marido. También la inquietaba no saber qué había sido de Miguel y de Alonso, pero algo le decía que estarían en lugar seguro gracias a los hilos tejidos dentro de la propia «tribu». La de Hernán era la única sombra que lo volvía todo más oscuro, abriendo un laberinto de posibilidades que podía acabar tanto en deserciones como en una imperdonable traición en la que prefería no pensar. Pero ahora no era momento de elucubrar sobre los medio hermanos, no cuando sospechaba que en la detención de Santos, además de la revuelta universitaria, también había influido el juicio sobre esa conducta «antinatural» que se mencionaba en el informe. Estaba convencida de que en su caso no solo habían tenido en cuenta sus averiguaciones sobre sus vínculos con el trío de la Mezquita y su actividad teatral, sino también los reportes de los espías espontáneos que habitaban en sus vecinos y que seguramente habrían prestado testimonio sobre lo que creían que sucedía dentro y fuera de aquella casa. Voces y rumores como los que, desde la primera vez que se cruzaron en el portal, sabía que agitaba la Olvido, con quien su marido ya había tenido alguna situación incómoda en el pasado, entre lo que ella creía haber visto y lo que él defendía estar haciendo.

Al día siguiente Asun comprobó que, desde el momento en que los de la brigada habían echado la puerta abajo, su piso se había convertido en un espacio demoníaco gracias a los murmullos vecinales, según los cuales sus dueños exorcizaban las buenas costumbres de sus jóvenes inquilinos para poseerlos con dogmas masónicos y ateos que atentaban contra su juvenil pureza. En adelante, la casa de la calle Bordadores no solo quedaría inhabilitada para alquilar habitaciones, acabando así con la principal fuente de ingresos de sus dueños, sino que estos serían señalados como agitadores peligrosos que merecían estricta vigilancia.

—Por lo menos te han soltado pronto. —Carmen la abrazó nada más verla entrar en su mercería.

—Santos me había aconsejado bien. Me dijo que si no hablaba acabaría antes. Que era mejor callarme que mentir.

—Eso es verdad... —Carmen bajó triste la mirada, tratando de no agravar su angustia ante el destino incierto del bibliotecario.

—Si hubiera dicho algo a lo mejor hoy no estaba aquí —insistió, convencida de que si le habían permitido regresar se debía a que había seguido todas y cada una de las indicaciones de su marido—. Hacerse la idiota funciona, supongo.

—Es lo único bueno de que a nosotras nos miren siempre por encima del hombro —le dio la razón Carmen—, que podemos ser gigantes mientras esos miserables nos toman por insectos.

Asun se había mostrado tan ignorante y perpleja como Santos le había pedido que lo hiciera. Esa fue la única cláusula de su acuerdo que habría preferido no asumir, pero el bibliotecario había insistido en que era necesario que renunciase a su dignidad en caso de que las pruebas fueran demasiado apabullantes y, cuando aquel oficial le mostró la fotografía del ensayo a la vez que otro la agarraba con violencia de la entrepierna, Asun supo que era necesario recurrir a esa estrategia, por mucho que eso magullase su orgullo. Mantenerse a salvo exigía enterrar tanto a su Rosaura como a su Antígona y mostrar una sumisión y una ignorancia acordes con la convicción que aquellos hombres tenían de su papel de compañera —ingenua y engañada— de todas las acciones de su marido. En sus conjeturas, a Asun no se le permitía otro personaje que el de la mujer que, haciendo honor a su estirpe bíblica, ayudaba con su lujuria a exhibir en bandeja de plata la cabeza decapitada del varón, a quien correspondía tanto la culpa de la ejecución como la inteligencia de su planteamiento.

«No dejes que te domine la soberbia», le suplicaba Santos cada vez que la advertía de cómo debía actuar si la detenían. «Podría soportarlo todo, menos que te hicieran daño por mi culpa», le insistía. Y ella, además de negar que esa culpa fuera suya, le prometía que cumpliría su palabra a pesar de que todas las mujeres que había aprendido a ser a su lado, las que vivían en los libros que él le enseñaba y las que nacían de las coplas que ella le había descubierto, se rebelasen por verse silenciadas cuando solo sentían ganas de gritar.

—Ya hemos empezado a buscar respuestas —le aseguró Carmen.

—Eso quiere decir que todavía no tenemos ninguna.

—Tienes que ser paciente... La situación se está complicando cada vez más y las detenciones tampoco paran. Hoy mismo se ha armado una buena con vuestro querido Bardem.

Le hizo gracia que la mercera la asociara con ese director del que con tanto entusiasmo le había hablado Santos tras su regreso de Salamanca.

—Estaba rodando en Palencia cuando ha aparecido la policía y se lo ha llevado a la DGS, acusado de un delito de opinión.

—Ahí es donde debería estar Santos —se ofuscó Asun, que no entendía que el paradero de ese director, al que habían arrestado en medio del rodaje de *Calle Mayor*, fuera diferente al de su marido. ¿Qué diferencia había entre ellos para que sus destinos no coincidiesen?

—Pero Santos no tiene detrás a los sindicatos franceses —Asun miró a Carmen sin entender—, y este sí. Como su película es una coproducción con Francia, la noticia de su detención ya ha empezado a correr como la pólvora y hasta la protagonista ha dicho que ella no sigue rodando si no vuelve Bardem. Incluso hay quien dice que Chaplin va a firmar para que lo suelten.

En cuanto acabó de hablar, Carmen se arrepintió de lo que había dicho, consciente de que apabullar a Asun con aquella lista de nombres subrayaba el ínfimo lugar que ocupaba Santos en una historia que, en su caso, solo podía escribirse en minúsculas. Igual que también lo era la suya, o la de Ginés, o la de la propia Asun, una sucesión de nombres en los que nadie repararía jamás, porque todo cuanto hacían, por esencial que fuera, debía ser tan secreto que su supervivencia les privaba de cualquier opción de inmortalidad. No es que a ella le preocupase demasiado lo que fuera o no a dejar como herencia y hasta como testimonio de sí misma, pero a veces sí comprendía la desazón de Santos por ocupar un lugar tan invisible que ahora, además, resultaba injustamente peligroso. Porque a él no lo reclamarían en ningún periódico, ni en ninguna revista, ni habría una Betsy Blair que, como en el caso de Bardem, se negara a continuar trabajando si no lo sacaban de la cárcel. A Santos lo sustituirían en el Ateneo en un par de días y, en cuanto se corriese la voz de que lo habían detenido por maricón y por rojo —los mismos motivos por los que habían asesinado a su admirado Lorca—, todos los que lo conocían evitarían pronunciar su nombre y hasta negarían haber compartido con él nada que no fuera un escueto saludo.

—Lo siento, no quería... —Carmen se disculpó con torpeza y, sin saber cómo continuar, prefirió desviar la conversación hacia otro de los temas que a Ginés y a ella más les preocupaban—. ¿De Alonso y Miguel sabes algo?

Asun negó con la cabeza, pues no había logrado averiguar aún si su desaparición respondía a un intento desesperado de ponerse a salvo o era su modo de ocultar un secreto.

—Está bien, no te preocupes por eso ahora. Necesitas descansar y reponer fuerzas. Mañana vienes a verme y lo hablamos todo. Entre las dos daremos los pasos que haya que dar para encontrarlos a los tres. No olvides que, mientras sigamos siendo invisibles, continuamos siendo peligrosas. Esa es nuestra fuerza. Y vamos a utilizarla para sacar a Santos de donde sea que lo hayan metido.

Siempre que no sea una fosa, pensó Asun, pero se mordió la lengua, negándose a que la muerte formase parte del inventario de opciones que desfilaban en su mente y para las que solo esperaba que la respuesta no fuera la inmensa soledad que ahora sentía. La confirmación de que hacía tiempo que ya no era una, sino tres, una mujer que se fragmentaba en las que nacían cuando ejercía de cómplice de Santos, de amante de Miguel, de compañera de lucha de Alonso. La mujer que estuvo a punto de resucitar como Rosaura en un escenario que ni siquiera llegó a estrenar, la que se mordía la lengua cuando era Casandra para que sus augurios no alterasen el rumbo de los días, la que jugaba a ser la señorita Julia cuando educaba al alumno que había llegado a aventajarla en sus encuentros sexuales y, en adelante, la mujer que había de ser Antígona hasta que alguien le diese una respuesta que, como la Reme años atrás, ella también estaba condenada a mendigar. Mientras se despedía de Carmen, Asun dudaba si sería o no capaz de obedecer a Santos y cumplir con la última de las cláusulas de su pacto.

«No quiero que te arrastres como tu madre», le había pedido él el mismo día que le entregó el ejemplar de *Antígona* en el que había escondido el dinero y los documentos.

—Entonces fue fácil decirte que sí —le respondió Asun a la cama vacía después de buscar a sus pies los cinco «elegidos»—, porque cuando te dije que sí no parecía real, pero ahora lo es, Santos. Ahora sí que es real.

Dejó a un lado el ejemplar de *Antígona*, guardó con cuidado el sobre entre las mismas páginas donde había estado oculto hasta entonces y, aún dolorida por la brutalidad de la violencia sufrida durante el interrogatorio, buscó una postura mínimamente cómoda e intentó abrazar su cuerpo con la misma ternura con la que, si estuviera allí, lo habría hecho Santos, y con el mismo ímpetu con el que, si la viera ahora, lo haría Miguel. Necesitaba recrear la doble ficción de su presencia para no ahogarse en esa soledad que la llevaba a dudar de la promesa que le había hecho a su marido. Tal vez si permanecía unas horas así, enredada en sí misma y dejándose envolver por el recuerdo de los hombres que amaba, encontrase las respuestas necesarias. O, por lo menos, supiese cómo actuar cuando el amanecer le exigiese una decisión para la que, perdida entre los ecos de un silencio hasta entonces desconocido, aún no se sentía preparada.

3

La tierra, arrastrada por el viento, golpeó el rostro de Santos nada más desembarcar en Fuerteventura. Durante la travesía, nadie había confirmado oficialmente que ese fuera el destino que les aguardaba a los presos hacinados en el barco, pero los detenidos lo dedujeron pronto de las conversaciones de la tripulación. El hecho de que aquella isla hubiese sido también el mismo lugar al que habían exiliado a Unamuno se convirtió en uno de los escudos mentales con los que Santos intentaba protegerse, a pesar de que los golpes recibidos durante los dos días que había durado su interrogatorio lo hubiesen debilitado en exceso y apenas le quedaran fuerzas para esa quijotización con la que afrontaba la dureza de la realidad. Seguir las huellas de Unamuno no era un consuelo, pero sí impedía que los oficiales que los custodiaban durante la travesía pudieran envilecerlo aún más, volverlo tan miserable como pretendían con sus insultos y su maltrato constante, convencidos de que el barco estaba lleno de escoria que merecía ser desterrada.

Tampoco cuando desembarcaron les notificaron a dónde iban a llevarlos. Los hicieron subir a una camioneta en la que, tras ser obligados a sentarse en el suelo de mala manera, comprobaron por primera vez la dureza del sol y del viento que los acompañarían en adelante. Solo uno de los presos del grupo se atrevió a preguntar y, como respuesta, uno de los militares le propinó un culatazo de fusil en el estómago.

—Os llevamos a trabajar lo que no habéis trabajado en vuestra puta vida. A ver si así dejáis de ser las mierdas que sois y os convertís en hombres y patriotas de verdad. ¿Alguna pregunta más?

Todos bajaron la cabeza menos Santos, que fijó su mirada en él. Aquel hombre con bigote espeso y ojos rasgados parecía tener el rango más alto entre los soldados que los custodiaban y era, de entre todos los soldados, el único sin un solo deje canario en su modo de hablar, lo que le hizo suponer que lo debían de haber enviado allí desde algún otro destino anterior. El militar también estudió con atención al bibliotecario, desafiándolo a que se atreviera a decir algo más, como si ansiara esa provocación para intervenir de nuevo. Santos, sin embargo, optó por guardar silencio a pesar de que no le retiró la mirada, dejando claro que no iba a permitir que aquella bestia lo doblegase del mismo modo que tampoco lo había consentido durante los casi tres días que se prolongó su interrogatorio en la DGS. Tres días a los que, si no había perdido por completo la capacidad de calcular el tiempo, les siguieron tres semanas en la cárcel, encerrado en una de las celdas destinadas a los condenados a muerte. Ni él ni quienes se hallaban en los calabozos contiguos llegaron a saber nunca si aquello era una maniobra psicológica para debilitarlos o si tan solo se trataba de una casualidad macabra, pero, hasta que no lo sacaron a empellones para conducirlo al barco que había de llevarlo a Fuerteventura, Santos no estuvo seguro de si esas serían sus últimas horas.

A pesar de la brutalidad policial, su angustia no tenía que ver con el dolor físico —descubrió pronto que la ira era el mejor vendaje posible para las heridas que le causaban con cada nuevo golpe—, sino con la incertidumbre sobre sus dos aes. La agonía del interrogatorio, del encierro, incluso de aquel viaje hacia una isla en la que ignoraba cuál sería su futuro, habría resultado mucho más llevadera si hubiese sabido que Asun, Alonso y Miguel se encontraban a salvo, si alguien le hubiese dado noticias sobre dónde se hallaba el resto de los miembros de su «tribu», pero sus preguntas solo provocaban mayor violencia en quienes lo custodiaban, así que entendió que la única opción de supervivencia era seguir en silencio y esperar a escribir cartas para sus dos aes en cuanto lo instalasen donde fuera que hubieran determinado encerrarlo.

El mar quedó pronto muy lejos, devorado por el árido desierto de arena y roca por el que avanzaba el convoy. Atravesaron la isla hasta detenerse en un páramo escarpado en medio de la nada, donde los recibió el que parecía ser responsable del lugar, que los esperaba rodeado de una docena de soldados.

—¡Vamos! —los apresuraron a bajar.

—Tranquilo, Roque. —El director, que tenía ademanes de exsacerdote, se dirigió al oficial al que Santos le había atribuido un mayor rango, conminándolo a que no extremase la dureza con aquellos hombres—. No queremos que dejen de ser útiles a su servicio a la patria y a Dios antes de tiempo.

El guardia asintió y los presos descendieron del camión tratando de adaptar la vista a aquel sol cegador que volvía los límites del territorio aún más imprecisos. Santos solo era capaz de atisbar un mar infinito a su alrededor, un océano ocre de piedras y arena en el que destacaban, al fondo, unos barracones situados en hilera y, un poco más allá de las que imaginó que serían sus nuevas celdas, las siluetas de otros tantos hombres que golpeaban con azadas aquel terreno estéril y rocoso.

—Si los han traído a Tefía es porque aún hay esperanza para ustedes —les dijo exagerando levemente la musicalidad de su acento insular, como si con ello quisiera sumar una esperanza impostada a sus palabras—. Por eso están en esta colonia agrícola, para que el trabajo les devuelva la humanidad, la fe y la cordura hasta convertirlos en personas de bien.

A Santos, el habla engolada de aquel hombre con aspecto de capellán le resultaba tan molesta como sus alardes de caridad cristiana frente a aquellos hombres que, como él mismo, habían llegado hasta allí doloridos, sedientos, famélicos y, lo que era peor, conscientes de que los siguientes días no iban a ser más sencillos que los precedentes. La imposibilidad de hallar las fronteras en el espacio donde los habían recluido, una prisión que no necesitaba más barrotes que el calor, el viento y la extensión desértica que los rodeaba, auguraba una estancia de la que ni siquiera podían asegurar su supervivencia.

—Tefía no es una cárcel —prosiguió hablando el exsacerdote, al que Santos decidió bautizar como Caronte, mientras los soldados ponían en fila a los reclusos—, sino un lugar donde empezar a ser de nuevo y corregir las conductas *contra natura*, tan peligrosas para la salud de nuestra patria y de nuestra democracia orgánica.

Ninguno de los presos necesitó que aclarasen mucho más. Tanto Santos como el resto de sus compañeros dedujeron que esa supuesta colonia agrícola, establecida en lo que parecía ser un antiguo cuartel de la Legión, estaba destinada a servir de castigo para todos los señalados por la Ley de Vagos y Maleantes, de modo que homosexuales, delincuentes comunes y presos políticos se verían obligados a compartir sol, hambre, trabajo y encierro. Santos dudó de cuál de esas tres condiciones lo había llevado a Tefía —tal vez la suma de las tres—, pero que lo considerasen enemigo de quienes despreciaba lo enorgullecía lo bastante como para darse palabra de que sobreviviría en medio de ese desierto pedregoso donde solo contaba con su memoria para seguir en pie. Testimonio de esos recuerdos era la hoja arrugada que llevaba en uno de los bolsillos de su pantalón y que le requisaron en cuanto los desnudaron, justo antes de pasarlos al primero de los pabellones para raparlos.

—¿Qué cojones es esto? —Roque, sentado tras una minúscula mesa de madera, se encargaba de revisar una por una las escasas pertenencias que los presos hubieran podido llevar hasta allí.

Santos miró con terror cómo aquel guardián le quitaba la única copia que conservaba del programa de su «función roja». Ni siquiera habían llegado a mecanografiarlo, no era más que un boceto compuesto, en una de sus caras, por el cartel luego autocensurado que había diseñado Alonso y, en la otra, por los nombres de los personajes de la función. Ahora, al menos, le alegraba no haber añadido también el de sus intérpretes, porque ese elenco se habría convertido en un listado acusatorio. El bibliotecario miró suplicante al oficial, que observaba con repugnancia el dibujo en que esos dos hombres se besaban.

—Devuélvamelo, por favor. Solo es un papel.

—¿Que te devolvamos el qué? —respondió Roque—. ¿Esta mariconada?

—Por favor. —Santos no dudó en suplicar, estaba dispuesto a lo que fuera con tal de recuperar ese programa en el que cabían las noches declamando junto a Asun, las mañanas en el Ateneo descubriéndole libros a Miguel, las tardes soñando versos sobre la piel de Alonso. Aquel papel era lo único que había logrado sacar consigo el día de su detención, como si con él llevase también un talismán, y verlo en manos de los guardias le hería casi tanto como las patadas que pronto se acostumbraría a recibir en la colonia.

—Por favor... —Roque lo imitó con teatralidad, provocando la risa de los guardias que lo rodeaban—. ¿Lo ves, Tomás?

El oficial que parecía ser su segundo sonrió despectivo antes de escupir al suelo en dirección a Santos.

—La zorra nos lo está pidiendo por favor.

Roque, que acababa de ganarse en el imaginario de Santos el sobrenombre del Cancerbero Mayor, desdobló la hoja fingiendo interesarse por su contenido.

—Pero si detrás de este dibujo de enfermos hay una lista: Segismundo, Clotaldo, Rosaura... —leyó con desdén aquellos nombres que para él no significaban nada antes de detenerse, mirar fijamente a Santos y, por fin, romper el programa en pedazos. Por un segundo, mientras veía cómo destrozaban el último vínculo material con su «tribu» y sus dos aes, Santos se preguntaba si seguir respirando merecía tanto la pena como para no lanzarse contra su cuello—. Rosaura... ¿Ese es tu nombre?

Aquella fue la primera vez, desde que había llegado a Fuerteventura, que no respondió y, en cierto modo, también el momento exacto en que Santos aprendió, sin que nadie se lo explicase, que su vida en Tefía valdría tanto como su silencio.

—¿Estás sorda, Rosaura? —El Cancerbero Mayor se volvió hacia su coro de guardias aduladores, entre los que solo uno, mucho más joven que el resto, parecía asistir a aquella escena con incomodidad.

—Es verdad —secundó Tomás a su superior—. La Rosaura está sorda.

La risa bronca de aquellos hombres le dolió tanto como el sonido del papel que el Cancerbero desgarraba antes de tirar los pedazos sobre él. Aquella lluvia literaria se volvió en un segundo aún más lacerante que los golpes de las persecuciones en la universidad, más abrumadora que el eco de la bala que había estado a punto de matar a un adolescente y que tenía la culpa de que él hubiera terminado allí. De que Alonso y Miguel estuvieran, quizá, encerrados en algún otro lugar. Y de que nadie pudiera ni quisiera decirle qué habían hecho con Asun.

—Andando, Rosaura, que ahora te van a poner guapa.

Consciente de que mientras estuviese allí encerrado debía concentrar todos sus esfuerzos en sobrevivir, no opuso resistencia cuando lo sentaron para raparle el pelo antes de llevarlo hasta el que sería su camastro, situado en el extremo de uno de los barracones, justo frente al de otro preso al que, por culpa de lo demacrado que se hallaba a causa del hambre y del cansancio, tardó unos minutos en reconocer.

—Ojalá hubiésemos vuelto a vernos en otro sitio —lo saludó aquel hombre que tampoco daba la sensación de haberlo identificado inmediatamente.

Los dos tuvieron que hacer un esfuerzo para ubicarse en el día y el momento exacto en que habían coincidido antes de acabar represaliados por los dos rasgos que compartían y de los que los acusaban: su desviación *contra natura* y su implicación en el febrero universitario. Dos características que los habían convertido en delincuentes a los que regenerar, según indicaba Caronte a cada nuevo destacamento de reclusos.

—Nos conocimos el día de las jornadas poéticas —acertó, por fin, Santos—. Pero no recuerdo cómo te llamabas. Solo que me dijiste que eras médico.

—Y tú, bibliotecario.

—Buena memoria... —Le extendió la mano a la vez que le recordaba su nombre—. Santos.

—Joaquín. —El médico señaló a la litera del hombre, algo más joven que ellos dos, que dormía arriba—. Y este es Ramón.

—Maestro —habló dándose por aludido—. Que una también tiene oficio.

A pesar del cansancio, Santos esbozó algo parecido a una sonrisa ante el desparpajo de aquel joven que se había adueñado del femenino con el que trataban de humillarlos cuando ingresaban en la colonia. En cuanto llegaron a Tefía, habían dejado de ser Joaquín y Ramón para convertirse en la Joaquina y la Ramona, y el maestro había resignificado el supuesto insulto desde el orgullo.

—Intenta dormir —le aconsejó Joaquín—, aquí vas a necesitarlo.

El recién llegado agradeció su consejo y trató, sin éxito, de conciliar un sueño del que no solo le privaban el cansancio y el ulular del viento que golpeaba los estrechos ventanucos del barracón, sino, sobre todo, la imposibilidad de saber qué les había sucedido a su «tribu», a Miguel, a sus dos aes. Se prometió que al día siguiente buscaría el modo de escribirles una carta para comunicarles que estaba bien y que en cuanto saliese iría en su busca, porque solo cuando se asegurase de que ellos también estaban esperándolo volvería a dormir.

4

Desde su regreso al piso de la calle Bordadores, Asun no solo convivía con el silencio, sino también con la certeza de que la vigilaban. Estaba convencida de que todos sus movimientos eran observados y anotados con atención, a la espera de cualquier tropiezo que sacara a la luz nuevos datos con los que los de la brigada pudieran aplacar su sed de culpables por los hechos sucedidos semanas atrás. La prensa oficial había seguido alimentando las ganas de venganza, con titulares como el «Asesinos contra España» del *Arriba* y artículos hagiográficos en los que convertían en un «mártir de la Cruzada» a Miguel Álvarez, al que se le concedió la Medalla de Oro al Valor como respuesta a las «acciones subversivas» de los «alborotadores y jaraneros» de la Complutense.

Ni siquiera los ceses que se habían sucedido como consecuencia de los sucesos de febrero aliviaron un ápice la angustia de Asun. Ni el del decano de Derecho, Torres López, ni tampoco los de Fernández-Cuesta como secretario general del Movimiento o el del propio Ruiz-Giménez como ministro de Educación. Todas esas victorias políticas, que Carmen y Ginés sí vivieron como tales, le quedaban demasiado lejos cuando lo único que de verdad ansiaba era reencontrarse con su marido. Recuperar al hombre que sí se habría alegrado de esas destituciones porque había trabajado durante años para ello. Pero ahora que no estaba él, a Asun solo le quedaban sus interrogantes, la pregunta de qué habrían hecho con Santos y la inquietud por la desaparición de Miguel y de Alonso, que no habían vuelto a dar señales de vida desde la noche en que la habían detenido.

Acababa de comenzar el mes de marzo y la desazón le robaba el sueño, volviendo los días espinosos y eternos. Lo que más temía era que esa inquietud perenne acabase doblegándola, le preocupaba que la soledad debilitara sus resistencias y que, exhausta de esperar las noticias y cartas que nunca llegaban, los nervios le desatasen la lengua hasta contar todo lo que fuera necesario con tal de que le dijeran dónde habían encerrado a Santos.

Ni siquiera podía estar segura de que no fueran ciertas las sospechas de Ginés, obsesionado con la historia familiar de Miguel y de Alonso, pues el hecho de que ambos se hubieran desvanecido tampoco facilitaba exculparlos. En caso de que hubiesen sido ellos quienes habían dado el aviso, sería fácil justificar por qué habían abandonado a la vez y sin dejar rastro el piso de la calle Bordadores, pero Asun estaba convencida de que debía de haber otra explicación que, por supuesto, no sería tan sencilla. Decidida a desmentir las sospechas de Carmen y, sobre todo, del librero, se puso en contacto con Teresa, la persona de la «tribu» más próxima a Miguel y de quien esperaba recibir alguna respuesta que orientase su búsqueda.

A través de la tienda de Braulio, la citó un domingo por la mañana en uno de los bancos del Retiro, muy cerca de la Casa de Fieras. Era esencial que su encuentro se produjera en un lugar concurrido y en un día de gran afluencia, de manera que pasaran desapercibidas, como dos de las amigas que recorrían el parque cada fin de semana y entre las que también se camuflaban muchas «libreras», mujeres que aprovechaban para caminar brazo con brazo travistiendo su amor de camaradería.

Si Asun había convocado a Teresa no era solo porque intuía que entre ella y Miguel había sucedido algo, sino también porque, de toda la «tribu», era la que menos peligro corría viéndose con ella. Si algún policía de paisano se les acercaba y trataba de acorralarlas, ella siempre podría recurrir al nombre de su madre y a sus influencias para disuadirlo.

—Yo tampoco sé nada de ellos —le espetó al llegar, antes de que Asun pudiera preguntárselo—. Solo que nadie los ha visto en las dependencias de Sol por las que sí hemos pasado los demás.

—¿Todos? —Asun, que no había tenido noticias de la «tribu» desde la noche de su detención, necesitaba confirmar que, a pesar de lo sucedido, estaban bien.

Teresa asintió a la vez que oteaba a su alrededor, en busca de posibles espías.

—A mí me soltaron casi enseguida, no hace falta que te explique por qué... Pero Gala, Nacho y Luisito no tuvieron tanta suerte. Dos días encerrados, aunque con el que más se cebaron fue con Luis. Si le dan un poco más, yo creo que no lo cuenta.

—¿Y Miguel o Alonso no te han buscado?

—No. —Teresa sonaba tan sincera que a Asun le costaba creer que estuviera ocultando algo—. Alonso tampoco tendría por qué hacerlo, no tenemos una amistad tan estrecha. Pero Miguel...

Se detuvo un segundo, calculando con cuidado el alcance de lo que estaba a punto de decir y dejando claro con su vacilación que intuía lo que también podía estar sucediendo entre Miguel y Asun.

—De él sí esperaba recibir noticias... Pero hasta hoy nada. Y no quiero pensar mal, porque no tengo motivos para ello, pero a Luisito a veces se le calienta demasiado la boca y la imaginación y dice cosas que... Aunque quizá si yo estuviera en su lugar también lo haría, porque lo que le han hecho...

Asun la miró aguardando a que completara su frase, a pesar de que estaba segura de que le dolería lo que iba a escuchar.

—Le golpearon tanto en la cara que ha perdido la visión en un ojo...

Las dos se quedaron en silencio un segundo, como si estuvieran guardando luto por la desgracia de Luisito y, a su manera, por la defunción oficial de la «tribu» y de su proyecto. El grupo, decapitado con la detención de Santos y disminuido tras la desaparición de los dos medio hermanos, apenas tenía esperanzas de sobrevivir, a no ser que fueran Asun y Teresa las que, valiéndose de la experiencia de la primera y de los contactos familiares de la segunda, intentasen reavivarlo o, por lo menos, mantenerlo hasta que Santos regresara. La decisión sencilla habría sido rendirse, pero, como ninguna de las dos era proclive a asumir la derrota, ambas acordaron seguir buscando y verse tan pronto como tuvieran respuestas que compartir. Cualquier opción de resucitar la «tribu» pasaba por dar con el paradero de las tres personas que ahora les faltaban, al igual que cualquier esperanza para Asun exigía ese mismo descubrimiento.

Cuanto más preguntaba, más abrumador era el silencio y, tal y como le había advertido Carmen, su ansiedad comenzaba a ser peligrosa, llevándola a imaginar acciones que podían comprometer la seguridad de quienes se veían obligados a confiar en su discreción, alineados en la cadena de lealtades sobre la que se sostenía su trinchera. Quería creer que podía esperar más, incluso que encontraría dentro de sí la paciencia de la que se había llegado a burlar cuando Santos le hablaba de doña Rosita, otra de las mujeres que habitaban en sus cinco «elegidos» y que, convertida en vecina de Mariana Pineda por decisión de la editorial Losada, llenó algunas de sus noches juntos. Pero en su interior no encontró la «espera rebelde» de la que le hablaba Santos, que veía una naturaleza revolucionaria en el rechazo de la realidad por parte de Rosita, sino una impaciencia que la devoraba y que, mientras aguardaba un regreso cada día más improbable, solo la llenaba de rabia y de pesadillas.

Después del primer mes de búsquedas infructuosas, Asun comenzaba a tener miedo de sí misma y de lo que podría llegar a hacer con tal de no asumir otra derrota, así que no se sorprendió cuando Carmen la convocó en la mercería para contarle el plan que ella y Ginés le habían trazado.

—Hasta ahora se han conformado con lo que has ofrecido. Pero esperan más...

—¿Más? Pero si no me queda nada. Se llevaron todos sus papeles, y también sus libros... —Asun, que sabía hasta qué punto eran importantes para Santos, habría querido salvar parte de los ejemplares que les habían confiscado, pero los únicos que logró conservar, gracias a que no se molestaron en buscarlos debajo de la cama, fueron sus «elegidos»—. ¿Qué más van a sacarme?

—No son tan imbéciles. —Ginés le dio la razón a Carmen, pues los dos temían que Asun se convirtiera en el nexo que acabaría guiándolos hasta ellos—. Ni nosotros tan fuertes.

—¿Ah, no? —Su orgullo estuvo a punto de arruinar la operación y Carmen, consciente de que Ginés había elegido el peor argumento posible, intercedió enseguida.

—O lo somos demasiado y por eso puede que acabemos rompiéndonos.

—No quiero irme sin él... —Asun se corrigió, recordando que además de dos también habían aprendido a ser cuatro—: Sin ellos.

—Mira que os lo advertí... —Ginés sacudió la cabeza en señal de desaprobación. Estaba harto de disimular el recelo que le provocaban los dos medio hermanos—. No teníais que haberlos alojado en vuestro piso.

—¿Los vas a culpar de lo que ha pasado?

—No lo sé. ¿Y tú? Porque del directorcito y la estrella del vodevil —el librero escupió sus palabras con toda la animadversión posible— aún no sabemos nada...

—Estarán escondidos... Igual que el resto —los defendió Asun, que se negaba a sospechar de ellos.

—Del resto —la contradijo Carmen— lo que sabemos es que están en sus casas.

—Ya, porque en las suyas no han tirado la puerta abajo ni la han marcado como si quienes vivimos en ella tuviéramos la peste. ¿Cómo queréis que Alonso y Miguel sigan conmigo? ¿Para que se los lleven y les hagan lo que sea que le están haciendo a Santos? Es normal que estén escondiéndose, y más aún ellos, que no os tengo que recordar quién es su padre.

—Por eso mismo, Asun —se opuso Ginés, a quien le seguía resultando demasiado conveniente su desaparición—. Porque sabemos quién es Hernán no podemos descartar que estén largando nombres.

—Santos no habría creído en alguien que no lo mereciese —los defendió Asun negando vehemente con la cabeza, a pesar de que no estuviera demasiado segura de sus propias palabras.

—Por astuto que fuera —intervino Carmen, moderándose para no herirla—, Santos también se equivocaba. Igual que nos equivocamos todos.

—Teníais que haberos informado mejor sobre esos dos antes de abrirles tantas puertas —insistió Ginés—. Que el tal Hernán ese es una buena pieza...

—Eso ya lo sabíamos. Igual que lo eran todas las familias de los demás inquilinos. ¿O no os acordáis de que el jiennense tenía un hermano en la Legión? ¿O que el soriano era hijo de un guardia civil? Pero entonces os parecía conveniente, porque la información de lo que se hacía y se decía en sus entornos era útil. ¿O ahora me vais a decir que no?

—Lo único que te estamos diciendo, Asun, es que Hernán está mejor conectado de lo que creíamos. Y es bastante más que el señorito que nos figurábamos.

—Yo nunca he creído ni que lo fuera ni que dejara de serlo.

—Asun, por favor...

—¡Asun, nada! Que estoy harta de que me hagáis ver fantasmas donde yo sé que no los hay.

Los tres guardaron silencio y ella, por primera vez, se quedó sin saber qué decir. Ni siquiera estaba segura de que toda la conversación no fuera más que el modo en que Carmen y Ginés habían decidido ponerla a prueba para que comprobase por sí sola lo fácil que sería hacerla saltar si la acorralaban en una situación semejante. ¿Cómo podía confiar en su silencio en caso de que los grises volvieran a su casa si ni siquiera era capaz de templar los nervios ante dos personas que, por mucho que difiriesen, la querían bien?

—Estamos intentando no dudar de ellos, pero son los únicos de vuestra «tribu» a los que no localizamos. Bueno —se corrigió Carmen—, ellos y Nacho.

—¿El Pelirrojo también está desaparecido? —Los dos asintieron a la vez—. ¿Lo veis? No podemos acusar a Alonso y a Miguel porque quieran salvar el cuello... Además, ya os digo yo que aparecerán. Y, cuando lo hagan, seguro que pueden explicarnos todo esto.

Asun se negaba a imaginar a Alonso entre las filas de los traidores y, mucho menos, a Miguel. Tampoco era probable que, después del cambio que había observado en ambos tras el último verano, hubiesen regresado al pueblo. Lo más seguro es que se escondieran en casa de algún otro estudiante y quizá eso explicara también la ausencia de Nacho: ¿y si hubiera sido el encargado de encontrarles un refugio en el que ocultarse y ahora se hallasen allí los tres? Eso era, sí, eso tenía que ser, porque si su Miguel, que algo suyo sí que era después de todos los ratos que habían pasado juntos, no la había avisado era porque no había encontrado el modo de hablar con ella y por eso guardaba silencio, para protegerla.

—Ni Miguel ni Alonso son de los suyos, hacedme caso. Vosotros no los visteis llegar del pueblo en septiembre, cuando se bajaron del autobús como si vinieran de ver un fantasma y jurando que no iban a volver nunca más.

Carmen no respondió, pero estaba francamente preocupada. Tampoco ella entendía que hubieran investigado tan poco a aquellos inquilinos antes de llevar a cabo una captación que, estaba segura, había acabado saliendo mal. El problema, se repetía, era que desde que los habían conocido el bibliotecario pensaba demasiado con lo que no tenía que pensar, igual que su mujer, que parecía mentira que los dos tuvieran la cabeza tan despejada para algunas cosas y la sangre tan caliente para otras.

—¿Lo has traído? —le preguntó Ginés, cansado de perder el tiempo.

—No lo he encontrado —mintió Asun, que sí recordaba dónde se hallaba el sobre que le había solicitado el librero.

—Santos me aseguró que lo sabías.

—Eso creía yo también, pero debió de cambiarlo de lugar en el último momento.

—Es imprescindible que lo encuentres cuanto antes, Asun.

Era tan consciente del porqué de la urgencia como del modo en que esa necesidad contradecía su voluntad.

—Tienes que desaparecer —recalcó Ginés—. Por ti y por Santos. Nosotros nos ocuparemos de cuidar de él cuando regrese.

Aquello era justo lo que no deseaba escuchar. Por eso había mentido acerca de ese sobre que le permitiría cambiar de identidad y abandonar el país en busca de un nuevo destino en el que construir una vida que, sin las personas que la llenaban, ya no tendría demasiado sentido. Entendía que su marcha era provechosa para proteger la integridad de los demás, pero se preguntaba hasta qué punto sería favorable para sí misma. De qué modo podía convenirle abandonar la esperanza de un futuro improbable pero digno a cambio de la certeza de un presente entre extraños y donde tendría que conformarse con el recuerdo de lo vivido.

«En la calle noto cómo pasa el tiempo...», decía esa Rosita de la que había llegado a burlarse con Santos, asegurándole que le resultaba imposible entender a una mujer que se había negado a ver y, según ella lo entendía, hasta a existir.

Ser desde el recuerdo era igual que no ser, y por mucho que Santos insistiera en que la obra de Lorca hablaba de la poesía frente a la prosa, de la mentira útil, de la belleza necesaria, Asun solo pensaba en que ella no iba a dejar que su piel se endureciera sin que antes hubiera sido disfrutada, ella no iba a convertirse en el sueño de un imposible porque prefería la realidad, aunque fuera a medias. Así que, cuando Ginés le pidió el sobre y Carmen la citó para explicarle cómo iban a sacarla de Madrid, algo se rebeló en su interior. Algo que tenía que ver con alejarse de la gente, con negarse a salir a la calle, con desoír las voces de quienes la rodeaban y prestar atención a los recuerdos de su piso vacío para reconstruir una y otra vez los mismos diálogos, hasta los mismos gemidos, las ocasiones en que, dejándose poseer, también poseía. Entonces se dio cuenta de que se había burlado de la mujer equivocada, porque cuando la vida se nos queda pequeña es necesario embellecerla entre la memoria y los versos con la misma terquedad con que, antes de Asun, lo había hecho Rosita.

5

Nada más sonar la diana, tanto Ramón como Joaquín saltaron de sus camastros y el médico, al ver que Santos permanecía en el suyo, no dudó en darle en el hombro para conminarlo a que se levantase.

—Lo primero que tienes que saber de este sitio es que hay palos por todo —le advirtió mientras el bibliotecario le hacía caso y se ponía en pie.

—Y que nos quedemos rezagados cuando amanece es uno de sus motivos favoritos —añadió Ramón.

Al salir del barracón los esperaba la instrucción y unos cuantos cánticos patrióticos como preámbulo obligado antes del desayuno, en el que Santos ingirió de mala gana el gofio con café de cebada que sería su único alimento hasta el almuerzo.

—Se ve que Caronte opina que lo de cantar purifica el alma —comentó con ironía, mirando al frente y con voz susurrante, para que ninguno de los guardias lo oyese.

—¿Caronte? —A Joaquín y Ramón les hizo gracia el sobrenombre que Santos había escogido para el capellán y decidieron adoptarlo como propio.

—Aunque su Cancerbero Mayor parece que prefiere instruir a golpes.

Los dos esbozaron algo parecido a una sonrisa al

escuchar el apodo dedicado a Roque y se ocuparon de que, en lo posible, Santos pudiera pasar el resto de la jornada con ellos. Sabían que los guardianes eran especialmente perezosos a la hora de hacer y deshacer grupos, así que mientras que no hubiera tocamientos ni «comportamientos indecorosos», como los llamaba Caronte, podían formar cuadrillas de trabajo más o menos habituales que se encargaban de las dos tareas principales a las que los obligaban en aquel lugar: cavar zanjas y picar piedra. Cualquiera de ellas exigía el mismo esfuerzo físico y suponía golpear aquel suelo infernal con una energía de la que los privaban el hambre y las horas a la intemperie.

—Baja la cabeza —le advirtió Joaquín al darse cuenta de que Santos miraba cómo uno de los guardianes vaciaba una cantimplora a los pies de un recluso que le había suplicado algo de beber—. Y hazte a la idea de que nunca te vas a acostumbrar a esto. Cuanto menos esperes que esta vida te parezca vida, mejor.

Santos le agradeció el consejo y siguió cavando hasta que el Cancerbero Mayor dio la orden de que parasen para comer. Pan duro y fideos con una carne tan insípida y escasa que, cuando a la hora de la cena les sirvieron un plato de guisantes con batata, entre los que encontró flotando más de un gorgojo, casi le pareció deseable. El hambre se le presentó desde su primer día como uno de sus nuevos acompañantes, y supo, por Ramón y Joaquín, que no le encontraría alivio en todo el tiempo que estuviera allí.

—Hay quien ha llegado a comerse su propia mierda —le explicó el maestro—. Y no creas que es una leyenda, que aquí la Ramona te puede asegurar que ha visto a más de uno hacer eso.

—Y cosas peores —apostilló Joaquín.

A Santos le sorprendió que Ramón se refiriese a sí mismo usando el femenino con el que los guardianes se dirigían a ellos en cuanto entraban allí. Era la manera que tenían de diferenciar a los violetas de los presos comunes, con los que, según Joaquín, no compartían celda desde que habían sorprendido a dos reclusos follando en uno de los barracones.

—Nosotras vamos a un lado —le aclaró Ramón— y los demás, a otro.

No debían de ser más de un centenar de presos, calculó Santos, a pesar de que la intensidad de la luz solar le impedía distinguir con precisión las siluetas de los compañeros que se distribuían por aquella explanada sin más límites que las montañas que, a lo lejos, le recordaban la imposibilidad del mar.

—Y tres cosas más. —Joaquín y Ramón aprovecharon la breve siesta que les permitían echar tras la comida para acabar de asesorar al recién llegado.

—Dime, Virgilio —le respondió Santos al médico, agradeciendo su labor de guía.

—La primera, que no se te ocurra pedirles que te dejen lavarte. Aquí solo es una vez por semana: cada sábado nos llevan al cercado para que cojamos agua del pozo y nos duchemos deprisa. Cuando te digan que se acabó, se acabó, que ese momento, en el que estamos desnudos y apenas hay gente alrededor, es uno de sus favoritos para humillarnos.

—La segunda, que si tienes alguna herida o te sientes enfermo, acudas a este —intervino Ramón a la vez que señalaba a Joaquín—, porque el médico solo viene una vez por semana, así que te puedes morir antes de que alguien te atienda.

—Y la tercera, que intentes que los guardias no te

conozcan. Cuanto menos sepan de ti, más posibilidades de largarte.

—Nadie me ha dicho cuánto tiempo se supone que voy a estar...

—A ninguna nos lo dicen —le aclaró Ramón—, eso lo decide Caronte. Es él quien dicta si ya estamos curadas o si seguimos siendo unas viciosas y tenemos que quedarnos aquí.

Que su libertad estuviese en manos de aquel exsacerdote castrense, encargado también de organizar los turnos de trabajo y las obligaciones de los presos de la colonia, no le daba ninguna confianza, pues temía que su disfraz bíblico no fuera más que un modo de disimular el sadismo con el que, por lo poco que había podido ver hasta ese momento, los trataban.

—Un año mínimo y tres como máximo, o eso creí entender cuando me trajeron —apuntó el médico—, pero imagino que, si quisieran prolongarlo, nadie les diría nada. No somos más que escoria, así que lo esencial, Santos, es que no se te vea.

—Ya... —El bibliotecario chasqueó la lengua, convencido de que eso era imposible—. Pero me temo que si estoy aquí es porque ya me han visto.

—¿En tu caso quién fue? —se atrevió a preguntarle el maestro.

Lo cierto es que no había dejado de darle vueltas, pero no estaba seguro de quién podía haberlo delatado y prefería pensar que, simplemente, habían sumado los rumores que sobre él habían circulado antes de Asun, como los que su vecina la Olvido se había encargado de difundir y que tanto habían alarmado a Carmen unos años atrás. Qué lejos quedaba ahora todo eso y, sin embargo, qué razón tenía su compañera en que, antes o después, su modo de vida acabaría sentenciándolo.

—No lo sé —les respondió con sinceridad.

—Pero te lo habrás preguntado —insistió el maestro.

—Tampoco creo que me ayude.

—¿Y tú, Joaquín?

—Eso da igual.

—¿En serio no lo piensan? —A Ramón, que era el único oriundo de las Canarias de los tres, le costaba creerlo—. ¿De verdad que no les tortura la idea de que hay alguien ahí fuera que tiene la culpa de que ahora estén aquí?

—¿Importa que lo hagamos? —le respondió el médico.

—Yo sí lo pienso —afirmó Ramón sin un atisbo de duda—. A cada rato.

—¿Y te ayuda en algo? Porque lo mismo de tanto pensarlo te envenenas.

—No sé si ayuda, pero no puedo evitar hacerlo... Aunque mi madre siempre había creído en sus vírgenes y en sus santos, yo pensaba que no eran como los de estos, sino de los que miran hacia otro lado cuando tienen que hacerlo... Salvo conmigo.

—Yo prefiero no hablar de eso —se negó Joaquín.

—Nunca hablamos de eso.

—Porque hay cosas que si se dicen escuecen el doble. Además, aquí cada uno intima hasta donde quiere, que bastantes confianzas nos damos ya.

—¿Ahora metérmela en la boca son confianzas? —bromeó Ramón, que sabía hasta qué punto incomodaba a Joaquín con sus alusiones explícitas al sexo que practicaban en secreto algunas noches, aprovechando el sueño de sus vigías y siempre que esa madrugada no les tocara una de las imaginarias de cuatro horas con las que también los torturaban.

Santos se dio cuenta de que uno de los guardias los estaba mirando y les hizo un gesto a sus compañeros para que se callasen y fingiesen estar adormilados. Al cabo de unos minutos los volverían a levantar para seguir cavando bajo aquel sol de justicia e inhalando el polvo que se desprendía con cada uno de los golpes con los que trataban de doblegar un terreno imposible. Bastaba mirar a su alrededor, a aquel mar rojizo y negruzco en el que las diferentes alturas simulaban un árido oleaje, para darse cuenta de que nada de lo que hacían allí tenía sentido. Nadie esperaba que su labor fuese productiva ni, mucho menos, fructífera, solo se trataba de agotarlos físicamente hasta que sus cuerpos, doloridos por el trabajo, el hambre y las palizas, se volviesen tan dóciles como para asumir sin rechistar la doctrina impuesta por Caronte.

Los tres guardaron silencio durante el resto de la tarde, en la que Santos se dio cuenta de que, además de la amistad que intuía que podía llegar a trabar con Ramón y Joaquín, solo contaba con otro recurso para resistir a Tefía: su propia memoria. Y, como le asustaba la posibilidad de que el agotamiento debilitase también sus recuerdos, se aferró a sus dos aes como único modo de supervivencia. No porque así hallase esperanza, una emoción que resultaba ilógica en aquella isla, sino porque la capacidad de evocar constituía el único resquicio de sí mismo que no había perdido por completo.

Esa misma noche, antes de caer rendido por el sueño nervioso al que lo obligaba su cuerpo, inauguró su ritual de repetirse sus dos nombres justo antes de dormir. En adelante, mientras estuviese allí, jugaría con el orden en que los enunciaba —a veces, primero el de él: Alonso; a veces, el de ella: Asun—, buscando en ambos una sonoridad imposible, convirtiéndolos en un hechizo que le permitiera soportar la extenuante jornada de trabajo que comenzaría de nuevo al día siguiente. Pero se percató pronto de lo frágil que era el recuerdo y de lo difícil que resultaba distinguir en su cabeza rostros y gestos en las imágenes que, obcecadas, se fundían entre sí. Durante aquella madrugada, en la que también descubrió que las noches que lo aguardaban eran tan extremadamente gélidas como calurosos resultaban los días, se dio cuenta de que, si no quería olvidar, necesitaba poder escribir, así que al día siguiente pidió papel y lápiz para redactar una carta con la que no solo pudiera informar a sus dos aes de que estaba bien —aunque eso, en el fondo, fuera mentira—, sino que además le sirviese para obligarse a recordar. Lo que más miedo le provocaba en aquel lugar no era la tortura física a la que iban a seguir sometiéndolo, sino la amenaza de que todo cuanto le importaba acabase cayendo en el olvido.

6

Asun se hallaba en los aledaños de la plaza Mayor cuando tuvo la impresión de que alguien la seguía. Temió que estuvieran a punto de cumplirse las advertencias de Carmen y Ginés sobre los riesgos que entrañaba su obcecación y que la habían llevado a presentarse en otra comisaría donde la miraron con un desprecio que conocía bien y que, de tan habitual, ya ni siquiera la ofendía.

—Le hemos dicho que no hay registro ni informes sobre su marido, señora —la despidió un oficial que ni siquiera se había dignado a mirarla.

—¿Me está diciendo que me lo invento? Porque le aseguro que yo estaba allí cuando lo sacaron de nuestra casa.

—Yo no digo que usted se invente nada, digo que aquí no nos consta. Y que, si quiere, rellene esto —le endilgó la misma instancia que ya había completado una decena de veces— y tramitaremos su petición.

Al menos esta vez no la habían advertido sobre las consecuencias de su empeño, ni tampoco se cebaron con su desgracia, ahondando en la hostilidad que se había desatado contra los participantes en los sucesos de febrero. Sabía que era peligroso seguir su rastro, pero ella no podía dejar de hacerlo, no hasta que alguien la sacase de esa angustia, de ese infierno de la ignorancia en que se había convertido su vida y que le infligía un dolor agudo que se confundía con el de sus avisos. Solo que esta vez era un dolor vejatorio, de sumisión y de fracaso, el único que había rezado para no sentir mientras Santos siguiera retenido.

Atravesaba Arenal absorta en sus reflexiones y buscando respuesta para el dilema que la atormentaba y que, según Carmen y Ginés, no admitía otra solución que no fuera la de marcharse. Entendía que pensaran así, pero lo que ambos ignoraban era que asumir su propuesta suponía llevarse consigo la incertidumbre. Si accedía, no solo estaría aceptando una despedida que se negaba a pronunciar, sino que también acabaría dejando atrás, como si no hubieran sucedido, las tardes con Miguel, y las noches con Santos, y todos los diálogos de ese enero febril en que él había intentado convencerla de que su suerte estaba a punto de cambiar gracias a la marejada universitaria que había acabado arrastrándolos a todos. Necesitaba dar con un remedio que conciliase su necesidad de encontrar a su marido con su obligación de proteger a aquellos a quienes podía perjudicar si se empeñaba en seguir buscándolo, pero, tanto si transigía ante el plan de Ginés y de Carmen como si lo rehusaba, estaría incumpliendo uno de esos dos fines.

Pensaba en todo ello cuando sintió una sombra a solo unos pasos de distancia y, convencida de que podría ser alguno de los policías de la comisaría de la que acababa de salir, no se giró y aceleró el paso, tratando de perderse entre los soportales con la esperanza de que quien la estuviera siguiendo perdiera el rastro o el interés.

—No te vuelvas.

Le bastó con oír su voz, antes de que le pusiera una mano sobre el hombro, para reconocerlo.

—¿Luisito?

—Sigue caminando —le pidió el estudiante para evitar que ella se volviese—. Que no nos vean.

Obediente, Asun apretó el paso en busca de un lugar seguro en el que pudieran hablar. Que Luisito la hubiera buscado significaba que los de la «tribu» habían descubierto algo y, fuera lo que fuera, estaba deseando escucharlo. El corazón golpeaba su pecho con fuerza mientras seguía caminando, llenándola de esperanzas de saber algo más de Santos, o de Miguel y Alonso, algo que le explicara de una vez qué estaba pasando y por qué no podía dar con ninguno de los tres. Asun intentaba moderar sus expectativas, pero cada nuevo paso que daba con Luisito a sus espaldas sentía que se acercaba un poco más a la verdad, a ese desenlace en que la tragedia dejaba de serlo para ofrecerle un final en que su doña Rosita no se marchaba sola, sino que permanecía en la que siempre había sido su casa, esperando un regreso que sí iba a suceder, sumándose a Penélope y a todas las mujeres que, según le contó su marido, habían inspirado a la heroína de Lorca.

—Te podría causar problemas —le advirtió Luisito cuando ella apuntó con la cabeza hacia Bordadores—. Mejor un sitio menos comprometido.

Apretaron el paso hasta que llegaron a las puertas de la chocolatería de San Ginés, pero la dueña los disuadió desde la barra con un gesto y ellos cambiaron el rumbo hacia el local de Braulio. Los dos zancajeaban las calles sin mirarse y, cuando al fin llegaron a su tienda, tuvieron que esperar a que se marchara una familia que no acababa de elegir qué figura de lata de las que llenaban el escaparate querían llevarse para el cumpleaños de su hija. Ya a solas, Braulio les abrió de mala gana la trastienda.

—Diez minutos —les advirtió—. Ni uno más, que me vais a buscar la ruina entre todos.

A Asun se le agolparon las preguntas que necesitaba hacer y, en vez de empezar por las que realmente urgían, comenzó por la única que le parecía medianamente adecuada, un sencillo «cómo estás» al que Luisito le respondió señalando el parche con el que cubría su ojo derecho.

—Estoy...

—Lo siento.

Luisito la miró buscando en ella la misma respuesta que Asun, en ese instante, ya supo que no iba a encontrar.

—¿Tú tampoco sabes dónde está Santos?

Ella negó con la cabeza y los dos necesitaron un instante para sobreponerse al desánimo.

—Teresa, a través de su madre, está poniendo medio Madrid patas arriba... Pero nada.

—Aparecerá —replicó Asun con una seguridad que no sentía pero que necesitaba escucharse pronunciar en voz alta.

—Ojalá.

—Entonces supongo que no me has buscado solo para eso.

—No, he venido para entregarte algo.

Luisito sacó dos hojas dobladas en cuatro del bolsillo interior de su abrigo y las puso en las manos de Asun.

—No puedo decirte mucho —se anticipó antes de que ella le preguntara—, solo que los dos están bien, que es necesario que nadie sepa dónde se encuentran y que, cuando llegue el momento, volveréis a veros. Por ahora, tienes que confiar en mí.

—Pero ¿por qué no puedes decirme...?

—Porque eso sería ponerte en un peligro mayor del que ya corres —la interrumpió mientras se preparaba para marcharse de nuevo—, ni ellos ni yo queremos que te preocupes por más cosas de las que..., bueno, de las que sabemos.

—Solo dime que están bien.

—Confía en mí, Asun: los dos están bien.

Ella le agradeció la sinceridad y no contuvo las ganas de darle un abrazo y pedirle que, cuando los viera, se lo diese también en su nombre a Alonso y a Miguel.

—Va a volver —le dijo al oído mientras luchaba por no romperse abrazada a ese chico al que se sentía más unida de lo que lo habían estado en ninguno de los ensayos de su «función roja».

—Claro que ese cabronazo va a volver —respondió él, y los dos permitieron que su abrazo se prolongase unos segundos más, como si con él pudieran rendir un homenaje a ese hombre que había dejado demasiado de sí en ellos como para no hacerse presente con tan solo nombrarlo.

—Dije que diez minutos.

El aviso de Braulio puso fin a su encuentro y los dos se despidieron deseándose suerte. Por si hubiera alguien siguiéndolos, Luisito salió el primero del local, mientras que Asun aprovechó el breve intervalo que debía esperar antes de marcharse para hojear los papeles que le acababa de entregar. Nada más desplegarlos reconoció la letra irregular y robusta de Miguel en las cuartillas que ella misma le había entregado meses atrás. En su interior, doblada y algo borrosa, había incluido la copia de un informe policial en el que, debido a la premura con que Braulio le exigió que abandonase su tienda, no tuvo tiempo de leer de quién se hablaba. Mientras caminaba veloz hacia la calle Bordadores, intentó no ilusionarse en exceso con los datos que pudiera extraer de aquella lectura, pero estaba impaciente por buscar en ella las explicaciones que necesitaba.

Ya en su piso, se subió a la litera donde había conquistado a Miguel y extendió sobre la cama tanto la copia del informe policial como las hojas que le había pedido que rellenase a su regreso del pueblo. Pensó que la escena, con ella sentada en la cama leyendo la carta de un amor tal vez imposible, era más propia de doña Rosita que de la señorita Julia, y sonrió al imaginar la mirada de aprobación de Santos si hubiera podido comentárselo. Ya se encargaría ella de decírselo, en cuanto regresara, ya le contaría ella a su Santos que ahora, más que Julia, era Rosita, porque los días se habían convertido en su enemigo, todos iguales, todos repitiéndose, tanto que hasta empezaba a encontrar algo de heroico en su actitud, porque exigía mucho esfuerzo seguir mirando el reloj sin derrumbarse, y no sabía cómo se las habría ingeniado Rosita durante tantos años, pero ahora que era ella la que tenía que inventarse el modo de aguantar sin rendirse la admiraba mucho más que cuando él le contaba su historia, pues por fin había llegado a comprender cómo quemaba la sangre tanta espera.

No te escribí cuando me lo pediste y, ya ves, lo hago ahora, aunque tampoco pueda decirte gran cosa, porque si lo hiciera sería un imprudente y nos pondría a todos en peligro. Lo que sí puedo contarte es lo que me preguntaste entonces y asegurarte que, oigas lo que oigas, si Alonso y yo estamos desaparecidos es porque hay motivos para que lo estemos.

Podría conformarme con decirte solo esto, que estamos bien y que hay una explicación para nuestra marcha, porque a mí lo de escribir me cuesta mucho más que a Alonso, y tampoco tengo la imaginación que a ti te sobra cuando jugamos a tu teatro y a tus coplas, pero quiero explicarme, aunque me cueste, porque no dejo de darle vueltas a lo que estarás pensando de nosotros. Alonso me dice que no me preocupe, que eres demasiado lista como para creer en lo que la gente vaya inventando, pero a mí me mata esta necesidad de plantarme ante ti para darte palabra de que estamos haciendo lo correcto, aunque no lo parezca.

No tengo claro por dónde empezar, pero imagino que lo más razonable es comenzar por el principio, aunque lo conozcas. Que Alonso y yo nacimos el mismo año y en el mismo pueblo ya lo sabes y que, en realidad, no somos hermanos, también. Nos criamos juntos, en la casa de Hernán, que gracias a que eligió enseguida el bando nacional conservó su patrimonio sin sufrir las represalias que sí cayeron sobre mi familia. El primero en pagar por sus ideas fue mi padre, que cometió el terrible crimen de ser maestro y a quien depuraron en el 39, como verás en el documento que va con estas letras, por si los rumores te hacen dudar de que siempre, escúchame, Asun, siempre he estado y estaré de vuestro lado.

Apenas tengo recuerdos de mi padre, lo fusilaron nada más acabar la guerra y mi madre se quedó sola con un hijo y la mala reputación de su marido en un pueblo donde todos nos conocían. Quizá en otro lugar algo más grande habríamos podido inventar un pasado y probar suerte con una identidad distinta, pero allí mi padre seguía resultando demasiado visible incluso estando muerto. De esos primeros años no recuerdo gran cosa, simplemente el hambre a todas horas y las veces en que mi madre volvía a casa con las rodillas gastadas de fregar suelos en las pocas casas donde la admitían, aunque solo fuera muy de vez en cuando y a escondidas. Hasta que, poco después de que yo cumpliera los seis, empezó a trabajar en casa de los Salazar. El cabrón de Hernán vendió aquello como una muestra de la buena fe de los vencedores para redimir a los vencidos y mi madre, que no tenía más ideas políticas que el hambre que nos torturaba, nos instaló a los dos en las habitaciones de servicio de aquella casa en la que la tragedia se había cebado con la madre de Alonso, muerta durante un bombardeo en los primeros meses de la guerra.

No recuerdo que me acogieran mal, aunque creo que si me cuidaban tanto era porque Hernán vio en mí un experimento: ¿podría transformar al «hijo de un degenerado» en alguien como él? Entonces no me daba cuenta de eso ni tampoco sé si me hubiera importado, porque la vida en su casa parecía menos gris, con medianoches en los cumpleaños y otros lujos exóticos que el Miguel de antes no podía ni soñar. Además, el otro niño, el verdadero hijo de Hernán, resultó ser buena gente y aprendimos a llevarnos bien. Nunca tuve los privilegios del primogénito, pero me convertí en una especie de bastardo que podía disfrutar de las sobras. Hasta que llegó el momento en que, sin dejar de ser unos críos, empezamos a manchar las sábanas después de esos sueños que creíamos que eran pecado y sobre los que corríamos a confesarnos con [*nombre propio tachado] el párroco del pueblo, un cura rojo —eso dijo Hernán cuando lo denunció— que tenía más de utópico que de sacerdote y con quien Alonso y yo hablábamos de nuestros sueños porque siempre nos convencía de que no eran más que chiquilladas. Un día, volviendo de una de esas confesiones, entramos y sorprendimos la casa a oscuras. Recuerdo que los dos nos detuvimos a la vez, sorprendidos por los gemidos y los golpes de lo que parecía ser el cabecero de una cama golpeando contra la pared. Alonso y yo salimos corriendo y nos quedamos en la calle, jugando al fútbol hasta que anocheció. Desde entonces, no podía evitar fijarme en cómo Hernán cogía de la falda a mi madre cuando ella pasaba a su lado o cómo cerraban la puerta y desaparecían en alguno de los cuartos cuando creían que nosotros no nos dábamos cuenta.

Nunca me había atrevido a preguntarle a mi madre hasta que este verano me fue imposible callarme más. Pensaba que, cuando Alonso y yo llegásemos al pueblo, todo sería igual que siempre, que soportaríamos durante dos meses las barbaridades que escupiera Hernán y que fingiríamos sin grandes problemas ser los estudiantes perfectos que no somos. Pero me equivocaba, Asun, porque los dos que volvíamos después de todo lo que habíamos vivido no éramos los mismos que nos habíamos ido o, por lo menos, yo ya no lo sentía de esa manera. Ya te imaginarás que no le hablé a mi madre de todo lo que estaba pasando aquí ni tampoco de la función, ni de la «tribu», ni de las jornadas de poesía o el entierro de Ortega. Me habría gustado contarle la verdad, pero sabía que la preocuparía y me parecía injusto volverme luego a Madrid y dejarla a solas con los temores que yo mismo le habría causado. «Tú no te metas en líos, Miguel —ese ha sido siempre su lema—, tú no te metas en líos y aléjate de la política, que ya perdí a tu padre y no te quiero perder también a ti.» Y yo, aunque no opine como ella, sí la entiendo, de modo que finjo que soy el hijo que quiere que sea igual que hace Alonso delante de su padre, solo que con motivos diferentes, porque esa mala bestia se ha encargado de enseñarle a golpes que únicamente se puede ser de una manera. Alonso no habla mucho de eso, Asun, pero yo estaba ahí cuando su padre lo encerraba en su cuarto y él salía con los ojos enrojecidos después de diez o quince minutos en los que ese hijo de puta ponía la radio a todo volumen para que no oyésemos los golpes.

Este verano no pude más y hablé con mi madre, porque ya no quería entender que hubiera sentido algo, durante tantos años, por ese malnacido. Cuando me respondió, a pesar de que al principio no quería hacerlo, lo comprendí todo. Y eso que ella no fue muy clara. Todo susurrado, todo con sobreentendidos y lo bastante breve como para que saliese de allí sin saber qué hacer para ayudarla. Pero ella me rogó que no hiciera nada, que no tirase a la basura su sacrificio, porque no se había dejado hacer por Hernán para que yo arruinase lo que ella me había conseguido, ese porvenir que se piensa que me estoy labrando y que era la razón por la que seguía viviendo en la casa de un hombre al que detestaba, el mismo que había dado la orden de incluir a mi padre entre los fusilados de la noche de 1940 [*tachado: «¿finales de 1939?»] en que dejamos de verlo. Me contó cómo, antes de que comenzara la guerra, Hernán y ella habían tenido un romance que acabó mal porque mi padre se cruzó en su camino. Ella se enamoró de él y, cuando se lo dijo a Hernán, este prometió vengarse, hasta que la guerra y el expediente de depuración pusieron ante sus ojos el modo de ajustar cuentas: mi padre, fusilado, y mi madre, sometida. Habría podido matarlo allí mismo, Asun, te juro que lo habría podido ahogar con mis propias manos... Pero mi madre me rogó que no cometiera una locura y Alonso, con quien necesitaba compartir lo que había descubierto, evitó que llegara a hacerlo. A ella le pedí, te aseguro que se lo pedí, que se fuera de allí, que escapara cuanto antes, pero me respondió con un no tajante que creo que no nace del miedo de lo que le pueda suceder a ella, sino de lo que me pueda ocurrir a mí.

«Al fin he entendido que no eres su experimento, sino su rehén.» Eso fue lo primero que me dijo Alonso en el autobús de regreso a Madrid. Y creo que nunca me he sentido tan hermano suyo como entonces, quizá porque su rabia por lo que estaba sucediéndome era tan sincera como la que me domina cuando pienso en lo que le han hecho a él. «No vamos a volver —me dijo—, a ese hijo de puta no quiero verlo más.» Y me confesó que Hernán no había parado de hablarle de lo que se alegraba de que ahora las leyes se ocuparan de los maricones, que esa gente no es de fiar y tratan de darte por culo en cuanto te distraes. «No vamos a volver», repetía Alonso, pero yo me juré que sí iba a regresar, claro que me voy a presentar en ese pueblo de mierda en cuanto pueda dejar de esconderme, Asun, y voy a llevarme a mi madre conmigo, quiera ella o no, porque no estoy dispuesto a ser cómplice de esa monstruosidad a la que cedió para protegerme.

Si no os contamos nada a nuestro regreso fue porque no queríamos que cambiase vuestro modo de vernos. Y porque aquí, en este piso donde ahora te imagino leyéndome, éramos otros, éramos un Alonso y un Miguel distintos de los que se asfixiaban en ese pueblo que no tenía nada que ver con nosotros. Tú me conoces, Asun, tú [*línea subrayada] nos conoces, y sabes que ni Alonso es como su padre ni yo he aprendido a ser el hijo que ese cabrón habría deseado. Por eso tienes que creerme cuando te digo que hay una razón por la que no podemos volver, una razón que no tiene que ver con ninguna traición que puedas haber imaginado, porque ni Alonso ni yo podemos traicionar lo único que ha merecido la pena en nuestra vida.

Si te escribo esto es para pedirte un poco más de tiempo. Sería una locura contártelo aquí, pues bastante comprometidas son ya estas páginas que espero que destruyas o escondas lo mejor posible. Pero te juro que, si esperas a que pueda explicártelo, entenderás por qué callamos y te demostraré que todo lo que Alonso y yo hemos hecho, equivocado o no, ha sido también por vosotros.

Inspección Provincial de Primera Enseñanza

Ilmo. Sr.: Siento tener que participar que el Excmo. Sr. vicepresidente de la Junta Técnica del Estado, en comunicación de fecha 15 del actual, me dice:

«Con esta fecha el Excmo. presidente de la Junta Técnica del Estado me comunica lo siguiente: visto el expediente de depuración instruido a D. Miguel Egido López, de conformidad con la propuesta de la Comisión de Cultura y Enseñanza, esta presidencia ha acordado suspender de empleo y sueldo durante el plazo de tres años, a partir de la publicación de la presente orden en el Boletín Oficial del Estado, a dicho señor D. Miguel Egido López e inhabilitarle para el desempeño de cargos directivos y de confianza en instituciones culturales y de enseñanza».

Lo que traslado a V. I. para su conocimiento, el del interesado y demás efectos.

Dios guarde a V. I. muchos años.

18 de junio de 1939

7

Según las muescas que Santos iba haciendo bajo su camastro, ya habían transcurrido dieciocho días, a pesar de que allí dentro fuera imposible mantener una conciencia lúcida del tiempo. Seguir cuerdo se había convertido en una de las tareas más exigentes a las que debía enfrentarse en Tefía y para la que no contaba más que con los momentos en los que, durante la brevísima siesta, justo antes de dormir o después del paseo de los domingos, podía volver a sentirse persona gracias a la amistad que había entablado con Joaquín y Ramón, quien siempre compartía con ellos el poco tabaco que compraba en el economato con el dinero que le enviaba su madre.

—No sé si me lo manda porque se siente culpable o para ver si así me «curo» antes.

El médico y el bibliotecario se liaron sus respectivos cigarros en un alarde de derroche que Ramón les advirtió que no se repetiría a menudo.

—La próxima vez, uno para las tres y todas a chupar del mismo. Como las pollas.

—Pero qué ordinario que puedes ser —le reprendió Joaquín, a quien el maestro sacaba de quicio con lo que para él no era más que naturalidad y para el médico, un innecesario afán de transgresión.

—¿A vosotros os han llegado siempre? —A Santos le obsesionaba no haber recibido respuesta a ninguna de las cartas que había escrito desde su llegada. Durante la primera semana creía que podía deberse a lo apartado del lugar en el que los habían encerrado, pero ver que al resto de los reclusos sí les entregaban su correspondencia, aunque fuera siempre en sobres previamente abiertos y de los que, a buen seguro, los guardianes se quedaban con parte de las pesetas que les enviaban sus familias, le hizo temer que a Asun le hubiera sucedido algo. Ella era la destinataria de los mensajes en los que solo quería confirmarle que seguía con vida, que estaba demasiado lejos como para poder verla y que, a pesar de todo, regresaría. En sus textos obviaba cualquier tipo de alusión política y ni siquiera preguntaba por Alonso y Miguel de manera explícita, sino que se limitaba a hablar del piso y de sus inquilinos, confiando en que eso bastara para sortear la censura que, sospechaba, Caronte ejercía sobre la correspondencia.

—Lo tuyo es raro —comentó Ramón—, porque las cartas sí que llegan. Aunque se las lean antes. Por eso les preguntaba el otro día si a ustedes no les importa saber quiénes los han metido aquí, porque a lo mejor eso explica que no te escriba nadie.

—O que si me escriben a la Estigia —matizó Santos, aludiendo a la colonia con el único nombre que le parecía coherente con aquel desierto—, no me llegue.

—La Estigia —se rio Ramón—, qué bien se nos da hacer de Quijotes, queridas. Pero de qué poco nos vale aquí dentro.

Santos, que sí confiaba en que la literatura le sirviese de aliada para sobrevivir al encierro, dio una calada al cigarro mientras se preguntaba si habría otro modo de ponerse en contacto con sus dos aes, porque era evidente que estaban interceptando sus cartas.

—Se envían todas, Rosaura —le había asegurado esa misma mañana Íñigo, el oficial que se encargaba los domingos de recoger la correspondencia—. ¿O es que te crees más especial que las demás?

Ni le respondió ni tampoco volvió a preguntar, sino que se conformaría con seguir escribiendo hasta que sus palabras lograsen llegar al piso de la calle Bordadores al que iban destinadas. Seguiría aprovechando para escribir durante los minutos posteriores a su paseo dominical, el único momento en que los sacaban del campo de concentración para que pudieran oír misa, «medicina imprescindible para su curación», según Caronte. Aunque sus cartas, poco a poco, se fueron adelgazando hasta pasar a ser una escueta fe de vida, si es que la fatigosa sucesión de soles abrasadores y madrugadas gélidas en la que se había convertido su existencia se merecía ese nombre. Solo la posibilidad de que alguna de sus líneas alcanzase su destino y trajese de regreso las voces de quienes tanto extrañaba justificaba seguir contando los días con las muescas que hacía debajo del jergón que le servía de cama y en el que, antes de que el agotamiento los venciese, aprovechaba para hablar con Ramón y Joaquín con la única esperanza de no perder del todo su humanidad gracias a esas conversaciones entre murmullos a las que el médico y el maestro ponían fin, en más de una ocasión, con una masturbación conjunta sin gemidos ni sollozos a la que Santos nunca llegó a sumarse, quizá porque prefería refugiarse en el recuerdo de sus dos aes incluso cuando necesitaba meterse la mano en la entrepierna y acariciarse, con más rabia que deseo, hasta que conseguía correrse.

—Te diría que escondieses tus cartas en las mías, pero no llegarían a ninguna parte —se lamentó Joaquín—, en cuanto las revisaran las sacarían del correo.

—O algo peor... Pero gracias de todos modos. Aunque la solidaridad no sea posible, se agradece saber que existe incluso en este infierno.

—¿No se supone que yo era tu Virgilio? —ironizó el médico—. Pues qué menos que seguir guiándote a través de los círculos.

—Aún no nos has dicho cómo llegaste tú —insistió Ramón, que no había dado por acabada la conversación que tenían pendiente.

—Tú tampoco nos contaste muchos detalles.

Santos se fijó en cómo cambiaba el gesto del maestro.

—Es que una no es de grandes relatos, que para eso ya tenemos aquí a nuestro escritor.

—Bibliotecario —lo corrigió Santos, a pesar de que lo halagó que su compañero le atribuyese un oficio que admiraba tanto.

—Pero seguro que si te cuento mi historia tú sí sabrías escribirla bien. Es como yo cuando doy clase. No seré el maestro que más haya estudiado, pero soy el que mejor conoce a sus alumnos y así, porque los quiero y porque sé cómo son, aprenden. Pues tú igual, seguro que leyendo has aprendido lo necesario para poder contarme.

A Santos le llamó la atención el uso del masculino cuando Ramón se refería a su pasado y, sobre todo, a su profesión. El femenino con el que se mostraba en Tefía no se correspondía con ese «maestro» con el que reivindicaba un trabajo que amaba y al que, por mucho que se engañase, ya no podría volver. El informe penal que los acompañaría en el futuro, sumado a los meses que les tocaran de destierro lejos de su casa, impediría que se volviera a acercar a un aula, así que ese ayer del que hablaba en presente ya no podría conjugarlo de nuevo. Y Ramón, a pesar de fingir esperanza, también lo sabía.

—Prueba a contarnos tu historia —lo retó Santos— y, cuando salga de aquí, te doy mi palabra de que intento escribirte.

Los dos apretaron sus manos para sellar aquel pacto que no sabía si tendrían ocasión de cumplir y Ramón, entre calada y calada, intentó desgranarles a él y a Joaquín los motivos que lo habían llevado hasta aquella isla.

La culpa, según su madre, la había tenido la Antonia, la madre de Lorenzo, que era medio bruja, partera y hasta se decía que hacía filtros para engatusar hombres. Eso fue lo que ella declaró o, por lo menos, lo que los guardias le leyeron a Ramón entre risas después de haberlo detenido. Encontraban divertido burlarse de ese retrato celestinesco de una mujer a la que él había empezado a visitar desde que Serafín, el más pequeño de los cuatro hijos de la Antonia, dejó de ir a la escuela por encontrarse enfermo. Allí fue donde el maestro se fijó por primera vez en Lorenzo, el mayor de los hermanos, un chico de físico rudo y carácter introvertido que debía de ser más o menos de su misma edad y en cuya expresión se aventuró a traducir una soledad que se asemejaba mucho a la suya.

Poco a poco, las visitas a casa de la Antonia se fueron haciendo más asiduas y menos formales, hasta que el maestro tomó la costumbre de aceptar el plato de sopa que, con más agua que condimento, ella le ofrecía para agradecerle los desvelos por su Serafín. Si hubiera sabido lo que había empezado a pasar entre él y Lorenzo, que acabaron atreviéndose a volver físico lo que durante meses fue solo platónico, no habría extremado tanto la hospitalidad, pero, cuando su hijo le dijo una mañana que debía irse del pueblo, la Antonia supo que no se iba para ganarse mejor el pan, como él le había dicho, sino para huir de unos demonios que lo quemaban por dentro y de los que ella, que no pasaba por alto nada de lo que sucedía en su casa, ya había empezado a sospechar.

Ramón, según les contó a Santos y a Joaquín, nunca llegó a saber si Lorenzo se había marchado del pueblo porque lo avisó alguien, si es que la Antonia ya sabía que la Guardia Civil andaba detrás, o si simplemente desapareció porque tuvo miedo de lo que había nacido entre ellos.

—Se asustó porque los dos sabíamos que había algo más —Ramón apagó su cigarrillo con rabia contra el suelo—, algo que nos volvía imprudentes, como el día en que lo convencí de hacernos una foto en la que solo se nos ve uno al lado del otro, como los dos amigos que decíamos que éramos, pero a él esa imagen le parecía que nos delataba, y estuvo a punto de romperla para que nadie pudiera verla. Entonces supe que lo nuestro ya no tendría arreglo, porque su miedo acabaría arrasándolo todo, hasta que se largó.

Según la versión de Ramón, Lorenzo no lo avisó de su marcha ni tampoco consintió en decirle dónde se había instalado a pesar de las veces que, a través de las cartas que el maestro le dejaba en secreto a uno de sus hermanos, le suplicaba una dirección. Hasta que la Antonia lo sorprendió dándole una de esas cartas al mediano de sus hijos y fue a pedirle al cura del pueblo que le leyera aquellas cuartillas, con las que ambos se presentarían, esa misma tarde, en la casa del hombre que había pervertido a Lorenzo. Desde ese día, la Antonia y su madre no volverían a dirigirse la palabra y seguirían acusándose entre sí sobre quién era la que había amamantado a esa monstruosidad que había acabado enfermando a su primogénito.

Al día siguiente, en cuanto Ramón regresó del colegio, lo estaba esperando en casa la Guardia Civil. «Yo no te puedo querer así —le dijo su madre—, yo no puedo querer a un hijo enfermo.» Aunque él habría querido responder, no era capaz de hablar. Le rasgaron el traje, lo obligaron a quitarse los zapatos, le ataron las manos contra la espalda y lo hicieron caminar descalzo por todo el pueblo. Pero ni siquiera en ese momento sintió tanto dolor y vergüenza como cuando, mientras lo sacaban a rastras de su casa, lo miraba su madre. De todo lo que vino luego —la detención, el destierro obligado de su Tenerife natal, la condena en Tefía, y su conversión de maestro joven y respetado en un violeta más en aquella isla—, lo que más le dolía era la imposibilidad de retomar ese trabajo que, con sus limitaciones, al final conseguía darle sentido a todo. Se había acostumbrado a mitigar la tristeza que le provocaban los recuerdos junto a Lorenzo —el descubrimiento casi pudoroso de sus cuerpos, los besos adolescentes de dos hombres adultos, la torpeza desbocada entre las ganas y la inexperiencia—, pero no la que sentía al pensar en la algarabía rutinaria de sus jornadas escolares. La sonrisa agradecida de algún crío, los obsequios humildes de sus madres, la oportunidad de sugerir, entre insufribles poemas de Pemán, formaciones del espíritu nacional y loas cidianas, algún verso de Machado o de Hernández que, sin citar a sus autores, pudiera encender alguna luz entre tantas sombras.

Santos y Joaquín guardaron silencio, sin saber cómo responder a una historia en la que, aunque no fuera la suya, podían reconocerse sin dificultad. Finalmente, fue el médico quien decidió que la sinceridad del maestro se merecía una justa réplica.

—Un gancho —admitió—. Así fue como dieron conmigo. Con un puto gancho.

El bibliotecario entendió en ese mismo momento que Joaquín no había callado por amargura, como Ramón, ni por ignorancia, como le sucedía a él mismo, sino por vergüenza. Una vergüenza honda y profunda que tenía que ver con el tiempo robado, con todos los amores que ni siquiera habían podido morir porque jamás tuvieron ocasión de nacer. Con las letrinas donde Joaquín, al igual que el bibliotecario, se había masturbado con hombres como el jovenzuelo que, según les contó, lo había engatusado en el último vagón del metro una tarde de domingo y lo había arrastrado hasta los tres tipos que le dieron una brutal paliza justo antes de arrestarlo.

—Igual que las de aquí —sonrió con una tristeza infinita—, supongo que si resisto los palos que nos dan ahora es porque no son más que la repetición de los que me dieron antes.

Su vergüenza tenía que ver con la traición a sí mismo, con la duda sobre su debilidad, con el sexo flácido que se endurecía deprisa en aquellos encuentros furtivos donde solo había tiempo para el contacto anónimo. Con la clandestinidad de un sentimiento y la persecución de una identidad. Con la negación del tú por la imposibilidad del yo. Con el asco que Joaquín había llegado a sentir de su propia naturaleza gracias a quienes les dictaban cómo debían ser. Con no saber si había sido él mismo quien se había condenado en aquel vagón al ceder ante un impulso que, de haber evitado, no lo habría arrastrado hasta quienes le destrozaron la vida. Su silencio nacía de todos los amantes de quienes no había podido despedirse, de los amigos que habían caído y de los que aún iban a caer. Callaba porque hacía tiempo que no encontraba las fuerzas para seguir albergando la esperanza de que, alguna vez, la oscuridad dejase de serlo.

—Al menos a ti no te traicionaron los tuyos —trató de consolarlo Santos, pronunciando en voz alta lo que más temía—. Ni tienes que decidir si quieres saber quién lo hizo. A ti te ha traído aquí la mala suerte, no la deslealtad.

—Tú tendrás tus sospechas...

—Intento no tenerlas.

—¿Estás seguro?

—Qué novelero eres, Ramón.

—Yo no podría vivir con esa duda, sin saber quién es quién en mi propia vida.

—Eso lo sé. Que algunos sean unos hijos de puta es lo que no quiero descubrir.

Joaquín y Ramón no se callaron porque la respuesta de Santos los hubiera satisfecho, sino porque creyeron que sería inútil y, sobre todo, cruel seguir ahondando en esa herida. Tampoco Santos estaba convencido de lo que había dicho, ni sabía si deseaba desvelar la identidad de quien lo había encerrado entre las rocas que le estaban rompiendo la salud y el cuerpo. Le torturaba la idea de que, si averiguaba ese nombre, surgiría en él la necesidad de hacerle pagar por ello e ignoraba si, una vez que dejara atrás la isla en la que se estaba consumiendo, le quedarían ánimos para ejercer de justiciero. Su mayor preocupación, a pesar de lo que Joaquín y Ramón pudieran pensar, no era la venganza, sino aguantar el tiempo de encierro que aún tenía por delante y guardar fuerzas para, una vez fuera de Tefía, intentar reconstruir todo lo que había quedado interrumpido.

8

Se despertó agitada, tras una noche llena de pesadillas a las que no les era capaz de encontrar un sentido. No se trataba de imágenes que, como solía ocurrir con todos sus avisos, Asun pudiera interpretar de manera más o menos simbólica, sino de escenas que pertenecían a vidas distintas a la suya y en las que aparecían personajes que no reconocía, como ese hombre descalzo al que obligaban a recorrer un pueblo a punta de fusil, y que le hacían temer que aquello tuviera algo que ver con lo que estaba viviendo Santos.

Intentó sacar de sí todos los fotogramas que le habían revuelto el ánimo y trató de pensar sobre lo que, después de semanas resistiéndose, por fin estaba punto de hacer. A fin de cuentas, se dijo, aquello siempre podía tener vuelta atrás, porque entregarle los documentos a Ginés, como habían quedado en que haría ese lunes 26 de marzo, no suponía rendirse; al revés, si lograban saber dónde estaba Santos ya se las ingeniaría ella para quedarse en Madrid, tanto si era con el apoyo de Carmen y el librero como si no, aunque lo cierto era que su situación había empeorado, pues cada día notaba más miradas a su alrededor y hasta había sorprendido a un gris de paisano dándole unas monedas a la

Olvido, que se había ganado por méritos propios el puesto de espía en el vecindario.

A pesar de las dudas, sacó el sobre del ejemplar de *Antígona* y, para esconderlo, buscó otro libro que no diera problemas en caso de que alguien decidiera registrarla. Escogió un volumen de un tal Pereda del que Santos no le había hablado y que, por eso mismo, consideró que no sería tan problemático, y ocultó en él el sobre que debía de entregarle a Ginés, con quien había quedado a las doce y media. Sentada en el salón, esperó pacientemente mirando el reloj del comedor hasta que sus agujas apuntaron las doce y cuarto. Había calculado los minutos exactos que necesitaba para llegar y no salió hasta que se cumplió el plazo preciso, pues reducir al máximo el tiempo fuera del piso era una de las pocas estrategias con que contaba para sentirse un poco más a salvo.

Comenzó a caminar buscando a su alrededor alguna huella de lo que supuestamente habían conseguido, pero le dolía comprobar que las consecuencias que aquel febrero había tenido en su vida no habían dejado marcas visibles a su alrededor. Solo un mes después de su revolución, si es que de verdad lo había sido, Madrid se había convertido en un mapa mudo, un plano de calles idénticas en las que no encontraba ni testimonios de sus supuestos logros ni el camino de regreso hacia Santos. Ese sendero que seguía buscando y que la había llevado a plantearse qué haría en caso de que surgiera la posibilidad de un trueque. Nadie le había propuesto intercambiar a un hombre por otro, pero, por mucho que le enfadase reconocerlo, se alegraba de que Miguel no le hubiese dado su paradero en esa carta, porque no sabía qué haría si ese fuera el precio que tuviese que pagar para recuperar a Santos. Horrorizada de los límites que sería capaz de cruzar, sacudió la cabeza tratando de alejar aquella nueva imagen —¿otro aviso?— y entró en la librería a la espera de que Ginés le indicara dónde debía dejarle el sobre.

—Pasa, mujer, pasa —la invitó, aprovechando que en ese momento no había nadie más en la tienda, y, tras asegurarse de que no los veían desde la calle, abrió la puerta lateral que daba al cuartillo que usaba de almacén.

—Aquí está todo. —Ella le tendió el sobre nerviosa, deseando marcharse antes de que Ginés la reprendiese por no cesar en su empeño de encontrar a Santos.

—Tienes que estarte quieta. —Asun no se equivocaba: lo primero que hizo el librero fue justamente lo que ella más temía—. Te guste o no, cada cosa que haces trae consecuencias. El otro día, por ejemplo...

—¿El otro día?

—Cuando Luisito.

—Me buscó él —se defendió, sorprendida de que Ginés estuviera al tanto de ese encuentro.

—Pues no debería haberlo hecho... Al poco de despedirse de ti lo obligaron a pasar la tarde en Sol.

—¿Sigue allí?

El librero negó con la cabeza.

—Teresa se ha encargado de sacarlo.

—Se ve que doña Alicia lo puede todo... Menos dar con mi Santos.

—Es importante que nos escuches, Asun —le pidió sin apartar la vista de la entrada de la tienda, por si era preciso que saliese a atender—. Y no solo por ti, sino también por Miguel y Alonso.

A Asun la sorprendió que Ginés aludiera a los estudiantes y, más aún, que lo hiciera sin su habitual recelo.

—Tú sabes algo más —le contestó, esperando que el librero le aclarase lo que estaba pasando.

—Algo —asintió él—, pero sería un imprudente si te lo contara.

Las palabras de Ginés eran idénticas a las que ya le había dicho Luisito y a las que le había escrito Miguel.

—Dime solo si voy a volver a verlos.

Asun corrigió a tiempo el singular con el que quería referirse a Miguel, aunque notó que a Ginés su petición le había resultado algo extravagante. Que necesitara con tanto ímpetu reunirse de nuevo con Santos entraba dentro de lo esperable, pero que expresara un deseo similar hacia dos jóvenes que, por mucho que formaran parte de su «tribu» teatral, no eran más que sus inquilinos, resultaba difícil de justificar.

—No puedo decirte mucho, Asun. Solo que Miguel y Alonso estarán escondidos hasta que se olvide lo que han hecho.

—¿Lo que han hecho?

Esa era la única pregunta para la que Asun necesitaba respuesta, pero Ginés, que se percató de que estaba a punto de entrar un cliente, no respondió.

—Carmen te dirá la fecha exacta en la que debes estar preparada —le dijo invitándola a salir por la puerta lateral, para que no se cruzara con el desconocido que acababa de entrar—. Pero calcula que no serán más de dos semanas.

Ella asintió y se marchó de allí sin haber aclarado sus dudas, envuelta en la misma bruma de ambigüedades en la que había llegado. Caminaba de regreso a casa, absorta entre sus preguntas, cuando sintió algo frío y metálico en su espalda. Quien la estuviera siguiendo había agarrado con fuerza uno de sus brazos y, pegado a su cuerpo, empuñaba un arma contra su espalda sin que ninguno de los transeúntes pudiera ver en ellos más que a una pareja que entraba apresuradamente en un coche.

—No hagas ningún movimiento extraño y todo irá bien.

Mientras le vendaban los ojos, Asun pensó que Ginés estaba en lo cierto: la única arma con la que contaba para seguir con vida era su ignorancia.

9

A pesar de la dureza con que lo golpeaba el silencio de sus dos aes, Santos se esforzaba por no dejarse llevar por el desaliento en medio de aquel desierto en el que, como todos los hombres que lo rodeaban, había comenzado a perder la salud y la cordura. El hambre y el agotamiento hacían cada día más difícil que el anterior, y la conciencia de que sus cartas jamás llegaban a sus destinatarios se convirtió en una obsesión que también preocupaba a Ramón y a Joaquín, con quienes su camaradería, construida a golpes de azada y de miedo, ya se había transformado en amistad. Tanto el médico como el maestro temían que la censura a la que estaban sometiendo al bibliotecario lo llevase a cometer una temeridad y, aunque Santos también era consciente del riesgo, cada vez le costaba más ser sensato en ese campo de concentración en el que no había más sombras que la que proyectaban sus cuerpos sobre aquel terreno baldío.

Estaba a punto de cumplirse su primer mes de prisión —siempre según las muescas, que ya ni siquiera estaba seguro de no haber duplicado—, cuando Caronte ordenó a su Cancerbero Mayor que reuniese a todos los reclusos para darles una noticia. Los presos acababan de rezar el rosario, uno de los escasos momentos felices del día para Santos, que disfrutaba maldiciendo entre dientes cada palabra de la oración, sin que los guardias pudieran oírle y reviviendo así el pequeño ritual de blasfemia infantil que había inventado en sus años de internado. Justo después de terminar, el exsacerdote les comunicó que habían sido afortunados con una visita de enorme importancia y con la que, insistió engolando la voz aún más de lo habitual, se pretendía destacar «la necesaria labor que se llevaba a cabo en la colonia».

«La colonia.» A Santos, a quien ni siquiera el deterioro físico había logrado mermar su pasión lingüística, le hacía gracia el eufemismo con el que se referían a aquel campo de concentración en el que no descartaba que llegaran a instalar una cámara de gas en alguno de los barracones, porque el propósito de encerrarlos allí no respondía a ninguna voluntad regenerativa, sino a acelerar sus muertes, ya fuera por enfermedad, por culpa de alguna de las palizas o por decisión propia, si encontraban el modo de quitarse la vida.

—Durante dos días, y empezando este glorioso 1 de abril, las cámaras del NO-DO serán testigos excepcionales de todo lo que hacemos aquí —les anunció Caronte—y grabarán las imágenes necesarias para que se conozca nuestra misión y nuestro papel en la Cruzada. Por supuesto, sobra decir que cualquier actitud extravagante que afecte a la grabación se castigará con severidad.

—Espero que haya quedado claro —lo secundó su Cancerbero Mayor, advirtiéndolos de que reprenderían con dureza a quien los desafiara mientras las cámaras estuvieran presentes.

A un gesto de Caronte, los centinelas rodearon a los presos y, mientras el director de la colonia se alejaba, se dispusieron a guiarlos a sus tareas habituales: era esencial que el reportaje diese cuenta de todo lo que el trabajo físico, la disciplina castrense, las tablas de gimnasia y las oraciones diarias estaban logrando por el bien de aquellos violetas.

—Tú, Rosaura —le gritó Roque—, ¿te has enterado de lo que te han dicho?

Santos, en quien cada mañana pesaban más las ausencias, bajó la cabeza, confiando en que recurrir al silencio bastase para alejar de él la repentina atención que le mostraban los guardias.

—La Rosaura siempre en la luna —se rio Íñigo, otro de los guardias jóvenes que, junto con Tomás, parecían ser los más fieles acólitos del Cancerbero. Se acercó a Santos y, en un gesto de falsa camaradería, le dio un golpe en la espalda con el que estuvo a punto de derribarlo sobre el suelo—. ¿Nos estás oyendo o no, maricona?

Él no dijo nada, pero sí reconoció en su burla el mismo graznido hiriente del día de su llegada, un coro idéntico al que lo había recibido cuando los surcos que debería cavar entre las piedras de Tefía aún no se habían convertido en las cicatrices que hoy llenaban su cuerpo.

—¿Te has enterado de que va a haber cámaras o no, imbécil? —La voz estridente de Íñigo lo sacó de su ensimismamiento—. ¿Me estás escuchando, Rosaura?

Recibió un culatazo en las rodillas y, después de tantos días de vejaciones, se quebró con docilidad. Mientras luchaba por ponerse en pie, Joaquín lo miraba con inquietud, preguntándose, como amigo y también como médico, cuánto tiempo podría seguir soportando el bibliotecario las mañanas inacabables cavando a pleno sol, arrastrando pesados capazos de mimbre llenos de picos en punta que, a veces, acababan clavándose en sus brazos y piernas. Ramón, el maestro, era bastante más joven que ellos, y sus músculos, aunque estuvieran poco habituados al trabajo físico, aguantaban mejor esos excesos, pero ni Joaquín ni Santos, que habían cambiado el hospital y la biblioteca por aquellas zanjas, destacaban por su fortaleza, así que era difícil saber cuánto tiempo más podrían seguir resistiendo en esas condiciones.

—Dejadla ya, a ver si la Rosaura no va a salir guapa en la película.

Cansado de la insulsa reacción de su víctima, el Cancerbero ordenó a sus hombres que pusieran a Santos en pie y condujeran a los reclusos a sus puestos habituales, donde volvieron a repetirles la importancia del momento histórico que iban a vivir, pues estaban a punto de convertirse en ejemplo de cómo la enfermedad y la depravación podían corregirse gracias al trabajo y a la fe cristiana.

—Mientras los del NO-DO estén aquí, no creo que sean tan duros con nosotras.

—A veces tengo la sensación de que ni siquiera sabes dónde estás, Ramón —le llevó la contraria Joaquín, que no compartía el moderado optimismo del maestro.

—Que no, que yo sé lo que me digo —aseguró mientras seguían cavando—. Delante de las cámaras no será como siempre. No pueden dejar que nos vean de este modo.

—No van a vernos de ninguna manera —sentenció el médico, buscando con la mirada que Santos le diera la razón—. A lo sumo, nos mostrarán como los enfermos que somos. Nada más.

—Eres una trágica —se opuso Ramón—, hoy va a

ser distinto. Con los del cine ahí no se atreverán. Mientras estén aquí, esto se va a parecer a un día normal.

—¿Tú aún recuerdas lo que es eso?

—Algo... Algo sí lo recuerdo.

Joaquín sintió el impulso de responder de nuevo, pero Santos le pidió con un gesto que se callara. ¿Qué sentido tenía empujar de su irrealidad a quien había conseguido algo de aliento a fuerza de vivir en esa utopía donde la esperanza todavía era posible? No era la primera vez que Ramón se aferraba a un futuro que jamás llegaba, como cuando inventaba visitas de gente que no aparecía o aseguraba que le habían prometido que faltaba muy poco para que pudiese empezar una nueva vida. Ni Santos ni Joaquín, los únicos testigos de sus delirios cervantinos, consiguieron hacerle ver que esa vida, aun saliendo de aquel encierro, ya no era posible. No habría lugar donde no le persiguiesen sus antecedentes ni, por supuesto, encontraría un solo colegio que quisiera contar con sus servicios. Pero hablarle a aquel maestro vocacional de la imposibilidad de regresar a sus pupitres habría sido peor que condenarlo a muerte.

—Les digo que hoy va a ser diferente —sentenció—. Muy diferente.

Durante las primeras horas de aquella mañana, Santos se esforzó por mostrarse ante las cámaras del NO-DO tan sumiso como de costumbre. Cavó durante horas con la solicitud requerida y, cuando tuvo sed, mendigó el agua que los carceleros les escatimaban por el simple placer de provocar su angustia. Incluso fingió no escuchar el texto que declamaba uno de los miembros del equipo de grabación, encargado de improvisar y redactar el discurso que, más tarde, usarían para la película. Su instinto de supervivencia, fortalecido por la esperanza del reencuentro con sus dos aes, lo ayudó a ahogar la risa que le provocaba aquella descripción tan ridículamente alejada de la realidad.

—«Los tomates son, tras el plátano, la mayor riqueza de las islas. Tomates y plátanos, rojo y amarillo, son la bandera española de Canarias. Hacer aquí tierra es hacer patria. Es ensanchar abnegadamente la fecundidad de la patria española.»

El locutor se había situado en la misma hilera de presos en la que se hallaban cavando Ramón, Joaquín y Santos, de modo que les era imposible no escuchar cuanto estaba diciendo. La distorsión entre lo que aquel hombre narraba y lo que los cámaras estaban grabando resultaba esperpéntica, hasta el punto de que Santos no se explicaba cómo podrían manipular más tarde aquellas imágenes, donde se los veía horadar la piedra buscando una fertilidad imposible en medio de un desierto tan árido como su presente, para que cuadrasen con la loa del locutor a los valores patrióticos de su gesta, entre alusiones a plátanos y tomates cargados de burdo simbolismo. Santos sintió curiosidad por saber qué inventarían cuando proyectasen esas imágenes para que aquel infierno pareciera no serlo o para ocultar la violencia de los guardias que, lejos del optimismo de Ramón, no solo no parecían intimidados por las cámaras, sino que pronto empezaron a comportarse con mayor severidad de la acostumbrada, como si Caronte les hubiera ordenado demostrar que, gracias a ellos, todos los vagos y maleantes en Tefía se hallaban a buen recaudo. «La patria puede respirar tranquila», gritaban a la vez que miraban de reojo al objetivo y exigían a los presos que acelerasen el ritmo. Pese a estar exhaustos, todos obedecían sin protestar hasta que

Joaquín, completamente agotado y al borde de la lipotimia por culpa del calor sofocante, se derrumbó a la mitad de la jornada.

—Estas mariconas... ¡Venga, Joaquina, levanta! —le gritó Tomás mientras golpeaba su vientre con la culata del fusil—. Apestosa de mierda, que te levantes.

Santos corrió a socorrerlo junto a Ramón y, en el tiempo que duró aquella nueva humillación —apenas perceptible en el conjunto de cuantas sucedían a cada momento y cada día de la semana—, creyó reconocer a uno de los jóvenes que formaban parte del equipo del NO-DO, a quienes los guardias ordenaron desviar el objetivo de sus cámaras.

—¿Es tu novia o qué, Rosaura? —Roque, siempre dispuesto a la chanza colectiva y ruidosa, le escupió mientras los demás se reían—. ¿Te gusta la Joaquina?

Santos apretó los puños y trató de identificar al chico de cabello pajizo y piel pecosa al que había creído reconocer a la vez que, con la ayuda del maestro, llevaba a su compañero hasta su hilera.

—Esa dicen que es médica. Y esta —el Cancerbero Mayor se giró teatralmente hacia los demás guardias mientras señalaba a Ramón—, esta era maestra. ¿Os imagináis a nuestros hijos con esta escoria?

Una vez que los tres presos hubieron regresado a sus puestos habituales, dio la señal para que se retomara la grabación que había quedado suspendida.

—«La tierra canaria es un paraíso de Dios, pero donde Adán y Eva no han sido expulsados. Porque el hombre y la mujer de esta tierra bendita que riegan con su sudor alegre y fuerte trabajan por la grandeza de Dios y la gloria de España.»

—A ese lo conozco —les dijo Santos a sus dos compañeros mientras golpeaban piedras entre las que, dijera lo que dijera aquel melifluo presentador, no surgía destello de grandeza alguna—. Claro que lo conozco.

Había tardado un poco, pero al fin había localizado al cámara en el laberinto en el que se habían transformado sus recuerdos previos a Tefía.

—¿Y? —Joaquín, que seguía sin encontrarse bien, ni siquiera levantó la mirada para responderle. Bastante esfuerzo le costaba no caerse de nuevo, así que confiaba en que el tono de su réplica bastase para disuadir a Santos de lo que fuera que estaba planeando.

Ramón se limitó a ladear la cabeza y, convencido de que no hay nada como recibir un consejo para actuar de modo contrario, prefirió no mostrar interés en la revelación de Santos.

Como ninguno de ellos le preguntó dónde o cómo se habían conocido, el bibliotecario no tuvo ocasión de describirles el instante concreto en que ese cámara se había cruzado en su vida. Un encuentro que había sucedido un año antes, junto a Alonso, en los tres días que compartieron juntos en Salamanca. Allí era donde había coincidido con Fabián, con ese cámara del NO-DO cuyo nombre saltó en su memoria con la misma violencia con que, a cada golpe de azada, lo hacía la grava contra su piel. Solo que en esta ocasión no sintió el escozor habitual, sino un aviso de lucidez que estaba dispuesto a afrontar si eso era lo que necesitaba para romper su aislamiento. Esa era su verdadera condena, la que estaba acabando con su esperanza y hasta con su salud. La única enfermedad incurable que había contraído en aquella isla donde intuía que habían dado instrucciones de mantenerlo con vida para que su agonía durase el máximo tiempo posible. «Que no se rompa —debió de advertir alguien antes de que pusiera un pie en la Estigia—, que a la Rosaura no se le ahorre un solo día hasta que cumpla el tiempo que se ha determinado que debe permanecer aquí.»

Acercarse a Fabián para revelarle su identidad y, amparándose en el recuerdo de aquella noche juntos, convertirlo en su mensajero no solo exigía burlar la estricta vigilancia de los cancerberos, sino también asumir el riesgo de recibir una negativa a una solicitud peligrosa. Santos ignoraba qué grado de ensañamiento se había dispuesto contra su caso particular, pero si Fabián era sorprendido con una de las cartas para sus dos aes, se le exigirían unas explicaciones que el cámara no podría satisfacer y se le impondría una sanción que tampoco merecería. En otras circunstancias, habría desechado su resolución por egoísta, pero los días sufridos bajo aquel sol abrasador no solo le habían quemado la piel, sino que también le habían arrancado la vergüenza.

El pudor era lo primero que había perdido por culpa de las represalias a las que se les sometía cada semana. Al principio, habían sido algo más leves, como dejarlo sin el rato de siesta que, junto con la salida dominical a la iglesia, formaba parte de los raros momentos en que cobraba conciencia de seguir vivo. Hasta que se dieron cuenta de que a Santos aquello no lo doblegaba tan deprisa como a los demás y usaron métodos más expeditivos. Pero si el bibliotecario no pensaba en lo que podría sucederle a Fabián no era por narcisismo, sino porque su necesidad de comunicarse con Alonso y con Asun era muy superior al temor que conllevaban las consecuencias de intentarlo.

No podía desaprovechar la ocasión, así que Santos decidió no precipitarse y esperar al segundo día de grabación para entregarle la nota que había improvisado durante la siesta. No era un relato de sus días, ni tampoco una confesión en la que hubiese liberado esperanzas o demonios, sino un mensaje conciso que consistía en la simple y necesaria conjugación del verbo ser. «Sí, soy. Sí, sigo siendo. Sí, aspiro a poder ser a vuestro lado.» Una breve sucesión de enunciados en los que anotó desordenadamente parte de los recuerdos que lo unían a Asun y a Alonso. Y que escribió con la misma caligrafía picuda y esmerada con la que inscribía las nuevas adquisiciones que llegaban a la biblioteca del Ateneo. Las mismas vocales angostas y alargadas que llamaron la atención de Asun en la primera de sus dedicatorias, cuando convirtieron los libros que él le regalaba —y que ella no leía, porque nunca sonaron tan bien en su imaginación como en la voz de Santos— en el puente que había de unir las islas de sus vidas.

Dobló con cuidado la hoja y la escondió con la única esperanza de entregársela a quien debía hacerla llegar hasta la calle Bordadores. Ignoraba si, cuando Fabián apareciese con la nota —porque Fabián tenía, sí, Fabián tenía que aparecer en su piso con esa nota—, estaría solo Asun. O si Miguel y Alonso seguirían allí. La opción de que nadie abriese la puerta era la única que, en ese momento, no podía plantearse. Ya era lo suficientemente angustioso buscar el modo de entregarle el papel a Fabián como para, además, sumarle la imposibilidad de su recepción.

Tanto Joaquín como Ramón intuyeron los planes del bibliotecario y temieron que su compañero intentara comunicarse con ese hombre al que decía conocer y a quien no había dejado de observar desde el día anterior.

—¿Tienes idea de lo que te harán si te cogen acercándote a uno de los cámaras?

—¿Peor que lo que nos han hecho ya? Mira, Joaquín, te agradezco que os preocupéis, pero cada uno sabe sus asuntos. Y no hemos llegado hasta aquí para que todo lo que hemos conseguido se pierda.

—¿Lo que hemos conseguido? —El médico no pretendía resultar hiriente, pero se sentía tan impotente ante la obcecación de Santos que agotó la escasa benevolencia con la que era capaz de valorar los logros de una lucha de la que también formaba parte—. ¿Es que hemos conseguido algo?

—Por supuesto que sí —afirmó el bibliotecario sin un ápice de ironía—. Nuestro febrero universitario lo ha cambiado todo.

Joaquín tuvo que ahogar una carcajada para no despertar de su siesta al resto de los presos.

—Tú puedes mentirte cuanto quieras, pero no se hablará de nosotros. Tal vez se hable de Múgica, o de Ridruejo, o de Sánchez Mazas, pero de ti y de mí no —insistió.

Que eso pudiese ocurrir no le dolía por su ambición de notoriedad, sino porque convertía su destierro en un castigo cruel y estúpido, una sanción insoportable para un logro minúsculo. Ambos sabían que su presencia en Tefía no solo tenía que ver con su naturaleza sexual, sino también con su piel política. Eso explicaría la urgencia con que él y Joaquín habían sido trasladados desde Madrid hasta la Estigia. O por qué su edad era superior a la del resto de los reclusos de la colonia, quienes —al igual que Ramón— no superaban los veintitrés o, como mucho, los veinticuatro. Por eso a Joaquín le enfurecía que, ya que se le obligaba a pagar por ello, lo logrado fuese tan exiguo, al tiempo que Santos se indignaba cuando el médico minimizaba sus conquistas y despojaba su encierro de sentido.

—Fue un principio —se defendió el bibliotecario.

—Un principio o una oportunidad perdida —repuso el médico con tristeza, convencido de una derrota que Santos rehusaba aceptar.

—Torres López, Ruiz-Giménez, Fernández-Cuesta... ¿Sigo? —Enumeró la lista de cesados con entusiasmo, como si cada una de esas destituciones fuera la prueba del éxito que necesitaba demostrar ante Joaquín—. Todo ha servido de algo.

—Lo sé, Santos, lo sé, pero... —Joaquín tragó saliva, no estaba del todo seguro de que aquella fuera una victoria real: ¿en qué otras consecuencias tangibles se iba a traducir? ¿Qué libertades traería consigo aquella cadena de destituciones?—. Nos guste o no, lo único que ha quedado de todo eso en la memoria colectiva es que el 9 de febrero estuvo a punto de morir otro de los suyos. Que hemos vuelto a matar a Matías Montero. Eso fue lo que publicó la prensa y de eso es de lo que se ha enterado la gente real. No tus amigos del Tiempo Nuevo, ni los del Ateneo. La gente que no estaba allí lo único que sabe es que el 9 de febrero un rojo descargó su pistola contra un pobre chico de diecinueve años. Que nosotros no lleváramos armas da lo mismo. Que los que nos acordonaran en San Bernardo fueran ellos, también.

—¿Y qué querías que pasara? ¿De verdad esperabas mucho más?

—Esperaba realismo, joder, no literatura. —Joaquín se arrepintió de su estallido nada más terminar de hablar. No solo porque temía haber alzado tanto la voz como para que otros de los presos del barracón pudieran oírlo, sino porque no quería que Santos creyera que no valoraba lo que habían hecho—. Lo siento, es este lugar de mierda... A veces confundo el enemigo.

—Tranquilo, Joaquín. Tú también tienes razón en que podía haber sido distinto... Pero al menos hemos empezado a ponerlos nerviosos y, ahora que les hemos tocado los cojones, ya saben que vamos en serio.

10

Le vendaron los ojos para que no identificara el lugar al que la conducían y Asun, paralizada por el miedo, se esforzó por no pensar en lo que la aguardaba a continuación, ya que esa ignorancia era su único modo de mantener la calma. Intentó inútilmente asegurar a sus captores que se equivocaban de persona, así como preguntarles por el destino de aquel trayecto que acabó con ella en medio de una sala sin ventanas, con un plomizo olor a humedad y paredes oscuras en las que, cuando le quitaron la venda, no descubrió nada que le permitiese deducir dónde se hallaban.

La sentaron atada de pies y manos en una silla que, junto con una mesa estrecha y desvencijada, constituía el único mobiliario de la habitación. Buscó posibles escapatorias, pero solo había una puerta al fondo, imposible de cruzar sin que le dieran caza en el más que hipotético caso de que fuera capaz de levantarse, sortear a quienes la vigilaban y salir corriendo. En los minutos que transcurrieron hasta la entrada de su interrogador, Asun barajó diversas identidades, pero siempre acababa vinculándolo con cualquiera de los inspectores y comisarios a los que había molestado con sus pesquisas sobre Santos en el último mes y medio. Solo por un segundo pensó en que, quizá, su adversario no fuera un policía, sino alguien con motivos más personales contra ella.

—No esperaba que nos reencontrásemos en estas circunstancias —la saludó desde la puerta un hombre al que, a pesar de presentarse a contraluz, reconoció gracias a su silueta alta y robusta, tan distinta en corpulencia a la de su hijo.

—Yo tampoco esperaba verlo así, don Hernán —respondió ella, adoptando el servilismo que, desde la infancia, había aprendido a impostar en situaciones parecidas.

Él se acercó, permitiendo que la bombilla desnuda que colgaba del techo iluminase sus rasgos, y ella, que sabía que era esencial preservar sus fuerzas, fijó la mirada en el suelo. Cuanto menos se encontrasen sus ojos con los de aquel hombre al que odiaba a través de Miguel y de Alonso, más opciones tendría de no salirse del personaje que debía interpretar.

—Me habría gustado avisarte, Asun, pero en ese caso sospecho que no habrías querido venir. Y tú y yo tenemos que hablar. Eso lo entiendes, ¿a que sí?

Lo miró con expresión de no saber a qué se refería y esperó a que comenzara el consabido prólogo con el que los de la Secreta intentaban desestabilizar a sus testigos: «Sabes que lo vas a decir, eres consciente de que terminarás hablando, mejor que empieces ahora antes de que luego te arrepientas, sería más sensato que nos ahorrases tener que hacer cosas que no queremos, para qué resistirte a lo que al final va a ocurrir...». Pero, para su sorpresa, no escuchó ninguna de las frases de aquel manido repertorio que ya había sufrido en Sol, ni tampoco recibió ninguno de los golpes para los que, mentalmente, creía estar preparada. Cerró los ojos cuando vio que Hernán se acercaba aún más a ella, segura de que en ese momento comenzaría a dar rienda suelta a su sadismo, pero él se limitó a rodearla y, a sus espaldas, deshizo el nudo que ataba sus muñecas.

—Esto no tiene por qué terminar mal, Asun.

La serenidad con que se dirigía a ella, tan distinta a la ira del monstruo que le había descrito Miguel en su carta, la desconcertaba y atemorizaba al mismo tiempo. Ahora que sabía más sobre aquel hombre, era consciente de hasta dónde podían llevarlo sus impulsos, así que no conseguía entender por qué no cargaba sobre ella con toda la violencia que aquella situación le permitía. Pero su miedo no solo tenía que ver con su propia integridad, sino con lo que Hernán pudiera decirle sobre Santos, pues ahora que lo tenía delante no dejaba de pensar que él sí sabía algo, que quizá incluso estaba detrás de todo lo que sucedía, y que a lo mejor Ginés y Carmen llevaban razón cuando insinuaban que lo habían subestimado al acoger a sus dos hijos.

Ella estaba dispuesta a soportarlo todo menos recibir la noticia de una muerte que no pensaba aceptar, por mucho que le presentaran uno de esos certificados médicos expedidos en tiempo récord, como el que Santos le había contado que prepararon para Unamuno, con los datos precisos para que la causa de la muerte no justificase una investigación, sobre todo en su caso, porque su marido no era Unamuno, no era más que un nombre que solo había existido en el minúsculo entorno al que pertenecía y al que la muerte le arrebataría la trascendencia con la que soñaba y que, para ella, apenas significaba nada. Asun solo entendía la vida como aquello que, por diminuto que fuera, sí se podía tocar. Las palabras de Santos, cuando le leía alguno de sus libros, se podían tocar. El cuerpo de Miguel, cuando se abrazaba a él en su litera, se podía tocar. Hasta la fiereza combativa de Carmen, cada vez que le encargaba alguna de sus tareas mientras la ayudaba a ordenar telas e hilos, se podía tocar. Todo lo que no era tangible, esa palabra que había aprendido en los libros de su marido, no le interesaba, porque no existía. Existía la miseria, que aún podía tocar en el frío de su infancia; existía el hambre, que había tocado en los cupones que aprendió a robar y hasta a falsificar cuando la cartilla de racionamiento se agotaba; existía la persecución y existía el silencio, el mismo que había tocado en Santos cada vez que, temiendo lo que su marido estaba a punto de decir, le ponía la mano en los labios para rogarle que se callase. Para seguir adelante, a Asun no la ayudaba pensar en la vida que habrían merecido, sino en la que tenían. Su lucha no era un futuro hipotético, sino un ahora inmediato. Era el «ya» que Asun gritaba hacia dentro, con el puño metido en su boca, cuando se corría gracias a la destreza que llegó a alcanzar Miguel debajo del calendario del comedor. Era el «más» que susurraba hacia fuera, con su mano buscando una erección imposible, cuando Santos acababa a su lado la lectura de alguna escena de sus «elegidos». Era el orgullo con que, tras comprobar que su ensayada pose de docilidad no servía de gran cosa, miraba a Hernán.

—Podría pedirles que me ayudaran, Asun. —Y señaló con su mano derecha a los tres hombres que lo acompañaban—. Pero no voy a hacerlo. Prefiero darte tiempo para que pienses y me digas dónde está mi hijo Alonso.

—No lo sé. —Por una vez no tenía que esforzarse en mentir, así que podía responder sin temor a que el tono de su voz la delatase.

—Seguro que solo tienes que hacer algo de memoria —insistió Hernán—. Pero no te preocupes, que no me voy a remontar al momento en que os confié a esos dos, ni te voy a dar el gusto de creerte que fuisteis más listos cuando, a la vista está, no lo habéis sido. Ya me dirás qué mérito tiene embaucar a dos simples que apenas habían salido del pueblo. Poca cosa para una bruja roja con tu talento, ¿no te parece? Que algún hechizo más potente tienes que llevar entre las piernas para haberme engatusado a Miguel, ¿a que sí?

El único modo de que supiera lo que había pasado entre ellos era que alguien se lo hubiera contado, y esa conclusión la hirió más que todo lo que aquel hombre pudiera hacerle. Porque eso confirmaba que alguien muy cercano, alguien que formaba parte de su mundo, le había ido con el cuento y, seguramente, también con lo que ocurría entre Santos y Alonso. Y esa idea de que todo lo que les estaba sucediendo hubiera empezado con una traición le resultaba insoportable.

—Mira, Asun, esto es muy sencillo. Solo tienes que decirme dónde están mis hijos, porque no sé qué te habrán contado ellos, pero Alonso lo es por derecho propio y Miguel, bueno, como si lo fuera. Pues eso, que tú me dices dónde los puedo encontrar y yo te ayudo a que vuelvas a ver a tu marido, que ya sé que con él no es lo mismo y que tú eres más de ayudar a la patria y a nuestras juventudes poniendo el coño. Pero piensa que lo que te ofrezco es empezar a ser una señora de bien para que dejes de ir haciendo de puta por ahí.

Desde que Santos había desaparecido temía encontrarse con una propuesta como aquella, pero no estaba preparada para que surgiese en ese momento, desvelando tanto la forma de recuperar a su marido como el porqué de la imposibilidad de lograrlo. Ahora ya no había duda de que Carmen y Ginés habían acertado con sus sermones sobre cómo se habían olvidado de que ni siquiera dentro de su propia casa podían afirmar que estuvieran a salvo. Se alegró, cómo se alegró, de que Miguel no le hubiera desvelado su paradero y le agradeció que no hubiese sobrestimado sus fuerzas porque en ese instante, el mismo instante en que Hernán le ofreció la posibilidad del intercambio, habría dudado. No porque Miguel y Alonso no le importaran, sino porque cualquiera de ellos tenía más opciones de sobrevivir a la cólera de Hernán de las que poseía Santos, que no gozaba ni de la juventud ni de la fortaleza física de los dos medio hermanos. Y esa comparación, que seguramente tampoco fuese justa, la habría empujado a decir cualquier cosa con tal de recuperar a su marido, a pesar de que conseguirlo de ese modo se convertiría en una trampa que los iría engullendo a ambos hasta hacerlos desaparecer cubiertos de culpa y de vergüenza. Pero, gracias a la cautela de Miguel, Asun no tenía nada con lo que negociar, así que se limitó a rogarle, una y otra vez, que le dijera dónde estaba Santos.

—Por favor, don Hernán, por lo que más quiera...

Pensó en su María de la O, en su Zarzamora, en su Lirio, en su Triniá... Pensó en todas las mujeres de las que había paseado angustias y penas mientras estuvo en el tablao y sacó fuerza de ellas para convertirse en otra víctima, justo lo que más odiaba ser, y hasta para arrodillarse ante Hernán rogándole que se apiadara de ella. Por primera y única vez en su vida se olvidó de haber presenciado esa misma escena años atrás, con su madre en el suelo y ella a su lado, buscando una compasión que nunca iban a concederle y aprendiendo de nuevo una vieja lección que sus sentimientos hacia Santos le hicieron olvidar.

—Es fácil, Asun, solo tienes que cooperar un poco —respondió él con aplomo, a la vez que buscaba algo en un bolsillo de su chaqueta—. Pero si no me dices dónde puedo encontrar a mis hijos, vas a tener más problemas que el de buscar a tu marido.

Sacó una fotografía en blanco y negro y la puso en el suelo, justo a sus pies. Ella la miró y, sin tocarla, se levantó de nuevo para sentarse en la silla.

—¿Has visto un fantasma? —se rio él mientras, con el pie, le acercaba la imagen.

—No conozco a ese hombre. —Esta vez su voz no sonaba ya tan firme como antes.

—A mí me han contado que sí. —Y, como un mal prestidigitador, sacó del mismo bolsillo una segunda fotografía. Esta era algo más borrosa y en ella se veía a Asun cantando en un escenario frente a un público en el que, marcado en rojo, se distinguía al hombre de la imagen anterior—. Creo que os encontrasteis en Santander, ¿o esa de ahí no eres tú?

—Había mucha gente esas noches... —intentó disimular, aterrada ante la idea de que Hernán la hubiese descubierto—. No puedo acordarme de todos.

—No, claro que no. —Asun podía leer en su sarcasmo hasta qué punto estaba disfrutando acorralándola—. Pero lo mismo los de la brigada tienen otra versión, así que, para que esto no se convierta en lo que no queremos que se convierta, voy a creer que no sabes dónde están mis hijos y te voy a dar algo de tiempo para que lo averigües. Seguro que puedes descubrir dónde andan si te esfuerzas un poco. Y si dentro de unos días no sé nada, tendremos que vernos de nuevo para hablar de Guzmán.

Hernán puso en sus manos una tarjeta con una dirección y un número de teléfono.

—Estaré en Madrid todo el mes de abril, así que puedes localizarme en cualquier momento.

Antes de que pudiera reaccionar, volvieron a vendarle los ojos y a arrastrarla al mismo coche en que la habían llevado a aquel lugar, y no oyó hablar a nadie hasta que, por fin, la soltaron cerca del Rastro.

Cuando el coche se alejó, Asun buscó un banco en el que sentarse unos minutos porque las piernas le temblaban y apenas lograban sostenerla. Mientras buscaba el modo de serenarse para ponerse en pie y regresar a casa, pensaba en que por fin tenía la respuesta que explicaba la desaparición de Santos. Casi parecía una broma macabra descubrir que ni siquiera en este caso el destino del bibliotecario tenía que ver solo con los hechos históricos de los que aspiraba a formar parte, sino que su condena, más allá del congreso o de la «función roja», era la consecuencia de haber puesto los ojos en quien no debía. Su sentencia no se había dictado —o, por lo menos, no solo— por un delito de rebelión ni de propaganda, ni tampoco era el castigo por haberse convertido en un líder destacado de un movimiento de insurrección, sino por su relación con Alonso, por eso había caído sobre él todo el peso del artículo 6 hasta convertirlo en un violeta anónimo. En una vida robada cualquiera sobre la que, sin embargo, pesaba una condena excepcional porque Hernán, convencido de que había pervertido a su hijo, se había encargado de que así fuera. Y, en su afán revanchista, no solo le había robado la libertad, sino también la épica, al igual que hiciera en el pasado con el padre de Miguel, condenándolos a ambos a los recovecos más mezquinos de la historia.

Después de aquella tarde, a Asun ya no le cabía ninguna duda de que si Hernán sabía dónde se hallaba Santos era porque había movido los hilos a su alcance para que pagara por ser el degenerado que era, acusándolo de inculcar ideas comunistas en jóvenes universitarios a quienes, además, convertía en seres amorales y contrarios a la integridad y la salud patrióticas. Su crimen no solo consistía en alentar libertades y derechos, sino también en ser el portador de la enfermedad que había corrompido el alma a Alonso y que su padre estaba dispuesto a sanar con todas las herramientas a su alcance.

Emprendió el regreso a casa mientras se reprendía por haber sido tan idiota. Una estúpida, volvió a recriminarse ya en su piso, tras lavarse concienzudamente como si quisiera arrancarse con agua y jabón el recuerdo de aquella tarde. Llevaba tanto tiempo preguntando por Santos que había llegado a pensar que había una respuesta lógica, una causa política, que su condena respondía a un porqué, como si eso explicara algo, como si ellos necesitaran explicar nada, qué tonta había sido, tanto tiempo tirado a la basura cuando lo que tenía que haber hecho era imaginar que habría otros motivos o, como las llamaba su madre, otras influencias, que puede que la Reme no supiera leer libros, pero sí sabía leer a las personas, igual que ella, y estaba segura de que las cosas no ocurrían porque sí, las cosas ocurrían porque tenían que ocurrir, porque había gente que podía hacer que ocurrieran y gente que tenía que conformarse con que les sucedieran encima, así de fácil, que ya lo podía haber pensado antes en vez de ser tan tonta, ya podía haber caído en la cuenta de que la desaparición de su marido no era solo consecuencia de aquel febrero del 56, sino de todos los meses anteriores, de todas las veces que ella le dijo «Santos, ten cuidado», y Santos sonreía, como si aquello no fuera con él, y le respondía «que sí, Asun, que lo tengo», y la miraba pensando que en ella hablaban los celos por lo que hacía con Alonso cuando quienes hablaron siempre fueron sus avisos, su afán de salvarlo y hasta sus pocas ganas de tener que volverse Antígona por su culpa, porque aquella griega a la que su marido admiraba le caía antipática, y le parecía demasiado redicha, y demasiado tozuda, y ella no quería sepulcros ni Creontes, ella lo único que quería era a Miguel sudando en su litera y a Santos leyéndole en su cama, que de eso tampoco había hablado con su madre, ni falta que le hacía, porque nadie, y mucho menos la Reme, iba a entender esa forma en que se querían en aquella casa hasta que alguien se fue de la lengua, «que mira que te lo advertí, Santos», «que no tienes que preocuparte, Asun», hasta que la tierra tembló bajo sus pies y surgió de ella el artículo 6 para sepultarlos a todos.

Ahora lo más urgente era avisar a Luisito para que informara a la «tribu» de lo cerca que estaba Hernán y del peligro que entrañaba. Y, por supuesto, tenía que contárselo todo a Ginés y a Carmen, a quienes dejó un aviso en la tienda de Braulio. Ellos la ayudarían: sabiendo que era la mano de Hernán la que había manipulado el destino de Santos podían probar suerte en los lugares adecuados. Pero era preciso actuar cuanto antes, porque para encontrarlo solo contaban con ese plazo de «unos días» que Hernán ni siquiera se había dignado a acotar, ofreciéndole un ultimátum que, por indefinido, resultaba aún más aterrador y tras el que ya no habría escapatoria posible, no después de que le hubiera enseñado aquella fotografía tomada en Santander, en una misión que sus avisos le dijeron que pagaría muy cara y que la obligaba a huir. Pero antes necesitaba buscar a Santos una última vez, porque solo si lo encontraba podría irse tranquila. Asun desconocía cómo habría sido esa vida que su marido decía que habrían merecido vivir si su tiempo y su lugar hubiesen sido otros, pero sí sabía cómo era la vida que ellos dos habían llegado a inventar juntos y no quería marcharse sintiendo que había renunciado a ella.

Acto V

Salomé

I

La tarde del segundo día de grabación, Ramón y Joaquín intentaron impedir que Santos se saliese de la alineación habitual. Había pasado toda la tarde dudando, peleándose consigo mismo y con las posibles consecuencias de su acción, hasta que después de la siesta, cuando debían de llevar más de dos horas cavando, el guardia encargado de vigilar su hilera se giró a beber agua de uno de los botijos que solían exhibir ante los presos para avivar su sed. El bibliotecario aprovechó su descuido para correr hasta los cámaras, que se hallaban en ese momento a escasos metros de su fila, y, fingiendo una aparatosa caída, dejó la nota en uno de los bolsillos de Fabián.

Lo esencial era que no pareciese que había algún vínculo que lo uniese al cámara, así que se abalanzó sobre él con violencia, como si quisiera agredirlo en un arrebato de locura, poseído por los demonios que, según les repetía Caronte, la oración y el trabajo agrícola pretendían exorcizar. A pesar de que Fabián se alejó deprisa y con verdadero miedo de ese desconocido que, según pensaron todos los testigos allí presentes, había intentado agredirlo, el bibliotecario había sido lo suficientemente rápido como para dejarle su mensaje, en cuyo reverso había escrito la única palabra que necesitaba para hacerle recordar su identidad: Salamanca.

—¡Agarrad a esa loca! —les gritó Roque a sus oficiales mientras Santos, irguiendo la cabeza, buscaba la mirada de Fabián. Necesitaba que se fijase en él para que, a pesar de su deterioro físico, reconociese al hombre con quien había compartido cine y cama en las jornadas donde se conocieron.

—Déjenlo, por favor. No me ha hecho nada —lo defendió Fabián, y Santos, por el modo en que recuperó la compostura, se convenció de que había logrado reconocerlo y entender que el episodio solo había sido una mala función con la que el bibliotecario, siempre escudándose en el teatro, había intentado convertirlo en su última esperanza para hacerse oír.

—A estos violetas hay que tratarlos como se merecen —lo contradijo el Cancerbero a la vez que Íñigo y Tomás, a una orden suya, derribaban a Santos sobre el suelo.

Fabián, al igual que el resto de sus compañeros del NO-DO, permaneció inmóvil mientras los guardias se ensañaban con el recluso, que, encogido sobre sí mismo, sufría las patadas y los golpes que le propinaban con sus fusiles.

—Estas mariconas no conocen otro lenguaje —escupió Roque con desprecio.

—De verdad, no me ha hecho nada —insistió Fabián, sin darse cuenta de que su mediación solo conseguía llamar aún más la atención de los guardias. Santos lo miró pidiéndole que guardase silencio y el cámara cambió abruptamente su discurso—. Pero si tienen que educarlos para que se comporten, por nosotros no dejen de hacerlo.

Santos, aún tirado en el suelo y a pesar del terrible

dolor que sentía en todo su cuerpo a causa de las patadas, casi respiró con alivio ante el cambio de actitud de Fabián, confiando en que cuando revisara su ropa y diera con su nota supiera interpretarla con la misma audacia. Se trataba de una sencilla entrega de la que nadie sospecharía, pues no había relación entre aquel joven y el piso de la calle Bordadores cuya dirección figuraba en el margen superior de la carta en la que Santos apenas había tenido tiempo de certificar su existencia en medio de un caótico inventario de instantes compartidos.

Para que su plan triunfara era necesario que Fabián aceptase hacerle aquel favor, arriesgándose a sufrir lo que, en esos dos días de grabaciones, había visto que les hacían a quienes eran como él. Santos estaba seguro de que al cámara le había recorrido el cuerpo más de un escalofrío mientras los veía cavar, ocupando un destino que también podría haber sido el suyo y del que solo lo distanciaba la casualidad, o la suerte, o tal vez un exceso de prudencia. Si se hallaba al otro lado de la verja era porque nadie sabía que había participado en noches como aquella madrugada salmantina en la que, entre los excesos eufóricos del vino y de la prometida revolución cinematográfica, tres hombres habían terminado compartiendo cama en la misma pensión.

La posibilidad de que Fabián recordase aquella noche dependía, exclusivamente, del grado de relevancia que aquel momento entre etílico y erótico hubiera ocupado en el repertorio de cuerpos de su biografía. Santos sabía bien que la vivencia del sexo en la clandestinidad dificultaba tanto el nombre propio como la memoria, de modo que todo lo experimentado acababa por diluirse en una vorágine de escenas en las que era más excitante el marco y las circunstancias que sus protagonistas, como si el placer no dependiese del con quién, sino de la suerte de encontrar un cuándo y, en el mejor de los casos, un dónde. Si Santos había reconocido a Fabián en medio de ese laberinto era porque había formado parte, sin saberlo, del día en que tanto él como Alonso lograron avasallar por fin sus mutuas reservas. Había localizado su nombre porque la noche en la que se acostaron con él fue también la noche en la que Alonso reclamó su espacio en una relación que habría podido llegar a asfixiarlo: Santos y sus vivencias, Santos y sus compañeros del Tiempo Nuevo, Santos y sus secretos revolucionarios, Santos y su listado de sitios de Madrid a los que ir o de calles por las que no pasar. Alonso le agradecía que lo hubiera introducido en un mundo que hasta entonces le había estado vedado, pero necesitaba sentirse tan dueño de su destino como se creyó aquella noche en Salamanca.

El Cancerbero se acercó hasta Santos, detuvo la paliza que estaba sufriendo a manos de Tomás y de Íñigo y les ordenó que lo llevasen al despacho del director antes de girarse de nuevo hacia Fabián y el resto del equipo del NO-DO.

—Con lo que han grabado tienen suficiente —sentenció invitándolos a que dieran por concluido su trabajo. Después, indicó a los demás guardias que escoltaran al resto de los reclusos hasta su barracón.

Santos adivinó que Joaquín y Ramón estarían interrogándolo con la mirada, así que eligió no girarse, pues temía que el pánico que leería en sus ojos los convirtiese a los tres en las estatuas de sal en las que, hasta aquel día, habían evitado transformarse.

SENTENCIA CONDENATORIA DE TERESA OLIVAR NIETO

Señores del Tribunal de Urgencia
Audiencia Provincial
D. Alejandro Gómez Rupérez
D. Martín Sotillo Dominguín
D. José Luis Cerezo Espinosa

En Madrid, a tres de abril de mil novecientos cincuenta y seis.

Vista en juicio oral y público ante la Sección Tercera de esta Audiencia Provincial, la causa procedente del Juzgado Especial de Orden Público, seguida de oficio por el delito de Propaganda ilegal, contra Teresa Olivar Nieto, de veintidós años de edad, hija de José María y de Alicia, natural y vecina de Madrid, soltera, de profesión estudiante, con instrucción sin antecedentes penales, de buena conducta.

PRIMERO: RESULTANDO probado y así se declara que, el día ocho de marzo de mil novecientos cincuenta y seis, la procesada en esta causa, Teresa Olivar Nieto, estudiante de Filosofía y Letras, sin que conste que tuviese significación política determinada, mantuvo un encuentro no fortuito y fuera de su domicilio, en las cercanías de la Casa de Fieras, con Asunción Martín Sierra, acusada de haber intervenido en los sucesos universitarios de febrero.

SEGUNDO: RESULTANDO probado y así se declara que el día treinta de marzo recibió en su domicilio en un sobre cerrado a su nombre ciento cuarenta y ocho ejemplares de un manifiesto, confeccionado en multicopista, que carecía de pie de imprenta y que contenía en su anverso un extracto de la Declaración Universal de los Derechos del Hombre y, en el reverso, parte del manifiesto universitario del treinta y uno de enero de mil novecientos cincuenta y seis.

TERCERO: RESULTANDO que el ministerio fiscal, en sus conclusiones definitivas, calificó los hechos procesales como constitutivos de un delito de propaganda ilegal, comprendido en el artículo doscientos cincuenta y uno, número cuarto y penúltimo del Código Penal vigente y reputando responsable de este a la procesada, sin la concurrencia de otras circunstancias modificativas de la responsabilidad criminal, solicitó la imposición de la pena de cuatro años de prisión menor, con las accesorias correspondientes y pago de costas procesales y multa de cincuenta mil pesetas.

VISTOS, además de los citados, los preceptos legales pertinentes del Código Penal y de la Ley de Enjuiciamiento Criminal.

FALLAMOS: Que debemos condenar y condenamos a la procesada TERESA OLIVAR NIETO, como responsable en concepto de autora de un delito de PROPAGANDA ILEGAL, a la pena de UN AÑO DE PRISIÓN MENOR, pago de las costas procesales y multa de veinticinco mil pesetas, con arresto sustitutorio de veinte días en caso de impago, con sus accesorias de suspensión de todo cargo público, profesión y oficio y derecho de sufragio durante el tiempo de la condena.

Así, por nuestra sentencia, de la que se llevará certificación del rollo de sala, la pronunciamos, mandamos y firmamos.

2

Carmen tardó dos días en recibir su aviso y fueron tres los que pasaron hasta que pudieron verse, lo que acortaba el plazo impreciso que había fijado Hernán. Asun atravesó aquellas noches dominada por un insomnio febril que fortalecía su sensación de irrealidad, transformando las horas que le restaban para su forzado éxodo en un espejismo del que no sabía cómo zafarse. Llevaba semanas tratando de mantenerse firme en su rutina, repitiendo las acciones cotidianas con la seguridad necesaria como para que le resultaran creíbles, aunque no supiera si esa mujer que caminaba por Madrid esquivando a quienes se turnaban vigilándola era de verdad ella. Si había algo de Asun, o de la Dulce Eva, o de cualquier otra de las mujeres que había llegado a ser ante la mirada teatralizadora de Santos, en el personaje que, a falta de solo unos días para su huida, fingía seguir respirando. Su cuerpo no encontraba el modo de reivindicarse en medio de su soledad, aislada en un dormitorio donde tuvo que volver a colocar sobre la cama los cinco libros que ya había guardado en su maleta para abrazarse a ellos, en una ceremonia que no le importaba que pudiera parecer ridícula, cubierta por esos volúmenes en los que adivinaba el olor y hasta la voz de Santos. Pero tampoco rodeada de sus «elegidos» encontró el modo de que regresara el sueño.

Debido al riesgo que suponía la presencia de Hernán, su encuentro con Carmen no tendría lugar ni en su piso, ni en la mercería, ni tampoco en la tienda de Braulio, sino en el punto escogido para las situaciones de emergencia: la panadería de la Teodora, otra de las mujeres que formaban parte de la red de Carmen y que destinaban todos sus esfuerzos tanto a mantener abiertas las comunicaciones como a paliar las urgencias de quienes pudieran necesitar otro tipo de ayuda.

La Teodora, de la que se decía que había salido huyendo de Granada en plena guerra con una hija de meses medio moribunda entre sus manos y otra de solo tres años agarrada a su brazo derecho, les puso como única condición que fueran breves, discretas y que no la enredaran en sus asuntos, que de su trabajo dependían no solo sus tres hijas, sino también el estómago de quienes ella atendía a cambio de menos pesetas de las que le debían y de unos cuantos más de quienes no podía hablar porque estaban encerrados en vida en los sótanos de sus propias casas. Asun admiraba a aquella mujer decidida y generosa desde que Carmen le había hablado de ella como una de las piezas clave de su red de subsistencia, una cadena de mujeres que trataban de paliar el hambre y la miseria sumando al peso de sus familias el de otras a las que ni siquiera conocían. Cuando Carmen y Asun llegaron a la panadería, la Teodora les señaló el almacén, dejando claro que tendrían que salir por la puerta lateral y que si algo pasaba, que Dios no lo quisiera, negaría conocerlas y diría que le habían entrado dos ladronas, porque no era cuestión de echarlo todo a perder por lo que fuera que ellas tuvieran entre manos.

—Hernán está aquí, Carmen... —le soltó Asun a bocajarro—. Es él quien le está haciendo esto a Santos. Lo que quiera que sea...

Su amiga, que no parecía sorprendida, asintió y le entregó un documento en el que Asun se sobresaltó al ver el nombre de Teresa.

—Por esto es urgente que te marches —le insistió Carmen mientras ella leía la sentencia en la que condenaban a su compañera de «tribu» a un año de prisión menor—. Por ti y por los demás, Asun.

A la mercera, ahora que se acercaba el momento, se le quebraba la voz al recordárselo. Odiaba tener que hacerse a la idea de perder a una de las escasas personas con las que, además de un fin compartido, también la unía una sincera amistad.

—Pero, entonces, ¿Teresa...?

—Ya se está ocupando su madre —la intentó serenar Carmen a la vez que recuperaba el documento—. Doña Alicia conseguirá que su hija no pise la cárcel más que unos días. Pero si te enseño esto no es para culparte, sino para que tomes conciencia de hasta qué punto te tienen controlada.

—Es ese hijo de puta. Él mismo me lo confesó.

—¿Os habéis visto? —Esta vez sí que notó que Carmen se sobresaltaba.

—Me obligó... —La dueña de la mercería iba a preguntar por ese encuentro, pero Asun la interrumpió convencida de que no debían perder el tiempo con detalles—. Estoy bien, que es lo único que importa, eso y que me chantajeó con no confesar dónde está Santos si yo no le digo dónde se esconden Miguel y Alonso.

Carmen chasqueó la lengua y bajó la cabeza con amargura.

—No sabes cuánto me gustaría haberme equivocado.

—Eso da igual ahora. —En la voz de Asun latía un hilo de esperanza que esperaba que fuera suficiente para contagiar a su amiga—. Sabemos que para encontrarlo tenemos que mirar en otro sitio. Seguir su rastro a través de Hernán.

—No podemos esperar más.

—Aún tengo unos días.

—No, Asun, ni los tienes tú ni los tenemos los demás. ¿No ves lo arriesgado que es que te quedes? —Carmen le mostró de nuevo la sentencia contra Teresa—. Ginés ya lo ha preparado todo para el próximo lunes.

—Es demasiado pronto.

—Es cuando tiene que ser, Asun. El lunes 9 debes salir de aquí.

—¿Sabes lo que me estás pidiendo?

—Que seas sensata.

—Y que sea muda. Y ciega. Me estás pidiendo que me marche sin saber nada. Y, peor todavía, sin la esperanza de saberlo.

—Pero con la de seguir viva y de qué sigamos vivos los demás, ¿te parece poco? Porque lo de Teresa es solo el principio. ¿O crees que van a tardar mucho en ir a por el resto de vuestra «tribu»?

—No puedo irme sin él. Sin saber qué han hecho con Santos.

—No estás pensando con claridad, Asun.

—Es que no puedo pensar de otra manera.

—Porque los tienes demasiado dentro —sentenció la dueña de la mercería—. A Santos y a Miguel. A los dos. Y cuando se tiene a alguien tan en las tripas como tú a ellos ya no se piensa igual.

—Mejor quedarse para vestir santos y morirse sola, ¿no es eso?

Asun se arrepintió de sus palabras nada más pronunciarlas.

—Lo siento, de verdad, Carmen, lo siento muchísimo.

Ella la miró con gesto melancólico, más triste que ofendida, y con una expresión en la que se podía leer que el comentario de Asun le había despertado recuerdos de los que nunca se hacían presentes en el momento oportuno. «También Carmen está agotada —pensó Asun mientras se le acercaba para, en señal de paz, ponerle la mano en uno de los hombros—, también ella necesita que alguien le diga que todo esto merece la pena, que hay algo de luz detrás de tanta oscuridad, que la niebla, esta maldita niebla, se acabará.»

—Hasta el próximo lunes —sentenció—, es lo más que puedo darte. A cambio, te prometo que Ginés y yo vamos a levantar cada adoquín de esta ciudad con tal de encontrar a Santos antes de que te marches. Pero no puedes quedarte más. Tienes que entenderlo... Lo contrario sería una locura.

No era lo que deseaba escuchar, pero tampoco tenía argumentos racionales con los que oponerse, así que asintió y volvió a pedirle perdón, aún atormentada por haberla acusado de una soledad por la que, en realidad, nunca antes le había preguntado.

—No quería decir lo que he dicho...

—Lo sé.

Carmen se sentó en uno de los dos taburetes que les había preparado la Teodora y echó un vistazo a su alrededor, a aquel espacio lleno de sacos de harina y utilería en el que, sin que apenas nadie lo supiera, se habían salvado tantas vidas.

—Si te digo que se te han metido muy dentro no es porque te juzgue, Asun, sino porque a mí también me pasó y sé lo que se siente.

Asun la miró desconcertada. Estaba tan habituada a la soltería de Carmen que no concebía que su estado fuera un disfraz similar al suyo.

—¿Hace mucho? —se atrevió a preguntarle.

—Hace años —le respondió, masticando cada palabra—, y te aseguro que sé lo que una se juega con eso. Sobre todo, cuando te crees que puedes acabar venciendo a la realidad y, en vez de apostar por la cordura, tú te empeñas y te obligas a creer que el final va a ser otro aunque sepas que no, que si los finales se llaman así es porque siempre acaban de la misma manera.

—¿Lo dices por Álvaro?

Carmen negó con la cabeza, y Asun, en cierto modo, respiró aliviada, pues siempre habría creído que aquel hombre que había dejado plantada a la mercera tras un año de noviazgo formal no había significado en su vida más que otro borrón con el que convivir de puertas hacia fuera, pero no una carencia real de puertas hacia dentro. La ruptura con Álvaro, de la que se había enterado gracias a su madre, había sido carne de comentario en el vecindario durante algunos meses y, desde ese momento, la vida sentimental de Carmen, empeñada en una soltería que ya no era elegida sino forzada por culpa de «su mancha», se había convertido en uno de los temas de conversación habitual en el entorno más próximo de la mercería, incluso había ayudado a convertir su negocio en una tapadera aún más eficaz, pues no tardó en llenarse de beatas y maledicentes que, como la Olvido, acudían tanto en busca de hilos y de telas como de rumores.

—Y, entonces, ¿quién se te metió ahí dentro?

Tal vez no debía preguntárselo, pero cuando Asun quiso guardar silencio ya era tarde. Quizá consideraba que merecía conocer su intimidad con el mismo detalle con que ella conocía la suya. O tal vez quería agotar sus últimos momentos juntas ahora que ya no había posibilidad de permanecer en Madrid. Carmen dudó un segundo y, en vez de darle un nombre, buscó en el bolso una fotografía doblada en dos que llevaba en el monedero.

—A la tumba —le pidió a Asun antes de permitirle que la viese—. Esto te lo tienes que llevar a la tumba.

Ella le juró que así lo haría y se quedó mirando aquella imagen en la que se veía a un grupo de mujeres alrededor de la Teodora. Todas de negro, como viudas eternas de un país difunto por el que solo ellas sabían hasta qué punto seguían luchando, y mirando a cámara con una actitud que negaba en sus ojos la sumisión femenina que preconizaba la dictadura. En el grupo, en la esquina derecha de la fotografía, justo en la segunda fila, pudo identificar a Carmen, diez o doce años más joven, junto a otra chica de su misma edad a quien Asun recordaba haber visto más de una vez en la mercería.

Se llamaba Candela, le explicó, y era una de las compañeras de la red de subsistencia alimentaria que coordinaba la Teodora y que, mientras estuvo en Madrid, apoyó con entusiasmo todas sus propuestas, hasta que decidió que era más útil en Barcelona y se trasladó en cuanto tuvo ocasión para hacerlo. Ahora, con esa foto delante de sí, Asun concluyó que la marcha intempestiva de Candela probablemente había tenido que ver con la necesidad de alejar el peligro si se llegase a saber lo que sucedía entre ella y Carmen, que desde entonces no había vuelto a mencionar su nombre, e incluso lo omitía conscientemente cuando le preguntaba por sus contactos catalanes.

—A la tumba —le insistió mientras guardaba la foto con los ojos empañados en lágrimas por todo lo que ya había perdido y lo que, aquel día, era evidente que iba a perder.

—Tranquila —la abrazó Asun, que hasta entonces, encerrada en su propia historia, no había imaginado que la de Carmen fuera tan diferente a la que suponía.

La dueña de la mercería miró su reloj, comprobó que habían pasado los quince minutos de los que le había dado palabra a la Teodora, se secó las lágrimas y le señaló la puerta sin añadir nada más. Ella fue la primera en salir, y Asun, que por fin había entendido la auténtica raíz de la intimidad entre Carmen y Santos, esperó hasta que su amiga hubo doblado la esquina para emprender el camino a casa, no sin antes cerciorarse de que nadie la seguía ni había presenciado su encuentro.

3

Cuando Santos recobró la consciencia, le fue imposible calcular cuántas horas —quizá días— había pasado en el barracón que usaban como un antihigiénico cruce entre almacén, enfermería y letrina, después de que hubiera sido golpeado una y otra vez por Roque, Tomás e Íñigo mientras le preguntaban por lo que había sucedido con los cámaras del NO-DO. Agotado y dolorido, se sobresaltó al ver entrar a Joaquín caminando a empellones, con el fusil de uno de los guardias pegado a la nuca y sin atreverse a girar la cabeza, temiendo que cualquier movimiento brusco pudiera provocar una muerte por la que, como el resto de las que habían tenido lugar allí, nadie se molestaría en preguntar. Según les había contado Ramón, antes de que llegaran ellos, habían estado a punto de matar a golpes a dos presos que acabaron desfigurados después de que el Cancerbero Mayor los hubiera sorprendido juntos en uno de los jergones. Ese fue, les explicó el maestro, el motivo por el que Caronte tomó la decisión de separar a los presos comunes de los violetas, tal y como se encontraban distribuidos cuando Joaquín y Santos llegaron a Tefía.

—Tú eras médica, ¿no, Joaquina? —le espetó Roque, situado a unos metros del camastro en el que yacía Santos—. ¿Eras médica o no, coño?

Joaquín asintió a la vez que descubría unos pequeños hilos que bordeaban la comisura de los labios del bibliotecario y que tenían que proceder del trapo húmedo que, deshilachado y sanguinolento, se hallaba tirado a un lado de la cama.

—Soltadla. —Tomás e Íñigo dieron un paso atrás y el médico se quedó frente a frente con el Cancerbero—. Ocúpate de que esa de ahí dentro vuelva al trabajo. Si lo consigues, te devolvemos al barracón. Si no, os metemos a las dos un tiro aquí mismo. ¿Está claro?

Bajó la cabeza en señal de asentimiento.

—¿Está claro o no?

Joaquín volvió a mover el cuello, esta vez con tanto brío que provocó la risa de los oficiales.

—Mejor así. Tú —señaló a Esteban, el guardián más joven de la colonia y al que menos parecían convencer sus métodos—, quédate en la puerta. Por si a la maricona esta le da por hacer alguna tontería.

Mientras el Cancerbero se alejaba, Joaquín se acomodó lo mejor que pudo en aquel espacio minúsculo y asfixiante en el que, además del catre ocupado por Santos, también había un par de estantes sobre los que se apilaban algunos medicamentos junto con otros tantos objetos de dudoso estado y utilidad. El bibliotecario esbozó algo que se parecía a un saludo y Joaquín le ordenó que se callara mientras examinaba su cuerpo, lleno de moratones y magulladuras.

—Ni una palabra —proclamó Santos con orgullo—. Ni una palabra me han sacado esos cabrones.

—Por favor, trata de no alterarte.

—Pero es que yo debía dárselo, ¿lo entiendes? Yo tenía que pedirle a Fabián que entregara mi nota, joder, porque alguien tiene... alguien tiene que decirles que sigo vivo.

El bibliotecario trataba, con esfuerzo, de explicarle a Joaquín por qué se había lanzado sobre el cámara, pero él le pidió que guardara silencio y, mientras valoraba la gravedad de sus heridas y buscaba gasas y vendas para curarlas, experimentó por primera vez en mucho tiempo una fortaleza que había olvidado y que nacía de la conciencia de que podía ayudar a Santos, de la oportunidad que aquella situación le ofrecía para sentirse por encima de quienes le habían secuestrado la dignidad y, sobre todo, de la certeza de que su oficio lo ataba a la vida, a la posibilidad de luchar por ese cuerpo abierto tantas veces como el mar que cercaba la isla y del que, en medio de ese desierto, ni siquiera tenían noticia. Bendijo su único credo, el juramento hipocrático, y se propuso sanar a su amigo como una prueba de que su identidad seguía intacta, a pesar de todo lo que la habían lacerado en los últimos meses.

—Qué... —la tos impedía a Santos hablar con normalidad— qué práctico que seas médico.

—¿Quieres callarte y guardar fuerzas? —le pidió, tan inquieto por el esfuerzo como por la posibilidad de que Esteban los oyese.

Santos obedeció y permitió que Joaquín lo curase en silencio, frenando la hemorragia que le habían provocado y cosiendo lo mejor que pudo las brechas que encontró a ambos lados de su cabeza.

—Deberías intentar dormir un poco.

El médico se acomodó en el jergón contiguo y los dos, exhaustos, trataron de conciliar el sueño durante al menos unas horas, hasta que los despertó la diana con la que los levantaban cada día, justo antes de que se abriera de improviso la puerta de su barracón.

—¿Cómo se encuentra? —le preguntó Caronte a

Joaquín mientras se acercaba a ellos, seguido de Esteban y del Cancerbero Mayor.

—Ha experimentado una ligera mejoría, señor.

—Eso es porque Dios no los ha traído aquí para agravar sus males, sino para curarlos —respondió el director con el impostado tono evangélico que imprimía a sus réplicas.

El médico juntó sus manos y agachó la cabeza en lo que el exsacerdote interpretó como un acto de contrición y que, sin embargo, Santos sabía que no era más que la ensayada postura de Joaquín para disimular su ira.

—En ese caso, estará en condiciones de sostener una breve conversación.

Joaquín dudaba de que Santos se hallase lo suficientemente fuerte como para decidir qué contestar a las preguntas que pudieran dirigirle. Así que reaccionó inclinando la cabeza levemente hacia su hombro izquierdo, mirando al suelo y dejando entrever que las posibilidades de comunicarse con su paciente eran más bien escasas.

—No lo cansaré mucho, sé que necesita tanto del reposo y de tu ciencia como de su fe y de mi oración, pero hay algo urgente que me gustaría hablar con él.

El bibliotecario, que había permanecido en silencio hasta entonces, tosió con brusquedad dejando sobre la sábana un rastro de sangre que Joaquín procedió a limpiar de inmediato.

—Quizá —se atrevió a sugerir el médico— sería conveniente que esa conversación tuviera lugar un poco más tarde.

Sin girarse, con solo oír el taconeo metálico de sus botas, Joaquín adivinó cómo Roque daba un paso en su dirección, dispuesto a derribarlo de un puñetazo.

Pero Caronte, con un ligero carraspeo, lo detuvo: su intención no era castigar al médico, sino interrogar al bibliotecario.

—No tardaremos.

Le pidió a Joaquín que se apartara unos pasos y se volvió hacia Santos:

—Todavía no nos has explicado qué pretendías. —El exsacerdote esperó a que el bibliotecario respondiera, pero este, en vez de hablar, apretó los labios en actitud desafiante—. Me cuesta pensar que alguien como tú tuviera un arrebato así. De otros más jóvenes y menos cultivados podría esperarlo, pero de ti... Y tampoco creo que quieras que esto se convierta en un problema para el resto de tu estancia y de tu curación, ¿no estás de acuerdo?

Después de haber soportado todas y cada una de las formas de maltrato que sus verdugos habían sido capaces de idear durante aquella noche, Santos no temía ya lo que pudieran hacerle. En el peor de los casos, lo matarían y, en el mejor, repetirían alguna de las torturas que ya conocía y a las que, hasta ahora, había sobrevivido sin hablar. Cualquiera de las dos opciones le parecía más digna que delatar la identidad de Fabián, no solo porque él era su única esperanza de llegar hasta sus dos aes, sino porque podía soportar mejor la idea de la muerte que la de la traición.

Caronte aguardó unos segundos, en los que tanto Santos como Joaquín adivinaron la frustración que se adivinaba bajo su aparente serenidad.

—Está bien. Creo que necesitas descansar. Y, quién sabe, puede que algún aliciente más para que tu recuperación sea tan pronta como el Señor desea.

—Si hay novedades, Joaquina, avisa de inmediato —le ordenó el Cancerbero antes de salir escoltando a

Caronte—. Y tú, Esteban, no las pierdas de vista. Que, en cuanto recuperan las fuerzas, estas putas se vuelven a su mariconeo.

Esteban asintió y apuntó con su fusil al interior del barracón antes de que el médico y el bibliotecario se quedaran a solas de nuevo.

—Te has jugado la vida por una carta —le susurró el médico muy preocupado por sus posibles lesiones internas—, y lo entiendo, pero no voy a permitir que un amigo, por burro y testarudo que sea, se vuelva a arriesgar por nada parecido.

Santos trató de asentir y agradeció que Joaquín, después de emplear los escasos recursos que le ofrecía aquel ridículo botiquín, se sentara junto a él, como si esa presencia fuera suficiente para asegurarle que sus pulmones no presentarían un daño irreversible. Si hubiera tenido fuerzas, se habría permitido el lujo de explicárselo todo, pero el verbo era un privilegio imposible, así que, mientras Joaquín intentaba tranquilizarlo fingiendo que todo iba bien y cubría con gasas y vendas las contusiones que a Santos le impedían levantarse del catre, él trataba de convencerse de que Fabián cumpliría con el favor que le había pedido y de que su silencio, ese que habían intentado quebrar rompiendo su cuerpo, tendría sentido.

—Te traigo compañía, Rosaura —los interrumpió el Cancerbero Mayor a la vez que, escoltado por Tomás e Íñigo, arrastraba a Ramón dentro del barracón.

—¿No le vas a dar un besito, Ramona? —Íñigo empujó al maestro contra el catre donde se hallaba Santos—. Seguro que te alegras de verla, ¿o no?

—No me digas que ahora vais a poneros tímidas. —Roque dirigió la mirada a sus hombres para ordenarles que lo rodearan.

Los tres apretaron los dientes y se tragaron sus réplicas con la estúpida esperanza de que eso aplacara los ánimos de sus carceleros.

—Ya verás como así te vas a sentir mucho mejor, Rosaura. Y hasta te vuelve la memoria.

Cuando los guardias sujetaron al maestro, Santos y Joaquín se temieron lo peor. No porque pensaran que Ramón podía contar algo que, en realidad, ni siquiera sabía, sino porque fueron conscientes del precio que exigía respetar su silencio y de hasta qué punto su lealtad, construida en pocas semanas pero ya con cimientos muy sólidos, los obligaba a hacerlo. El maestro los miró a ambos con los ojos encendidos en sangre y Santos interpretó su rabia como una orden para que no hablaran.

Ni una palabra. Eso era lo que Ramón les estaba pidiendo, que guardasen silencio, porque su supervivencia no dependía de la salud, sino del orgullo, de respirar las veces justas, de llenar los pulmones y, a pesar del sudor y de las llagas en las manos por culpa de las palas, gritar cada día sus verdaderos nombres. Eso era lo que estaba haciendo Ramón, gritarles el suyo con la dignidad con que se negó a agachar la cabeza frente esas tres bestias que lo amenazaban con una barra de acero.

—Yo lo veo así, Rosaura —los dos guardias más jóvenes sostenían al maestro mientras Roque, con el hierro en la mano, amenazaba a Santos—: hablamos, me cuentas qué te traes con el cámara ese y me llevo a la Ramona a que siga picando piedra. O no hablamos, no me lo cuentas y le damos a esta degenerada un poco de eso que tanto os gusta.

—Aún se encuentra muy débil... —intervino Joaquín—. Si solo pudieran esperar un día más...

—Vaya —repuso con cinismo el Cancerbero—, qué lástima que la Rosaura no esté en su mejor momento... Pero seguro que lo que tiene que decirme no es mucho, ¿verdad? Con que me explique si conocía a ese cámara, suficiente.

—Ha perdido mucha sangre.

—Alguna le quedará, ¿o no? Porque para hablar contigo bien que le sigue corriendo por las venas, ¿verdad, Joaquina?

—Solo intento decir que...

Santos y Ramón se estremecieron como si el puñetazo hubiera ido a parar contra sus estómagos, pero era el médico quien yacía en el suelo, derribado por el golpe seco y certero de Roque.

—Tu doctora se encuentra indispuesta, Rosaura. Y tu amiga, la maestra, ya ves, te apuesto lo que quieras a que está deseando que le metamos esta barra por el culo, pero todo va a depender de ti. Lo entiendes, ¿verdad? —Santos permanecía en silencio, lamentando no contar con las fuerzas suficientes como para levantarse y lanzarse contra él—. Me dices lo que quiero saber y dejamos la diversión para otro momento en que la Ramona tenga más ganas. O no me lo dices y la fiesta empieza aquí y ahora.

El maestro fijó la mirada en Santos y le exigió que guardase silencio: «Calla —le ordenó sin hablar—, cállate, joder». El bibliotecario leyó en ese imperativo toda la ira en la que Ramón iba a sostenerse frente a esos animales, porque no temía el dolor, sino la humillación. Y si soportaba el primero, pensaba erguido en el amor propio del que aún no habían conseguido despojarle, también evitaría la segunda. A pesar de la determinación que el bibliotecario había interpretado en sus ojos, estuvo a punto de hablar conmovido por los gritos del maestro en el mismo momento en que aquellos dos animales, jaleados por su superior, lo agarraron contra la pared y, tras abrir sus piernas, lo penetraron con una barra que le provocó un desgarro del que nunca se recuperaría del todo. Santos miró a Joaquín buscando en él ese permiso para hablar que Ramón le había negado, pero el médico, a pesar de que le resultaba imposible asimilar el horror que los obligaban a presenciar, se limitó a apretar con fuerza la mano del bibliotecario para reafirmarle en su silencio. No podían traicionar a Ramón, y hablar significaría precisamente eso, porque ya no se trataba de una nota, sino de ser cómplices de que detuviesen a Fabián, a otro hombre igual que ellos, y no soportarían mirarse a la cara sabiendo que él también acabaría allí, a su lado, porque ese chico era otro violeta más, y ellos podían ser muchas cosas, pero no eran unos chivatos, y no iban a delatar a quienes aún estaban a salvo, y si él hablaba, si Santos admitía que conocía a Fabián, lo detendrían para quitarle la nota, y lo interrogarían, y convendrían en que había que aplicarle el artículo 6, hincarlo de rodillas hasta romperle la boca y el culo con ese artículo 6 del mismo modo que acababan de hacer con Ramón, igual que habían hecho con todos ellos.

—Dejadla. —Roque detuvo a los dos guardias antes de que el maestro perdiera la conciencia, asumiendo que ni siquiera así iban a conseguir que la cabrona de la Rosaura desembuchase—. Ya ajustaremos cuentas.

El Cancerbero Mayor salió del barracón encolerizado y seguido de sus oficiales, dejando a Ramón derrumbado sobre la pared, con los pantalones por los tobillos y un río de sangre y heces bañando sus piernas.

Joaquín corrió hacia él y Santos luchó por ponerse en pie hasta que consiguió levantarse para ayudar al médico a colocar a su amigo en un catre.

—Lo siento. —Santos rompió a llorar sin poder contenerse, arrepentido de haber entregado la nota que había detonado toda aquella violencia—. Lo siento tanto...

Ramón, incapaz de hablar, extendió la mano buscando la suya y el bibliotecario la sostuvo mientras intentaba serenar un llanto que, de repente, le parecía imparable, como si en aquel momento surgieran a la vez todas las lágrimas que había reprimido hasta entonces y de las que el maestro, entre gemidos de dolor, solo intentaba decirle que ninguno de los tres era culpable y que su silencio era, a pesar de las consecuencias físicas con las que ahora tendría que lidiar, la última prueba de que aún seguían en pie.

Otros quizá se conformasen con respirar para estar vivos, pero a ellos tres eso no les bastaba, ellos necesitaban aferrarse a sus principios y a la esperanza de un futuro al que jamás iban a renunciar. Rendirse ante aquellas bestias habría sido una blasfemia imperdonable contra el único dios en el que sí creían, el de su propia voluntad, ese que les hacía seguir poniéndose en pie y que les había prometido un edén en el que no había butacas manchadas de semen en la última fila, ni ruido de cisternas en urinarios públicos, ni artículo 6, ni desiertos de rocas, sino una isla muy diferente a aquella en la que no sería preciso conformarse con vivir con discreción porque al fin podrían vivir con dignidad.

4

Se había convencido de que abandonar Madrid era la única forma posible de resistencia, pero eso no suponía que hubiera llegado a aceptarlo. Asun obedecería a lo que le dictaban su mente y sus avisos, no solo porque coincidía con los planes de Carmen y Ginés, sino porque estaba segura de que no había otro modo de seguir adelante, pero ni siquiera entonces dejó de confiar en que ocurriese algo, uno de esos milagros laicos sobre los que a veces bromeaba Santos, que le permitiese quedarse en su piso de la calle Bordadores y, sobre todo, que la ayudase a dar con su marido. Su fe en ese reencuentro se mantenía inquebrantable, a pesar de que el tiempo la desdijese con cada minuto que pasaba.

Había preparado su maleta con una mezcla de tristeza y desidia, soñando con que su labor se viese interrumpida antes de que se hiciese real. Alguien aparecería buscándola con un mensaje urgente en la mercería de Carmen o en la librería de Ginés. Alguien, sí, alguien iría hasta ella para comunicarle que Santos seguía vivo, porque Santos, se repetía Asun una y otra vez, tenía que seguir vivo, tal y como se aclararía en ese mensaje cifrado que le llegaría mágicamente, ¿no era eso el *deus ex machina* del que le había hablado su marido?, pues ella también se merecía tener el suyo, sí, ella también se había ganado que ocurriese algo que más que improbable era imposible y que llegase a sus manos una nota en la que solo necesitaba que constase el lugar donde él la estaría esperando. Y por eso, porque estaba decidida a creer en su reencuentro, lo primero que metió en su maleta fueron sus «elegidos». Antes de esconderlos entre unas cuantas mudas y una pequeña caja de lata con las únicas fotos que guardaba de su matrimonio, los abrió con cuidado, buscando entre sus páginas la caligrafía menuda y precisa de Santos, esa letra inconfundible con la que anotaba sus reflexiones sobre aquellas lecturas con el mismo rigor con el que desempeñaba en el Ateneo su oficio de bibliotecario. Después los colocó a su alrededor, trazando un semicírculo sobre el suelo, y se sentó en el centro, tratando de encontrar en esos ejemplares el abrazo de despedida que ni ella ni su marido habían podido darse. Deslizó la mano por sus cubiertas con la misma ternura con que lo habría acariciado a él y se preguntó en cuál de los personajes que habitaban aquellas páginas la vería ahora Santos. Con cuál de esos cinco volúmenes que tanto llegaron a significar en el tiempo que compartieron juntos la relacionaría en este momento en que sus vidas eran tan diferentes de las que habían sido hacía solo seis años.

«No hemos luchado tanto para esto, no hemos luchado para rendirnos ahora», discutía consigo misma, vacilando entre los argumentos de la Asun idealista y de la Asun pragmática, mientras cerraba la puerta y se dirigía a paso firme hasta la casa de su madre, de quien quería despedirse sin que ella lo supiera, pues era esencial que nadie de su entorno, y mucho menos la Reme, intuyese lo que haría el lunes siguiente. Tal y como le había recordado Carmen, Asun no le dijo nada a su madre del plan de huida y se limitó a sentarse a la mesa, lo que la Reme siempre recibía con una agridulce sensación de regocijo, por tenerla allí, y de lástima, porque nunca había una ración suficiente que ofrecerle.

—Está todo cada vez más revuelto —sentenció su madre mientras arañaba con el cucharón tratando de paliar la escasez de aquellos platos.

—Lo sé.

—¿Y tu marido?

—Saldrá pronto.

—No es lo que va diciendo la gente...

—La gente habla mucho. Pero sabe poco.

—La gente habla cuando se le da que hablar.

—Madre...

—Ya te dije yo que tanto ir y tanto venir no era bueno ni para él ni para ti. Porque a ver qué dinero entra ahora en vuestra casa...

—Me apaño.

—Eso espero, porque si vienes aquí a pedir... Un plato puedes tener. Y hasta una cama. Pero no más, que a buenas horas le hice yo caso a esa...

La Reme se sintió engañada por Carmen cuando descubrió que Santos andaba en asuntos similares a los que habían acabado con la vida de su marido. Por eso a su hija no la quería mucho por su casa, porque no podía permitirse más pérdidas, que bastante difícil era sobrevivir con la marca de su pasado como para arriesgarse con lo que hiciera ese hombre en su biblioteca, siempre rodeado de estudiantes fuera y dentro de un piso que solo era cuestión de tiempo que los grises decidieran registrar.

—Habrá que ver lo que pasa si esto se alarga...

—Lo soltarán pronto.

—Eso no lo sabemos.

—Quiero pensarlo.

—Ni lo que quieras tiene por qué ser, Asun, ni yo te he criado para que seas tan tonta.

—No es ser tonta, es tener esperanzas.

—Eso, hija mía, es ser más tonta aún.

A Asun le hizo tanta gracia su franqueza que no pudo contener una carcajada y le devolvió a su madre una mirada en la que, si la Reme hubiera prestado atención, habría podido leer todo el agradecimiento y la comprensión con que su hija intentaba abrazarla.

Aquella mujer de gesto adusto, físico menguado y conversación más que concisa, la había enseñado a asimilar la pérdida, a transitar por su agonía, a tragarse las lágrimas y a elevar la cabeza, a medir el orgullo por las ocasiones en que lograba volver a levantarse del suelo y a no depender más que de sí misma para poner en su mesa un plato de comida, aunque fuera tan magro como aquellos. Ese aprendizaje era también el que le permitía emprender el viaje sin más remordimientos, porque marchándose no estaría abandonándola, sino haciéndola un poco más libre, llevándose la sombra que ya había puesto sobre su biografía el pasado republicano de su padre y que ahora, tras las caídas de Santos y de Teresa, ella también había cargado sobre sus hombros. Sería más sencillo alejarse sabiendo que no la necesitaba y convencida de que en aquella casa, gracias a esa mujer de la que se sentía tan orgullosa, la miseria nunca sería tan fuerte como sus ganas de vencerla.

—¿A ti han vuelto a buscarte?

—No —mintió.

—Mejor. Y si lo hacen, tú a todo que sí y a todo que no sabes. Cuanto menos hables, menos te preguntarán.

No vayan a terminar asomando por aquí, que no tengo nada que decirles.

—Si eso ocurriera, madre, busque a Carmen para que la ayude.

—Bien me valgo yo sin esos auxilios que al final solo complican y traen más pagos. Acuérdate de esto que te voy a decir hoy: el día que tenga que buscar a esa lianta es porque ya no habrá otro remedio, así que reza para que no me pase.

Asun asintió y se esmeró por llevarse de aquella comida el recuerdo que necesitaba para afrontar su resolución. Solo quería verse una vez más en los ojos de aquella mujer a la que agradecía que la hubiese adiestrado para vivir a campo abierto, sin más resguardo que el que pudiera proporcionarse con sus propias manos.

Se despidieron con la austeridad acostumbrada. La suya no era una familia proclive a los excesos y solo se recibían y otorgaban los abrazos precisos, como si estuviesen obligadas a racionarlos para evitar que se agotasen. Asun habría querido prolongar el que le correspondía tras su visita, pero sabía que cualquier matiz que diferenciase aquel encuentro podría delatarla, así que fingió que era otro «hasta pronto» más.

Caminaba de regreso a casa cuando advirtió que alguien había movido uno de los tranvías de lata del escaparate de don Braulio. Se sorprendió al identificar la señal que compartía con Santos y, cuando entró en el local, el tendero la recibió con gesto huraño y, aprovechando que no había nadie, le pidió que se acercara al mostrador.

—Toma, esto es para ti. Y dejad de buscarme líos, que ayer mismo me preguntó la Olvido que por qué tengo tanto cliente que sale de aquí con las manos en los bolsillos, que a ver si es que mi género no es bueno.

—La Olvido es una víbora.

—Será lo que tú quieras, pero en el barrio la escuchan mucho. Así que convenced a otro para utilizar su negocio y dadme un descanso a mí. No es que no apoye la causa, pero tampoco saco tanto como para jugármelo todo.

—Entonces, ¿el problema es lo que te pueda pasar o lo que no estás sacando?

—No me calientes la sangre.

Asun contuvo las ganas de decirle lo que en verdad pensaba y trató de obviar el asco que le había provocado aquel atisbo de codicia.

—Les daré tu recado.

Tomó el periódico que el tendero acababa de entregarle y, tan pronto como llegó a casa, buscó ansiosa en él algún mensaje, pero no localizó ni una sola marca entre sus páginas. Sin embargo, si lo habían dejado allí para ella era porque escondía una información que debía interpretar, así que lo extendió sobre el suelo y repasó todas sus hojas buscando alguna huella. Una esquina doblada, un margen ligeramente rasgado, un subrayado a lápiz o un simple asterisco... Cualquiera de aquellos signos la habría guiado con mayor rapidez, pero, al comprobar que aquel ejemplar no presentaba nada parecido, dedicó la noche a leer cada artículo hasta que en una pequeña columna, ilustrada con una minúscula fotografía, dio con ello.

Nunca llegaría a saber si había sido cosa de Luisito, o quizá de Gala, o hasta de Teresa, pero alguno de los miembros de la «tribu» se había encargado de que leyera la breve crónica en la que se relataba «el hallazgo del cuerpo sin vida de don Ignacio Cornejo Ruiz, joven de veintiún años de cuya desaparición había sido el primero en dar noticia uno de sus compañeros de facultad, don Raúl Benítez Alba, extrañado ante la ausencia de su amigo a las reuniones de las Juventudes Falangistas».

Según rezaba el artículo, «tras una búsqueda incesante por parte de las fuerzas del orden y de su propia familia, el cadáver de Ignacio se había hallado en circunstancias aún no aclaradas en los alrededores de la propia universidad, convirtiéndose en una nueva víctima de quienes, en ocasiones anteriores, habían atentado contra las vidas de Miguel Álvarez y Matías Montero».

Sintió un escalofrío al volver a mirar la diminuta fotografía que acompañaba la noticia. Aquel Ignacio Cornejo era su Nacho, el mismo Nacho que se había mostrado tan favorable a hacer las fotos que habían usado como prueba acusatoria en su interrogatorio y que siempre se sumaba a los planes de la «tribu». Santos solía decir que el Pelirrojo era uno de sus soldados más modestos y diligentes, pero esa filiación falangista que había logrado ocultar dejaba claro que no se trataba de discreción, sino de su capacidad para mimetizarse con un entorno del que solo aspiraba a extraer información. Algo que Asun sospechaba que Nacho habría seguido haciendo si los altercados del 9 de febrero no lo hubieran obligado a actuar: el disparo contra Miguel Álvarez y la sed de venganza de la Falange debían de haber motivado que abandonase su papel de infiltrado y revelase todo lo que sabía sobre la «tribu».

Desolada al confirmar que se había cumplido el peor de sus temores, se desahogó golpeando aquel periódico con la misma dureza con que habría abofeteado a Nacho si lo hubiera tenido delante. Podía asumir la mala suerte, la fatalidad, el destino ese del que hablaban los griegos que le gustaban tanto a Santos y hasta la delación de alguien que no formase parte de su mundo, pero tener que sumar la traición y la mentira de la que, hasta entonces, se había creído a salvo suponía abandonar el último reducto de una fe a la que apenas le quedaban pilares sobre los que sustentarse. Incluso se alegró de que su marido no estuviera allí. Así, al menos, no sabría que su gran proyecto no solo no había llegado a nacer, sino que había sido el vehículo que había acabado con todo lo que hasta entonces había tratado de construir.

Rompió una a una, en un acto que sabía infantil pero que sentía necesario, las páginas del periódico y las pisó con rabia, como si con ese taconeo improvisado, en el que algo había del aliento flamenco de sus noches de copla urgente y cama obligada, pudiese acallar las voces que le hablaban de nuevos peligros, de otras sospechas, de conclusiones que guardaban relación con el paradero de Alonso y de Miguel y que ahora, con la verdad que yacía a sus pies desgarrada en pedazos, cobraban un nuevo sentido.

«No puede ser, Santos, ellos no pudieron ayudar a Nacho a delatarnos, ellos no son como él... No se esconden porque sean como él...» Hablaba con un marido que no estaba de unos jóvenes que tampoco se hallaban presentes, a la vez que seguía bailando como una autómata sobre aquellas letras impresas que se desperdigaban, con cada movimiento, por el suelo de la habitación. Ninguna de sus acciones resultaba lógica, ni el diálogo con un hombre al que no sabía si volvería a ver, ni la danza iracunda con la que improvisaba una copla para la que no encontraba letra.

Exhausta, se dejó caer en la cama y, una vez que consiguió serenarse, empezó a verlo todo con mayor claridad. Se incorporó y cogió la carta de Miguel, buscando entre sus líneas todas las veces que él le aseguraba que no los habían traicionado y recordando las palabras de Carmen sobre lo que «esos dos habían hecho». La respuesta, la única que necesitaba, estaba en esa noticia de periódico, en esa columna en la que se hablaba de las «circunstancias no aclaradas» del asesinato de Ignacio Cornejo. Y de pronto, quizá porque había heredado de la Reme su capacidad de reconstruirse tantas veces como intentaran romperla, no necesitó que nadie le explicara nada más. Sabía lo que Miguel y Alonso habían hecho, entendía el porqué de su acción y, lo más importante de todo, lo aplaudía.

5

Santos y Ramón mejoraban más despacio de lo que Joaquín había previsto. El médico era consciente de que, debido a la gravedad de sus lesiones, a ambos les aguardaba una larga convalecencia, pero su recuperación se había visto lastrada por la premura con que Roque se presentó en la enfermería con instrucciones de hacerlos regresar a sus barracones. Solo había transcurrido un día desde la agresión cuando ambos ya habían sido obligados a situarse en la misma fila en la que habían estado cavando desde que habían llegado a Tefía. Sus fuerzas no los acompañaban y, nada más recuperar su penosa condición de Sísifo, tanto Ramón como Santos se vieron obligados a detenerse. Se dolían con cada movimiento y sus piernas amenazaban con hacerlos caer al suelo, incapaces de seguir fingiendo una entereza que les resultaba imposible. Joaquín se alarmó, temiendo que el sobresfuerzo agravase su estado y, a pesar de que era consciente del riesgo, se atrevió a dirigirse a Esteban para rogarle que eximieran a sus compañeros del trabajo por una jornada más.

—Asegúrate de que no se caen y espérenme aquí —le respondió el único guardia que no los trataba en femenino, después de cerciorarse de que no lo escuchaba ninguno de sus compañeros—. Voy a ver qué puedo hacer, pero hasta que vuelva, encárgate de que parezca que trabajan.

Joaquín asintió en señal de agradecimiento y corrió a ayudar a Santos y a Ramón. Los dos pusieron todas sus energías en mantenerse en pie, a pesar de que el calor intensificaba la quemazón de sus heridas, hasta que apareció de nuevo Esteban acompañado de Caronte.

—Parece que no son muy útiles aquí —dijo al tiempo que le pedía a Esteban que les ofreciera un poco de agua.

—Es demasiado pronto —intercedió Joaquín antes de que el exsacerdote lo acallara.

—Tal vez haya una labor que sí podrían desempeñar hasta que se recuperen. —Los tres lo miraron con inquietud—. Por las tardes, cuando los demás acaben la jornada, ustedes se encargarán de darles clase.

Ni siquiera reaccionaron, eran incapaces de creerse lo que, de cumplirse, no parecía una mala noticia.

—Eso hacían antes, ¿no?

Santos, a quien cada día le costaba más respirar debido a la lesión en sus pulmones, no se molestó en corregir el error que cambiaba su oficio de bibliotecario por el de maestro. Desde que había llegado a Tefía todo el mundo había asumido que su vínculo con el Ateneo lo convertía también en profesor y, aunque ese nunca hubiera sido su trabajo oficial, sí que lo había desempeñado con los jóvenes de su «tribu».

—Quedarán exentos del trabajo físico hasta que se hayan recuperado —les explicó subrayando con grandes aspavientos lo que consideraba un gesto de gran magnanimidad—. A cambio, se ocuparán de enseñarles lo básico a sus compañeros, sobre todo a leer y a escribir a quienes no sepan y las cuatro reglas a quienes les hagan falta. Pero cuidado con hablar de lo que no se deba, porque entonces tendría que retirarles mi gracia.

—¿Podremos disponer de algunos libros? —se animó a preguntar Santos, a quien, a pesar de lo frágil de su estado, se le había despertado una ilusión que parecía imposible en un lugar como aquel.

—De momento, Esteban les proporcionará cuartillas y lápices.

No había obtenido un sí, pero Santos se permitió imaginarlo. Su cuerpo estaba a punto de rendirse y necesitaba que su mente lo condujese al único lugar en el que vivir seguía mereciendo la pena. El espacio en el que, junto con el recuerdo de sus dos aes, y de su «tribu», y de todo lo que había dejado atrás, habitaban también sus libros, ese momento en que, sin abrirlos, intuía las vidas que encerraban con tan solo recorrer su índice por los lomos, hojeándolos al azar y descubriendo algún pasaje que, sustraído de su contexto original, albergaba un nuevo significado. Añoraba verlos alineados, en el caso de los títulos permitidos, en los estantes sobre el aparador del comedor, donde se agrupaban por alturas y colores como una concesión a los caprichos estéticos de Asun. Y extrañaba, sobre todo, sacar sus cinco «elegidos» de la cama en la que convivían Strindberg, Lorca, Calderón, Sófocles y Wilde, ocultos en una amalgama tan imposible o, quizá, tan coherente como la de los cuatro inquilinos con quienes compartían piso aquellos escritores tan ilustres. De todos ellos, el único que se había reservado para Alonso era *Salomé*, que en su edición se reproducía precedido del *Clamavi ad te*, la carta que Wilde había escrito en la cárcel para su amante y que, por eso mismo, nunca había formado parte de sus lecturas nocturnas con Asun.

—Empiezan mañana con las clases. Hoy pueden irse a descansar, que necesitamos que estén listos para esta nueva tarea.

En cuanto Caronte se alejó de allí, Joaquín le dio las gracias a Esteban por su ayuda. Estaba convencido de que cualquier otro de los guardias se habría negado a interceder por ellos y habría obligado a sus compañeros a trabajar hasta la extenuación.

—Si usted quiere sumarse... —se atrevió a proponerle Santos al guardia en señal de agradecimiento.

—¿Yo? —Esteban se irguió instintivamente ante aquella alusión tan directa.

—No tendría inconveniente en que usted u otros de sus compañeros asistan. También los habrá que quieran aprender a leer y escribir mejor.

—Lo que yo lea o deje de leer es asunto mío.

—Por supuesto. No quería insinuar nada.

—Pues ya está. Y no hay más ni que decir ni que explicar, que para ser tan cultos no parecen tener demasiadas luces.

En la invitación de Santos no había intención de avergonzarlo, pero parecía haberlo conseguido. Su intempestivo ofrecimiento nacía del instinto que, como los avisos de Asun, lo alertaba de la presencia de aquellos que podían convertirse en aliados después del conveniente proceso pedagógico. La única ventaja de sus intuiciones frente a las de su mujer era que las suyas no llegaban desde lo inesperado, sino como consecuencia de una observación continuada y atenta, idéntica a la que sometía a cada una de las personas que decidía que podían formar parte de sus tropas. Puede que su método no fuera infalible, pero contaba con la suficiente experiencia como para intuir que a Esteban, que disimulaba su edad casi adolescente con una barba irregular y espesa, cada día le afligía más la obligación de cumplir unas órdenes que no le estaba permitido cuestionar.

—¿Y tú no vas a decir nada?

—¿Yo?

Era la primera vez en días que Ramón le dirigía la palabra a un guardia. Hasta entonces había permanecido mudo, recibiendo las curas de Joaquín en un silencio obstinado, tragándose las ganas de gritar y buscando el modo de convertirlas en el motor que golpease sus venas hasta hacer que su cuerpo se llenase de la sangre negra con que pretendía resucitarlo. Y, al tercer día, el maestro volvió de entre los muertos para, aun siendo un cadáver más, demostrar que solo había cenizas y agonía a las puertas del infierno que lo habían obligado a visitar.

—Que si te has enterado de lo que tienen que hacer —repitió el guardia endureciendo su voz y sorprendido de que uno de los reclusos más dóciles de toda la colonia reaccionase de manera tan brusca—. De mañana en adelante es lo que les toca.

—En adelante... —El maestro sonrió con sorna en un acto de provocación que, de haberse tratado de Roque, habría recibido su correspondiente castigo.

Ante Esteban, sin embargo, solo sirvió para poner aún más de manifiesto la incomodidad del guardia y forzarlo a obviar aquella mueca con la que Ramón desconfiaba por primera vez de su futuro. Unos días antes habría traducido ese «en adelante» como el horizonte más allá de los barracones, como ese mar que, cuando no podían dormir, imaginaban rompiéndose contra los bordes de la isla, aunque se hallara tan lejos como el colegio rural de donde lo habían arrancado, el pueblo al que no podría regresar o la madre que solo le escribía cuando el cura, arriesgando su reputación, le prestaba su ayuda. Pero, por irreales que fueran aquellas imágenes, aún no incluían la humillación última, la pared contra la que lo sujetaron mientras lo convertían en inútil moral y físico con su barra de acero, un hombre castrado en el ánimo y en el cuerpo, causándole una cicatriz tan atroz que nadie más, le advirtió Joaquín tragándose unas lágrimas indignas de su oficio, podría hacerlo suyo, no así, no con la misma pasión que lo había llevado hasta allí.

—En adelante, sí. Y a ver si controlamos esos humos, hostias.

Ramón estuvo a punto de responder algo, pero un gesto de Joaquín fue suficiente para que se mordiese la lengua antes de cometer una imprudencia ante la que Esteban, por mucho que se empeñase en distinguirse de la brutalidad del resto, habría acabado sucumbiendo.

—Esto es bueno, compañero —intentó animarlo Santos a la vez que apuntaba con su mirada hacia los reclusos que se hallaban a solo unos metros de distancia, en la misma fila que ellos acababan de abandonar—. Para ti. Para nosotros... Pero, sobre todo, para ellos.

El maestro giró la cabeza hacia esos hombres y se dio cuenta de que los demás presos sustituirían a los alumnos a quienes en el pasado se empeñaba en inculcar el amor por el conocimiento. A partir de ahora sus estudiantes serían la Juana, la Luisa, la Fernanda y todas las demás violetas de Tefía a quienes, contasen o no con los libros con los que seguía soñando Santos, podían ofrecer algo más de sustento. Con su nueva labor, no alimentarían sus estómagos ni compensarían la desnutrición o la incipiente artrosis en sus articulaciones, pero quizá sí los ayudasen a albergar ideas con las que atreverse a recuperar ese mar que les habían robado.

6

El primer día de clase fue el más duro de todos, no solo porque aún no se encontraban con fuerzas suficientes, sino porque la presencia de Caronte, que no se movió ni un solo minuto de la mesa que había decidido ocupar en el espacio del barracón habilitado como aula, les hacía dudar de la conveniencia de cuanto decían. El exsacerdote los interrumpió en un par de ocasiones y aludió a la importancia de la lectura como instrumento para memorizar las Escrituras, afirmación a la que Ramón respondió citando unos versículos de la parábola del hijo pródigo con una intención que no se ajustaba a la interpretación que hacía de ellos el director del campo, sino a la que él, cuando pensaba en la mirada de repulsa con que lo había despedido su madre, había aprendido a contarse a sí mismo para no odiarse. Santos, a quien la censura de sus cartas lo volvía cada vez más temerario, también aprovechó la alusión bíblica del director para citar un pasaje de su admirado Wilde:

—«Dios es temible y pulveriza lo mismo al fuerte que al débil, igual que se maja el grano en un mortero».

Por suerte, Caronte demostró ser tan poco diestro en la literatura dramática como en su supuesto conocimiento de las Escrituras, así que no contradijo al bibliotecario cuando atribuyó aquellas palabras al Pentateuco.

—Dios es temible pero bondadoso —apostilló el exsacerdote, y tanto los dos maestros como sus alumnos asintieron con fingido recogimiento ante la alusión a esa benevolencia de la que no había noticia en aquella isla.

A pesar de la vigilancia del director y de sus guardianes, tanto Santos como Ramón salieron algo más vivos de lo que creían haber entrado en aquella primera clase. Incluso Joaquín percibió su cambio cuando los vio llegar al barracón y confió en que ese estímulo emocional contribuyese también a mejorar su estado físico. El bibliotecario no albergaba muchas esperanzas en el alcance más bien paupérrimo de su papel docente, pero esos minutos en los que sus manos habían cambiado el azadón y la pala por un lapicero lo habían descargado momentáneamente del yugo con que los uncían cada amanecer.

—¿Y si les propongo hacer algo parecido? —les consultó Joaquín, que no había dejado de darle vueltas a aquella posibilidad.

—¿También quieres dar clase?

—No, pero sí podría ser su médico. Igual que vosotros ayudáis a «curar sus almas» —se burló imitando el habla afectada de Caronte—, yo puedo intentar cuidar sus cuerpos y así paliar la poca frecuencia con la que nos atienden.

—No es mala idea —opinó Ramón sin mostrarse demasiado entusiasta.

—¿Pero...?

—Funcionaría mejor si les importase que siguiésemos vivos. Y no sé si eso les preocupa mucho.

El médico estaba a punto de responder algo cuando Íñigo apareció en su barracón y les ordenó que lo acompañasen hasta el despacho del director.

—Ustedes, síganme —dispuso con el mismo tono despótico aprendido del Cancerbero, del que solo lo diferenciaba su deje canario.

Caronte los esperaba con las manos entrelazadas y la mirada fija en el enorme crucifijo que, entre la bandera nacional y el escudo de la Falange, presidía su despacho.

—Aquí están, señor.

El exsacerdote, a quien acompañaba Roque, elevó su mano derecha y la agitó para pedirle a Íñigo que se retirara. El guardia, siguiendo sus órdenes, se quedó a las puertas del despacho, dispuesto a ayudar al Cancerbero Mayor en caso de que cualquiera de los violetas intentase algo en su contra.

—Se preguntarán por qué les he hecho venir. Pero tranquilos, que no guarda relación con esas clases que hemos comenzado y que estoy seguro de que serán de gran provecho para la curación intelectual de sus compañeros. Lejos de mi ánimo está suspender esa digna labor que, incluso en almas tan torcidas como lo fueron las suyas, ha de agradar a los ojos de Dios Nuestro Señor.

Aquel sitio les abrasaba la voluntad, pero no las agallas, así que, para no saltar ante palabras como aquellas, necesitaban recordarse las consecuencias de cualquier comentario inoportuno. El delirio en que transcurrían sus jornadas podía confundirlos hasta hacerles creer que tenían derecho a réplica en lo que, salvo que Caronte les preguntase directamente, estaba concebido como un rancio e insoportable soliloquio. Él hablaba, ellos asentían, los guardias vigilaban y

Dios Nuestro Señor sonreía beatíficamente ante las noticias que el director estaba a punto de anunciarles.

—Solo quería pedirles que muestren solidaridad y compasión cristiana por los nuevos compañeros que llegarán la semana próxima a este campo donde aramos la tierra para labrar con ella la sanación del alma. En especial —prosiguió mirando directamente a Santos—, espero que reciban con la confianza que, por lo que he entendido, ya le tenían a un joven que tras asomarse aquí como observador ha descubierto su necesidad de regresar como paciente.

Los tres se quedaron petrificados mientras el exsacerdote agitaba de nuevo su mano para ordenar a los guardias que los retiraran de su presencia.

—Venga, nada de hacerse las remolonas. ¡Andando! —les gritó el Cancerbero, y, aunque no había razón para ello, le dio a Santos un culatazo con su fusil con el que estuvo a punto de tirarlo al suelo.

—Qué flojas son estas mariconas, ¿verdad, Íñigo?

—A ver si las nuevas nos resisten un poco más —se rio zafio su subordinado.

Aquella noche los tres se acostaron sin hablarlo, como si callándose pudieran evitar que fuera real. De repente, el gesto supuestamente compasivo de convertirlos en maestros del resto de los reclusos cobraba otro sentido y se volvía mucho más sádico, ahora que sabían que uno de los futuros hombres que se sentarían con ellos, aunque se tratara de alguien con una formación superior a la de la mayoría, era Fabián. A Santos le costaba reprimir la furia que le producía pensar que Caronte los había reunido para disfrutar con sus expresiones al insinuarles que el cámara formaba parte de su nueva remesa de violetas, haciendo sus vidas aún más miserables. El exsacerdote solo pretendía aclararles que los tres habían callado para nada y, de paso, acusar a Santos ante sus compañeros de ser responsable de que aquel chico estuviese a punto de ser internado en la colonia.

La culpa no le permitió conciliar el sueño en toda la noche. Santos pasó la madrugada dando vueltas en su jergón, obsesionado con su hipótesis de que la persecución en su contra no era casual. Si había acabado allí y se ensañaban tanto con él no podía ser solo por sus hábitos sexuales, ni siquiera por su implicación en el febrero universitario, sino por algo o, como intuía cada vez con mayor claridad, por alguien. Alguien que, si su instinto no le mentía, se llamaba Alonso, porque ese era el único nombre que escapaba al resto de las variables que lo rodeaban y quizá por eso creía que, del mismo modo que el rey Basilio era el culpable de la prisión de su hijo Segismundo, también lo había sido Hernán de la de Alonso y de la suya. No podía probarlo y estaba seguro de que ninguno de los encargados de la colonia admitiría jamás que hubiese algún interés personal tras su encierro en Tefía, pero, cada semana que pasaba en Fuerteventura, el agotamiento exacerbaba su desconfianza y lo obligaba a tomar conciencia de hasta qué punto sí sabía, por mucho que se lo hubiera negado a Joaquín y a Ramón, quién era el auténtico culpable de que lo hubieran encerrado allí.

ACTA-DECLARACIÓN DE FABIÁN CASTILLO PRIETO

En Madrid, siendo las quince horas y dieciocho minutos del día cinco de abril de mil novecientos cincuenta y seis, ante el señor comisario jefe de la Brigada de Información de la Jefatura Superior de Policía de Madrid, actuando como secretario habilitado para la práctica de esta diligencia el inspector afecto a la misma brigada don Elías Gómez Moreno, se procede a tomar declaración a Fabián Castillo Prieto, de veinticuatro años de edad, soltero, hijo de Luis Castillo y María Prieto, natural de Salamanca, quien, PREGUNTADO por el incidente sucedido el pasado día dos de abril en la Colonia Agrícola de Tefía (Fuerteventura),

MANIFIESTA: Que se hallaba, junto con tres compañeros de oficio y el regidor encargado de su coordinación, grabando unas imágenes para el NO-DO sobre la edificante labor que se lleva a cabo en la colonia agrícola cuando el preso identificado como Santos Molina Torres se abalanzó sobre él.

PREGUNTADO para que manifieste si conocía a dicho preso,

MANIFIESTA: Que ni lo conocía ni tampoco le había dirigido la palabra en todo el tiempo que permanecieron allí, donde su jefe directo, don Indalecio Domínguez Merino, los advirtió de su obligación de evitar cualquier comunicación con los reclusos.

PREGUNTADO para que aclare si sabe el motivo del ataque contra su persona,

MANIFIESTA: Que quizá se debiera a la desesperación de esos hombres en un entorno que, según sus palabras, «puede mermar sus capacidades mentales y físicas».

PREGUNTADO para que opine sobre las medidas adoptadas en la colonia,

MANIFIESTA: Que no pretende cuestionar el trabajo del

que ha sido testigo «como cámara y cineasta», sino que tan solo intentaba explicar el porqué de ese arrebato.

PREGUNTADO para que defina la naturaleza de su trayectoria «como cineasta» con el fin de confirmar su adhesión al espíritu de la Cruzada,

MANIFIESTA: Que sus únicos trabajos hasta la fecha, después de unos meses en *ABC*, han sido colaboraciones como ayudante en reportajes encomendados por la Delegación Nacional de Prensa y Propaganda y, tras mostrar ciertas lagunas y titubeos que exigen reformularle la pregunta, confiesa haber terminado un guion aún sin título del que envió una copia sin respuesta a don Juan Antonio Bardem, director de cine interrogado el pasado quince de febrero del presente mil novecientos cincuenta y seis, tal y como consta en la correspondiente acta-declaración firmada por el inspector don Tomás Agrela Fernández.

PREGUNTADO para que explique la naturaleza de su guion, que, según se le informa, podría ser del interés del Ministerio de Información y Turismo,

MANIFIESTA: Que solo trata de reflejar el presente nacional de manera aséptica, y cita como fuentes de inspiración a artistas tan notables como Juan de Orduña y Arturo Ruiz Castillo, de quien afirma conocer y admirar *El santuario no se rinde*. Dado que resulta difícil imaginar el contenido de su escritura y su relevancia para analizar lo sucedido en Tefía, se comunica al interrogado que, salvo que pueda explicar dichos acontecimientos, deberá presentar y entregar una copia de su guion.

PREGUNTADO para que reflexione, a partir de este nuevo aliciente, sobre si encuentra relación alguna entre su trabajo y el ataque fortuito del preso,

MANIFIESTA: Que cabe la posibilidad de que el recluso y él hubiesen coincidido en mayo de mil novecientos cincuenta y cinco en unas jornadas cinematográficas en Salamanca.

PREGUNTADO sobre la posibilidad de que el recluso le expresara algún mensaje,

MANIFIESTA: Que no lo recuerda, ya que el terror al verse atacado por aquel invertido provocó en él una repentina amnesia. Se le incentiva a completar su vacío de memoria aludiendo al guion, que le será confiscado en caso de que no consiga recordar, y, por fin, pone encima de la mesa una nota que se adjunta como prueba.

PREGUNTADO para que justifique por qué ha negado la existencia de ese mensaje, en el que figura la dirección del recluso Santos Molina Torres,

MANIFIESTA: Que temía perjudicar la regeneración del preso y que si conserva el mensaje es con el fin de destruirlo. Insiste en ofrecer las referencias de su responsable laboral directo, don Indalecio Domínguez, para probar su compromiso con los principios nacionales y su rechazo a los desórdenes mentales de los reclusos de Tefía, ante los que afirma sentir tanta repugnancia como cualquier otro español de bien.

PREGUNTADO para que confirme la veracidad de sus respuestas y la libertad, propia de esta nuestra democracia orgánica, con que ha respondido,

MANIFIESTA: Que todo cuanto ha dicho es cierto y fruto de su voluntad de colaborar para defender la seguridad, la paz y la convivencia.

En este estado de la presente diligencia, siendo ya las veintitrés cuarenta cinco y ante lo avanzado de la hora, el señor comisario jefe dispone se suspenda la declaración y ordena que, tal y como figura en el expediente de Santos Molina Torres, se proceda a informar a las autoridades allí consignadas para que, de acuerdo con lo sucedido, puedan tomar las determinaciones pertinentes.

Leída esta declaración por Fabián Castillo Prieto, la encuentra en todo conforme con lo manifestado y en prueba de ello la firma, en unión del señor comisario jefe y del secretario habilitado que certifica.

7

Desde que Carmen la informó de que la fecha de su marcha sería el lunes 9 de abril, Asun vivió los días anteriores como una insoportable cuenta atrás. Cada uno que tachaba era una oportunidad menos para ese reencuentro, lo que volvía su espera aún más agónica, así que cuando llegó el momento fijado, harta de aguardar a que el reloj diera la hora acordada, no aguantó más encerrada en su piso y se presentó en la mercería con casi veinte minutos de antelación.

—Tranquila —le dijo a Carmen, anticipándose a una posible reprimenda por su imprudencia—, no me han seguido.

La entrada de un par de vecinas en busca de retales y agujas para seguir remendando vidas y familias las acalló de nuevo y, aunque la dueña de la tienda se quedó sin derecho a réplica, estaba convencida de que cualquier improvisación podía arruinar sus planes.

—Tienes mala cara, Asun —le dijo cuando volvieron a quedarse solas.

—No es nada —mintió, aunque era cierto que se encontraba fatigada, con los nervios erizados y la sensación de estar a punto de perder el control de sí misma en cuanto surgiera el más mínimo obstáculo—. ¿Desde cuándo lo sabéis?

—¿El qué, Asun?

—Lo de Nacho. —Prefirió ser directa: siendo su última noche en Madrid, para qué andarse con rodeos.

—Desde que hablé contigo. El mismo día que te dije que esos dos tenían sus motivos... Pero no podía contarte por qué. Un muerto es una cosa muy seria.

—Mucho. —Algo en ella le impedía imaginarse a Nacho como un cadáver más, incluso como un enemigo. Lo odiaba por lo que pudiera haber hecho, pero le costaba distinguir al espía del estudiante que había conocido y con el que había compartido tantos ensayos—. ¿Y hay algo más que me estéis ocultando?

—Si lo dices por Santos...

—Claro que lo digo por Santos.

—Hoy hemos sabido algo, sí, pero no tenía sentido contártelo antes.

—¿Está bien? —Asun necesitaba una respuesta, la que fuera, no podía conformarse con más silencios, no ante la única pregunta que de verdad la obsesionaba—. Dime que está bien, Carmen.

—Está vivo —respondió ella, disimulando la rabia que le provocaba la angustia y la desesperación de Asun y la impotencia que experimentaba al no poder ayudarla como le habría gustado hacerlo—. Pero esta noche tienes mi palabra de que, en cuanto nos encontremos con Ginés, vas a saber más.

—Dímelo ahora, por favor. Ya no me pueden hacer nada. Quedan solo diez minutos para que cierres la tienda y salga de aquí contigo para no volver. Carmen...

Ella bajó la cabeza.

—No puedo, Asun, porque Ginés no ha querido decírmelo. Y te juro que no me lo invento.

—¿Tan poco os fiais de mí? —Asun se movía nerviosa frente al mostrador, dando vueltas de un lado a otro, y Carmen no dejaba de hacerle gestos para que se calmase, temiendo que su agitación llamase la atención de algún transeúnte que pasara cerca de la mercería.

—De ti nos fiamos, Asun. De quien no nos fiamos es de la gente que te busca y que está deseando hacerte daño.

—Voy a encontrarlo. Tarde lo que tarde, Carmen, pero voy a encontrarlo.

—Estoy segura —la animó ella, empezando a recoger la caja para que pudieran salir de allí justo a la hora del cierre: era esencial que no traicionasen ninguna de sus rutinas si querían evitar contratiempos—. Pero, sobre esta noche, hay algo que aún no sabes.

—¿El qué?

—No te vas sola.

La noticia de que habían pensado hacerla viajar en compañía la perturbó, a pesar de que ella misma había colaborado en alguna operación similar y sabía que, cuando la extracción lo permitía, se aunaban esfuerzos para aprovechar al máximo sus recursos, de modo que podía haberse imaginado que el hecho de que la fecha y el lugar elegidos fueran inamovibles no tenía que ver solo con las circunstancias que lo propiciaban, sino también con la gente involucrada. La siguiente pregunta era tan evidente que Asun prefirió no hacerla. Mejor esperar a que fuera la propia Carmen quien le confesara si conocía o no a ese alguien que la acompañaría.

—El pobre es el eslabón más débil —se justificó Carmen—. O lo sacamos de aquí o Alonso acabará vendiéndonos a todos.

—¿Con Alonso? —Carmen asintió mientras Asun

intentaba asimilar todo lo que le habían ocultado hasta esa misma noche—. ¿Eso quiere decir que también voy a ver a Miguel?

—Miguel no se va con vosotros.

—¿Y eso por qué? ¿Por qué se supone que Miguel sí puede quedarse y Alonso no? ¿Por qué habéis decidido que es el más débil? —estalló—. ¿Porque se acostaba con mi marido?

—No. —Carmen era consciente de que la rabia de Asun no iba dirigida contra ella, pero tuvo que recordárselo para no perder los estribos entre la tensión de lo que estaban a punto de hacer y la aspereza de sus preguntas—. Es el eslabón más débil porque Hernán nunca va a parar de buscarlo. Y las dos lo sabemos.

—Lo siento... —Asun relajó el tono, consciente de que los nervios la estaban dominando en el momento en que más concentrada necesitaba estar—. Entonces, ¿sí sabíais dónde estaban?

—En realidad, no. Pero, después de lo que te pasó con Hernán, nos buscó Miguel. Quería explicárnoslo todo y asegurarse de que podíamos ayudaros. A ti y a Alonso.

Asun sintió una punzada de agradecimiento y Carmen, que deseaba acabar con aquella conversación cuanto antes, aprovechó que el reloj estaba a punto de dar las ocho para pedirle que la ayudase a cerrar.

—Pero ve con cuidado, no me vayas a dejar esto hecho unos zorros.

Entre las dos recogieron el género, revisaron una última vez la caja y anotaron cuanto hubo que anotar en el libro de cuentas. Según lo planeado, las dos saldrían al mismo tiempo —Carmen por la puerta delantera y Asun por la trasera— y se dirigirían hasta la panadería de la Teodora, donde las esperaban Ginés y

Alonso y los recogerían en algún momento de la madrugada. Estaban a punto de echar el candado cuando un camisa azul entró en la tienda. Asun no tuvo tiempo de esconderse, así que permaneció al lado de Carmen, tras el mostrador, fingiendo ser una dependienta más.

—Bonito género —dijo aquel joven rubio y corpulento que las miraba con descaro y cuya voz sonaba ligeramente ebria.

—Ya hemos cerrado. —Carmen se esforzó por disimular la inquietud que le causaba su presencia.

—Pero tendrán una pizca de caridad para un estudiante —repuso con sorna—. No van a dejarme sin lo que he venido a buscar.

—¿Y eso no puede esperar a mañana? —intervino Asun—. Seguro que dispondremos de más tiempo para atenderle.

Él soltó una carcajada estridente a la vez que echaba el cierre y se aseguraba de que nadie podría ver desde la calle lo que estaba sucediendo dentro.

—Los estudiantes somos gente ocupada —añadió.

—No queremos problemas. —Asun buscaba con la mirada unas tijeras. Sabía que había un par dentro de uno de los cajones bajo el mostrador.

—Tranquila, no les va a pasar nada. Si colaboran, claro.

—Coja lo que quiera. —Carmen apuntó a la caja y el rubio esbozó una sonrisa cínica.

—¿Dinero? No, no es eso. —Se lanzó sobre ella y, retorciendo su brazo, la estrelló con fuerza contra una de las vitrinas—. Nosotros no somos unos ladrones como los suyos. Ni unos asesinos. Lo único que necesito es que me diga dónde están escondidos esos dos rojos de sus amiguitos. Usted me lo cuenta, yo la suelto y me voy como si nunca hubiera estado aquí.

—No sabemos de qué nos está hablando —respondió Asun, sin dejar de pensar en las opciones de salir indemnes de aquella situación, pero estas se volvieron casi inexistentes en cuanto aquel tipo sacó su revólver y apuntó con él a la sien de Carmen.

—Lo mejor será que me lo cuenten pronto. Si son listas, ya deberían saber que da igual cuánto intenten resistirse.

—Por favor... —Carmen estaba a punto de perder el conocimiento por culpa del daño que le infligía aquel animal.

—Piénsenlo así: me dicen dónde están los asesinos esos de Miguel y Alonso, y esto acaba deprisa. No me lo dicen y lo alargamos hasta que decidan confesar.

Asun se vio a sí misma unos meses atrás, en Santander, en otra situación que parecía revivir y en la que nada se le figuraba más poderoso que las tijeras que entonces no se había atrevido a clavar y que ahora trataba de conseguir sin que aquel hombre se diese cuenta. De poco servía allí la literatura, le habría gustado decirle a Santos, de qué valían los versos cuando las fieras salían de sus guaridas. Asun no podía creer en las palabras con aquel hombre usando la culata del revólver para golpear a Carmen, dejándola caer inconsciente sobre el mostrador y propinándole una patada para comprobar que ni siquiera reaccionaba, acorralándola después a ella contra la pared, comenzando a desabrocharse los pantalones, con su verga rígida, dura, con las manos agarrando sus pechos y rompiendo el sostén, apretando las piernas contra las suyas, clavándose en ellas. No con aquella bestia rompiendo su piel, horadando su carne, manoseando sus brazos, sus muslos, sus tetas. No con Carmen sin poder siquiera levantarse, con el cuerpo atrofiado por el dolor y la voluntad anulada por el pánico. No podía darle la razón a Santos mientras solo era carne entre las manos de un hombre que le rompía el cuerpo para romperle también el alma.

—¡Tranquila, puta! —se rio el rubio apartando la mano de la boca de Asun después de que esta se la hubiera mordido con rabia—. A ver si voy a tener que darte unas cuantas lecciones de urbanidad...

Pero no tuvo tiempo de decir nada más, porque Asun se las había ingeniado para hacerse con las tijeras mientras él había estado ensañándose con Carmen. Y, sin la más mínima duda, se las clavó con todas sus fuerzas, primero en el muslo derecho y después en el vientre. Carmen se levantó a duras penas del suelo en el que su agresor se desangraba y, tras sacarle las tijeras de la tripa, se las volvió a clavar en el cuello tres veces, hasta que tuvo la seguridad de que estaba muerto.

—¿Lo conocías? —le preguntó a Asun en cuanto aquel hombre dejó de respirar.

Aún conmocionada, ella negó con la cabeza mientras Carmen buscaba su documentación, en la que solo encontró un nombre, Raúl Benítez, que le resultaba desconocido y mudo.

—Pues está claro que él a ti sí.

En aquel momento, Asun no logró asociarlo con la noticia sobre el asesinato de Nacho que había leído la noche anterior. Tardaría todavía unas horas en relacionar ambas realidades e identificarlo como el miembro de las Juventudes Falangistas que había dado la voz de alarma sobre la desaparición de su compañero Ignacio. Pero entonces Asun no era capaz de decir nada, solo quería limpiarse, echarse agua y recomponer su ropa.

—¿Y ahora qué?

—Ahora tienes que hacerlo todo tal y como te lo hemos explicado: recuerda, tres veces y esperas. Aunque al final vas a tener que ir tú sola.

—Pero, Carmen...

—Tienes que irte ya, Asun. Por favor.

Asintió sin moverse, incapaz de echar a andar. Se sentía bloqueada y únicamente podía pensar en lo que habría ocurrido si aquel individuo no se hubiera presentado solo, si no las hubiera subestimado y hubiese ido con más energúmenos como él para impartir justicia en nombre del Pelirrojo gracias a las fuerzas que le habían conferido el odio y la bebida. Todo por culpa de su obstinación, de su tozudez, que le impedían rendirse y que la habrían llevado a odiarse, porque una vida sin recuperar a Santos sería una vida miserable, pero una vida en la que Carmen hubiese caído asesinada por su culpa sería, sencillamente, insoportable.

—No puedo dejarte así...

—Claro que puedes. Es más, ahora estás obligada a irte. Por ti —Carmen la agarró de los hombros con toda la firmeza y el afecto de los que era capaz, a pesar de que se le diera mucho mejor la primera que el segundo— y por nosotras.

Asun sabía que los abrazos nunca habían sido de su agrado, pero esta vez sería, en mucho tiempo, la última oportunidad que tendría de darle uno a cambio de todo lo que habían vivido juntas, así que se arriesgó a que Carmen reaccionara con brusquedad y, sin atender más que a su necesidad de decirle cuánto la iba a echar de menos, la rodeó con fuerza, convencida de que esa amistad que las unía era de lo mejor que había construido en su vida.

—Márchate ya —le insistió Carmen, conteniendo la emoción y zafándose de su abrazo.

—Antes habrá que hacer algo con esto.

Las dos oyeron pasos acercándose a lo largo de la calle y la dueña de la mercería corrió a apagar las luces de la tienda a la vez que abría la puerta trasera para que Asun pudiera salir de allí.

—De esto me encargo yo.

8

—Me han dicho que te dé el pésame, Rosaura.

Aunque Roque elevó el tono lo bastante como para que todos los presos que se hallaban en la cadena se volvieran a mirarlo, Santos, a quien ya habían obligado a ocupar su puesto habitual, no levantó la cabeza. Agarró el pico aún con más fuerza y, a pesar de que su cuerpo le gritaba que parase, golpeó el suelo con furia ante la mirada de preocupación de Joaquín, que temía que aquellas horas de trabajo matinal sumadas a las clases que debería seguir impartiendo cada tarde fuesen demasiado para su salud.

—¿Me has oído, Rosaura?

El médico le dio un codazo a su amigo para que reaccionase. Santos alzó la cara y la volvió hacia Roque, aunque evitando mirarlo a los ojos.

—Toma. —El Cancerbero le tiró una nota.

El papel cayó a sus pies, dibujando una parábola que merecería un primer plano en alguna de esas películas que, tras las jornadas de Salamanca, le había prometido a Alonso que llegarían a rodar. Una historia en la que alguien —él— no movería un solo músculo mientras contemplaba el vuelo de aquella hoja fingiendo indiferencia y tratando de no entender las palabras que, bajo lo que parecía ser un sello oficial, alguien había mecanografiado en ella. Esa escena podía convertirse en el inicio del guion que Alonso y él iban a escribir juntos y del que su versión calderoniana no era más que un tímido ensayo, una prueba de lo que serían capaces de hacer en el futuro, cuando ese futuro aún existía.

—¿No lo vas a coger? —Santos permaneció inmóvil—. Mira que sois burras y desagradecidas, Rosaura.

Roque se acercó hasta él y, de un puñetazo, lo derrumbó sobre el suelo.

—Cógelo.

Santos miró la hoja, todavía sin tocarla, y sintió un escalofrío al leer «Acta de defunción» en el encabezado.

—¡Que lo cojas, joder!

Tras recibir una nueva patada y consciente de que su cuerpo ya no podría soportar muchas más, estiró el brazo y tomó aquel documento en el que, tan pronto como lo tuvo ante sí, leyó el nombre de Fabián.

—A tu amiguita la han encontrado ahorcada cuando fueron a buscarla para traerla aquí. —Santos se esforzó en ponerse en pie, conteniendo la rabia y las lágrimas—. Se ve que no se hizo a la idea de tener que acompañaros.

—Qué sorpresa, ¿no? —se sumó Íñigo—. Con lo valientes que sois para tirotear a jóvenes desarmados y qué pronto os acojonáis aquí dentro.

—Esa también era de las que estaban allí contigo, ¿a que sí? —lo acusó el Cancerbero—. El día del homenaje a Matías Montero, ¿verdad, Rosaura? Porque a lo mejor tus compañeras no lo saben, pero tú no solo eres una enferma que les come la polla a los niños que aloja, sino que también les da pistolas y balas para que maten a jóvenes que son auténticos patriotas y no una mierda como vosotras.

Santos estuvo a punto de lanzarse contra él, pero las miradas de pánico de Joaquín y Ramón lograron retenerlo, así que apretó los puños sin responder a aquellas acusaciones completamente infundadas. No sabía qué les habría contado Fabián, a quien imaginaba que habrían interrogado nada más regresar a Madrid y que tal vez, por culpa de la violencia a la que lo habían sometido, hubiese acabado confesando cosas que ni siquiera había hecho.

—Bien muerta está —sentenció Roque mientras Santos intentaba no oír su voz y luchaba por concentrarse en lo único que lo sostenía: sus dos aes. La A de Alonso, en la que latía la pasión que les otorgaba un coraje que nadie podía someter, y la A de Asun, en la que cabía lo mejor de sí mismo y hasta del país que aspiraban a transformar.

El Cancerbero Mayor lo sacó de su ensimismamiento cuando, apuntándolo con su fusil, lo obligó a que lo acompañara:

—Ven conmigo.

Santos se apartó de la fila y, sin preguntar nada, comenzó a seguir a Roque sintiendo tras de sí la mirada de Ramón y Joaquín. Pero por primera vez desde que lo habían encerrado ya no guardaba silencio por temor, sino porque, después de tanto odio, había cruzado el límite de la indiferencia y ni siquiera le importaba lo que pudieran hacer con él. Tras la noticia de la muerte de Fabián, de la que dudaba que alguna vez pudiera dejar de culparse, se dio cuenta de que no le asustaba recibir a manos de aquella bestia el castigo que él mismo estaba dispuesto a imponerse.

El Cancerbero lo condujo a través del relieve irregular y pedregoso de aquel paisaje hasta que llegaron al borde del cercado donde los llevaban cada sábado para bañarse.

—Hueles a muerta —le dijo mientras lo empujaba con el fusil—. A puta y a muerta.

Santos se dispuso a coger agua del pozo, pero Roque lo detuvo.

—¿A dónde vas tan deprisa, Rosaura? ¿Te he dicho yo que hagas algo?

El bibliotecario agachó la cabeza y negó con sumisión, con la misma docilidad con la que había sufrido todas y cada una de las humillaciones a las que lo habían expuesto desde el día en que lo habían encerrado conforme a una sentencia que ni siquiera le habían permitido ver y en la que se declaraba que era imprescindible «someterlo a un tratamiento de regeneración, confinándolo para ello durante el tiempo que sus responsables considerasen necesario en la Colonia Agrícola de Tefía». Desde aquel día había dejado de llamarse Santos para pasar a llamarse invertido. Sarasa. Violeta. Maricona. Puta. Y Rosaura.

—Desnúdate. —Roque apretó el arma contra su vientre y el bibliotecario pudo sentir en la piel el frío del cañón—. Ahora.

No era la peor de las ofensas que había sufrido, ni siquiera la más terrible. Aún se había sentido más degradado el día de su llegada a la colonia, cuando lo sentaron en fila junto a los demás presos para raparlos. Recordaba la sensación de la maquinilla, el ruido que hacían moviéndose todos a la vez, un murmullo parecido al de sus voces cuando los obligaban a rezar el rosario o a cantar cada mañana para ensalzar a quienes los humillaban. Aquella nueva vejación no era más que otra que sumar a la lista, otro baldón que callaría en la nota que había escondido bajo la cama para que, si le sucedía algo, Ramón y Joaquín la pudieran entregar en su nombre.

—A ver si esta vez eliges mejor, Rosaura —le dijo el Cancerbero sin dejar de apuntarlo con su fusil—. Solo tienes que decidir si quieres responderme a lo que te voy a preguntar o si prefieres seguir los pasos de tu amiga Fabiana.

Santos se quitó la ropa, cada vez más convencido de que estaban a punto de fusilarlo y con la única duda de si sus compañeros encontrarían la carta que había preparado para sus dos aes.

—Mejor así. Y ahora dime dónde están Miguel y Alonso y damos esto por concluido. Su padre está seguro de que tú lo sabes y no querrás que tengamos que decepcionar a un héroe de la patria, ¿verdad, Rosaura?

Quizá lo habría evitado si hubiera sido consciente de que su sonrisa delataba la felicidad que sentía en ese mismo momento, pero no pudo reprimir una mueca de satisfacción al confirmar, por fin, que una de sus dos aes sí estaba a salvo, que ninguno de los dos medio hermanos había caído bajo las garras de Hernán y que su padre ni siquiera sabía dónde buscarlos. Todo lo demás que se desprendía de aquel interrogatorio a espaldas del resto de los reclusos no suponía ya para él ninguna novedad, ni el vínculo entre su encierro en Tefía y Hernán, ni la censura sistemática a la que era sometida la correspondencia que jamás había logrado mantener porque, sencillamente, no enviaban sus cartas. Pero nada de eso era tan importante como confirmar que los dos medio hermanos estaban bien y que si habían recurrido a él era porque Asun, que no les habría dicho nada, también lo estaba. De eso no tenía ninguna duda, porque sabía de su fortaleza, y de su rebeldía, y de todas esas cualidades que la hacían tan extraordinaria como para haberla convertido en la musa de sus cinco elegidos, dotándola de la insolencia de Julia, de la intrepidez de Rosaura, de la tenacidad de Antígona, de la imaginación de Rosita y de la resolución de Salomé. Todas ellas vivían en Asun y ahora, mientras el Cancerbero pretendía arrancarle a golpes algo que no sabía, se aferraba a su recuerdo para soportar ese dolor.

—¿No vas a responder?

—No sé nada de Alonso ni de Miguel. Lo juro.

Roque le propinó un fuerte culatazo en la espalda y Santos cayó al suelo a causa del impacto.

—Ahora respira hondo antes de volver a equivocarte. Porque me vas a contar todo lo que sepas de esos dos. O eso o hago que traigan aquí a la Ramona y a la Joaquina y ya verás como esta vez sí que te convenzo, ¿estamos?

El bibliotecario no alzó la mirada, pero pudo oír cómo chocaban entre sí las piedras que el Cancerbero debía de estar envolviendo en el trapo que acababa de humedecer. Desnudo, agachado sobre el suelo, con el sol abrasando su piel y clavándosele en las rodillas y en las palmas de las manos las rocas que tantas jornadas había pasado picando, Santos dudó un segundo si realmente iba a intentar lo que estaba pensando, pero, al oír cómo Roque se burlaba de la muerte de Fabián y amenazaba a Joaquín y a Ramón después de todo lo que ya había sufrido el maestro, se decidió a hacerlo.

Dos disparos muy seguidos alarmaron a los reclusos que cavaban muchos metros más allá y provocaron que todos los guardias corrieran hacia el cercado. Roque diría más tarde que había tenido que disparar porque el preso había intentado huir, pero ni la sangre que brotaba de la frente del guardia ni el cuerpo desnudo de Santos, que yacía en el suelo gritando de dolor tras recibir una bala en el abdomen y otra en la pierna derecha, conferían veracidad a su historia. A pesar de que el Cancerbero insistía en su versión mientras Esteban ayudaba a Joaquín y a Ramón a llevarse al bibliotecario hasta el barracón-enfermería, los reclusos no tardaron en reescribir su propio relato de lo que, en adelante, se conocería como «el incidente del cercado». Y cuando, a pesar de los esfuerzos de Roque por cubrirse, el sol inclemente de la isla incidía en los moratones y las heridas que aún surcaban su rostro, los presos imaginaban a Santos agarrando una de las rocas que picaban día tras día, cerrando el puño y lanzándose contra él, empleando todas sus fuerzas en golpearlo hasta que el Cancerbero se vio obligado a apretar el gatillo para imponerse sobre aquel violeta que, a pesar de estar débil, desnudo y sin armas, se había abalanzado sobre él, sin más ayuda que las piedras que habían sellado su fortuna, para reclamar su voz de hombre. Su destino de hombre. Y su cuerpo de hombre.

9

Llamó tres veces a la puerta trasera de la panadería, tal y como habían convenido, y esperó a que Ginés le abriera para pasar al almacén donde debería permanecer escondida las próximas horas.

—¿Vienes sola? —El librero, extrañado de que Carmen no la acompañara, se alarmó aún más al ver el estado de nervios en que se hallaba Asun—. ¿Qué ha pasado?

Ella buscaba las palabras para explicarlo, pero apenas era capaz de respirar y sentía que se ahogaba mientras buscaba algún lugar en el que sentarse.

—Ven.

Ginés la acomodó como pudo en un taburete mientras le ofrecía un vaso de agua que ella empezó a beber a pequeños sorbos, tratando de serenarse y de asimilar lo sucedido, ahora que ya no había duda de que todo cuanto la rodeaba era real, incluida esa huida que, quizá, fuera lo que había acabado de disparar su ansiedad. Porque en su cabeza no solo daba vueltas, una y otra vez, la imagen de aquel hombre desangrándose sobre el suelo, ni el tacto baboso de su cara contra su nuca, ni todo el asco que le había provocado y la satisfacción que había sentido al clavarle aquellas tijeras y que al fin le había permitido cambiar su papel de doña Rosita por el de Salomé. No, en su cabeza también estaba la incertidumbre del destino, la ignorancia sobre todo lo que vendría después, incluyendo el lugar al que la llevaban, y la certeza de que, después de esa noche, su piso de la calle Bordadores, el único espacio donde había conseguido ser ella misma, quedaría atrás para siempre. Eso, pensaba mientras buscaba el modo de relatarle a Ginés lo que acababa de suceder, era lo que la había puesto en ese estado, porque todo lo demás no era más que la confirmación de los motivos por los que debía irse.

—Ha aparecido uno de los suyos en la mercería.

—¿Carmen está bien? —preguntó con inquietud el librero.

Ella asintió, ya más serena, antes de pedirle que fuera a ayudarla.

—Hay mucho que limpiar allí... Y no ha querido que yo me quedase.

—En cuanto lleguen, sí —accedió el librero, mirando su reloj con impaciencia.

—¿Lleguen? ¿Eso quiere decir que también va a venir Miguel?

—Puede —le respondió encogiéndose de hombros—, con esos dos nunca se sabe. Pero solo os vais Alonso y tú. Eso es lo que hemos pactado. Y lo que saben las dos personas que vendrán a recogeros. Darán tres toques a las cuatro y cuarto. Es importante que estéis atentos, Asun, porque no esperarán. Si vinieran antes, no son ellos. Y si se retrasan, tampoco.

—¿Y mis documentos?

—Gracias a la previsión de Santos —le dijo mientras le entregaba su nuevo pasaporte—, ha sido relativamente fácil tenerlo listo a tiempo.

Una vez más le habría gustado agradecerle a su

marido todo lo que, incluso ausente, seguía haciendo por ella, pero tuvo que conformarse con creer que, estuviera donde estuviera, también él sentía esa misma gratitud por lo que ella hubiera podido darle. No sabía bien qué era, ni cómo llamarlo, ni siquiera si sería tan importante lo que hubiera de sí misma en Santos como lo que había de él en ella, pero, ante la duda, prefería pensar que ambos se habían influido mutuamente hasta ser quienes eran.

Sonaron tres golpes en el almacén y Ginés, tras pedirle a Asun que se escondiera entre las sombras del cuarto, se adelantó y entreabrió la puerta. Solo tras asegurarse de que reconocía a quienes llamaban, los invitó a pasar, al tiempo que ella abandonaba la penumbra en la que se había ocultado.

—Asun. —Miguel y Alonso se acercaron y, sin hablar, los tres se fundieron en un largo abrazo con el que intentaron volver a ser cuatro o, al menos, hacer presente al hombre que los había unido.

—Hacedle caso a ella —les ordenó Ginés antes de marcharse apresuradamente—, sabe cómo tenéis que actuar en adelante. Y tú —dijo mirando solo a Miguel—, si te vas a quedar en Madrid, búscame la semana que viene, seguro que tengo alguna cosa que proponerte.

—Claro —accedió con el mismo ánimo voluntarioso con el que Asun lo había visto involucrarse en las acciones de la «tribu» desde el principio.

En cuanto Ginés se marchó, los dos medio hermanos le pidieron perdón por haber desaparecido, insistiendo en que era lo único que podían hacer en ese momento.

—No podíamos ponerte en un peligro mayor del que ya estabas —le dijo Miguel, en quien resultaban evidentes los esfuerzos por no acariciarla como lo había hecho en otras ocasiones.

Asun, que había pasado demasiados días llena de preguntas que hacerles, ya no le encontraba sentido a ninguno de esos interrogantes porque, después de todo, había sido capaz de responderlos por sí sola. Entendía que si se habían escondido era porque se habían enterado de que Hernán andaba cerca y, seguramente, porque eso que habían hecho, ese algo que había insinuado Carmen en sus últimas conversaciones, guardaba relación con el periódico que alguien de la «tribu» —estaba convencida de que tenía que haber sido Luisito— había dejado para ella.

—Fuisteis vosotros, ¿verdad?

Sacó el recorte con la noticia del asesinato de Nacho de uno de sus bolsillos y lo puso delante de los dos medio hermanos, esperando a que le diesen su versión de los hechos.

—Supimos que mi padre andaba cerca la misma noche que no quisieron llevarnos con vosotros a Sol —comenzó Alonso, que cuando hablaba de Hernán lo hacía con una culpa infinita, como si se responsabilizase de todas sus acciones a pesar de que no hubiese tenido nada que ver en ellas—. Así que decidimos desaparecer cuanto antes. Los grises nos dijeron que nos quedáramos en el piso y que no se nos ocurriera movernos por si nos necesitaban, pero estaba claro que eso quería decir que era cuestión de horas que ese cabrón apareciese por Bordadores. Y luego... Bueno, luego se complicó todo.

—Os ayudó Teresa, ¿verdad?

Asun interpretó en la manera de asentir de Miguel una sombra de vergüenza, a pesar de que ni él le debía nada a ella ni ella a él. Que los dos hubiesen acabado en la litera más de una vez no quería decir que no hubiera otras camas que quisieran probar, así que, lejos de sentir unos celos que prefería guardar para sus coplas, solo pretendía confirmar sus intuiciones sobre la relación existente entre la huida de los medio hermanos, la desaparición de Santos y la muerte del Pelirrojo.

—Nos echó un cable a través de su madre, sí —continuó Alonso—. Doña Alicia nos consiguió un sótano en el piso de unos tíos suyos y nos dijo que nos escondiéramos hasta que mi padre se volviese al pueblo.

—Como si se fuera a volver... —apostilló Miguel—. Los dos sabíamos que ese no había venido hasta aquí para rendirse tan pronto, pero, mientras pudiésemos aguantar escondidos, allí seguiríamos.

—El resto de la «tribu» tampoco sabía nada, claro, porque en esos días nos estaban buscando a todos por lo de la manifestación y por lo de Miguel Álvarez y, bueno, por todo eso de lo que nos han querido culpar. Solo Teresa y Luisito estaban enterados y eran los únicos que venían de vez en cuando a ayudarnos con la comida y con lo que pudiéramos necesitar.

—¿Quién descubrió lo de Nacho?

—Luisito —admitió Miguel—. Cuando lo interrogaron en Sol, entre paliza y paliza, le enseñaron una de las fotografías del ensayo que les había pasado alguien de dentro. Cuando lo soltaron, comenzó a mover hilos y acabó descubriendo que teníamos un traidor en la «tribu».

—Un hijo de puta —remarcó Alonso cargado de ira— que nos había vendido a todos.

Asun respiró con una extraña sensación de alivio, como si el hecho de que la verdad confirmase sus sospechas supusiera alguna clase de consuelo. Todo había sido tal y como lo había intuido desde que leyó la noticia: era Nacho quien le había pasado a Hernán la información sobre la «función roja» y, también, sobre lo que sucedía entre Alonso y Santos. El Pelirrojo estaba demasiado cerca como para no haberse dado cuenta de lo que intuía toda la «tribu», de ahí que el padre de Alonso acusara a Santos de haber pervertido a su hijo y se hubiese amparado en la nueva Ley de Vagos y Maleantes para endurecer su castigo.

—Y luego... —la rabia de Alonso cedió paso a sus remordimientos—, luego perdimos la cabeza.

—Lo hicimos porque se lo merecía —replicó Miguel, intentando disuadirlo de esa culpabilidad que su medio hermano llevaba sobre los hombros.

—Muchos se lo merecen... Pero Santos nos habría dicho que así no se hacen las cosas. Que ya ves de lo que ha servido esconder el cadáver y lo poco que han tardado en encontrarlo. La basura siempre acaba flotando, Miguel.

—Pero tú y yo sabemos que si no hubiera sido por ese cabrón...

—¿Y qué hemos conseguido?

Asun asistía a su discusión sin intervenir, dejando que fueran ellos los que le contasen la verdad a su manera.

—¿Piensas que lo que hicimos le importa a alguien, Miguel? Ahora Nacho solo es otro mártir del que pueden aprovecharse, igual que hicieron con su niño el falangista después de lo de San Bernardo. Eso es todo lo que hemos logrado. Regalarles más balas, ¡hostia!

Alonso dio furioso un puntapié contra el suelo y, enfadado consigo mismo, se giró de espaldas y se apoyó en la pared hasta que consiguió calmarse. Miguel y Asun, conscientes de que la lucha que estaba librando no tenía que ver más que con él mismo, esperaron a que se diera la vuelta y, solo entonces, ella les pidió que le explicaran cómo había sucedido. A partir de ese momento, aunque los escuchaba atenta, no podía dejar de suplantarlos en cada una de las acciones que le describían, intentando compensar así todo lo que no había podido hacer por Santos. En su imaginación era ella, y no Alonso, quien, tras descubrir que Nacho era un infiltrado, acudía en busca del Pelirrojo para darle caza en los alrededores de la Complutense. Era ella, y no Alonso, quien discutía con ese malnacido y le echaba en cara que hubiera vendido a la única persona que les había ofrecido una oportunidad para hacer algo que mereciese la pena en medio de tanta mediocridad. Era también ella quien cogía a Nacho por los hombros y lo zarandeaba porque no podía entender que hubiera delatado a alguien que había creído en él, en todos ellos, a pesar de que la falta de talento artístico de la mayoría de su «tribu calderoniana» hubiese sido obvia desde un principio. Gracias al relato que seguían haciéndole los dos medio hermanos, también era ella, y no Alonso, quien confirmaba que el Pelirrojo era un infiltrado más, que Ignacio Cornejo era uno de los estudiantes con los que el SEU y la Falange trataban de mantener su poder en una universidad que se había levantado en armas, y que, tal y como le harían confesar en cuanto ella, y no Alonso, le diera la primera patada, había denunciado a Santos por rojo y por violeta, porque estaba seguro de que aquel maricón era parte de la turba que había intentado matar a su compañero Miguel Álvarez el 9 de febrero.

Después de la confesión del Pelirrojo, la fantasía de Asun cedió la ejecución del crimen a sus autores originales, de modo que ella se conformaba con observar, desde una esquina en la que vigilaba para que nadie pudiese sorprenderlos, cómo Alonso enloquecía y golpeaba una y otra vez al Pelirrojo, acusándolo de haberlo destrozado todo. Miguel intentaba evitarlo, pero la cólera de su medio hermano era imparable, no solo porque aquel traidor hubiese vendido al hombre que amaba, sino porque estaba furioso consigo mismo por haber sido tan imprudente como para haberle permitido descubrirlo. El ensañamiento de Alonso nacía de la vida que había llegado a imaginar, del tiempo que había creído merecer, del mañana que se le había hecho añicos con la misma crueldad con que él seguía mostrando una fiereza que parecía inconcebible en aquel cuerpo que, por vez primera, se crecía sobre su abrumadora delgadez.

Y ahí sí que era Miguel, y no ella, quien intentaba detener a Alonso antes de que ocurriera lo inevitable. Su medio hermano dudaba de si había esperado más de lo debido por imprudencia o porque confiaba en que Alonso consumase lo que había empezado, contando los segundos necesarios para interrumpirlo cuando ya no tuviera remedio y el verdugo que había puesto a Santos en manos de Hernán hubiera dejado de respirar. Porque, de los brigadas, el bibliotecario podría zafarse. Con prisión y multas, sí, pero era de prever que recibiera un trato similar al del resto de los fichados por los sucesos de febrero. Lo de Hernán, sin embargo, no admitía ese pronóstico, pues Nacho no lo había acusado solo de propaganda, ni de difundir un manifiesto o de alentar una función teatral con contenido subversivo. Lo había acusado de ser un violeta que mancillaba y violaba a su hijo, robándoselo a Dios y a la patria, y eso era lo que había marcado para siempre el destino de Santos, escindiéndolo del resto de sus compañeros de revolución.

—No ha sido fácil... Pero sabemos dónde lo tienen preso —le aseguró Alonso—, y está hablado con Ginés que nuestro viaje tenga dos partes: una, para verlo. Y otra, para que te instales en un lugar donde estés a salvo y en el que puedas esperarlo.

—Ginés no me ha dicho nada de... —vaciló Asun, a quien le sorprendía aquel cambio de planes del que ni el librero ni Carmen le habían dicho una sola palabra.

—Lo sé, pero ahora eres tú quien tiene que confiar en mí, Asun.

—¿Y tú? —Se volvió hacia Miguel—. ¿Por qué no te vienes con nosotros?

—A mí Hernán no me va a buscar igual que busca a este. Si me quiere es porque cree que le puedo llevar hasta Alonso, nada más. Pero en cuanto se largue tengo claro lo que voy a hacer. Lo primero, sacar a mi madre de su casa y llevármela a algún sitio donde esté segura. Y lo segundo, ayudar a Ginés. Además, sabiendo que doña Alicia me apoya no creo que Hernán se atreva a gran cosa. No va a arriesgar tanto por un bastardo al que ya le ha jodido la vida cuando lo único que quiere es recuperar a su primogénito, ¿o no, hermanito?

Miguel forzó una sonrisa con la que pretendía expresar una tranquilidad que no sentía, pero no encontró una réplica similar ni en Alonso ni en Asun. El primero reaccionó frunciendo el ceño, como cada vez que se mencionaba a su padre, y ella no pudo evitar que la invadiera una tristeza vaga al saber que Teresa iba a ser, en adelante, el refugio de aquel joven con el que le habría gustado disfrutar de una última vez. Por un instante, incluso pensó en si existiría la posibilidad de pedirle a Alonso que entrara en la panadería para quedarse a solas con Miguel, de modo que ese almacén fuese testigo del sexo que habían inventado juntos. No llegó a ocurrir, pero el relato de lo que había podido ser se haría tan fuerte en la memoria de Asun que acabaría convirtiéndose en la versión improbable de lo que sucedió.

La realidad, sin embargo, no tenía nada que ver con ese recuerdo idealizado, sino que se mostró tan prosaica como las tres llamadas que sonaron a la hora precisada por Ginés. Como la despedida, rápida y sin tiempo, entre Asun y Miguel, entre Miguel y Alonso: quizá, pensaron los tres, fuera mejor así. Como el coche en que los sacaron a escondidas o como el vagón del mercancías donde llevaron a Asun y a Alonso hasta el puerto del que zarparía el barco que les permitiría, eso le había prometido el estudiante, despedirse de Santos antes de que comenzaran una nueva vida para la que ella, a quien cada vez se le hacía más duro pensar en todo lo que había dejado atrás, no contaba con más recursos que sus manos, las pocas pesetas que Santos había escondido entre sus «elegidos» y las fuerzas que pudiera obtener cuando volviese a verlo.

10

La fiebre no había cedido en toda la noche y la actitud de Santos, que se negaba a luchar, le impedía a Joaquín albergar cualquier atisbo de esperanza. En medio de aquel desierto lleno de cadáveres, sanarlo era el único triunfo posible de la vida para el médico, la última ocasión que se le presentaba para encarnar de nuevo al hombre que había sido antes de que lo convirtiesen en el despojo que ahora se sentía. Las horas que había permanecido junto al catre donde se hallaba el bibliotecario le habían devuelto la imagen de sí mismo que había olvidado. Ahora, al mal estado de los pulmones de Santos, se había sumado la infección de la pierna, gangrenada tras la negativa de Caronte a trasladar a Santos a un hospital y que ahora amenazaba con desencadenar una inminente septicemia que Joaquín temía que solo se pudiera evitar con una amputación.

«Tienen que sacarlo de aquí», les suplicó. Pero el exsacerdote, con un aplomo y una serenidad en las que podía entreverse cierta satisfacción, se opuso: si Dios quería que se salvase, así sería, además de que consideraba exagerada tanta preocupación por lo que no era más que una herida en una pierna. Ramón se sumó a la petición de Joaquín y solo consiguieron que les redujeran aún más el rancho y el agua, además de la prohibición de escribir y recibir cartas durante cuatro semanas en las que comprenderían aún mejor la angustia y la desesperación de Santos ante su forzado silencio epistolar.

—N-necesito que hagas algo por mí, Joaquín —balbuceó con dificultad el bibliotecario.

Santos comenzó a retorcerse de dolor en su camastro y el médico tuvo que admitir que se le habían agotado las ideas. La gravedad de su estado exigía una arriesgada intervención para la que no tenía los medios ni el instrumental.

—Solo un favor, doctor —insistió Santos.

—Hago todo lo que puedo. De verdad.

—De eso se trata, amigo... De que dejes de hacerlo.

Una tos profunda y sanguinolenta le impidió continuar hablando.

—Guarda tus fuerzas —le insistió Joaquín.

Pero Santos ya no les encontraba sentido a los consejos de su amigo, porque, por mucho que quisiera creerlo, aquel ya ni siquiera era su cuerpo, no le pertenecía ese conjunto de miembros y órganos que apenas funcionaban y en los que solo encontraba cicatrices y memoria de cada uno de los oprobios sufridos desde que había desembarcado en Fuerteventura. En ese cuerpo que el médico se afanaba por salvar, no quedaba nada del hombre que había sido con Alonso, ni del que había llegado a ser con Asun, no había ninguno de esos dos Santos en el individuo postrado y doliente que apenas podía articular palabra. Ni del Santos que guardaba como un tesoro su primera noche junto a Alonso —su mano agarrando con fuerza el cuello del joven, su brazo rodeando su cintura, sus piernas abriéndose camino entre las suyas, su sexo descargando pasión y rabia a un tiempo mientras el estudiante gemía entre el placer y la inexperiencia—, ni del Santos que cuidaba el recuerdo de las últimas noches junto a Asun, con alguno de los «elegidos» abierto sobre la cama, la cabeza en su regazo, los dedos que se internaban en su cabello, la respiración agitada porque las palabras, como las emociones, se desbocaban aunque ninguno supiera a dónde los conducirían.

De todo lo que había sido junto a ellos ya solo le quedaba una figura extrañamente antropomórfica en la que, sin la mirada de sus dos aes, le resultaba imposible aceptarse. Nunca dejaría de agradecerles que lo hubieran contagiado del valor y la serenidad que a él le habría faltado si no hubiera contado con su presencia. En Asun reposaba el guerrero al que la realidad se obstinaba en derrotar y en Alonso, el amante que esa misma realidad apenas le permitía fingir. Fue, había sido, seguía siendo de los dos a un tiempo, un monstruo bicéfalo que aquella noche se dolía de dos despedidas imposibles.

Si pudiera, pensó, si ese cuerpo en el que ya no se reconocía siguiera siendo suyo, se levantaría, le daría un largo abrazo a Joaquín y, tras pedirle que buscara escondida en el barracón la nota para sus dos aes, saldría corriendo y cruzaría, sin mirar atrás, la puerta que esa noche custodiaba Tomás. No se giraría cuando el guardia le diese el alto ni tampoco reaccionaría después de que lo amenazase con disparar, al revés, seguiría corriendo y, cuando Tomás disparase, recibiría su bala con los brazos abiertos, en cruz, como si estuviera emprendiendo el vuelo hacia un reencuentro en el que no creía. Sin embargo, sus fuerzas no le permitirían dar más que unos pasos antes de caerse de nuevo, y esa debilidad empañaba la imagen —el plano que debería haber rodado Alonso— en la que se soñaba abandonando heroicamente Tefía.

—Joaquín... —Santos señaló con su mano izquierda el estante con las reservas de morfina.

El médico sintió un escalofrío. No le sorprendía la petición de Santos, pero ignoraba cómo reaccionaría el Cancerbero Mayor si llegaba a enterarse de que él había accedido a ello.

—No lo sabrán —lo tranquilizó, haciendo un enorme esfuerzo por sonreírle a la vez que articulaba cada palabra.

—Santos... —Joaquín quería decirle que lo que de verdad lo paralizaba no era el miedo a las represalias, sino el dolor de tener que ser él quien tomara aquella decisión y consumase la muerte de la que solo Caronte y sus hombres eran culpables. Pero su agonía podía llegar a ser tan dolorosa y prolongada que sabía que obedecerlo era también el único modo de salvarlo.

—Debajo de mi cama, en nuestro barracón —le indicó Santos—, cuando salgas de aquí, busca en mi cama.

—Aún puedes luchar...

—Eso es lo que estoy haciendo... Impedirles que ganen.

Esta vez Santos ni siquiera logró sonreírle tal y como sí lo había hecho apenas unos segundos antes. Los espasmos se adueñaron de su cuerpo, golpeándolo contra aquel catre en el que solo quería que el tiempo dejase de suceder de una maldita vez.

—Entregaré tu mensaje —le dijo Joaquín al oído—. Te aseguro que voy a hacerlo.

El médico decidió que no le importaba cuáles fueran las consecuencias de su acción. Estaba dispuesto a afrontarlas con tal de evitar que la deshumanización a la que los habían sentenciado fuese absoluta. Ayudar a su amigo contra las normas de quienes los habían condenado era una rebelión necesaria, una revolución decente, se dijo mientras preparaba la sobredosis que había de devolver la paz a Santos, quien no cesaba de quejarse mientras se desangraba. Aquella inyección era su forma de protestar contra el artículo 6. Su modo de luchar desde la compasión contra el texto de la disposición del 15 de julio de 1954 que, antes de internarlos en aquel campo, les habían leído a todos los que ahora se encontraban allí.

> Artículo sexto.—Número segundo.—A los homosexuales, rufianes y proxenetas, a los mendigos profesionales y a los que vivan de la mendicidad ajena, exploten menores de edad, enfermos mentales o lisiados, se les aplicarán, para que las cumplan todas sucesivamente, las medidas siguientes.

Llenó la jeringuilla y preguntó a Santos, por última vez, si estaba seguro de querer su ayuda. El bibliotecario, incapaz de hablar por culpa del dolor, buscó su mano y la apretó mientras le gritaba un sí con la mirada.

> a. Internado en un establecimiento de trabajo o colonia agrícola. Los homosexuales sometidos a esta medida de seguridad deberán ser internados en Instituciones especiales y, en todo caso, con absoluta separación de los demás.

Joaquín quiso dudar, pero la firmeza con la que Santos le sostenía la mano no permitía ninguna clase de titubeos.

b. Prohibición de residir en determinado lugar o territorio y obligación de declarar su domicilio.

Acercó la jeringuilla a su cuerpo, buscando dentro de sí toda la templanza posible para ejecutar aquella acción a la vez que reprimía las lágrimas.

c. Sumisión a la vigilancia de los Delegados.

Los dos temblaban mientras Santos se aferraba, con las últimas fuerzas que aún le quedaban, a la mano de Joaquín, encontrando en la amistad, también en ese último momento, la misma fuerza que, gracias a su «tribu», a Carmen o a Ginés, había hallado a lo largo de su vida. Pero no fue en ellos en quienes pensó cuando Joaquín introdujo la aguja en su piel, sino en la mirada deslumbrada de Alonso en los días que compartieron en Salamanca y en el abrazo firme de Asun cada noche, cuando buscaba en ella las fuerzas que solo ellos dos sabían darse.

Quedan derogadas cuantas disposiciones se opongan a las establecidas en la presente Ley y autorizado el Ministerio de Justicia para dictar las medidas necesarias para su ejecución y cumplimiento dejando subsistentes las facultades gubernativas que en materia de orden público, moralidad y disciplina social tiene actualmente atribuidas el Ministerio de la Gobernación.

Una vez inyectada la dosis, Joaquín se sentó y, sin soltarle la mano, permaneció al lado de Santos durante los instantes que precedieron a su muerte. Habría querido poder decirle algo, pero temía romper a llorar y se negaba a que ese llanto, si es que Santos podía aún oír con claridad, fuese lo último que se llevara consigo. Deseaba que su amigo eligiese los recuerdos con los que quería despedirse, las imágenes que necesitaba salvar a pesar de que, después de tantos días en aquel campo de concentración, les resultase casi imposible dibujar los rostros y los lugares que habían dejado atrás con la precisión con que los habían conocido. Lo que estaba fuera de aquel desierto llegaba a ellos difuminado y vago, como si la arena que enturbiaba el aire hubiese emborronado sus recuerdos.

—Te voy a echar de menos, cabrón —se despidió Joaquín después de asegurarse de que ya había terminado todo, y se abrazó a él llorando, avergonzado de no poder controlarse cuando aquel no era, ni mucho menos, el primer paciente que había perdido a lo largo de su vida profesional, pero sí era el primero de sus amigos que moría asesinado sin que hubiera podido salvarlo.

11

En medio de un viaje de dos días que a ambos les parecieron eternos, Alonso le confesó a Asun lo que había tenido que hacer para averiguar dónde retenían a Santos. Ella se preguntó si, en caso de que lo hubiera sabido antes, habría tratado de impedírselo, y algo en su interior le dijo que sí, que le habría pedido a Alonso que no sacrificara su futuro del modo en que estaba a punto de hacerlo, pero lo cierto es que la idea de verlo de nuevo provocaba que todo pareciese insignificante al lado de ese reencuentro. Lo único que no podía prever era la reacción de su marido cuando se enterase, si es que él decidía contárselo, de que Alonso se había visto obligado a rendirse ante su padre a cambio de obtener el paradero del hombre al que amaba. Esas, pensó Asun, eran las dos coordenadas que los unían, la persona y el sentimiento que les despertaba, aunque cada cual lo viviera a su manera y hubiera tenido que inventar su camino para hacerlo posible.

—Mi padre habría dado conmigo de todos modos —razonó Alonso antes de que desembarcaran en Fuerteventura—. Así que mejor entregarme a cambio de volver a ver a Santos. Y luego, no sé, luego ya me las apañaré para escaparme de nuevo. Si lo logré una vez, puedo hacerlo otra más, ¿o no?

Ella dijo que sí sin gran seguridad mientras se subían al coche que Ginés había preparado para que los llevase hasta la dirección exacta que le había facilitado Alonso: una explotación agraria al norte de la isla, no muy lejos de Corralejo.

—Bienvenidos a Fuerteventura —los saludó el chófer, y, en el mismo instante en que arrancaron, los dos guardaron silencio, pues, aunque el conductor fuese parte de la red de Ginés, Alonso prefería no dar más datos concretos sobre su padre ni sobre el acuerdo al que había llegado con él.

También Miguel había intentado impedir que firmase ese pacto, horrorizado ante la idea de que su medio hermano se rindiese a las órdenes de Hernán y se plegase, hasta su muerte, a la vida que su padre le había diseñado. Su intervención, sin embargo, no había sido suficiente para disuadirlo, pues la necesidad de Alonso de recuperar a Santos superaba a cualquiera de sus argumentos. Aunque fuera una acción desesperada, Alonso la consideraba imprescindible, y Asun, si hubiera estado presente en esas discusiones, le habría dado la razón: los dos conocían demasiado bien al hombre del que se habían enamorado como para saber que su supervivencia dependía de que se comunicase con quienes lo esperaban, por lo que la imposibilidad de hacerle llegar ese aliento era sinónimo de una condena a muerte que quizá no hubieran pronunciado oficialmente, pero que se estaba consumando día tras día.

La única duda de Alonso era si su padre aceptaría el acuerdo, pero Hernán no puso ningún reparo, al revés, accedió tan pronto como le dio palabra de que regresaría al pueblo y acataría, punto por punto, su voluntad. Estaba convencido de que su hijo era demasiado idiota para no ser fiel a su palabra y, como esa debilidad le convenía, lo consideró un trueque justo. Lo que Alonso no pudo prever, ya fuera por esa nobleza que le achacaban o por simple ingenuidad, era que Hernán se las arreglaría para que esa información le llegase lo suficientemente tarde como para que no fuese pertinente, de modo que lo único que Alonso obtuviese después de su visita a la colonia fuera una desolación que ya no lo abandonaría nunca. Tampoco Asun olvidaría la sensación al bajarse del coche en medio de aquel suelo irregular y pedregoso rodeado de montañas y donde era imposible ver nada que no fuera tierra, una extensión rojiza y un cielo incendiado de sol y turbio por la arena que levantaba el viento.

—¿Lo tienen? —les preguntó con un marcado acento canario el hombre que los había conducido hasta allí.

Alonso le entregó un documento que Asun supuso que debía de ser un salvoconducto firmado por su padre. Era evidente que Hernán estaba dispuesto a cualquier cosa con tal de recuperar a su hijo y demostrar, como ya lo había hecho sometiendo a la madre de Miguel, que la victoria estaba de su parte, igual que lo estaba de su bando desde hacía ya dos décadas.

El conductor se acercó hasta la entrada de la colonia y, tras saludar a los guardias encargados del portón, les entregó el papel que Alonso acababa de darle. Ambos lo estudiaron, examinaron después a Asun y Alonso, y, tras comunicarse brevemente por radio con el cuartel central, obtuvieron un «que pasen» con el que daban el visto bueno a su ingreso. Los dos fueron conducidos a través del campo por el mismo camino que seguían el resto de los familiares en las raras ocasiones en que se permitía alguna visita y que, casi siempre, se limitaban al momento de la partida de los reclusos. La trayectoria estaba diseñada de tal modo que se esquivaban las zonas donde los presos se hallaban cavando o picando piedra, para que no hubiera testigos de sus actividades ni de su estado de salud. A pesar de tantas precauciones, la curiosidad de Asun y Alonso, que no dejaban de mirar a su alrededor, sí les permitió vislumbrar unos barracones y adivinaron, a lo lejos, a un grupo de hombres que, azada en mano, golpeaban la tierra.

Los dos se miraron con idéntica preocupación, conscientes de las consecuencias que una labor tan dura como aquella podría haber tenido en alguien como Santos, que jamás destacó por su fortaleza física y en quien habría dejado huella tanto el desgaste del trabajo como las condiciones extremas del paisaje. Ninguno de los dos formuló en voz alta sus temores y esperaron a que aprobaran los documentos en los que figuraban como Eduardo y María Azcárate Molina, hermanos y parientes próximos de Santos, autorizados por los policías encargados de su caso para visitar al recluso durante el plazo máximo de una hora.

—Está en orden, sí —les respondió el director de la colonia, en quien ambos percibieron maneras y formas propias de un sacerdote—. Pero me temo que Dios no ha podido lograr que este encuentro tuviera lugar, como todos hubiéramos querido.

Asun y Alonso supieron de inmediato lo que aquello significaba, pero ninguno de ellos quería ofrecerle a aquel hombre otra victoria más, y su dolor, ese que ahora mismo los rompía hasta el punto de robarles las ganas de seguir viviendo, lo sería. Cualquier expresión de la tristeza que acababa de embargarlos y que los acompañaría siempre sería un triunfo para aquel hombre que había ordenado a uno de sus guardias que les hiciera entrega de una diminuta bolsa con los objetos personales del difunto, entre los que ni Alonso ni Asun encontraron nada que realmente perteneciera a Santos, porque no podía ser suyo ese saco en el que no había ni un libro, ni un papel, ni tan siquiera un miserable lápiz con el que, estaban seguros, les habría escrito.

Preguntaron cómo había sucedido e intentaron no reaccionar mientras el director les relataba el «aciago accidente» que, tras un conato de fuga, había puesto fin a la vida del recluso. Alonso, que ahora debería comenzar el tiempo de esclavitud al que había accedido a cambio de nada, llegó a preguntarse si no había sido su pacto el que había matado a Santos. Si, una vez que le hizo la oferta del trueque a su padre, Hernán se había encargado de que esa muerte tuviese lugar para que cuando llegase a Tefía no pudiera encontrarlo. Pero soportar la ausencia de Santos y asumir el futuro que lo esperaba en el pueblo junto al hombre que más odiaba ya era bastante difícil como para cargarse de más fantasmas, así que Alonso optó por no torturarse con otra culpa de la que, por suerte, Asun no insinuó nada.

Los dos salieron cabizbajos y humillados tras la brevísima reunión con el director y, mientras caminaban de regreso al coche escoltados por el que parecía ser uno de los guardias de mayor rango, Asun se fijó en que dos de los reclusos que antes había visto cavando a lo lejos se habían acercado mucho más, hasta casi obstruir el camino que debían atravesar para abandonar la colonia.

—¿Qué cojones hacéis aquí? —les gritó el guardia que los acompañaba a la salida.

—Picando, joder, ¿o es que no lo ve?

El oficial no contuvo su ira ante aquella provocación y se acercó hasta el recluso para propinarle un puñetazo con el que lo tiró al suelo, donde le dio unas cuantas patadas hasta que se aseguró de que no volvía a decir ninguna otra impertinencia.

—Y ahora os vais con las demás si no queréis que sea todavía peor —los amenazó.

Los dos reclusos asintieron mientras el guardia, que no se había dado cuenta de que el mayor de ellos había aprovechado su arrebato de violencia para dejar caer un papel en las manos de Asun, cerraba el portón después de despedir a los dos visitantes.

—Sabía que erais vosotros —susurró Asun al oído de Alonso, que la miró sin entender—: eso es lo que me ha dicho ese hombre mientras me daba esto.

Le enseñó la nota y subieron de nuevo al coche llevando dentro de sí una derrota aún mayor de la que habían traído, pues a la desolación que les había provocado la única noticia que jamás habrían querido escuchar tenían que sumar la desconfianza. ¿Y si no era cierto? ¿Y si no les habían mostrado el cadáver porque, sencillamente, no existía y el certificado de defunción que les habían puesto delante era tan falso como el que Santos les contó que habían manipulado en el caso de Unamuno? A Alonso y a Asun, que sabían de la admiración de Santos por el escritor vasco, casi les resultaba reconfortante la idea de que ambos hubiesen coincidido en el destino del destierro, por pequeño y estúpido que pudiera parecer ese detalle a cualquiera que no hubiera conocido al bibliotecario. Pero ellos, que lo habían entendido mejor que nadie, sabían cuánto habría valorado esa simetría hasta el último instante, hasta ese segundo anterior a su muerte en el que los dos habrían dado cualquier cosa por haber estado a su lado.

Durante el trayecto, compartieron el papel que les habían dado aquellos dos reclusos gracias a lo que, obviamente, había sido una maniobra de distracción. Asun no dudó de que Santos habría labrado con ellos una amistad sincera en el tiempo que habían compartido allí, pues lo había visto ejercer de líder ante su «tribu» y sabía hasta qué punto era capaz de cautivar a quienes lo rodeaban con su honestidad y su idealismo, por mucho que él se viese más pequeño de lo que era por culpa de compararse con quien no debía. Pero su huella, esa que tanto le preocupaba que no figurase en los libros, había quedado impresa en más gente de la que Santos podía imaginar, como ese joven que se había prestado a ser apaleado por el guardia solo para que su compañero pudiera entregarle aquella nota, así que ya se encargaría ella, en esa nueva vida que la esperaba, de encontrar el modo de que su nombre perviviese, pues, ahora que su lucha ya no sería la espera, tendría que transformarla en algo que aún tuviese que ver con él, con ellos, con todo lo que habían sido y que, si el destino no los hubiera tratado de un modo tan cruel, aún deberían seguir siendo.

En el anverso de esa hoja que, por lo arrugada que estaba, parecía que hubiera permanecido escondida bajo su cama, Santos había esbozado el retrato de cuatro figuras —dos mujeres y dos hombres— que componían lo que parecía ser el recuerdo esquemático de una fotografía. De trazo más geométrico que sutil, aquellas siluetas resultaban más expresivas por la emoción con que habían sido compuestas que por un resultado que revelaba las mediocres dotes pictóricas de Santos, pese a que la necesidad de no confundir los recuerdos lo hubiera llevado a tratar de devolver los contornos sustraídos a su memoria. En el reverso de la imagen, la que a ellos les sirvió para inmortalizarse en el ensayo y al Pelirrojo para delatarlos, encontraron un listado escrito a mano, con la inconfundible caligrafía picuda de Santos y compuesto con voluntad anárquica, no por falta de rigor ni por exceso de precipitación o premura, sino por su deseo consciente y machadiano de crear para sus dos aes y hasta para sí mismo unas galerías en las que pudiesen adentrarse, incluso cuando la muerte tratase de impedírselo.

> La primera noche en el tablao. El tren de regreso desde Salamanca. Tu voz entre vinos y coplas. La madrugada de Lorca y el atrevimiento. Los paseos eternos fingiendo lo que no nos habría importado ser. Los besos robados tras cada ensayo. Las preguntas incómodas de tu madre. Tus manos y la necesidad de que me posean. Un «sí quiero» que es un «sí comparto». Un «sí quiero» que es un «sí combato». El crujir culpable de tu litera. Los días por recuperar. Las noches febriles. Las páginas prohibidas sobre tus piernas. Tu mirada de Salomé, tu obcecación de Antígona, pero siempre Casandra. Las reuniones en la universidad donde te miro mientras juego a fingir que no sé que tú también me miras. Las madrugadas en nuestro dormitorio donde te leo mientras disfruto sabiendo que tú también me lees. Nuestros cuerpos, Alonso, cuando los vuelves reales. Nuestro futuro, Asun, cuando lo vuelves posible.

Al final de aquel repertorio compuesto como un salmo profano, solo una fecha —abril del 56— y una dirección, el número 6 de la calle Bordadores.

Asun no sabía qué debía hacer con esa carta, ya que tanto ella como Alonso eran sus destinatarios y ni quería robarle lo que también le pertenecía a él ni quedarse sin algo que la ayudaría tanto a ella.

—Llévatelo —le ofreció Alonso—. Si alguna vez mi padre encuentra ese papel, lo destruirá, y contigo sé que, vayas a donde vayas, permanecerá siempre. Y eso era lo que él quería, ¿no? Permanecer.

Asun negó triste con la cabeza.

—Él lo único que quería era vivir. Pero no le han dejado.

Alonso le pidió volver a leer lo que ambos interpretaron como su testamento y trató de memorizarlo en el camino que aún los separaba del barco que los llevaría hasta Lanzarote y, de ahí, a iniciar su viaje en dos direcciones muy diferentes. Mientras que a Alonso lo aguardaba su pueblo, Asun emprendería una travesía mucho más larga que, solo cuando estuviera embarcada, sabría que tenía como destino final Buenos Aires.

—Al menos llévate este. —Asun sacó el ejemplar de *Salomé* de entre sus pertenencias y se lo entregó sin darle opción a rechazarlo—. Hay partes que son solo para ti.

Alonso abrió el libro por sus páginas iniciales, en las que se reproducía la carta de Wilde a su amante, y se fijó en uno de los primeros subrayados: «Mientras estuviste conmigo, fuiste la ruina absoluta de mi arte», aunque Santos había tachado la palabra *ruina* y había escrito sobre ella *causa*.

—También podría estar hablándote a ti —le respondió a Asun con una modestia que no parecía impostada.

—Podría, sí. Pero si vas a volver a ese infierno, quiero que tengas algo suyo. Aunque solo sea para que te proteja.

A Alonso le hizo gracia aquel detalle supersticioso

y accedió a custodiar el libro del mejor modo posible, a pesar de que no pudiera garantizar su pervivencia si caía en manos de Hernán.

—Cuando tengas una dirección, Asun, avísame. A través de Carmen o de Ginés —le pidió—, ellos sabrán dónde encontrarme.

—Y, cuando consigas escapar, házmelo saber también a mí. Aún tenemos que contar su historia, Alonso. No lo olvides.

Él le sonrió y los dos se despidieron dándose el abrazo que habrían querido que fuera para Santos, buscándolo en el amor que ambos le profesaban y con el que, de modos tan distintos, habían sabido hacerlo suyo. Permanecieron así unos segundos, ajenos al peligro que suponía que los vieran juntos, pues, tras su paso por Tefía, Hernán ya habría sido avisado de que su hijo no había acudido solo y ahora era más que probable que también la estuviesen buscando a ella.

—Buena suerte, Alonso.

—Buena suerte, Asun.

Caminaron hacia los muelles donde, según el conductor que los había recogido en Fuerteventura, estarían atracados sus respectivos barcos y, una vez solos y ocultos en ellos, los dos dejaron salir, por fin, todo el dolor que los golpeaba dentro, toda la congoja y la rabia después de haber mantenido viva una esperanza que, como Santos, había dejado de existir y los condenaba a un presente cruel y a un futuro que no estaban seguros de desear.

Asun nunca llegó a salir del todo de aquellos años. Siempre se sintió encerrada en ellos, entre sus primeros encuentros con Santos y el momento en que le comunicaron su muerte, como si el resto de su vida no fuera más que un simulacro tan irreal como los sueños de aquel Segismundo que cada vez le quedaba más lejos. Intentó, desde la distancia, encontrar el cuerpo de su marido, pero no bastaron ni los esfuerzos de Carmen y Ginés, ni la ayuda de la madre de Teresa, ni tampoco las gestiones de Miguel, que acabó instalándose en Francia cuando el cerco policial por el asesinato de Nacho, del que Hernán logró que solo acusaran a su hijastro, empezó a cerrarse.

Con el transcurso del tiempo, su vida recobraría paulatinamente un orden que, aunque artificial, a Asun le resultaba suficiente para afrontar su nuevo presente en una ciudad que tardaría en entender como suya y donde, aprovechándose de su anonimia, retomó su pasión por la copla en locales tan pequeños como los que había pisado en Madrid, solo que ahora evitaba los que escondían catres en el piso superior y únicamente cantaba en los cafés de Buenos Aires donde le prometían un sueldo mínimamente digno a cambio de un repertorio que, con la experiencia y la edad, sonaba aún más cierto que cuando Santos la había descubierto. Las tardes se le pasaban actuando y los días, buscando el modo de cumplir la palabra que le había dado a su marido de que no se perdería su legado, aunque el tiempo le hiciera dudar de si, en realidad, llegó a prometérselo alguna vez. Sabía lo que daría Santos por hacerse real en uno de esos libros que tanto amaba, en algún título donde sus nombres fuesen los protagonistas de una historia que permitiese que todo lo que habían perdido valiese la pena. Así que destinaba horas a organizar recuerdos, a grabar su voz y a buscar candidatos para que alguien diese forma a todo lo que ella sabía y a lo que, en lo relativo a los instantes en que no estuvo a su lado, alguien se tendría que inventar. «Que investiguen», le escribía a

Carmen cuando esta la informaba de algún escritor que se había prestado a hacerlo, pero que siempre encontraba el escollo de que, estando muerto Santos, faltaba una de las fuentes principales de información. «Que busquen a esos dos», le insistía en las largas cartas que Carmen y ella se enviaban cada mes. Estaba segura de que la pareja de reclusos que le habían dado la nota de Santos podrían completar la parte que a ella le faltaba de su propia historia.

Lo peor, sin duda, eran las noches, esos momentos a solas en un dormitorio donde ninguno de los hombres que estuvieron allí le hizo sentir nada de lo que había experimentado junto al cuerpo de Miguel y a las palabras de Santos. Y, cuando el insomnio le impedía dormir, volvía a verse a sí misma enfrentándose a Nacho, y a Hernán, y a un ejército de hombres sin rostro y sin nombre que formaban parte de la espesa red que la había alejado de su marido. La jauría que la había condenado a esa soledad en la que cabían también las vidas de Miguel, con su nomadismo revolucionario y su renuncia a un lugar donde ser por conquistar un tiempo en el que estar, o como la de Alonso, que, encerrado en el pueblo, se obligaría a rezar cada día lo que recordaba del salmo laico que les había compuesto Santos para no volarse los sesos.

Noches que se enredaban en otras noches y que convertirían el presente de Asun en un escenario tan teatral como los que emocionaban a Santos, apenas un decorado donde seguir representando una existencia que ya no le pertenecía y que nadie podría repararle.

Noches que a veces la obligaban a preguntarse por el destino de esa otra Asun que, en vez de enamorarse de un hombre que no sabría quererla como ella esperaba, continuaba desgranando coplas en el tablao, haciendo caso a su madre sobre los peligros de significarse y lejos de ese cuarteto que cambiaría su vida para siempre y convertiría a la Asun que había podido ser en la Asun que ahora era.

Noches en las que volvía a viajar hasta aquella isla y, cegada por el sol, se perdía entre un antes y un ahora que solo lograba distinguir al abrir los ojos y comprobar que sus «elegidos» seguían allí, los cuatro apilados en medio de una habitación que, quién sabe cuándo y cómo, tendría que ordenar.

«Alguien debería contarnos», se repetiría cada vez que, recordando a Santos, hojeaba alguno de esos libros a los que les faltaba ese quinto ejemplar que no se arrepentía de haberle regalado a Alonso. Pero su historia no era exactamente igual que aquellas, porque la suya era real y Asun estaba decidida a encontrar a alguien que se atreviera a narrarla con tal de que su marido no muriese del todo. Por eso pasaba los días anotando lo que quería que se relatase en ese libro que sustituiría en su dormitorio al quinto de los «elegidos» y que ella necesitaba para asegurarse de que no triunfaba la muerte, ni el olvido y su infamia. O, como había anotado Santos en la última página de su edición de *La vida es sueño*, «para que su indecencia no prevalezca».

Agradecimientos

Desde el momento en que asumí que necesitaba contar la historia de Santos y Asun, supe que me enfrentaba a una tarea que comprendería varios años, pues era esencial partir de una cuidadosa labor de investigación antes de encontrar el ángulo desde el que construir esta novela. Ni ese proceso ni esa búsqueda habrían sido posibles sin el apoyo siempre cómplice de mi queridísima Palmira Márquez, que, además de ser la mejor agente imaginable, es —ante todo— amiga inspiradora e imprescindible. Sin su confianza en esta historia y en la necesidad de hallar las palabras con que contarla no sé si este libro habría llegado a ver la luz, ni tampoco creo que se hubiera convertido en lo que hoy es: uno de los viajes creativos más especiales de mi vida, una travesía en la que la amistad ha resultado ser tan importante dentro de sus páginas como fuera de ellas.

Además, este viaje no podía soñar con llegar a un lugar mejor: gracias a Anna Soldevila por hacerlo posible, por creer en esta historia y ayudarme a otorgarle la perspectiva que exigían todos sus ángulos y, por supuesto, gracias también a todo el equipo editorial de Destino —María, Oriol, Juan—, por cuidar con tanto mimo de estas páginas y tratarlas con la misma delicadeza con que he tratado de acercarme a las vidas —algunas reales, otras pudieron serlo— que la protagonizan.

En un trabajo como este, el listado de agradecimientos sería inabarcable, pero no puedo dejar de pensar en mi amigo Miguel Munárriz, que me regaló el título en una inolvidable tarde vejeriega, o en mi añorada Paloma Ferrer, que leyó la primerísima sinopsis de lo que, tiempo después, sería esta novela. Y pienso, cómo no, en el apoyo sincero y constante de mi familia —siempre animándome a asumir nuevos retos: gracias por no soltar jamás mi mano— y en los ánimos de las amistades que están y estáis ahí —sabéis quiénes sois—, haciendo que todo tenga algo más de sentido.

Y si no me rendí en los momentos de duda y encrucijada es porque también en este libro, como en todo lo que hago, contaba con el abrazo de mi pareja, con esa escucha generosa con la que Juan —con quien tengo la suerte de sumar años, viajes, pasiones y músicas— sabe decirme que todo está bien o hacerme creer, incluso cuando no lo está, que encontraré el modo para que sí llegue a estarlo.

Pero, más allá de los nombres concretos que tengo la enorme suerte de que pueblen mi biografía, el último y fundamental agradecimiento es para todas y cada una de las personas que, cuando este país era devorado por el fascismo, lucharon por la libertad que hoy, pese a sus sombras, disfrutamos. Por todas y cada una de las Asun, de los Santos, de los Alonsos, de las Cármenes y de los Migueles que no pueden ni deben quedar jamás olvidados. Gracias por su valor a todas, a todos los elegidos, gracias por elegir no bajar la cabeza y mirar al futuro sin miedo, con la convicción de que su lucha, incluso cuando les costara la propia vida, acabaría granjeándoles la victoria que la historia les había arrebatado. Una victoria que hoy vive en el legado que les debemos, en esa memoria que todavía hemos de completar y a través de la que siguen inspirándonos en todas las batallas pendientes.

Enero, 2023

booket